JN282083

世界の黒人文学
アフリカ・カリブ・アメリカ

加藤恒彦／北島義信／山本　伸編著

黒人作家群像〈左より〉
チヌア・アチェベ（アフリカ）
ケン・サロ＝ウィワ（アフリカ）
ジョージ・ラミング（カリブ）
ポール・マーシャル（アメリカ）
ゾラ・ニール・ハーストン（アメリカ）

鷹書房弓プレス

はじめに

　黒くて屈強そうなその男は、煌々と照らす満月に向け、生まれたばかりの赤ん坊を抱え上げた。男の名はクンタ・キンテ。アフリカからきた黒人奴隷だ。宙をさまよう小さくてかわいらしい手足、無垢で無邪気な赤ん坊の様子。一方で、思いつめたように天空をにらみ、ただひたすら祈りを捧げる父親の真剣でややもの悲しげな眼差し——テレビドラマ化されたアレックス・ヘイリーの『ルーツ』のなかの１シーンである。当時、まだ私は小学生だったが、えも言われぬ感動に身体が打ち震えたのをいまでもはっきりと覚えている。
　一人でも多くの人にこの感動を伝えたい——一言で言えば、私たちがこの本に託すのはそんな願いである。そしてなにより、月の明かりに照らされていたあの赤ん坊の子孫である黒人作家たちが、いまなお世界中で人々の心をとらえて放さない文学を生み出していることを、より多くの人に知ってもらいたいという願いが、この本には強く込められている。
　そのような意図から、私たちはこの本に次のような特徴を持たせた。まずは、これまでアメリカに限定されがちだった英語圏の黒人文学の枠組みを、そのルーツであるアフリカと、多数の奴隷が最初にたどり着いたカリブにまで押し広げた。それら３地域の黒人作家50人を厳選し、彼らがたどった歴史的経緯から、アフリカ、カリブ、アメリカの順に並べ、また社会的な時代の流れがわかるように、活躍した年代順に作家を配列した。次に、学生、大学院生、初学者から一般の方々まで、より広い読者層を想定して各作家見開き４頁完結の深遠微細、懇切丁寧かつ平易明快な内容を心がけた。最初の見開き２頁で「作家の概略」「主要テキスト」「テーマ／特徴／その他」、あとの２頁には「作品紹介」「研究への助言」に加えて「参考資料」を付した。そして、黒人文学という枠組みについて説明した「序論」を筆頭に、各地域の作家各論への導入部として「アフリカ黒人文学概論」「カリブ黒人文学概論」「アメリカ黒人文学概論」をはさむことで、黒人文学としての普遍性と各地域の独自性を総括的に理解できるようにした。作家名と作品名の「索引」も、各読者層の便を考えて日本語と英語の両方でそれぞれ50音順とＡＢＣ順に作成した。
　以上、私たちとしては最大限の配慮を払ったつもりではあるが、あるいは不備な点が多々あるかもしれない。あらかじめご容赦願うとともに、読者諸氏からのご教示を賜れれば幸いである。
　あとに名前を列記させていただいたとおり、この本の執筆はアフリカ、カリ

はじめに

ブ、アメリカ各地域の黒人文学を専門としている総勢15名の文学研究者によって行われた。同じ地域内でも、その作家にとくに詳しい研究者を執筆担当に厳選し、最善を尽くして頂いたという確信と敬意から、担当部分には文責を明記した。執筆者は全員、現あるいは元「黒人研究の会」会員で、各方面で精力的に活躍されている方々ばかりである。「黒人研究の会」は、まもなく50周年を迎える歴史の古い研究会で、学者間のみならず広く一般にも黒人文化や文学への理解を浸透させるという発会当初の理念はいまも貫かれている。むろん、その理念はこの本にも受け継がれており、そのような共通理解があったからこそ、15名もの執筆担当者の快諾を得られたものと確信している。以下の執筆者（50音順）には最大級の謝意を表したい。

落合明子（おちあい・あきこ）　　神戸商科大学助教授
加藤恒彦（かとう・つねひこ）　　立命館大学教授
北島義信（きたじま・ぎしん）　　四日市大学教授
小林信次郎（こばやし・しんじろう）　大阪工業大学教授
阪口瑞穂（さかぐち・みずほ）　　大阪外国語大学非常勤講師
関口　功（せきぐち・いさお）　　元明治大学教授
竹間優美子（たけま・ゆみこ）　　立命館大学非常勤講師
古川博巳（ふるかわ・ひろみ）　　元京都女子大学教授
風呂本惇子（ふろもと・あつこ）　　奈良女子大学大学院教授
行方　均（なめかた・ひとし）　　東京都立短期大学助教授
松本　昇（まつもと・のぼる）　　国士舘大学教授
三石庸子（みついし・ようこ）　　東洋大学短期大学教授
山下　昇（やました・のぼる）　　相愛大学教授
山田裕康（やまだ・ひろやす）　　大阪経済大学教授
山本　伸（やまもと・しん）　　四日市大学短期大学部助教授

　同時に、「黒人研究の会」の創設者である故貫名美隆氏と、研究会創設時からの会員で歴代の代表を務められた赤松光雄、古川博巳両氏、さらには研究会の活動を通じて日本における黒人文学および文化研究に多大なる貢献を果たした数多くの先達会員諸氏にも深く敬意を捧げるものである。
　最後に、この本の趣旨にご賛同いただき、出版をご快諾いただいた鷹書房弓プレスの寺内由美子社長と、原稿の隅々にまで入念に目を通し、適切なアドバイスをくださった寺内信重氏には、編著者一同、本当に心からお礼を申し上げたい。このような出版社こそが、日本の出版文化を真摯に守ってくれているということを実感しつつ。
　　　　　　　　　　　　　　　　　　　（編著者代表　山本　伸）

世界の黒人文学　目次

はじめに ………………………… 1
序論　世界の黒人文学 …………… 5
アフリカ黒人文学概論 …………… 9
　チヌア・アチェベ ……………… 20
　フェルディナン・オヨノ ……… 24
　ウォーレ・ショインカ ………… 28
　グギ・ワ・ジオンゴ …………… 32
　アレックス・ラ・グーマ ……… 36
　ベッシー・ヘッド ……………… 40
　ミリアム・トラーディ ………… 44
　サーハレ・セラシェ …………… 48
　メジャ・ムアンギ ……………… 52
　チャールズ・ムンゴシ ………… 56
　チェンジェライ・ホーヴェ …… 60
　フェスタス・イヤイ …………… 64
　ケン・サロ゠ウィワ …………… 68
　ベン・オクリ …………………… 72

カリブ黒人文学概論 ……………… 77
　ジョージ・ラミング …………… 92
　アール・ラブレイス …………… 96
　アーナ・ブロッバー …………… 100
　オリーブ・シニア ……………… 104
　キャリル・フィリップス ……… 108
　エドウィージ・ダンティカ …… 112

アメリカ黒人文学概論 …………… 117
　フレデリック・ダグラス ……… 128
　ハリエット・ジェイコブズ …… 132
　ウィリアム・ウェルズ・ブラウン … 136

　フランシス・ワトキンズ・ハーパー … 140
　チャールズ・W・チェスナット … 144
　ジェイムズ・ウェルダン・ジョンソン … 148
　ジーン・トゥーマー …………… 152
　ウォレス・サーマン …………… 156
　ジェシー・レッドモン・フォーセット　160
　ネラ・ラーセン ………………… 164
　ゾラ・ニール・ハーストン …… 168
　ラングストン・ヒューズ ……… 172
　ドロシー・ウェスト …………… 176
　リチャード・ライト …………… 180
　アン・ピトリ …………………… 184
　ラルフ・エリスン ……………… 188
　ロレイン・ハンズベリー ……… 192
　ジェイムズ・ボールドウィン … 196
　ニッキ・ジョヴァンニ ………… 200
　ソニア・サンチェス …………… 204
　アミリ・バラカ ………………… 208
　マヤ・アンジェロウ …………… 212
　アーネスト・ゲインズ ………… 216
　イシュメイル・リード ………… 220
　オードリ・ロード ……………… 224
　アリス・ウォーカー …………… 228
　トニ・モリスン ………………… 232
　ポール・マーシャル …………… 236
　グローリア・ネイラー ………… 240
　オクテイヴィア・バトラー …… 244

写真出典一覧 …………………… 248
作家名索引 ……………………… 250
作品名索引 ……………………… 252

序論　世界の黒人文学

　本書の狙いはアフリカ、カリブ、アメリカの黒人文学を一つの大きな枠組みのなかで紹介することにある。もちろんわたしたちは肌の色の同一性といった表面的なことを根拠に三者をひとくくりにしようというのではない。近代における世界史の展開過程における黒人存在のある種の共通性にこそ、その根拠があるというのがわたしたちの見解である。出発点は近代初期のヨーロッパとアフリカの出会いにある。だがそれもヨーロッパ人による「新大陸」の「発見」とその植民地化がなければ、単なる出会いの域を越えなかったかも知れない。富への貪欲な欲望に燃えた近代のヨーロッパ人は、アフリカ黒人を奴隷労働力として植民地開発に利用する策を思いついたのである。ここにアフリカ黒人がヨーロッパ世界の近代化＝資本主義化の過程に巻き込まれる決定的な歴史的瞬間を見ることができる。そしてアフリカに起源を持ち、カリブや北アメリカに離散させられたディアスポラとしての黒人の存在形態もまたそのことによって決定づけられたのである。すなわち西アフリカの黒人は奴隷船に乗せられカリブ、ラテンアメリカ、北アメリカのイギリス植民地へと運び込まれたのである。
　ヨーロッパの近代はヨーロッパ地域における科学・技術の革新とそれによる資本蓄積を経た産業革命によって単独に、閉じられた形で、純粋に成立していったわけでは決してない。むしろヨーロッパ世界の他の世界への展開と、そのなかでの黒人奴隷労働力の商品としての売買とその搾取の蓄積、さらにその産物と富のヨーロッパへの還流という過程によって補われていたのである。
　ヨーロッパ世界はそのような白人による黒人支配を合理化するために強力な「人種主義」のイデオロギーを生み出した。すなわち黒い肌に生物学的劣等性の刻印を押したのだ。その意味では、人種主義的差別は特殊で孤立した現象としてではなく、ヨーロッパの近代化＝資本主義化の大きな流れの不可分の要素であったと捉える必要があろう。中心としてのヨーロッパ世界には富と優越が位置し、黒人にはその対局としての周辺性、劣等性、貧困が押しつけられたのである。白人の文化は普遍であり、学ぶ必要があるが、黒人の文化はないにひとしく、学ぶに値しないという伝統的思想は、そのような現実の反映なのである。
　ではディアスポラとして黒人たちはどのように生きてきたのか。ゆえなく近代化の流れに巻き込まれ、「中間航路」を経て、アフリカの言語、宗教、文化を否定され、奴隷として白人のための富の形成に利用される貧困のなかで、人種主義によって軽蔑され、蔑まれた人々にとって人生は、不条理以外の何もので

もなかった。そのような人生に生きるべき意味を獲得するために黒人たちは闘わねばならなかった。そこから生まれてきたのが黒人独自の文化であった。読み書きの機会を奪われた黒人たちにとって利用可能な文化の素材は限られていた。黒人がアフリカから身につけてきた物語、宗教、音楽、そしてアメリカやカリブで触れたキリスト教や賛美歌等だけである。しかし黒人たちはそのような素材を、貧しさと不条理にあふれる現実に対抗して生きる力に変えてゆくことができたのである。それは共同性を背景にした精神の崇高さ、愛、忍耐、苦難にも挫けぬ強さ、解放への希望であり、また弱者として生きるための知恵の結晶でもあった。

　他方、アフリカの黒人たちは最初、ヨーロッパ近代化に人的資源を提供する立場にあったが、19世紀末からはみずからがヨーロッパ近代化の帝国主義的展開としてのアフリカ植民地分割競争の犠牲者となってゆく。そしてここでも黒い肌に押された劣等性の刻印が意味を持ってくる。ディアスポラの黒人とアフリカの黒人の間に世界史的な意味での連帯の基礎があるとすれば、ヨーロッパ列強によるアフリカの植民地化にその客観的な根拠を見ることができる。肌の色に人為的に与えられた烙印をともに背負い、ヨーロッパ世界によって搾取と収奪の対象とされたことだ。19世紀末にアメリカ黒人の知的指導者の一人 W. E. B. デュボイス（W. E. B. DuBois, 1868-1963）がアメリカの黒人を前衛とする世界の黒人の連帯と地位を唱えた（パン・アフリカニズム）のはそのような背景のもとにおいてである。このような先駆的運動にもかかわらず、世界の黒人の声は無視され、単なる搾取と抑圧の対象とされたのである。

　アフリカ黒人とディアスポラの黒人との間に現実的な連帯と共同が生まれるのには第2次世界大戦の悲劇と、戦後の新たな状況の展開が必要であった。第2次世界大戦は、ナチズムの人種主義、日本の植民地主義に対する戦いという性格を持っていた。このことにより人種主義と植民地主義からの脱却が戦後世界の大きな課題となったのである。また、戦後、社会主義と資本主義との冷戦体制のもとでアジア・アフリカ・ラテンアメリカ等の第3世界の支持を2つの体制が競うなかで資本主義体制は、自由と民主主義を旗印とするアメリカ主導型で再編された。他方、アフリカ、アジア、カリブそしてアメリカ国内においてもかつてない人種主義の廃絶と独立をめざす運動が発展し、60年代にはアフリカ諸国が先を競うように独立を果たし、アメリカにおいては公民権運動が歴史的な大闘争に発展するのである。このようにして植民地主義支配と人種主義支配のもとで客体化されてきた声なき人々が、その主体性を発揮する時代が訪れたのである。

　ではその主体性とは何か。それは自分たちを奴隷化し、植民地主義支配のもとに置いてきた近代化の論理に対抗する視点に他ならない。それは人種主義、

女性差別、物質主義、消費主義、暴力主義、個人主義等の近代資本主義社会で培われてきた価値観やイデオロギーと対抗し、それらとの闘いから生み出された共同性と人間精神の価値を重んじる気風なのである。そして共同性と精神の価値を重んじる気風は、近代化によって達成された豊かさのなかの貧困に悩む日本人にとって決して無縁なものではない。

　文学は黒人たちの主体性の主張の展開においてどの地域においても重要な役割を果たしてきた。アフリカ文学においては、人種主義的差別との闘いを主要なテーマとするアパルトヘイトの南アを除き、植民地主義と新植民地主義との闘いが大きなテーマとなる。そのなかでアフリカ文学は、大きな社会的スケールのもとで社会的現実を変化の視点から描いている。さらに90年代においては近代がかかげてきた価値観を、アフリカの伝統的価値観の良質の部分を取り入れつつ大きく問いなおす動向が生まれている。カリブ黒人文学においてはヨーロッパ中心主義を乗り越え、カリブの視点を確保しつつ、さらに女性の視点を取り入れ、カリブの特徴としての多民族的展開も相まって多文化主義的視点を強めている。アメリカ黒人においては公民権運動の時代を基盤にし、人種主義、階級、ジェンダーの問題を社会の底辺から、そして歴史的に問いなおす文学が、とりわけ女性の視点に依拠しつつ発展してきた。

　このようにして世界の黒人文学には、それぞれの歴史的文脈の違いによる大いなる差異をかかえながらも、近代世界の展開において周辺化され、排除され、貧困のなかに置き去りにされてきた黒人たちによる主体形成の運動が豊かに反映されている。それは近代が排除してきた人間的な価値の豊かな宝庫なのである。

（加藤恒彦）

アフリカ黒人文学概論

序

　ヨーロッパ近代はアフリカの犠牲の上に成り立っているといっても過言ではない。イギリスは、皮肉にも、近代化のきっかけとなった「ピューリタン革命」(1640-1660年)期の1651年に奴隷貿易を開始し、三角貿易によって、本国から持ち込んだ安価な商品の見返りに買い取ったアフリカ人を、奴隷としてアメリカ大陸、カリブ海地域へ輸出し、それらの地域のプランテーションで産み出された砂糖・タバコ・綿花が還流するシステムを作り上げた。イギリスはこれらの巨大な富によって、産業革命を成し遂げ、近代の骨格を形成したのである。この根幹にある奴隷貿易は、「西洋の筋肉」を作り、「アフリカを骨と皮」だけにしたのであった。事実、アフリカから連れ出された「奴隷」は16世紀～18世紀において、6千万～1億人にのぼるといわれる。
　「万人に等しく分け与えられた理性」を掲げる西洋近代が「奴隷貿易」と一体であることの矛盾を合理化するのは、人種論である。この「理論」では、平等な人間、理性的人間とは、つまるところヨーロッパ人のみしかいないのである。したがって、ヨーロッパ人のみが「主体者」「歴史の原動力」であり、アフリカ人は、類型的、非歴史的、「他者」なのである。アフリカには、古くからスワヒリ語やアムハラ語によって書かれた文学もすでに存在していたが、近代ヨーロッパは、アフリカ人を「書くことなどできない、劣った存在者」だとみなしていた。この露骨なヨーロッパ植民地主義と一体の人種主義に直面したアフリカ人は、必然的に、自らに押し当てられたこの「他者」性を拒否し、それと対決することを余儀なくされたのである。「他者」性の拒否は、人種主義との闘いであり、それは自己固有の文化の再獲得を経てのみ、行われるのであった。この先駆的闘いは、ナイジェリア出身のオラウダ・エキアーノ (Olaudah Equiano) によって開始された。ロンドンで出版された彼の著書『アフリカ人オラウダ・エキアーノ、別名グスターヴァス・ヴァッサ自著の生涯の興味ある体験談』(*The Interesting Narrative of the Life of Olaudah Equiano, or Gustavus Vassa the African,* 1789) は、アフリカ黒人が自ら英語で書いた初期の作品の代表作である。「エキアーノは英国における黒人コミュニティーの初期の政治的指導者の一人であり、その著書、雑誌、演説、講演旅行は、奴隷制廃止運動に影響を与え」(注1)、のちのパン・アフリカ運動の基礎となる思想を表現しているとも言われている。また、「抑圧に対する政治的抗議や抵抗の手段として、

物語、自伝、論争を使うというやり方」は、黒人がものを書く時のスタイルとして、のちの時代にまで受け継がれている。19世紀中期、シェラ・レオーネに生まれ、ロンドン大学とエジンバラ大学で学んだジェイムズ・アフリカヌス・ホートン（James Africanus Horton）は、著書『西アフリカ諸国と人々、アフリカ人種の擁護』（*West African Countries and People: A Vindication of African Race,* 1868）において、植民地主義的人種論を攻撃した。また彼は、アフリカ人の自治能力性の証明を願った。

「書かれた」アフリカ文学が世界に広く知られるようになったのは、第2次世界大戦後のことであり、それは民族解放闘争と結合して飛躍的に発展を遂げた。しかし、その発展を生み出す基盤は、すでにエキアーノに見られるように、18世紀に形成されていたのである。アフリカにおいて、英語、フランス語、ポルトガル語で書かれた文学は、必然的に、反植民地主義・反人種主義にならざるを得ない。なぜなら、「文明語」である「ヨーロッパ語」で書くことは、植民地主義者に対して、アフリカ人として自らが「能力的にも、人間であること」を突きつけることであり、その内容が反人間的扱いに対する怒りと抵抗であるからだ。また、この怒りと抵抗が現実的な力を持つためには、アフリカ的価値観に基づく、人間の主体確立が必要となる。

植民地主義によるヨーロッパ語の強制は、アフリカ人に固有の言語の発展を破壊する一方で、使用人口はエリート層に限定されてはいるが、より広範囲の人々とのコミュニケーションの手段を拡大した。アフリカ人にとっては「外国語」である「ヨーロッパ語」で書くことには、ある種の自己矛盾があることは否めない。しかし、その「外国語」が、アフリカ全土に反植民地主義闘争の連帯を拡大強化する役割を果たしたのである。

アフリカ文学の共通項

アフリカにおける「ヨーロッパ語」で書かれた文学には、その手段としての言語が、フランス語であれ、ポルトガル語であれ、英語であれ、次のような共通点が見られる。それは、口承文学に基礎を置いていることである。民族解放闘争と結合して発展してきたその文学は、民衆の文化に基盤を置くことが要求される。なぜなら、ヨーロッパ植民地主義が支配において、最大の標的としたのが大地に根ざした固有の文化の根絶であったからだ。この根絶のために、キリスト教布教による「利益誘導」が行われた。「（アフリカ人が）キリスト教徒になることは、相当の物質的な利益をもたらし得たし、本質的にはそのおかげで社会の『現代的』で『進歩的』な分野……たとえば教師、事務員もしくは弁護士というような分野に入りこめた。それは白人の衣服を身につけ、やや従来以上に対等の人間として白人と口をきく、という結果を伴った。富であれ、いっ

そう幅広い知識であれ、政治的権力であれ、それの追求がまぎれもなく、キリスト教会の進出のあとを追うように続いた」(注2)。その結果、アフリカ人の分断が生じ、「エリート」黒人はアフリカ固有の文化を軽蔑し、植民地主義者に親近感を持ち、アフリカの一般民衆を軽蔑するようになる。このような現実の克服は、「流し込まれた価値観」の転換によってしか、不可能であろう。その価値観の転換は、アフリカに根ざした固有の文化の捉え返しである。

　アフリカの民衆に結びついた固有の文化は、口承文学である。植民地主義的な二分法の観点から見ると「口承」は「未開」に、「文字による記述」は「文明」に属する。したがって、「口承性」を通じて「文明」を主張することは、大きな意義があるのだ。アフリカにおける文学は、人類の発生と共に始まったと言える古い歴史をもっている。その文学は、口承文学として受け継がれており、ウガンダの作家・詩人オコト・パ・ビテク (Okot p'Bitek) の編集した『野うさぎとサイ鳥』(*Hare and Hornbill*, 1978) に収録されている民話には、カメレオンや亀などの弱者である小動物が、強者である人食い鬼を知恵の力で打ち負かす話や、勝ったり負けたりするひょうきんな野うさぎの話などがあり、それはほぼアフリカ全土に見られる。このような民話は、アメリカ大陸、カリブ海地域にもたらされ、黒人奴隷に厳しい現実を生き抜く勇気と知恵を与えた。これらの口承による民話は、人々に生きる力を与える「生活の教科書」であった。

　口承文学のもう一つの側面は、哲学、政治学、宗教、を総合化した「百科全書」的性格である。この百科全書的内容は多岐にわたる。例えば、80年代後半から特にナイジェリア文学に現れたマジカル・リアリズムは、伝統的なアフリカの神話的・哲学的世界と分かちがたく結合しているし、ウォーレ・ショインカ (Wole Soyinka) の作品にも同様なことが言える。これらの百科全書的内容は、認識と対象変革を行う実践の強固な基盤となる。口承文学の一つである英雄叙事詩にはそれが顕著に見られる。植民地化される以前のアフリカ社会の特徴は、共同体社会であると言われている。この共同体は、豊かで広大な大地を人間が共同で開拓してゆく必要から生まれた社会制度である。アフリカにおける文学とは、この共同体を持続、強化、発展させるための総合的な思想文化体系そのものであり、この文学は本来的に口承文学の形態をとっているのである。このような文学、口承文学の典型が英雄叙事詩と呼ばれるものなのである。英雄叙事詩は、現在、過去、未来の結合を作り出し、アフリカの共同体の生み出す文化的価値、民族の尊厳、重要な哲学的見解を人々に教える、いわば百科全書的役割を果たすものなのである。したがって、詩人は共同体が危機に直面した時、英雄叙事詩を作って、共同体構成員に共通の目的に向かって闘うための連帯と自覚、勇気、自己犠牲を命をかけて訴えかけなければならない。このような、社会・政治と文学との結合、文学の百科全書的役割、歴史の記録者、社

会・政治に対する裁判官、未来に対する預言者としての詩人（文学者）の役割はアフリカ文学の歴史を貫いている基本的性格である。

　アフリカのほとんどすべての作家、詩人たちが社会的・政治的コミットメントを行うのはこのような口承文学以来の伝統的な詩人の役割を果たしているからなのである。80年代に南アフリカのアパルトヘイト権力によって、絞首刑に処せられた詩人モロイセ（Moloise）、90年代のナイジェリア軍事政権によって死刑に処せられた詩人ケン・サロ＝ウィワ（Ken Saro-Wiwa）、などにも、その例を見ることができよう。アンゴラの初代大統領のネトー（Agostinho Neto）、セネガルのかつての大統領サンゴール（Léopold Sédar Senghor）が著名な詩人であることもなんら不思議なことではないのである。

　アフリカにおけるヨーロッパ語による文学の中でも、最も古くかつ広範囲の地域に広がっているのは、英語による文学である。われわれは、北アフリカのエチオピア、ソマリア、西アフリカのナイジェリア、東アフリカのケニヤ、南アフリカ共和国に至るまで、その優れた作品を見ることができる。英語によるアフリカ文学には、他のヨーロッパ語による作品（セネガルやカメルーンなどにおけるフランス語文学、モザンビークやアンゴラにおけるポルトガル語文学）との共通性が多く見られるのも事実である。

　アフリカ文学の作家と読者の圧倒的多数者は、アフリカ黒人である。もちろん、アフリカにはルアンダのルアンディーノ・ヴィエイラ（Luandino Vieira）や、ノーベル文学賞を受賞した南アフリカ共和国の女性作家ナディン・ゴーディマ（Nadine Gordimer）などの白人作家もいるが、これらの作家の作品には、共通に広義のアフリカ文学の特徴点が見られる。

　この小論においては、英語による黒人アフリカ文学を中心に取り上げるが、それはアフリカ文学とは何かを解き明かすための切り口としての選択にほかならない。アフリカ黒人文学の力は、被抑圧者ゆえに持ちうる魅力的な人間復権のエネルギーである。アフリカ黒人文学を学ぶことは、西洋近代とは何であったのか、西洋近代の価値観は、果たして唯一の普遍的「ものさし」であるのか、またその価値観に対置される価値観とは何かを学ぶことである。近年、ヨーロッパ文学はかつてのパワーをなくしたかに見える。それに反して、アフリカ文学は、ますます豊かに発展を続けている。ナイジェリアのウォーレ・ショインカ、南アフリカ共和国のナディン・ゴーディマらがノーベル文学賞を受賞したのも偶然ではない。アフリカ文学は明治以来、精神的に植民地化されてきたわれわれ日本人を、人間的視点に立って解き放つ手助けになるであろう。

　現代アフリカ文学は、第2次世界大戦後今日に至るまで、どのような課題を持ち発展してきたのであろうか？　われわれは、50年代、60年代、70年代、80年代、90年代という時代区分を定めて、この発展の道筋を明らかにしてみよう。

50年代のアフリカ文学

 1950年代におけるアフリカ文学の基本的テーマは植民地主義的価値観に対するアフリカ的価値観の対置であった。植民地主義から独立するためには植民地主義イデオロギーからの解放が闘いの基本となる。ヨーロッパ植民地主義者はキリスト教中心の「文化」を押し立てて、アフリカの文化が「悪」、「暗黒」であり、「恥ずべきもの」であることをアフリカ人に「自覚」させつつ、「暗黒」を開く「神の代理人」としての自己の立場を鮮明にすることにより、全面的なアフリカ植民地支配を正当化し実現してきた。したがって、アフリカ人がこのようなイデオロギーと闘うためには、ヨーロッパ植民地主義者が否定したアフリカ文化の捉え返しが欠くべからざるものとなる。われわれは、この時代を代表する小説として、カメルーンの作家フェルディナン・オヨノ（Ferdinand Oyono）の『ハウスボーイ』（*Une Vie de Boy*, 1956, *Houseboy*, 1966）をあげることができる。この小説では主人公の少年は、フランス人の与えるキリスト教文化を受け入れ、アフリカ社会と決別して、白人のハウスボーイ（下男）として働く。しかしながら、白人社会は彼を人間として受け入れることはなく、彼はただ動物的扱いを受けるだけであった。そんな生活の中で彼の意識を変えたのは、主人である白人地方長官の、「割礼」を受けていない裸身を見たことであった。一人前のアフリカ人なら誰でも受けている「割礼」を受けていない白人は、彼にとって、「まともな」人間ではないことを意味する。このことが契機となって、彼は怯えることなく白人社会を直視できるようになり、アフリカにおける白人文化とは、搾取と支配のイデオロギーに過ぎないことを知るに至る。しかし本質を見抜いたため、彼は白人によって殺されてしまうのである。

 この作品は超歴史的に「割礼」を礼賛したものではなく、白人から見れば「野蛮の印」である「割礼」が、逆に皮肉にも「野蛮な植民地支配」の真実を浮かび上がらせている。

 50年代のアフリカ文学のテーマは、植民地主義イデオロギーに対置されるアフリカ固有の文化である。ナイジェリアのチヌア・アチェベ（Chinua Achebe）もアフリカの過去は決して、「暗黒」ではなく、キリスト教と比較しても、なんら遜色のない、豊かな宗教を持っていたこと、またそのような豊かな独自の文化を持ったナイジェリア社会を暴力的に破壊したのがイギリス植民地主義であったことを『崩れゆく絆』（*Things Fall Apart*, 1958）において解き明かしている。また出版された時代は、60年代だが、ケニヤ出身の作家グギ・ワ・ジオンゴ（Ngugi wa Thiong'o）の処女作『川をはさみて』（*The River Between*, 1965）も、貫くテーマは同じである。20～30年代のケニヤを再現したこの作品では、アフリカ固有の文化の本質は、キリスト教の本来の目的である人間解放と融合できることが主張されている。これは、50年代の解放闘争が「右手に土

地、左手に聖書」をスローガンにして闘われたことにもつながるのである。
このような文化の対置は、独立運動期に特徴的に見られるのものである。

60年代のアフリカ文学

1960年代に入ると、アフリカ諸国は次々に政治的独立を達成する。しかし、このような独立は「フラッグ・インディペンデンス（旗を立てただけの独立）」であり、これによって、アフリカ民衆の暮らしは以前となんら変わることなく、支配者が「白人」から、ヨーロッパ帰りの「黒人エリート」に替わったに過ぎなかった。したがって、この時代の作品では、「独立とは何であったのか？」が中心テーマとなり、具体的には社会・政治の腐敗、堕落が描かれる。この時代の代表作として、われわれはガーナの作家アイ・クエイ・アーマ（Ayi Kwei Armah）の『美しきもの、未だ生まれえず』（*The Beautiful Ones Are Not Yet Born*, 1968）をあげることができる。この小説では、ンクルマ体制の崩壊期における社会・政治の腐敗が、「匂い」を伴うようにして描き出されている。経済政策の行き詰まりの中で、農民の収入は低下し、労働者の賃金は引き下げられ、国内の不満は高まり、ンクルマ体制の末期には政治的統制力は失われていった。そして、1966年にはクーデターによって政府は崩壊する。このような時期における人間の権力欲・金銭欲の結果が、どういうものかがこの作品のテーマとなっている。

むろん、人間の「本性」が直接的に社会の腐敗を引き起こしたのではない。社会的・政治的腐敗、堕落は、60年代における政治的独立のあり方、その社会構造に原因があったのである。この腐敗の構造は何によってもたらされたのであろうか。それは経済支配を通じて政治をコントロールする新植民地主義によってである。これは、ガーナのみならず、ナイジェリアでも、ケニヤでも同様にみられることである。しかしながら、60年代の多くの作家は、腐敗・堕落の根本原因が社会にあることは認めても、それをさらにえぐって、新植民地主義批判にまで行き着くことはできなかった。他方では、グギ・ワ・ジオンゴやセンベーヌ・ウスマン（Sembène Ousmane）のように、それを乗り越えようとする作家もいるのである。グギは、『一粒の麦』（*A Grain of Wheat*, 1967）において、60年代のアフリカ諸国の独立の問題点を、ケニヤの現実の分析から解き起こしつつ、新植民地主義批判への方向性を示している。ケニヤは1963年、イギリスから独立を勝ち取った。しかしその果実を味わったのは、民衆ではなく「独立闘争には参加せず、大学や役所にバタバタ逃げ込んだ連中、苦難というものを口先だけでしか知らない人々」なのである。独立後のケニヤの支配層は民衆の力によって得られた独立の果実を「独占」したのである。この作品の中で、再び自分たちが戻って来ることをイギリス人がつぶやく場面があるよう

に、新しい支配層は新植民地主義と一体化し、今度は民衆を弾圧するのである。独立のために尊い犠牲をはらった民衆、すなわち「一粒の麦」を実らせるためにも、そのような現実は許せないという怒りがグギにはある。

　60年にはアフリカで17か国が「独立」したのに反して、南アフリカではこの年は「悲劇」の年の始まりでもあった。1960年には、「シャープビル虐殺事件」（アフリカ人が白人地域に入る際に身分証明書携行が義務化された法律である「パス」法反対の集会を、シャープビル警察前で開いた時、無防備のアフリカ人に対して警官隊が発砲したため、69名が即死した事件）が起こった。このことは反アパルトヘイト闘争は、集会、デモ、交渉だけでは不十分であることを示した。かくして、アフリカ民族会議（ＡＮＣ）には、武装抵抗組織「民族の槍」（ウムコント・ウェ・シズウェ）が、パン・アフリカニスト会議には「ポコ」が創設される。このような現実の中で、南アフリカの作家たちは、民衆に抵抗を呼びかける伝統的詩人の役割を果たす。この時代の作家の代表者の一人は、アレックス・ラ・グーマ（Alex La Guma）である。彼は中編小説『夜の彷徨』（*A Walk in the Night,* 1962）において、スラム街の一夜の出来事を通じて、アパルトヘイト体制が人間の絆を断ち切り、その怒りはより下位の弱者に向けられ悲惨な結果を生むことを、克明に描き出している。60年代の作品は短編が多いが、これは作家が長編を書くゆとりがないほど、弾圧が厳しかったことの現れでもある。この時代の代表的短編集には、リチャード・リーヴ（Richard Rive）編『四重奏』（*Quartet,* 1963）がある。この作品集には、50年代のバス・ボイコット運動を見守っていたカラードの青年が意識変革を遂げて、アフリカ人の運動へと参加する姿が描かれている、ジェームズ・マシューズ（James Matthews）の「バスには乗らないぞ！」（Azikwelwa!）や、主人公を除いて兄弟姉妹すべてが白人並みの肌の色であったことの対立が、母の葬儀の場面で現れる悲劇を描いた「復活」（Resurrection）などの短編が含まれている。

70年代のアフリカ文学

　新植民地主義に対するアフリカ諸国民の闘いは70年代には、大きな発展を遂げる。とりわけ、南部アフリカのモザンビークの独立(1975)、アンゴラの独立(1975)、アンゴラ内戦に介入した南アフリカ正規軍の撤退は、南アにおける反アパルトヘイト闘争を大きく燃え上がらせた。70年代の南アフリカにおいて大きな役割を果たしたのは、「黒人意識運動」であった。この運動の指導者スティーブ・ビコ（Steve Biko, 1946-77）は、アパルトヘイト支配を社会制度による支配と心理的・精神的支配とにわけ、心理的・精神的支配の克服を経て社会制度変革を目指した。心理的・精神的支配克服のために彼が強調したのは、過去のアフリカ文化の現代化であった。南アフリカにおいて、民衆に最も根づいた文

化は、詩と演劇であった。とりわけ、批評家アルヴァレ＝ペレイエ（Jacques Alvarez-Péreyre）によれば、詩は「集中された形態によって、感情を直接的に表現できるため、とても経済的に本質的にものをいう、驚くべき近道」である。したがって、60年代の短編小説に代わって、70年代には詩が大きな位置を占めることになる。この直接的理由は、短編小説は徹底的に弾圧を受け、出版自体が不可能になったからであるが、今度は比較的弾圧を受けにくい詩が小説に代わって闘いの主役の役割を果たす。70年代の詩人セローテ（Mongane Serote）、ムチャーリー（Oswald Mtshali）、グワラ（Mafika Gwala）などの詩人が黒人意識運動と結合するのは不思議なことではなく、彼らは伝統的な詩人の役割を果たしたのである。

70年代のアフリカ文学の深化は、民族語による演劇活動にも見られる。アフリカ支配の根底には新植民地主義があることを見抜いたケニヤの作家グギは、ギクユ語による民族的演劇創作運動を展開する。彼は農民と共に戯曲『結婚？私の勝手よ！』（*Ngaahika Ndeenda*, 出版は1980）を作り上げる。ケニヤにおける新植民地主義支配を打破しようとするこの文化創造活動に対して、ケニヤ政府は上演中止という弾圧を行うのであるが、このことはまた、政府自体が新植民地主義と一体であること、政治・経済・文化支配が一体のものであることを証明している。

70年代のアフリカ文学は、差別と抑圧に対する闘いを具体的に展開させるために、アフリカ人にとって最も典型的な固有の文化である詩や演劇を現代化することによって、民衆との結びつきを深化させ、自ら伝統的な詩人の役割を果たすことにより、大きな前進を生み出した。

80年代のアフリカ文学

80年代は、政治・経済・文化支配を一体のものとする新植民地主義支配がアフリカ諸国民の共通の敵であることが、より一段と明確になった時代である。したがって、新植民地主義支配のもたらす現実を正面にすえ、真の独立を目指す闘いを呼びかけることが文学の最重要課題となる。この課題にまともに取り組んでいる作家の代表者は、セネガルのセンベーヌ・ウスマンとケニヤ出身のグギであろう。この2人は、それぞれ50年代、60年代から一貫して、リアリズムの立場からアフリカにおける本質的なものを描き続けてきた作家であり、新植民地主義との対決は、今までの作品の発展の必然的帰結でもある。センベーヌは『帝国の最後の男』（*Le Dernier de L'Empire*, 1981. *The Last of the Empire*, 1983）において、80年代の課題に正面から取り組んでいる。

この作品は、結果的には自ら新植民地主義に手を貸していた前法務大臣の自己意識の克服、白人文化中心主義の克服を通じて、20年にわたるセネガルの新

植民地主義支配の問題点を明らかにするだけでなく、アフリカの共通の敵として、新植民地主義との闘いの道を新しい世代の人々がつかんでいることを示すことによって、生き生きした新しい時代の文学を切り開くものとなっている。

　このセンベーヌと同じ立場に立つグギは 70 年代後半において、新植民地主義支配の根幹をなす文化支配と闘うため、アフリカ固有の文化の一つとして、農民と共にギクユ語による演劇創作運動を開始した。この運動に対して、政府は上演中止のみならず、彼を逮捕拘禁した。この拘禁中に獄中で書いた小説が『悪魔を磔刑に』(Devil on the Cross, 1982. Gikuyu edition, 1980) である。この小説は、ギクユ語で書かれたが、のちに本人によってスワヒリ語、英語に翻訳された。この小説は、社会の「腐敗、堕落」の原因、国民を苦しめる元凶が新植民地主義そのものであることを、伝統的な口承文学の手法を使いつつ、描き出している。発売後数週間で初版が売り切れたこの小説には、彼のそれまでの小説と比べると大きな相違点が感じられる。それほど、アフリカの口承文学が前面に出てきている。また、そのことがアフリカ人読者に感動を与えるのである。

　この作品のもう一つの特徴は、主人公が女性であることだ。この作品においては、アメリカが主導権を持つ「世界泥棒・強盗機構」(そのメンバーはアメリカ、ヨーロッパ、日本の独占資本家) の前で、ケニヤの泥棒たち (国内の資本家) が自分の盗みを競い合う姿、第 3 世界から盗むことをねらっている外国の大泥棒とは手を組まぬよう発言したため殺される国内の泥棒の姿、泥棒コンテストを警察に報告したため、逆に自分が逮捕されてしまう農婦などを見る中で、受動的であった主人公もしだいに闘う女性へと成長する姿が描かれている。アフリカ文学において、女性が主人公となって登場したのは、70 年代から 80 年代における女性作家の活躍と無関係ではない。ベッシー・ヘッド (Bessie Head) の活躍に続いて現われた、ミリアム・トラーディ (Miriam Tlali)、メナン・ドュ・プレシス (Menán du Plessis) などは、南アフリカにおけるアパルトヘイト闘争の深まりの中で、成長した女性作家である。80 年代に入って、反アパルトヘイト闘争は、ノン・レイシャリズム (全人種主義) を掲げる統一民主戦線 (UDF) の結成 (1982 年) と共に新たな段階に入り、アフリカ人、カラード、インド人、白人の連帯の重要性が主要課題となった。この課題に応えたのが、UDF のメンバーでもある若い白人女性作家プレシスである。彼女はオリーヴ・シュライナー賞を受けた小説『恐怖の状態』(A State of Fear, 1983) において、白人が「恐怖の状態」から抜け出せる唯一の方法は、現実直視に基づく主体的な意識変革であることを、女性教師の目を通して明らかにしている。

　80 年代において、グギと同じ立場に立って新植民地主義批判を行う作家にナイジェリアのフェスタス・イヤイ (Festus Iyai) がいる。彼の代表作にはナイジェリア内戦の本質をえぐった作品『英雄たち』(Heroes, 1986) がある。80 年

代のアフリカ文学は、現実の本質をえぐる点において、大きな前進が見られる。現実の本質をえぐるという点において、グギがアフリカ固有の民話的手法を用いている点は、さらに80年代の手法としての、マジカル・リアリズムの誕生へとつながる。アフリカの神話的世界に基礎を置くマジカル・リアリズムの手法は、すでに50年代のエイモス・チュチュオーラ（Amos Tutuola）に見られるが、80年代後半のベン・オクリ（Ben Okri）の短編集に見られる手法には、リアリズムの深化が見られる。この手法は、外的には政治的圧力の現実を反映したものであるが、内容的にはアフリカ人に最も親しい神話的世界を用いることによって、現実の問題点の把握をさらに進めるものである。

90年代のアフリカ文学

　アフリカにおける文学は80年代後半から90年代にかけて、新しい展開を示している。これらの文学の担い手は、「第2世代」と呼ばれる作家たちである。彼らは第2次世界大戦後、アフリカ文学を打ち立てた数多くの「第1世代」の作家たちの到達した社会的リアリズムから出発したが、決してそこには留まろうとはせず、新たなものの見方を持っていた。例えば、批評家フローラ・ヴェイト＝ウィルド（Flora Veit-Wild）は次のように述べている。「彼ら（新しい世代の作家たち）は、自由で近代的で、偏見のない、社会についてのものの見方をもって登場した。彼らは民族主義者の時代の偏見と傾向から自由であった。彼らは作品において、独立後の（ジンバブエの）社会の急激に変化する社会的・経済的状況を知ろうと努めているのだ」（注3）。

　80年代以降、アフリカ諸国が長期の経済的停滞に直面する中で、アフリカでは民主主義、複数政党制、人権要求が増大してきた。このような現実において、文学のなすべき仕事は現実の分析と方向性の提示である。ベン・オクリは、最初の小説『花と影』（Flowers and Shadows, 1980）において、アフリカ文学に共通に見られる「社会的リアリズム」の手法によって、「石油ブーム」がもたらしたナイジェリアの社会変化、社会的腐敗とそれに立ち向かう方向性を描いている。しかしながら、政治批判を許さないナイジェリアの軍政支配の強化の中で、文学は新たな手法を見い出す。その手法が「マジカル・リアリズム」である。この手法は、従来の「社会的リアリズム」のように、直接的に社会・政治批判を行うのではなく、アフリカに固有の神話的世界を媒介させて、現実の問題点を浮き彫りにし、それに立ち向かう人間の主体化を提起するものである。「マジカル・リアリズム」は社会的・政治的現実からの逃避ではなく、アフリカ人に最も親しい神話的世界を通じて現実が描かれるために、「社会的リアリズム」よりも大きな影響力を持ち得る。アフリカ文学が西欧文学の亜流となることなく、真のアフリカ文学となるためには、アフリカ的価値観が貫かれなけれ

ばならない。ナイジェリア文学においては、すでに50年代初期から、エイモス・チュチュオーラの作品に、それを見ることができる。しかしながら、彼の作品には現代社会・政治が明確な形で結合しているとは言いがたい。チュチュオーラの世界を現代社会・政治と結合させたのが、ベン・オクリであり、その初期の短編作品の一つが「栄える世界」(Worlds That Flourish, 1988)である。1991年にブッカー賞を得た長編『飢えの道』(The Famished Road, 1991)の手法の原形は、この短編にある。

ベン・オクリに見られる「マジカル・リアリズム」は、アフリカ文学の共通項である口承文学から導き出されるものであり、口承文学の現代化であるとも言える。この手法によりアフリカ人は、より興味深く現実を認識するであろう。また、『神々を驚かせて』(Astonishing the Gods, 1995)において、彼が西洋近代世界の袋小路から抜け出す方向性を提起しているのは興味深いところである。また、1995年ナイジェリア政府によって絞首刑に処せられたケン・サロ＝ウィワは、死後出版された獄中記において、基本的には変わることのないアフリカ文学の使命、作家の役割について、次のように述べている。「……ナイジェリアのような危機的状況においては、文学は政治と分離されることはできないというのが、私の信条である。……作家は、行動的知識人でなければならない。……作家は、大衆組織に参加しなければならない。作家は国民と直接的関係を打ち立て、アフリカ文学の力、言葉の雄弁に訴えねばならない」。(注4)

現代アフリカ文学を歴史的に見てきたが、われわれはその共通項である、口承文学の持つ生活の教科書的役割、百科全書的役割、および作家(詩人)の社会的役割が貫かれていることがわかる。アフリカ文学が衰えることなく、内実を深化させ、われわれに感動を与え続けているのは、アフリカの作家たちが直面する現実の厳しさをものともせず、現代的視点に立って伝統的詩人の役割を果たし、その実践の中で、西洋近代の矛盾、「グローバリゼーション(実は世界の価値の一元化の強制)」を乗り越える方向性を提起しているからであろう。

注1、Edited by Mpalive-Hangson Msiska and Paul Hyland, *Writing and Africa*, p.32, London : Longman, 1997.
注2、エイドリアン・ヘイスティングズ著、斎藤忠利訳『アフリカのキリスト教』教文社、p13、1988年
注3、Dieter Riemenschneider, Frank Schulze-Engler (Eds.), *African Literatures in the Eighties*, p.108, Amsterdam: Rodopi, 1993.
注4、Joe Grossman,*Hanged, Ken Saro-Wiwa in the American Print Media*. California: Inner Image Ink, p. iii, 1996.　　　　　　　　　　(北島義信)

チヌア・アチェベ

Chinua Achebe (1930-)

ナイジェリア東部のニジェール川に接するオギディに生まれた。6歳から父の経営するミッション系の学校で学び、1944年オギディに近いウムオフィアの公立中等教育機関に進学。48年奨学金を得てイバダン大学に入学する。最初は医学を志したが文学コースに転じ、53年にそこでB.A.の学位を取った。卒業後、数ヶ月教師をしてから、54年にナイジェリア放送局に入局し、66年に局を辞した。その間、『崩れゆく絆』、『もはや安逸は』、『神の矢』、『庶民の中の一人』(Things Fall Apart, No Longer at Ease, Arrow of God, A Man of the People) などを次々と発表した。

67年詩人クリストファー・オキボ (Christopher Okigbo) と出版活動を始めた矢先、ナイジェリア内戦（別称ビアフラ戦争）が始まり、文化活動は不可能となった。71年新しいアフリカ文学雑誌『オキケ』の編集を始めたり、ナイジェリア大学の教職に就いたりして再出発。同年、内戦の悲劇を扱った詩集『同胞よ、心せよ』(Beware, Soul Brother and Other Poems)、短編集『戦争と女たち・他』(Girls at War and Other Stories) を出した。

72年、アメリカのマサチューセッツ大学に客員教授として招かれ、以来約7年アムハースト大学やコネティカット大学で英語を教えた。75年に評論集『創作の日はまだ朝』(Morning Yet on Creation Day) を刊行した。83年評論集『苦悩するナイジェリア』(The Troubles with Nigeria) を出版し、87年小説としては20年ぶりに『サバンナの蟻塚』(Anthills of the Savannah) を刊行した。92年ハイネマン社は、『崩れゆく絆』は30年で800万部以上売れたと発表。90年ナイジェリアで交通事故に遭ったが、回復後、車椅子でアメリカのバート大学で講義を続ける。

主要テキスト

Things Fall Apart. London: Heinemann (AWS, 1), 1962.(『崩れゆく絆』古川博巳訳：門土社、1977年)
No Longer at Ease. London: Heinemann (AWS, 3), 1966.
Arrow of God. London: Heinemann (AWS, 16), 1966.
A Man of the People. London: Heinemann (AWS, 31), 1966.
Girls at War and Other Stories. London:Heinemann(AWS, 100), 1972.
Anthills of the Savannah. London: William Heinenann Ltd., 1987.

アチェベ，チヌア

テーマ／特徴／その他
　アチェベ文学のテーマは、文化の対立と統合にある。長編小説の第1作『崩れゆく絆』の背景は、作者の故郷であるナイジェリアの東部に白人が来た頃の話である。イボ人の主人公オコンコウ（Okonkwo）は自らの勇気を示すため、神託通りに大切な養子を斬り殺す。そして村で最も働き者でそのうえ強い男であるという評価を受けるに至った。しかしその彼でも長老の子供を事故死させると、村の掟で7年間の追放の罰を受ける。彼の不在中に、村に白人がやって来てキリスト教を広め、村の伝統的宗教行事は野蛮だと反対した。帰村した彼は白人の横やりに反抗する。村のしきたりによれば、この村祭を失敗させることは最大の罪であったからである。だが政府の役人がやって来て祭りを止めさせようとした。オコンコウは役人を殺してしまう。村人達は彼の行為をなじった。村人がもはや白人に対して反発しないと悟って、オコンコウは自殺する。
　オコンコウの自殺が象徴する文化の対立のテーマについては、アフリカの伝統文化の敗北を意味するとか、自殺は人殺しの当然の報いであるとしたり、イボの社会秩序の全体的崩壊を意味するといったような諸説がある。キリスト教が入ってきた当初は、ヨーロッパとアフリカの文化の対立は決定的で、むしろ両者にとって災難ですらある。だから、白人にはオコンコウの自殺の意味は全く分からない。白人の地方長官はオコンコウのことを興味のある読み物になりそうだと思い、そのタイトルもすでに決めていた——『ニジェール川下流域未開部族についての融和政策』と。
　『もはや安逸は』の背景は、第1作の3、40年後だから少しは文化の統合が進んだと思われる1950年代である。主人公のオビ（Obi）は自殺したオコンコウの孫になる。オビの母親はクリスチャンでナイジェリアの伝統的な考え方より、むしろヨーロッパ的だと思えそうだが、実はそうではない。オビはオス族出身の恋人クララ（Clara）との結婚を母に懇願するが、猛然と反対される。それはキリスト教の受容が表面的であることを示していよう。
　ナイジェリアを含む十数カ国が一度に独立した1960年を「アフリカの年」と呼ぶ。その頃より現在のほうが良いといえる国が何カ国あるだろうか。人口より埋設されている地雷の数の方が多い国、飢えやエイズで死ぬ人の多さ、8歳で銃を持って戦場に赴く学校に通ったことのない児童のことなどを考えるだけでも、「アフリカの年」より悪化した国が多いともいえよう。こう考えるとアチェベの最新作『サバンナの蟻塚』の中の架空の国の独裁的政権も、兵士の賄賂の強要やレイプも俄に現実味を帯びてくる。この小説の中では、クリス（Chris）の死は多くの人に悼まれるが、汚職、クーデター、レイプ、弱肉強食の病癖は簡単には払拭できそうにない。だからクリスの死は国葬で迎えるのでなければ、文化の対立は統合へと昇華できないと、作者は主張するのであろうか。

アチェベ，チヌア

作品紹介
『もはや安逸は』(*No Longer at Ease*, 1966)

　この小説はオコンコウの孫オビが収賄の容疑で裁判にかけられている場面から始まる。舞台は1950年代の英領下のナイジェリアの首都ラゴスである。オビは故郷の村ウムオフィアの互助組織(UPU)の奨学金で4年間もイギリスの大学で学び、帰国後は植民地政府の公務員として将来を嘱望されて役人になった。

　オビは母国にはびこる収賄と情実とを廃絶して国の向上を図ろうと決意していた。最初は経済的に困っていても、賄賂はきっぱりと断ったし、不当な便宜供与も拒否していた。UPUのリーダー達からも奨学金の見返りとして、当然のように情実人事を要求されるが、これも断る。UPUはしっぺ返しに奨学金の即時返還を求める。

　オビはロンドンのダンスパーティでクララに会って好感を持った。2度目に出会ったのは約1年半後の船上で、キスを交わしあう仲になった。クララはオス出身のため結婚するには多くの障害を乗り越えねばならない。オビはクララとの結婚を決意するが、UPUどころか母親にまでも反対される。オビの結婚への決意も帰国時に抱いていた理想主義も揺らぎ始める。クララはオビの気持ちの動揺を察知して婚約を破棄し、堕胎を主張する。オビが堕胎中止を決断したときには、時すでに遅く、クララは妊娠の合併症にかかってしまう。

　UPUを中心とする村人達や両親、さらには恋人にも見放されたオビは、孤立し金策にも窮し、罪悪感にさいなまれながらも金や女に手を出し始める。それでも良心が残っていて、帰国時の理想が完全には捨てきれず、誤りを正そうと決意したとき、オビは皮肉にも逮捕されて小説は終わる。

　本書のテーマはイギリスとナイジェリアの文化の対立にあるが、それは前項で触れたので、ここではもう一つのテーマである〈汚職〉を中心に述べてみたい。オビは汚職に染まらぬ決心で働き始めるが、ついに汚職で身を滅ぼす。アチェベはその経過を詳説する。オビの役人としての月俸は、47ポンドで、支払いはUPUへ20ポンド、親へ10ポンド、電気代に5ポンド、運転手へ4ポンドで、手元に8ポンドしか残らない。英国帰りの役人の生活は経済的に決して楽でないことを先ず描き出す。そのうえ保険金40ポンド、母の入院費35ポンド、クララの堕胎手術費30ポンドと、オビは常に金に困っている。自殺を考えるほどである。やっと借金を全額返済するが、我慢もそれまでであり、転落が始まる。オビは親も、恋人も、友人も何もかも失って、物理的に守るものがなくなり、精神的な支え、希望とか理想主義も消えてしまった。アチェベが汚職で人間の弱さとか、アフリカ社会の病癖を描いているのは確かであるが、留学で培った知識とか理想主義は付け焼き刃に過ぎず、はびこる汚職の根は植民地主義の負の遺産の一つだと主張しているとも読める。

『サバンナの蟻塚』(*Anthills of the Savannah*, 1987)
　西アフリカの架空の国カンガンの大統領は、軍事クーデターで政権についたので、国民投票を実施してその身分を不動のものにしようとしたが、失敗する。大統領は苦々しい思いを募らせ、ジャーナリストで旧友のアイケム（Ikem）と情報大臣クリスに疑惑の目を向ける。大統領の追っ手から逃亡できるように友人達がクリスと協力しあう。最後は北へ北へとバスで逃げるが、検問所が多く、その都度賄賂を強要される。ある検問所で兵士が、乗客の女性を連れ出してレイプしようとすると、クリスはその兵士に腕ずくで止めさせようとする。銃を向けられるが、クリスはひるまない。ついに発砲されて命を落とす。
　兵士は軍事政権の権力の象徴であり、そのレイプは政治実体のメタファでもあろう。1993年アチェベはナイジェリアの軍事政権に民政移管と人権擁護とを要求した。だからアチェベは本小説の終末で後日、クリスと行を共にしていた学生のリーダーに、アイケムやクリスの死を越えて、自由へ飛翔する決意を表明させるが、これが本小説のテーマとも考えられる。

研究への助言
　アチェベはヨーロッパ語で執筆するアフリカ文学者の中で、作品の販売部数では第一人者である。『崩れゆく絆』は世界45カ国語に翻訳され、2000年までに1000万部売れると予測され、アフリカのみならず多くの国で広く読まれている。先ずこの驚異的なベスト・セラーを一読されたい。アフリカの歴史や社会をアフリカ人の視点で見直し、生き生きと紹介しているからである。現代アフリカ史、特にナイジェリア史の現代を重点的に調べることが必要であろう。
　アチェベに関する研究書や論文も多い。自らの評論集もあるが、さしずめ、Ezenwa-Ohaeto の *Chinua Achebe A Biography* が、総合的にアチェベの年代別の略歴、創作活動から2次資料まで要領良くまとめているから、それから研究を始めるのが良かろう。

参考資料
Arthur Ravenscroft, *Chinua Achebe*. London: British Council Publications (Longman), 1969.
G.D.Killam, *The Novel of Chinua Achebe*. London: Heinemann, 1969.
ロバート・セルマガ「統合を映す鏡」、コズモ・ピーターサ他編『アフリカ文学の世界』（小林信次郎訳：南雲堂、159～173頁、1975年）
Ezenwa-Ohaeto, *Chinua Achebe A Biography*. Oxford, England: James Currey, 1997.

（小林信次郎）

フェルディナン・オヨノ

Ferdinand Oyono (1929-)

フェルディナン・オヨノはカメルーン南西部のエボロワの近くの、ングレマコンという小さな村に生まれた。ドイツで教育を受けた彼の父親オヨノ・エトア・ジャン（Oyono Etoa Jean）は人々から尊敬された指導者であり、カメルーンがフランスの植民地支配下に入ると、今度はフランス語で教育を受けるため学校へ再入学し、1923年には植民地政府に職を得た。オヨノの母親ムヴォド・ベリンガ・アグネス（Mvodo Belinga Agnès）も有名な酋長の娘であり、立派な人物であった。洗礼を受けているにもかかわらず、夫が一夫多妻制を実行し、2人目の妻が家に来たため、彼女は家を出た。それは、彼女が敬虔なカトリック教徒であったからだ。そして、息子のオヨノと彼の妹を育てるため、彼女はお針子として働きに出た。

若きオヨノはその地の伝道所で働き、フランス植民地主義的的伝統の型にはまった教育を授けられた。ここで彼は、「下男」であることの意味を知るようになったのである。

50年父親は勉学のためオヨノをフランスへ送った。オヨノは法学と政治学を学ぶためその地にとどまり、勉学を続ける中で、時間を見つけて最初の小説『ハウスボーイ』(*Une Vie de Boy*, 1956. *Houseboy*, 1966) と次の作品『老人と勲章』(*Le Vieux Nègre et la Médaille*, 1956. *The Old Man and the Medal*, 1967) を、フランス語で書いた。56年に出版されたこの2つの作品は、激しく植民地主義を批判したものである。

59年オヨノは白人女性とラテン・クォーターを歩いている時、直接、残忍な人種差別を経験した。彼は無関心な通行人が見守る中で、侮辱され傷を負わされたのである。

彼は60年に『ヨーロッパからの道』(*Chemin d'Europe*, 1960) を出版してから、作品は短編を除いて書いていない。その理由は不明である。

主要テキスト

Houseboy (Trans. from the French by John Reed). London : Heinemann, 1966.

The Old Man and the Medal (Trans. from the French by John Reed). London : Heinemann, 1967.

Chemin d'Europe. Paris : Juillard, 1960.

オヨノ，フェルディナン

テーマ／特徴／その他

　オヨノの作品のテーマは、かつては熱狂的に受け入れた白人社会への幻滅と自らの文化を基軸にした闘いの方向性の明示である。これは彼の作品『老人と勲章』においても顕著に見られる。主人公のメカ（Meka）はフランス文化を積極的に受け入れた老人である。彼はフランスのために自分の息子2人をヨーロッパ戦線に送り、戦死させたのであった。また、彼は敬虔なカトリック教徒として、自分の土地を教会に寄付したのである。そのため、彼はフランス植民地当局から勲章をもらうこととなった。一緒に表彰を受けるギリシャ人と自分の式当日の対応における格差や、宴会後、洗脳された黒人警官に逮捕される侮辱などを経て、老人はアフリカ的価値観へ回帰する。

　『ハウスボーイ』においても、同じことが言える。主人公トゥンディ（Toundi）少年はフランス文化を受け入れ、白人の下男として働く。彼は「フランス人化」を願うが、彼の受けた仕打ちは暴力と拒絶であった。彼にフランス植民地主義の欺瞞性を見抜く力を与えたのは、ヨーロッパ人が野蛮の印として軽蔑する「割礼」であった。

　オヨノの作品の主要な目的は、常に独立前の植民地的状況の社会悪を暴露することである。ただ、暴露するだけにとどまらず、それに対する闘いの基軸をアフリカ文化、アフリカ的価値の現代化に置いている点が、非常に現代的である。

　彼の作品の中で、『老人と勲章』は10か国語に、『ハウスボーイ』は5か国語に翻訳された。英語版の戯曲『ハウスボーイ』もハイネマン社から出版されている。これらの事実は、彼の作品がカメルーンという一地域の文学を越えて、アフリカ文学全体の古典となっていることを証明するものであろう。

　これだけ大きな意味を持つ作品を書いた作家であり、読者の期待も大きいにもかかわらず、60年代以後、彼は作品を書いていないし、またその理由も、なんら明らかにしていない。それゆえ1980年代、1990年代においては、彼の作品はあまり論じられなくなったが、彼の作品の今日につながる意義を再評価すべきであると思われる。

オヨノ，フェルディナン

作品紹介
『ハウスボーイ』（*Une Vie de Boy,* 1956, ***Houseboy,*** 1966）

　ある村に瀕死の重傷を負った黒人の若者が運び込まれてくる。その若者は、これからフランスへ留学しようと希望にあふれた黒人の若者に、1冊のノートを手渡し死んでゆく。ノートを受け取った若者は、それを読み始める。死んだ若者は、何でもメモを取る白人のまねをして克明に日記をつけていたのであった。

　物語はこの日記の記述にしたがって展開されてゆく。その若者の名前はトゥンディであった。トゥンディは、フランス人の与えるキリスト教文化に何の疑問も抱かず、それを受け入れ、アフリカ社会から決別して白人の下男として働く。しかしながら、彼は白人社会の中へは入ることができず、白人とかかわることができるのは侮辱と暴力においてのみであった。そんな彼も、ある時、主人である白人地方長官の「割礼」を受けていない身体を見て、大きな衝撃を受ける。なぜなら、アフリカ人にとって「割礼」を受けていないということは一人前の人間ではないことを意味したからである。だとすれば、偉大だと思っていた白人地方長官は、一人前の人間ではないということになるのだ。ここから彼は「白人文化」そのものに対して、疑問を持つようになる。ところが、地方長官の妻がフランスからやって来ると、トゥンディは感激する。しかし、地方長官の妻も、植民地カメルーンで暮らすうちに、しだいに退廃し、刑務所長と浮気をするに至る。その浮気の連絡をさせられるうちに、トゥンディ少年はもはや白人支配の下で、無批判に人生を送る「黒い白人」ではなく、批判的に白人を見ることができる自立的なアフリカ人へと成長する。それは、彼が刑務所長から使い走りのチップとして手渡された5フラン紙幣を、無意識のうちに粉々にやぶってしまう描写にも見ることができる。そして、自分に与えられた「白人文化」は、植民地支配のためのイデオロギーであることを知るようになる。このようなトゥンディ少年の眼に植民地主義批判を見い出した白人植民地主義者は、彼に泥棒のぬれぎぬをきせて、抹殺してしまうのである。

　オヨノの小説『ハウスボーイ』は「神の代理人づらしたヨーロッパ人」がアフリカ大陸において現実に行ったことは、アフリカ人にとって何であったのかをアフリカの国民文化の観点から明らかにした作品である。アフリカ人を「暗やみ」から救い出してやると自負していた彼らは、決してアフリカ人の社会の中へは入り込まず、白人のみの社会を形成しているのである。アフリカ社会・文化を否定し、「黒い白人」になろうとしていた時のトゥンディには、植民地主義の欺瞞性を見破ることは不可能であった。これを見破ったものは、彼の「内にあるアフリカ」であった。絶大な権力を持つ白人地方長官を一人前の人間としてみることができなくなった原因は、「割礼」に象徴されるアフリカ固有の価

値観であった。ヨーロッパから見れば、「野蛮の象徴」に過ぎない割礼が、植民地主義の本質を暴き出したのは皮肉である。そのことによって、逆に植民地主義の野蛮さが立体化される。オヨノの主張は、植民地主義を打破するのに最も必要なのは、アフリカ固有の文化の血肉化であるということだ。

　この視点は、70年代における南部アフリカの革命思想家アミルカル・カブラル（Amilcar Cabral）の「精神の再アフリカ化」や、南アフリカの「黒人意識運動」、グギ・ワ・ジオンゴ（Ngugi wa Thiong'o）の文化を基軸にした政治・経済の総合的闘いの理論などと結合する先駆的なものである。

　この作品は50年代フランス語圏アフリカ文学の代表作にとどまらず、新植民地主義との闘いが重要課題となった70年代後半からのアフリカ文学に共通の課題を提起した点で、大きな意義を持つ作品である。このような重い課題にもかかわらず、作品はリアリスティックでコミカルで鋭い風刺が行きとどいた、アフリカ文学の代表作の一つであると言える。

研究への助言

　フェルディナン・オヨノの作品の傑作はなんと言っても、『ハウスボーイ』である。この作品は、アフリカ的価値を（新）植民地主義との闘いの基軸にしているため、アフリカ文学の古典の一つとなっている。それゆえ、フランス語圏ばかりでなく、英語圏世界でもよく読まれてきた作品である。この作品のテーマは、70年代後半にグギによって取り上げられたことを見ても、その先駆性がうかがえる。『ハウスボーイ』の英語版はハイネマン社のアフリカ作家シリーズに入っているので、入手は可能である。オヨノの作品では、まずこの作品を読むべきである。英語版のこの作品は読みやすい。

参考資料

Eustace Palmer, *The Growth of the African Novel*. London : Heinemann Educational Books, 1979.

African Literature Today 13. London : Heinemann Educational Books, 1980.

Pushpa Naidu Parekh and Siga Fatima Jagne, *Postcolonial African Writers, A Bio-Bibliographical Critical Sourcebook*. Connecticut: Greenwood Press, 1998.

（北島義信）

ウォーレ・ショインカ

Wole Soyinka (1934-)

ショインカは1934年ナイジェリアに生まれた。神話、民話、吟遊詩人、民族舞踏や音楽のあふれる町で育ち、51年イバンダ大学在学時にはBBCのラジオ・ドラマを依頼されるほどになった。54-57年イギリスのリーズ大学でギリシャ古典演劇とシェイクスピアを学ぶとともに短編小説や詩も書いた。同校卒業後ロンドンのロイヤル・コート・シアターで働きながら演劇の実作を試みる。処女作群の一つ『道路』(*The Road*)は第1回黒人芸術フェスティバルで最優秀賞を受け、『森の踊り』(*A Dance of the Forests*, 1963)は、60年のナイジェリア独立記念式で上演された。

67年から69年までの2年間、ナイジェリア内戦時に反政府活動で拘留されたが、その体験記『死んだ男』(*The Man Died*, 1972)を発表するとともに、モザンビークの解放戦争や南アのアパルトヘイト反対闘争に触発されて詩集『獄中詩』(*Poems from Prison*, 1969)、『オグン・アビビマン』(*Ogun Abibiman*, 1976)を発表。次いでケンブリッジ大学での講義をベースとしてまとめた評論集『神話・文学・アフリカ世界』(*Myth, Literature, and the African World*, 1976)、戯曲『騎馬隊長の殉死』(*Death and the King's Horseman*, 1975)、自伝『アケ―幼年時代』(*Aké: The Years of Childhood*, 1981)などさまざまなジャンルの作品を発表した。

86年アフリカの黒人としては初めてノーベル文学賞を受賞。95年の来日時にはナイジェリアのケン・サロ＝ウィワ(Ken Saro-Wiwa)の死刑執行抗議の声明書を発表し、同席の大江健三郎もそれに署名していたのが印象に残る。

主要テキスト

A Dance of the Forests (play). London and Ibadan: OUP, 1963.
The Lion and the Jewel (play). London and Ibadan: OUP, 1963.
Idanre and Other Poems (poem). London: Methuen, 1967.
The Interpreters (novel). London: HEB, 1970 (AWS, 76).
Death and the King's Horseman (play). London: Methuen, 1975.
Aké: The Years of Childhood (autobiography). New York: Aventura, 1981 (The Vintage Library of Contemporary World Literature).
The Open Sore of a Continent (criticism). New York and Oxford: OUP, 1995.

テーマ／特徴／その他

　ショインカの文学的営為の目的は、欧米によるアフリカ文明の否定に対抗して、アフリカ文化そのものに内在する評価基準による文化の見直しである。換言すれば、自己理解であり、半植民地主義的運動に連動する欧米の価値観からの開放である。

　ショインカにとってナイジェリア西部のヨルバランド固有の文化の象徴はヨルバ神話、とりわけ創造と破壊の神オグンであり、表現形式はオグンの活躍する伝統的演劇となる。ショインカは演劇の意義と特徴について、次のように語る。「いろいろなメディアがそこに統合的な形でまとめられているというのがアフリカの演劇です。マイムあり、音楽あり、そして動きもさまざま入っていますし、詩があり、対話もあるということで、それが非常に色彩豊かな形で統合されているのがアフリカの演劇です」。

　オグンとは「創造性の神、道の守護神、金属の知識と芸術的才能の神。探検家、狩人、戦の神。聖なる誓いの守衛」である。随所に登場してショインカの作品のテーマとかかわってくる。『森の踊り』ではオグンは半分子供（half child）を魔手からすくう。『地下室に閉じ込められたシャトル』（*A Shuttle in the Crypt*, 1971）では人間同士の争いや殺し合いを悲観的に描いている。ヨルバ神話によるとオグンは人間の愚かしさに失望して、一時深い森に潜み込んだり、時には人間界の混乱を収束したりする。シャトルはオグンの象徴であろう。また詩集『オグン・アビビマン』のアビビマンとはガーナに分布するアカン語で、黒人を表わす。オグンの黒人達といった意味である。本詩集はのちにモザンビーク人の対ポルトガル解放戦開始に触発されて書き上げられた。オグンはヨルバランドの神から、モザンビーク解放に飛翔する。さらに『イダンレ並びにその他の詩』（*Idanre and Other Poems*, 1967）のイダンレとはショインカが作り出した架空の土地でオグンが活躍する創作神話である。

　このようにヨルバ人に内在する価値基準の中心にオグンを据えて、オグンが人間や社会の欠点を指弾したり、嘲笑したりして、読者にその誤りを訂正するのを受け入れるように誘いかける。だから風刺はショインカ文学の特徴に挙げられる。例えば、戯曲『ジェロ神父の試練』（*The Trials of Brother Jero*, 1963）では宗教指導者の冷酷さ偽善性をコミカルに描き、『ライオンと宝石』（*The Lion and the Jewel*, 1963）では若い学校教師に象徴されるインテリの無知、無能、臆病さなどを鋭く風刺している。ショインカの風刺は作品を貫くだけではない。ノーベル賞へのはしゃぎに対してもこのように皮肉った。「私の受賞を大騒ぎする必要はない。アフリカにもノーベル賞のような賞を制定して、50年か100年目にヨーロッパ人に初めて与えれば、誰もが大騒ぎするだろう」この言葉はショインカの風刺と反骨の精神を巧みに表示していると言えよう。

ショインカ，ウォーレ

作品紹介
『森の踊り』（*A Dance of the Forests,* 1963）

　この戯曲は1960年のナイジェリアの独立記念式典で上演されたので、そのために特に書かれたと思われているが、そうではない。ショインカはイギリス滞在の後半、1958、59年頃すでに反アパルト運動に共鳴する内容の戯曲をいくつか作っていた。『アフリカの森の踊り』もその一つであった。60年、25歳の青年ショインカは独立式典の出し物に出すため、この反アパルト劇を大幅に改め、タイトルもシンプルにしたのが『森の踊り』であった。

　ショインカは、ナイジェリアはイギリスの植民地から独立国になってもリーダーが代わっただけで、民衆の窮状は同じであり、指導者が国民を食い物にして私利私欲に走ることは変わらないであろうと悲観していた。その後40年経った今日、ナイジェリアを含む多くの新興国の現状を考えるとショインカの危惧は的外れだったとはいえない。

　『森の踊り』の幕開けは薄暗い森の空き地が広がる。その地面が不意に2つに割れて、奇妙な女性が姿を現す。彼女は明らかに死者だ。少し離れた地面が割れて男性の顔が見える。2人はゆっくりと姿を現すが、男性も死者で、どちらも相手の姿が見えぬようである。そのうえ、女性は妊娠している。そこへ生者である町の住民や神オグンの従者らが姿を現すという表現主義的手法でこのドラマは始まる。

　それは何百年に一度諸民族の集いあう夜である。高い立派なトーテムが彫られる。トーテムは過去と現在の連続の象徴であり、黒人文化に内在する価値体系の象徴でもある。劇が進むにつれ神オグンの従者が人殺しをしたり、人間の未来を表す半分子供を救ったりする。最後に自らも高いトーテムの上から墜落死する寸前にオグンに助けられる。これは罪滅ぼしと禊の象徴と考えられよう。

　このドラマには劇中劇形式で古代の大帝国の王宮が描かれ、戦争の是非が論じられる。不正に目をつむり、腐敗を合理化するか沈黙によってそれを見逃すインテリの退廃がここでも描かれている。王軍の指揮官は馬鹿げた戦争に部下の命を賭けたくない。それに対し侍医は茶坊主よろしく論理のすり替えで正当化を計る。

　指揮官「それは不法な戦争です。どのようなお方の花嫁衣装でも、それを取り返すためだけで部下を戦争に駆り立てるわけには参りません」

　侍医「ああ、でもあなたにはわからないのですか？　それだけではなくなっているのですぞ。女王様の戦争では決してありません。この戦争は今では名誉の問題になっているのです」

　このような議論のすり替えや偽善の告発は、新生ナイジェリアのエリート層のみならず、我々全体に対する警告とも読み取れよう。

『騎馬隊長の殉死』(*Death and the King's Horseman*, 1975)

　ショインカはナイジェリアの内戦時に約2年間 (1967〜69) 裁判もないまま拘留された。反政府活動のためだといわれている。その拘留経験を小説とも体験記とも考えられる『死んだ男』で発表した。しかしこれは発禁処分となった。彼は軍事政府に対する嫌気と抗議とで自主追放者となってイギリスに渡り、ケンブリッジ大学で教育と研究をしたり、演劇活動に従事していた。そのときロンドンでチャーチルの胸像に触発されて、標記の戯曲をまとめた。

　本書のベースとなる物語は1946年ヨルバランドの古都オヨで起きた殉死事件である。ドラマの主人公エルシン (Elsin) はヨルバランドの近衛兵の騎馬隊長であった。王が死ぬと死者の世界までお供するために騎馬隊長は殉死する定めとなっていた。イギリス人の行政官はこの風習を野蛮だと決めつけて、殉死を食い止めようとする。この2人はイギリスの植民地行政と伝統的習俗（内在する価値体系）との間に挟まれながら生と死の問題を見つめあい、対決しあう。

　ショインカは1995年11月、ノーベル賞受賞者を囲む「フォーラム21世紀への創造」文学フォーラム福岡セッションに出席して、このドラマの中で死んだ王を賛美する歌を歌う女性とエルシンとの2人がやり取りする件りを原本の英語で朗読した。まるでオペラの1シーンを聞く思いであった。

研究への助言

　ショインカ文学はヨルバ人の習俗や神話、ナイジェリアの内戦、軍事政権の弾圧とそれへの抗議や反対運動、モザンビークや南アフリカの解放運動にかかわるものが多い。作品そのものを読むことも大切だが、神話、歴史、社会情勢などに不案内では十分読めない。幸い、*Myth, Literature and the African World* は邦訳もあり、*Aké:The Years of Childhood* はショインカとしては平易な英語で書かれているから、それから着手するのが便利だろう。

参考資料

ウォーレ・ショインカ『神話・文学・アフリカ世界』(松田忠徳訳：彩流社、1992年)

コズモ・ピーターサ、ドナルド・マンロウ編『アフリカ文学の世界』(第4章 (140〜158頁) のグギ・ワ・ジオンゴ著ナイジェリアの風刺文学)。(小林信次郎訳：南雲堂、1975年)

Wole Soyinka, A Bibliography of Primary and Secondary Sources, Compiled by James Gibbs, Ketu H, Katrak and Henry Louis Gates, Jr. Westport, Connecticut, London: Greenwood Press, 1986.　(小林信次郎)

グギ・ワ・ジオンゴ

Ngugi wa Thiong'o (1938-)

グギ・ワ・ジオンゴは 1938 年イギリス植民地であったケニアで、農家の一夫多妻制の 3 番目の妻の第 5 子として生まれた。27 人兄弟姉妹という大家族であったが、10 歳のときに両親は離婚し、母の手で育てられた。小学生であった 52 年マウマウ戦争と呼ばれる反英独立戦争が起こる。55 年から 59 年までアライアンス中学校に通う。この時期はマウマウ戦争の最盛期でグギの家族も戦争と関係した。実兄はマウマウに加わり、義兄は射殺され、母は拷問を受け、家は焼き払われた。

ウガンダのマケレレ大学生時代にケニアは独立（63 年）し、グギ自身も英語の戯曲や小説を発表し、注目され始めた。65 年同大学を卒業後、イギリスのリーズ大学に 67 年まで 2 年間留学した。小説『一粒の麦』（*A Grain of Wheat*, 1967）はこの間に完成した。

67 年英国留学後ナイロビ大学の第 1 号のアフリカ人教師となったが、69 年の学生ストライキに対する大学当局の対応に抗議して辞職。71 年復職。72 年名前をジェームズ・グギ（James Ngugi）からグギ・ワ・ジオンゴに改める。77 年演劇活動が反体制的と見なされ 1 年間裁判もなしで拘留される。77 年出獄以後から作品をギクユ語で書き始め、80 年ギクユ語版『悪魔を磔刑に』、『結婚？私の勝手よ！』（英語版は *Devil on the Cross*, 1982. *I Will Marry When I Want*, 1982)、86 年『マティガリ』（*Matigari*）を発表した。作品を書く言語を民族語のギクユ語に変える決意と宣言は 81 年の評論集に出ている。82 年からは自主亡命をし、現在はニューヨーク市立大学で教えている。

主要テキスト

Weep Not Child (Novel). London: HEB, 1964 (AWS, 71). （グギ・ワ・ジオンゴ『夜が明けるまで』松田忠徳訳：門土社、1989 年）

A Grain of Wheat (Novel). London: HEB, 1967 (AWS, 36). （『一粒の麦』小林信次郎訳：門土社、1981 年）

Ngugi wa Thiong'o and Ngugi wa Mirii, *I Will Marry When I Want*. London: HEB, 1982. (Original Gikuyu edition, *Ngaahika Ndeenda*. Nairobi: Heinemann, 1980)

Devil on the Cross. London: HEB, 1982. (Gikuyu edition, 1980)

Matigari. Nairobi: Heinemann Kenya, 1986. (English edition, 1998)

テーマ／特徴／その他

　小説の第1作『夜が明けるまで』（*Weep Not Child*, 1964）の主人公のジョロゲ（Njoroge）は、反英独立戦争で親兄弟が暴力、背信、破壊、死などの苛酷な運命を強いられている時代を背景としながらも、英才学校に通っている。それゆえ責任回避の罪の意識に苦しみぬく。本書はグギの少年時代の自伝的作品であり、ケニアの現代史の一面の証言でもある。

　『一粒の麦』におけるテーマの一つである裏切りは、個人個人の人間の弱さに由来し、あくまでも良心の問題として描かれている。農民ムゴ（Mugo）の裏切りは十分理解できるし、心の暗部を照射して、時には英雄的行為と思わせるが、それでも所詮個人レベルでとらえられている。

　ところが『一粒の麦』から10年後に発表された『炎の花びら』（*Petals of Blood*, 1977）からはペンネームが変わり、背景も独立後のケニアに変わり、作者のスタンスも鮮明になっている。以前の名は James Ngugi とファーストネームに英語名を冠していたが、Ngugi wa Thiong'o と伝統的なギクユ人の名前に変えられて今日に至っている。これは彼の視点や発想が西洋からアフリカに移動したことを象徴的に示していよう。物語の背景は、独立後も農民がエリート層の背信、偽善、強奪、レイプなどに苦しめられている現代的状況であり、その農民達が階級意識に目覚めていく。しかし農民の貧困は決して個人のレベルで解決できない。団結して対処しなければならないとの主張は、彼の小説の中で、農民達が窮状を訴える目的でナイロビへ大行進をする描写にも表れていよう。ペンネームの変更は対象とする読者をケニア人であることを明確にし、かつ植民地主義者の言語による文化的支配から脱却することも視野に入れてのことであろう。

　英語をオリジナルとする作品は、『炎の花びら』が最後となり、その後はギクユ語で発表されている。それでも獄中記や評論集が英語で上梓されてきた。1986年民族語による著述化を徹底して、「本書（評論集）『精神の非植民地化』は私の著作物のいっさいの表現手段として英語との訣別を告げるものである。今後はどこまでもギクユ語とスワヒリ語である」と宣言した。しかし、どの著作も1、2年後にはほとんどグギ自身による英訳書が出版されるので、ギクユ語の分からない国外の読者とも広く対話は続けられている。

　ギクユ語による出版のケニア国内での影響は予想以上に大きい。売り上げもだが農民への広がりも大きい。例えば『マティガリ』は正義を強く主張する内容で、農民が方々で話題にするのを聞いたケニアのモイ大統領はマティガリの逮捕を命じたという。それが小説の主人公の名だと分かると本の発売を禁止したという。グギの営為をこれほど面白く象徴する話はなかろう。

作品紹介
『一粒の麦』(*A Grain of Wheat,* 1967)

1963年12月12日のケニアのイギリス植民地からの独立は、歴史の輝かしい一頁として知られている。しかし独立を実質的に実現させた多くの無名の戦士や農民は逆に、独立に託した夢も希望も裏切られ、単なる不満だけではなくして、挫折感や心に深い傷を受けてこの独立を迎えた。

この小説での現在は独立前のわずか4日間であるが、小説内の時間は回想やフラッシュバックで現在から今世紀初頭へ、さらには反戦闘争の中間的時間と空間へと絶えず移動し、人物設定も主役を中心に展開されるのではなく、多くの登場人物が等しく重要な働きをしている。この小説は農民ムゴが悪夢に襲われているところから始まり、ギコニョ(Gikonyo)が入院先で徐々に回復するところで終わるが、主な登場人物の動向を示すとあらすじを語ることにもなろう。

ムゴ。天涯孤独で空想癖のある農民。無口で内向的だが、時には思い切った行為に出る。最後に裏切りを告白して処刑される。

ギコニョ。まずしい大工から、刻苦精励の末、村の出世頭となる。収容所送りとなり、妻に裏切られる。

カランジャ(Karanja)。多芸多才であるが日和見主義の男で、白人の傘下に入り、人妻と不倫関係になったりして戦時の不条理に苦しむ。

ムンビ(Mumbi)。才色兼備の誉れ高い美人。独立革命のリーダーで、裏切られて逮捕され、処刑されたキヒカ(Kihika)の妹。長老ブグワ(Mbugua)とその妻ワンジク(Wanjiku)の娘で、若人達の羨望の的だったが、ギコニョと結婚し、夫を裏切る運命に翻弄される。

トムソン(Thompson)。大英帝国栄光の旗の下に植民地経営の夢と現実とに苦悩する白人。妻のマージェリー(Margery)に裏切られる。

本書のテーマは、書名通りの『一粒の麦』である。人のために命を捧げる究極の愛の実現を願いながらも、裏切り裏切られる物語である。人種差別やモラルや人間の愛憎などが描かれているが、それらは、戦いはしたが結局は独立の果実を与えられぬはめになった農民像に結晶されている。

大義のために献身する人物像はキヒカに集約されよう。ケニア現代史の中のハリー・ヅク(Harry Thuku)やジョモ・ケニヤッタ(Jomo Kenyatta)をちりばめながら、キヒカは「ガンジーは民衆のために自由を勝ち取ったが、その代価を自らの血で支払ったのだ」とか「ケニアで必要なのは、変革をもたらす死だ」と説いて回り、自らも結局命を捧げる。

小説では普通差別者の方が堕落し敗北者となるものだが、本書ではそれがイギリス人トムソン夫妻やその下働きの黒人達に見事に描かれている。さらには「マウマウ」の誓い、戦時下の物心両面での苛酷な状況が描かれるが、なかで

も裏切りがさまざまなレベルで出てくる。裏切りについての罪の意識や脅迫観念がこの作品を覆っている。これは独立時の作者の意識の形象化とも言えよう。

『結婚？私の勝手よ！』(*I Will Marry When I Want,* 1982)

この戯曲はグギが英語での作品執筆をやめて、民族語に変えると宣言してから初めての作品である。ギクユ語の識字教育の成果として、グギ・ワ・ミリ (Ngugi wa Mirii) との共著で80年に出版された。

本書では独立後の農民が、新植民地主義の多国籍企業の食い物にされ、貧窮していく。具体的にはケニアの農民キグンダ (Kiguunda) 一家が、最後に残った僅かばかりの農地も最終的には外国の多国籍企業と銀行業者とに奪われてしまう有り様が描かれている。

第1幕は、キグンダの妻のせりふ。「(土地の) 権利書をどうしたいのですか？」で始まり、彼らの娘が金持ちの一家の男と交際していて、両親の同意が果たして得られるかどうかを心配しているところで終わる。第2幕は、隣人のギイカームバ (Gicaamba) の、「連中のことをくよくよ思わないで。おもちゃにされているだけだ」というせりふから始まり、キグンダが「権利書を銀行へ届ける」云々で終わる。第3幕は、キグンダ夫妻が借金で挙げられなかった結婚式をあらためて行うために購入した服の試着から始まり、マイムでの結婚式の模様、次いで娘が妊娠して捨てられ、土地も没収されたキグンダが現状への覚醒から闘うことを決意し、戦いの開始を告げるトランペットが鳴り響いて終わる。作品のメッセージも言語も新しいグギを象徴するものである。

研究への助言

参考資料にあげた Carol Sicherman の2冊のビブリオグラフィは必携。グギの作品はもとより世界中の各作品の翻訳や研究資料から社会や歴史資料までまとめられている。作品研究はやはり出版順に着手するのが望ましい。60年代の作品群にグギ文学の主要テーマ、文化の葛藤、教育、宗教、大義、裏切り、新植民地主義などが描かれており、その後の地平が望見できる。

参考資料

Carol Sicherman, *Ngugi wa Thiong'o: The Making of a Rebel A Source Book in Kenyan Literature and Resistance.* London: Munich: New York: Hanz Zell, 1990.

Carol Sicherman, *Ngugi wa Thiong'o: A Bibliography of Primary and Secondary Sources 1957-1987.* London: Munich: New York: Hanz Zell, 1989.

(小林信次郎)

アレックス・ラ・グーマ

Alex La Guma (1925-1985)

　アレックス・ラ・グーマはケープタウンに生まれ、トラファルガー高校卒業後、ケープ工業専門学校で学んだ。その後、工場労働者、簿記係を経てジャーナリストとなる。南アフリカ・カラード国民会議議長である戦闘的な父親の生き方や、ケープタウンにおけるカラードの悲惨な生活の現実に直面する中で、アパルトヘイト体制誕生の1948年、南アフリカ共産党に入党。非合法化される50年まで、ケープタウン地区委員を務める。

　55年、アフリカ民族会議（ANC）、南ア・インド人会議、南ア労働組合会議、民主主義者会議、南ア・カラード人民機構の5組織が集まって人民会議が開かれ、全人種の完全平等を掲げる自由憲章が採択された。この組織化に協力したため、彼は155人の仲間と共に、56年に逮捕された。またシャープビルでの大虐殺事件（60年）ののち、非常事態令が出されると、妻と共に拘禁された。このような投獄、自宅拘禁、暗殺未遂を経て、66年、家族と共にロンドンに亡命。78年以後は、アフリカ民族会議カリブ代表として、キューバで暮らすが、85年10月、ハバナで心臓病のため死亡。

　作家としての経歴は、55年から左翼紙『ニュー・エイジ』のスタッフとして、ケープタウンの街の生活に関するルポ記事を書いたことから始まる。ここでの蓄積が最初の小説『夜の彷徨』（*A Walk in the Night*, 1962）を生み出す。69年、アフロ・アジア文学賞を受賞。

主要テキスト

A Walk in the Night and Other Stories. London : Heinemann Educational Books Ltd., 1967.
And a Threefold Cord. Berlin : Seven Seas, 1964.
The Stone Country. Berlin : Seven Seas, 1964 ; London : Heinemann Educational Books Ltd., 1974.
In the Fog of the Seasons' End. London : Heinemann Educational Books Ltd., 1972.
Time of the Butcherbird. London : Heinemann Educational Books Ltd., 1979.

テーマ／特徴／その他

　作家としてのアレックス・ラ・グーマと政治活動家としてのアレックス・ラ・グーマを分けることは難しい。ケープタウンにカラードとして生まれ、人々の悲惨な生活をに直面し、また父親の政治的活動を見る中で、彼が政治活動家となるのはごく自然な成り行きであった。彼にとっての最大の関心事は、アパルトヘイトの根絶であった。それゆえ彼にとっては、南ア共産党の一員として反アパルトヘイト運動をすることと、アパルトヘイトの現実、怒り、闘いを文学的手段によって人々に知らせることは切り離せない活動である。しかしながら、作家としての彼は、リアリズムの立場に立って冷静に現実を見つめ、自己の願望に迎合して作品を歪めるようなことはしていない。

　思想的にも、行動においても彼の基本テーマは、アパルトヘイトの根絶であるが、その作品で彼はこの問題を多面的に描いている。最初の作品『夜の彷徨』(1962年)においては、工場を馘首された主人公のカラードの青年が、夜のケープタウンのスラム街をさまよい歩き、そこで出くわす人々や事件を通じて、アパルトヘイト体制の残忍さが描かれている。その残忍さとは、差別する側の人間の差別される者への嫌悪ばかりでなく、差別された者同士の憎しみあい、生活程度においてはカラードと同一である貧しい白人に対する主人公の憎しみ、である。つまり彼らは「より弱い者」への暴力的行為において、「解放」を見い出すのである。しかしながら、真の解放は連帯によらなければ、不可能である。そのためには、同じような生活を余儀なくされている者たちの肌の色を越えた連帯が必要である。ラ・グーマは次の作品『まして束ねし縄なれば』(*And a Threefold Cord,* 1964) において、このような連帯の現実的可能性について触れており、それは白人ジョージ (George) のカラードに対する態度に見ることができる。彼はカラードのところへ行って、楽しくパーティーに参加したい気持を持つのだが、最終的にはできない。この態度は、カラードの主人公チャーリー (Charlie) の言葉、「人間が独りぼっちでいることは、不自然なんだ。人間は一体になるようにつくられているのだと思うよ」と対応している。カラードと白人の連帯を現実のものにするには、反アパルトヘイト闘争への共同参加が必要である。人種を越えた連帯については、『季節の終わりを知らせる霧の中で』(*In the Fog of the Seasons' End,* 1972) において描かれ、アフリカ人活動家エリアス (Elias) が命を捨てて、カラードの活動家ビュークス (Beukes) を守る描写にそれを見ることができる。

ラ・グーマ，アレックス

作品紹介
『夜の彷徨』（*A Walk in the Night,* 1962）
　この作品は、ケープタウンのスラム街「第6区」の夜の数時間を描いた、100ページに満たない小品である。ストーリーを要約すると、以下のごとくである。
　カラードの青年マイケル・アドニス（Michael Adnis）は白人の職長に口答えをしたため、職場を馘首になる。彼は白人から受けた侮辱に、心の底から怒りを感じるが、実際にはなにもできない。この同じ日に、白人警官に泥棒扱いの職務質問を受け、彼の怒りはさらに高まる。はけ口のない怒りは、酒の勢いを借りて頂点に達し、ついに自分と同じボロアパートに住むアル中の老アイルランド人ダウティー（Doughty）を殴り殺してしまう。
　たまたま、金を借りにマイケルのアパートを訪れたカラードのチンピラ青年ウィリーボーイ（Willieboy）は、老アイルランド人殺しの犯人と誤解され、白人警官ラールト（Raalt）に追われる。ラールトは、妻と生活がうまくいっておらず、妻に対して殺害したいほどの強い憎しみを持っている。彼はこの怒り、憎しみの発散をカラードに向けるのである。ラールトと一緒に勤務している若い白人警官アンドリース（Andries）は、ラールトが大嫌いである。彼は黒人やカラードに対しては、「鞭」ばかりでなく「飴」が必要だと考えていた。しかしながら、2人はアパルトヘイト体制を守るという点においては同じである。
　ラールトは自分の妻に対する怒りのはけ口を、ウィリーボーイに見いだす。彼にとっては、ウィリーボーイが犯人であろうとなかろうと、どうでもよかったのだ。結局、ウィリーボーイは、ラールトの怒りの発散の犠牲になり殺される。他方、マイケルは乞食のジョー（Joe）の止めるのも聞かず、チンピラ仲間に誘われて、強盗と思われる「仕事」に出かける。
　この小説の登場人物であるマイケル、ウィリーボーイ、ジョーはアパルトヘイト体制に対して即時的な怒りを持った、カラードの本質の具現者である。南アフリカのカラードは、誰でも自己の中にマイケル、ウィリーボーイ、ジョーを持っている。また、同様に、アパルトヘイト体制を守ろうとする白人支配階級は、自己の中にラールト、アンドリースを持っている。この作品におけるカラードと白人は、外見の相違にもかかわらず、一つの共通点を持っている。それは、彼らが共にアパルトヘイト体制の犠牲者であるという点である。マイケルに老人ダウティーを殺させたのも、警官ラールトにウィリーボーイを殺させたのも、ジョーを乞食に追いやらせたのも、アンドリースに、「カラード＝犬」という意識を持たせたのも、このアパルトヘイト体制そのものなのである。批評家ガクワンディ（Arther Shatto Gakwandi）も述べているように、「これらすべての登場人物は、仲間である人間と調和して生活することをさせようとはしない、体制の犠牲者なのである。彼らの不満は、社会のより弱いメンバーに

対する暴力行為において、解放を見い出す」。

　アパルトヘイト体制は単なる白人の有色人支配ではない。有色人種の敵がすべての白人であるわけではないのだ。それは、マイケルに殺された老白人ダウティーが、カラードに何の人種的偏見も持っていないことにも現れている。それは両者が共に貧しい生活をしており、体制から何の「恩恵」も受けていないからである。このような体制の中で、有色人種が人間らしい生活を求めるなら、この体制を打ち破らなければならない。その萌芽は、ウィリーボーイがラールトに撃たれ、パトカーで運ばれると、群衆が投石する場面に現れている。白人と有色人種には連帯できる可能性があること、連帯して闘わなければ体制は打破できないこと、が方向性として示されている。この方向性が、のちの作品によって深められている。この作品の問題提起は、反アパルトヘイト運動の基軸であり、これに基づくノン・レイシャリズム（全人種主義）の運動によって、1993年ついにアパルトヘイト体制が崩壊したことを見ても、この作品の意義は大きい。

研究への助言

　まず、南アフリカの歴史・文化の概略を知ることから始める方がよい。『アパルトヘイト——南アフリカの現実』（新日本出版社、1987年）が、入門的で読みやすい。ラ・グーマの作品では、『夜の彷徨』、『まして束ねし縄なれば』が翻訳出版されているが、前者は絶版である。読み始める順序は、『夜の彷徨』、『まして束ねし縄なれば』、『季節の終わりを知らせる霧の中で』がよい。この順序で、テーマが深まってゆくからである。原書は、『まして束ねし縄なれば』を除いて、ハイネマン社のアフリカ作家シリーズに含まれているので、入手はたやすい。

参考資料
コズモ・ピーターサ、ドナルド・マンロウ編『アフリカ文学の世界』（小林信次郎訳：南雲堂、1975年）
アレックス・ラ・グーマ『まして束ねし縄なれば』（玉田吉行訳：門土社、1992年）
土屋　哲『現代アフリカ文学案内』（新潮選書、1994年）
ティム・ジェンキン『脱獄』（北島義信訳：同時代社、1999年）
Gerald Moore, *Twelve African Writers*. London: Hutchinson University Library for Africa, 1980.

（北島義信）

ベッシー・ヘッド

Bessie Head（1934-1986）

1934年白人を母、黒人を父として南アフリカのナタール州で出生。本名はベッシー・アメリア・エマリー（Bessie Amelia Emery）。当時はアパルトヘイトにより異人種間の結婚は認められなかったので里子に出され、母は精神障害者扱いで施設に幽閉されて6年後に自殺。それと相前後して養父も死亡、その後養育施設に入れられる。実母が残してくれた学資で高校へは進学できた。55年-57年高校卒業後、教員免許を得てダーバンで小学校教師を勤める。60年ケープタウンでジャーナリストとして働き、一時PAC（汎アフリカニスト会議）に入って政治活動。62年同じ仕事のハロルド・ヘッド（Harold Head）と結婚。翌年長男ハワード（Howard）が生まれる。この頃から詩や短編を書く。64年別居、夫はロンドンに亡命。ベッシーは英保護領ベチュアナランド（現ボツワナ）の教員募集に応募して合格。1歳の一人息子とともに終の住み処ともなるセロウェに赴き、現地の学校に着任した。

ヘッドは69年、長編小説第1作『雨雲が集まるとき』（*When Rain Clouds Gather*）を発表してから死ぬ86年までの僅か18年間に長編小説6冊と25の短編を発表した。主たる長編のみ順に列挙してみる。『マル』（*Maru*, 1971）、『力の問題』（*A Question of Power*, 1973）、『雨風の村セロウェ』（*Village of the Rain Wind*, 1981）、『魔法にかかった十字路』（*A Bewitched Crossroad*, 1984）等である。

79年ボツワナの市民権を取得。86年セロウェで死去。筆者がこの訃報に接したのはロンドンのハイネマン社を訪れていたときのことであった。死因は飲みすぎではなかろうかとのことであった。作品に対する評価とは裏腹の彼女の厳しい人生を象徴しているように思えたものである。

主要テキスト

Maru. London: Gollancz, 1971.（『マル　愛と友情の物語』楠瀬佳子訳：学芸書林、1995年）

The Collector of Treasures. London: HEB, 1977 (AWS, 182).（短篇集『宝を集める人　ボツワナの村の物語』酒井　格訳：創樹社、1992年）

Tales of Tenderness and Power. (ed. Gillian Stead Eipersen) Johannesburg, South Africa : Donker, 1989.（『優しさと力の物語』くぼたのぞみ訳：スリーエーネットワーク、1996年）

ヘッド，ベッシー

テーマ／特徴／その他

　ヘッドが死去して 15 年近くにもなるが、現在も作品、書簡集の刊行や、ヘッド研究書、翻訳書の出版が相次ぎ、人気はいっこうに下がらない。これは彼女の作品が面白いことと、テーマが今日的と言えばよいのか普遍的と言えばよいのか、とにかく人間の基本的問題にまともに取り組んでいるからであろう。

　ここで言う基本的問題とは差別問題のことである。換言すれば自由と平等の問題である。彼女が生きた時代の南部アフリカの基本的問題は、アパルトヘイトの一語に集約される時期であった。そこで黒人女性として生活することは、黒人差別と女性差別との二重の差別と抑圧とを受けることである。ヘッドは黒人を父として、白人を母として生まれたが、その実母とも幼くして死別し、ほとんど天涯孤独の身で母国を離れて、隣国のボツワナで風土も文化も違う社会に適応する努力をしなければならなかった。それでも環境と折り合いがつかずに精神障害、不眠症、アルコール依存症にとりつかれて苦しんだり、入院生活をしたりし、自殺を考えたこともあったと伝えられている。

　ヘッドの作品はほとんど例外なく、彼女が生きてきた時代と場所と交差する地域の住民との心の交流、特に村人たちとの深い人間関係を描いている。彼女は自由への障害になるものには、それが外部からのものであろうと、内在的なものであろうと容赦なく指弾する。なかでも、サン人（「ブッシュマン」）への奴隷制の不当性を訴えるのに一書を当てている。サン人は、ツワナ人と呼ばれている多数派の人々の奴隷・抑圧される存在としか考えられていない現状だったからである。以上のように彼女の作品はほとんどが自己とそれを取り巻く人々と社会とを理解するための自伝的作品と言えよう。

　『優しさと力の物語』（*Tales of Tenderness and Power*, 1989）は、ヘッドの死後に編まれた選集であるが、その巻頭の物語 "さあ、話をはじめましょうか……" は、ヘッドがジャーナリストを目指してケープタウンにいた 1962 年の作品である。彼女自身もこの習作時代の作品が死後出版されるとは思っていなかったであろう。しかし改めて読んでみると、彼女のテーマがすでに芽生えている。「肌の色ではなくて、人間的な魅力で読者を引きつけるような人物が描けるといい……」という願いが見事に結晶している。1993 年刊行の短編「カーディナルズ」（The Cardinals）も初期のもので、少女時代に持っていた本は 1 冊だけであったという極貧経験を披露している。

　ヘッドのボツワナでの教師生活は校長のセクハラまがいの行為に耐えられず約 2 年で終わり、土地とも人とも折り合いがつかず、物心両面で悲惨な状況にあった。そのため精神のトラウマで入院生活を余儀なくされてしまった。だがその苦境もついには平凡に生きる村人に救われるのだ。この癒しへの道がヘッドの作品を貫くテーマでもある。

作品紹介
『マル』(*Maru,* 1971)

　南部アフリカのボツワナ共和国に「ブッシュマン」と呼ばれる民族が住んでいる。しかしこの言葉は〈ブッシュの中で裸で裸足の原始的な生活を送る人々〉という軽蔑的な意味を持っている。『マル』が出版された1971年に、南アで開かれた学会で「ブッシュマン」の代わりにサン（San）の名称を使う合意が得られ、今日研究者の間ではそれが一般的に使われている。

　サン民族の5分の3が住んでいるボツワナではサン民族に対してマサルワ（Masarwa）を正式名称として使っている。しかし、ヘッドは『マル』で、マサルワはニガーに相当する言葉で、身分の卑しい汚らしい民族という意味を遠回しに言う侮辱用語であると記している。ここではヘッドの作品の時代・背景を考えて、作品通りの用語を使うことにする。

　マーガレット・カドモワ（Margaret Cadmore）（マサルワの出自）はイギリス人宣教師の養女としてミッションスクールでイギリス流の教育を受け、人間の誇りや自由、人類愛、使命感を抱いてボツワナ僻地の村の小学校へ教師として赴任した。この村は強力な権力と富とを持つ首長の本拠地で、首長は多くのマサルワを奴隷として所有していた。マーガレットはのっけから自らの出自を隠すどころか、堂々と「私はマサルワです」と公言したために、関係者を狼狽させ、混乱させただけでなく、村全体にも波紋を広げた。

　新任教師の出自を知って、校長は追い出しを画策し、子供たちは「ブッシュマン、ブッシュマン」と騒ぎ立てるが、マーガレットは毅然として教師生活を続けたので、同僚の女性教師や青年リーダー達に影響を与える。

　女性教師ディケレディ（Dikeledi）はマーガレットが出自に関係なく誇りを持って生きていることに感動し、「マサルワなんてものはいない。人間がいるだけです」と言い切るまでに意識が変わる。

　マルは多くのマサルワ奴隷と牛とを所有する首長の継承権を持つ青年である。礼儀正しく、人気もある。マーガレットへの思いが募って、妹には告白するが、直接プロポーズできない。だがこの禁じられた恋の成就と伝統社会からの飛翔を願い、首長を継がずに村を離れてマーガレットと新家庭を築くことを計画する。最終的には2人は結婚し、自由で対等の生活を始める。「自由の風をマサルワの人びとにも届けたことになる」と、この小説は結ばれている。

『宝を集める人』(*The Collector of Treasures,* 1977)

　本書は13編の短編からなる作品集である。これらの作品のテーマはどれも、ヘッドがボツワナに行ってから13年間に見聞したものばかりである。「主要テキスト」に挙げた日本語版の訳者は「伝統的風習対キリスト教、国の独立にと

もなう摩擦、男と女の関係などが、ロマンチックではなく、客観的に、西欧とアフリカの両方から自由に、取り上げられる」と記している。

タイトル物語「宝を集める人」はヘッドが通訳を介して聞いた実話で、それに彼女の見事なストーリー・テリングの才能が加わって印象深い小品となっている。宝を集める人とは夫殺しで服役中のディケレディ (Dikeledi) のことである。ディケレディの夫モコピ (Mokopi) は国の独立で給料が急上昇すると、飲む打つ買うに明け暮れて家に寄りつかなくなった。ディケレディは3人の子供を女手一つで育てて8年経ち、長男が中学校進学を迎えた。ディケレディはどうしても進学させたく思い、夫を探し出して授業料の援助を頼む。しかしモコピはそれを断るだけでなく、「授業料の支払いはお前の義務だ」とか、「俺が家に寄りつかないのもお前が悪いからだ」と毒づく始末である。それでもモコピが夫婦関係を求めて帰宅してきた。ディケレディは、無防備で油断して仰向けにだらしなく寝ている夫の性器をつかみ、ナイフで切り落とすのであった。これはモコピとは対極に位置する愛と思いやりという宝を集めようとする女性の物語である。また黒人男性による黒人女性に対する差別や無責任も絶対に許せないとするメッセージが強く伝わってくる。

研究への助言

カラードは、白人と黒人との狭間にあって、独自の抑圧を受けたり、差別に遭ったりしてきた、南アフリカのアパルトヘイトが生み出した独特の民族集団である。ヘッドの作品を読む場合は特にカラードについて一応の理解が必要である。C.S.Eilersen の *Thunder Behind her Ears* は大書であるが、ヘッドの人生と各著述のコンテキストが丹念に紹介されてあり、便利で貴重な案内書である。

参考資料

A Woman Alone: Autobiographical Writings. (ed. Craig Mackenzie) Oxford: Heinemann, 1990.

A Gesture of Belongings: Letters from Bessie Head, 1965-1979. (ed. Randolph Vigne) London: SA Writers, Portsmouth, NH: Heinemann: Johannesburg: Witwatersland U. P., 1991.

The Cardinals. With Meditations and Short Stories. (ed. M.J. Daymoud) Cape Town: David Philip, 1993.

Gillian Stead Eilersen, *Bessie Head: Thunder Behind her Ears, Her Life and Writing*. Portsmouth, London, Cape Town and Johannesburg: Heinemann: James Currey: David Philip, 1995.　　　　　（小林信次郎）

ミリアム・トラーディ

Miriam Tlali（1933- 　）

　ミリアム・トラーディは 1933 年南アフリカはヨハネスブルグで生まれた。ミッション系の小学校に通ってからマディバネ高校に進む。ウィトウォーターズ大学に入学したが、アパルトヘイト政策のため黒人学生は中途で退学させられた。黒人は居住地もヨハネスブルグから締め出されて、働くときしか行けないようになった。トラーディの移住先はソウェトであった。ロマ大学やレソトの大学に転学して大学教育を受け続けようとしたが、学費が続かず中退し、簿記とタイプを学んだ。

　トラーディはやがてソウェトからヨハネスブルグの店に通って働き始めた。

　その頃の経験に基づいて 69 年『メトロポリタン商会のミュリエル』（*Muriel at Metropolitan*, 1979）を書いた。当時の検閲は厳しく、かつアフリカ人女性は子供扱いで出版契約を結ぶのに夫の許可を必要とした。トラーディはこれを断る。曲りなりにも南アの出版社から出版されたのは 75 年であったが、元の原稿からの削除が多かったので、イギリスのロングマン社が完全版を出した。当時の南ア当局は南ア版ともどもイギリス版をも発禁にした。この経験は作家の受難と表現の自由の抑圧を示す典型であろう。

　76 年 6 月 16 日ソウェトの中学生・高校生が差別教育に反対してデモ行進を始めると当局の弾圧は厳しく、3 日間で 500 人が殺されたが、これが後日のマンデラ釈放への大きなうねりの始まりともなった。トラーディの小説の第 2 作目の『アマンドラ』（*Amandla*, 1985）はこの反乱を背景としたものである。

　89 年には短編集『ソウェト物語』（*Soweto Stories*）がイギリスの出版社から出た。南アでは『泥沼のなかの足跡』（*Footsteps in the Quag*）というタイトルで同時出版された。ソウェトはまさに泥沼のような状況だからであろう。89 年トラーディは初来日して、東京、大阪、宮崎他で講演をして、アパルトヘイト下の女性や文学の実情を語り、日本の聴衆に強い印象を残した。

主要テキスト

Amandla. Johannesburg, South Africa: Raven Press, 1980.（banned until 1985）（『アマンドラ　ソウェト蜂起の物語』佐竹純子訳：現代企画社、1989 年）

Muriel at Metropolitan. London: Longman, 1979.（『二つの世界のはざまで：メトロポリタン商会のミュリエル』楠瀬佳子訳：新水社、1990 年）

トラーディ，ミリアム

テーマ／特徴／その他

　南アフリカに自由が到来し、黒人中心の政権が樹立されてすでに7年も経過した。トラーディが『アマンドラ』で描いたソウェトの炎上は鎮火している。法律的には人種差別は全廃され、男女人種に関係なく投票権が与えられ、アフリカーンス語の強制はなくなり、主要な民族語に市民権が付与されて、いわゆる南ア問題は解決したかのように思えるが、実質はそうではない。アパルトヘイトの後遺症が陰微な形で残り、本当の自由への道はまだまだ長い。

　トラーディは真の自由へ至る道は、先ず何よりも教育であり、知識であると考えている。だから偽りの教育に反対して蜂起した生徒を主人公とした小説を書いたのである。『アマンドラ』の中でも偽りの教育についてのエピソードが時々記されている。例えばアパルトヘイト時代の白人のリーダー達の発言を引用している。「半世紀のうちに、我々はコーヒー色の国になってしまう。我々は、もはや一つの国として存在しなくなる。白人はもはやここには存在しなくなるのだ」「アフリカ人は小屋に住み、我々は家に住まなくてはならない……彼らは我々と同等ではない」「彼らの教育は、政府の政策とぶつかってはならない……。今日の南アフリカの原住民が大人になったら平等な権利の原則の下に生活を送ることを期待するように教育されているとすれば、大きな誤りである」。

　トラーディは知識や教育の実践方法も深く考慮に入れてのことだろうが、作中人物に次のように語らせる。「アフリカの政治的な意見は階層化しているのではなく、凝固しているのだ。ばらばらでいてなんになる？　協調路線を取ってきたアフリカ民族会議（ANC）でさえ、戦術を変えなければならなかった。彼らは銃をとることを決定した。これはつまり、あまり長期間ひと切れの黒パンを与えずにいたら、人はひと切れのパンを要求するにとどまらず、白いパンをまるごと一斤ほしがるようになるって事だ」（佐竹純子訳）。

　『アマンドラ』の主人公ポロソ（Pholoso）の恋人フェレンゲ（Felleng）は活動の進展とともに知識も戦術も人間性も深まり、理想的な女性へと成長していく。ソウェトの女性達も、生徒達の支持者からの基金集めやボランティア活動で共同体の利益のために黙々と活躍する。トラーディはこのように、自助努力を惜しまない女性群像を描いている。これらの活動は後日、黒人意識運動へと連動することは明らかだが、トラーディはこの方向に未来への希望をかけ、黒人達の連帯を呼びかけているようである。

　『メトロポリタン商会のミュリエル』のミュリエルも次のように自覚した。「私が愛してる、そして私がその一員である私たちの民族を、罠にかけるために張りめぐらした蜘蛛の巣の一部となりつづけることだけはもうできないということであった」（楠瀬佳子訳）。両作品とも黒人達の連帯への鐘を響かせあっている。

トラーディ,ミリアム

作品紹介
『メトロポリタン商会のミュリエル』(*Muriel at Metropolitan*, 1979)

　この小説の主人公、黒人女性のミュリエルはソウェトに住み、ヨハネスブルグに通って白人の経営するメトロポリタン・ラジオという名の店で働いている。この店は特に黒人客に高利子で電気器具や家具類を分割払い販売する仕事をしている。例えばストーブは旧式のものをＰＲよろしく新式のものに買い替えさせて暴利をむさぼっているのである。

　ミュリエルは初めは単なるヘルパーとして勤めていたが、やがて掛け売り伝票の仕事も担当させられる。本書の背景となっている50〜60年代は、アパルトヘイト諸法で黒人への物心両面にわたる弾圧が厳しさを加えていた時代であるが、ミュリエルは店に出入りする客や店員達との人間関係で差別の本質をいやというほど知らされる。南アは白人と黒人の２つの世界に二分されていて、一方は豊かで権力をほしいままにし、他方は貧しく無防備である。ミュリエルはその豊かな白人が、貧しい黒人を骨の髄までしゃぶる実態を目の当たりにする。ミュリエルは黒人の顧客にパスの提示を求めるたびに、制圧の象徴である警官に成り下がったような感じを抱き、掛け売りの支払い督促状や支払い不能による商品の引き上げを通知するたびに罪の意識を持ったり、時には陰謀者や裏切り者になったような思いに苦しむ。本書はミュリエルが、最終的には同胞の黒人との連帯を決意して、手書きの辞職願を提出するところで幕となっている。

『アマンドラ』(*Amandla*, 1980)

　本書の背景は、小学生、中学生、高校生達によるソウェト反乱である。具体的には、1976年６月16日を中心とする前後の約２年間のソウェトであり、邦訳書の副題通りソウェトの蜂起の物語である。

　この小説のあらすじは、1975年、19歳の高校生ボロソが恋人と映画を見ている最中に多くの人が銃殺されたとの知らせが伝えられるところから始まる。やがてボロソは76年６月16日蜂起のリーダーとして活動する。そして、親友の死、恋人との束の間の出会い、警官の追求と逃亡、友人の葬式でのスピーチ、地下活動、拘禁、半錯乱状態から記憶喪失になるほどの拷問、脱獄、自由への戦いの継続の決意等々を経て、最後に1977年反乱１周年近くのある日彼が、スワジランドとの国境近くへと亡命していくまでを描く。

　ボロソの約２年間の反アパルトヘイトの戦いと、大義のために死をも覚悟する闘士へ成長する過程を縦糸とし、友人や学生達の闘い、体制側に組みして生徒達を襲う黒人集団、警官の弾圧と警官同士の裏切り、家族の支援や犠牲、刑務所の苛酷な待遇、アパルトヘイト政策強行の略史、学生達の規律の取れた運動方針とその実践、多くの人々の会話、おりおりのスピーチ等々を横糸として、

ソウェト蜂起の全体像が織りあげられている。
　反逆の発端は、オランダ系白人が使っているアフリカーンス語をソウェトの学校教育に強制しようとしたことに、生徒達が反対して、デモ行進を始めたことであるが、これが黒人を差別する教育反対から、アパルトヘイトそのものへの反対運動に広がりをみせ、やがては大人達や他の進歩的運動組織をも巻き込んでゆく状況が活写されている。
　トラーディのこれら2冊の小説は年代も60年代と70年代と違い、場所もヨハネスブルグとソウェトと異なるが、黒人意識の問題が太い棒のように貫かれている。『メトロポリタン商会のミュリエル』は1969年に書き上げられたときには、検閲で多くの箇所がカットされた。「22章心臓移植」も全面的削除された。1967年のバーナード博士による世界初の心臓移植はカラードの心臓が白人に移植されたのである。これはアパルトヘイト政策に矛盾する。ミュリエルは、この移植で甲論乙駁に加わるが、最後に次のように決然と語る。「血は血です。四大血液グループがどの人種にもありますが白人の血とか非白人の血のようなものは全然ありません」。
　『アマンドラ』ではボロソが恋人に語る。「これから、僕らの解放あとには、アフリカは植民者とは関係がなくなる。民衆だけがここに住むんだ。僕らの要求しているのはそれさ……平等な民衆！」。トラーディの自由と平等への願いが、これらの作品にしっかりこめられてあり、また見事に結晶させられている。

研究への助言
　ミリアム・トラーディの長編小説2冊と短編集の一部は検閲で発禁処分になったり、削除されたり、書名の変更をさせられたりして、著者の意志通りに出版されるようになったのは、マンデラ政権誕生後であった。幸いその前後のことは、参考資料に挙げた「ミリアムさんを宮崎に迎えて」に詳しい。南アフリカの現代史を一読してから読めば一層理解が深まる。
　短編集『ソウェト物語』にはローレッタ・ングコボ（Lauretta Ngcobo）の要領を得た序論がある。これはトラーディ文学の全体像と南ア現代文学の小史知るための恰好の参考書になっている。

参考資料
Soweto Stories. London: Pandora Press, 1989.
玉田吉行「ミリアムさんを宮崎に迎えて」（「ゴンドワナ」門土社、第15号、1990年7月号2〜29頁）

（小林信次郎）

サーハレ・セラシェ

Sahle Sellassie (1936-)

サーハレ・セラシェはエチオピアのシェワ州チェボ・グラゲ地区シセ村に生まれ、農業牧畜を営む父母のもとで兄弟姉妹と共に暮らしていた。10学年生の時、父が亡くなり一家の家長となる。学校を中退しようと考えたが、父親の友人であり、彼の通う学校の校長でもあったカトリックの神父の説得で、勉学を続けることになった。その後、神父の勧めでアジス・アベバのテフェリ・メコニン中学に移って中等教育を終え、アジス・アベバ大学の前身であるアジスアベバ・ユニバーシティ・カレッジに進学し、のちフランスのエクス＝アン＝プロヴァスの大学へ留学。その後カリフォルニア大学ロサンゼルス校へ留学し政治学の修士号を得て、1963年エチオピアへ帰国。アメリカに留学中、レスロウ教授（Leslau）の勧めによって自分の母語グラゲ語で、農村の生活を描いた自伝風の作品『シネガの村』（*Shinega's Village*, 1964）を書いた。

帰国後、アジス・アベバの南方ウェンジにある、オランダ・エチオピア合弁会社に勤務した。この期間に最初の小説『ある愛の物語』（*Wettat Yifredew*）をアムハラ語で書き、また、ミッチェル・コッツ社に転職後、68年に最初の英語小説『アフェルサタ（審判）』（*The Afersata*, 1969）を書いた。71年ミッチェル・コッツ社を退職し、74年テオドロス2世を描いた『戦士テオドロス王』（*Warrior King*, 1974）を出版。79年エチオピア革命を描いた『煽動者たち』（*Firebrands*, 1979）を出版し、さらに86年イタリアとエチオピアの戦争およびイタリアのエチオピア支配を描いたアムラハ語の歴史小説『バッシャ・キタウ』（*Bassha Qitaw*, 1986）を出版した。

セラシェは独身で、74年以後、アジス・アベバのイギリス大使館に翻訳官として勤務している。

主要テキスト

Shinega's Village : Scenes of Etiopian Life (Trans. from the Chaha by Wolf Leslau). Berkley : Univ. of California Press, 1964.
The Afersata. London : Heinemann, 1969.
Warrior King. London : Heinemann, 1974.
Firebrands. London : Longman, 1979.
Bassha Qitaw. Addis Abeba : Ethiopian Book Centre, 1986.

テーマ／特徴／その他

　サーハレ・セラシェが小説を書くことを考えるようになったのは、フランス留学時代である。彼にはフランス時代、文学を学ぶガールフレンドがいた。彼女に国外でも知られているエチオピア人作家がいるかどうか尋ねられたが、答えられず恥ずかしい思いをしたことからである。エチオピアでは学生時代、エチオピア人作家の小説やその他のエチオピア文学作品を読むように勧められたりはしなかったのだ。

　サーハレ・セラシェはエチオピアの大地に根ざした作家である。それはまず第一に、最初に書いた自伝風の作品『シネガの村』(1964年英語版出版)が、彼の母語グラゲ語で書かれていることである。アフリカ文学において、母語で作品を書くという行為が注目を浴びるようになったのは、70年代後半以降のことである。したがって、彼の試みは最も先駆的であったといえる。次の作品『アフェルサタ（審判）』は英語で書かれてはいるが、そこでのテーマは、警察権力がまったく存在しない村で起こった火事の犯人を見つけ出す「アフェルサタ」と呼ばれる伝統的な民衆が行う審判制度である。この作品では、近代社会の審判制度とは異なるアフェルサタの内容が興味深く描かれている。

　また、他方では彼は、エチオピア社会が直面する政治的課題にも敏感であり、帝政エチオピアに貫徹する腐敗と堕落、それに対する民衆の怒りを『煽動者たち』(1979年)において描いている。この作品は、国内では販売が禁止されたが、国外では好評で、ナイジェリアの作家がこの作品の戯曲化を求めたり、モザンビークの出版社がポルトガル語版を勧めたりしたといわれている。さらに彼は1935年〜1941年のイタリアとの戦争と、イタリアのエチオピア支配を描いた歴史小説『バッシャ・キタウ』をアムハラ語で書いたが、明確な理由もなく、2年の間、出版が延期された。

　以上のようにセラシェは作品を、グラゲ語、英語、アムハラ語で書いているが、アムハラ語はエチオピア国内だけでしか読まれず、出版が禁止されるとそれで姿を消してしまう恐れがある。彼はこのような状況の下で、英語で書くことによって多くの地域で作品が読まれる利点があると述べている。また、グラゲ語で書くことについては、今後識字率の上昇による読者層の増大の可能性のあることを指摘している。

作品紹介
『煽動者たち』(*Firebrands,* 1979)

　主人公ベズネー（Bezuneh）は、貧しい家庭に生まれた、まじめで仕事熱心な若者である。エチオピアの首都にある公社に勤務している彼は、急進的な弟とは違って、温厚な人物である。この彼がある日、職場の最高責任者ケブレット（Kebret）のオフィスに呼ばれる。ケブレットはトラックの入札の件で、委員会を無視して一番高い価格を提示したリチャードソン（Richardson）に決定しようとしていることを彼に話す。その理由は、この業者が5000ドルの値引きを約束したからというものであった。ところが実は、ケブレットはその業者から1万ドルの賄賂を取っていたのであった。これに対して、青年ベズネーは入札の公正さを守るべきだとして、入札者全員に再入札を通知する。その結果、前回も一番低い価格をつけた業者アバ・ブシュラ（Aba Bushra）に落札される。

　面目をつぶされたケブレットは、ベズネーに復讐する。まじめで仕事熱心なベズネーが職務上作成した不正摘発報告書を、以前から快く思っていなかったケブレットは、試用期間制度を悪用して、彼に辞職を迫る。この理不尽な態度にベズネーの怒りは爆発し、翌日ケブレットを職場で絞め殺そうとするが、あと一歩というところで逮捕される。裁判での彼に対する判決は、禁固10年の刑であった。

　他方、からくも一命をとりとめたケブレットは怪我の後遺症も治り、職場復帰をするが、それでも自分が受けた屈辱感を払拭することができない。

　ベズネーの入獄中にエチオピアの社会政治情勢は大きく変化し、弟のウォルク（Worku）をはじめとする学生たちは、帝政に反対する学生運動を押し進めてゆく。彼らは虐げられた大衆のため、あらゆる種類の抑圧に抗して闘った。そのため運動は労働者、農民、軍隊へと広がり、エチオピア全土で兵士たちは賃金・労働条件改善要求を掲げて立ち上がる。年老いた皇帝は、このような大きな変化に対応できず、帝国は崩壊する。

　このように運動に積極的に参加するウォルクらは恩師であるマンデフロット（Mandefrot）博士にも参加を呼びかけるが、基本的には彼らと同じ立場に立つ彼も、それには応じない。その理由は、この運動が反封建体制ではあっても運動に中心がないこと、明確な方向性がないこと、などの問題点があるため、彼は冷静にこの運動を学者として記録する仕事に集中したかったからであった。

　エチオピアを覆した、この1974年の革命によって、獄中にいたベズネーは釈放される。彼を釈放した刑務所の看守は、かつて彼を拘禁した時の警察の看守と同一人物であった。革命が起こっても、人物は変わらず、帝国のために働いたスパイは今度は新しい主人のために同じ仕事をしているのだ。このような変わり身の早い連中の話を、ベズネーは弟から聞く。また、公社のケブレットは

絶大な政治力を持つデジャズマック (Dejazmach) と共に逃げるが、最後に前者は惨めな殺され方をし、後者は勇敢に闘って死亡したこと、要領のいい業者のリチャードソンは金を持ってうまく逃げた話なども聞く。最後に、弟は、革命における弁証法について書いたマンデフロット博士のメモを見せる。そのメモを見て、革命はこれからだということを、ベズネーは実感する。

　この作品では、帝政エチオピアに貫徹する腐敗と抑圧、それに対する民衆の怒りの爆発がベズネーを通して描かれている。彼の行動は、1974年のエチオピア革命の先ぶれでもある。その点では、ベズネーたちは革命の松明に火をつけた「煽動者」であろう。この作品では、エチオピア革命には最初から、民衆と権力を握った軍隊の間に問題点があったことも描かれており、現実にその軍事政権が1991年に倒されたことも不思議でないことがわかる。そういう意味でも、この作品はエチオピア社会を知るための百科全書でもあろう。

　この作品は発売当初は、エチオピア国内では発売が禁止されていた。その理由についてサーハレ・セラシェは、作品の終わりの部分で、「革命はこれからである」と書いたことが問題になったのだろうと述べている。この作品は、前半部分の公社での出来事の描写は非常にリアリティーがあるのに対して、後半部分のマンデフロット博士の主張には、文学とは異質の、観念的説明部分が見られるのが弱点となっているように思われる。

研究への助言

　サーハレ・セラシェの作品は、文学としての完成度の高い『煽動者たち』から読み始め、さらにエチオピア固有の文化の意義を理解するために『アフェルタ（審判）』を読むことを勧める。それ以後、歴史小説『戦士テオドロス王』を読めばよい。彼の英文は平易で読みやすい。作品はほぼどれも、入手可能である。『煽動者たち』のみ、『グリオ』(Vol. 3, 平凡社) に部分訳が掲載されている。

参考資料

「煽動者たち」（抄訳）（北島義信訳：平凡社『グリオ』Vol.3, 1992年）

Reidulf K. Molvaer, *Black Lions, The Creative Lives of Modern Ethiopia's Literary Giants and Pioneers.* Eritrea: The Red Sea Press Inc., 1997.

（北島義信）

メジャ・ムアンギ

Meja Mwangi（1948-　）

メジャ・ムアンギはケニヤのナニユキに生まれた。少年時代は「マウマウ」解放闘争の激化によって、強制収容所暮らしを体験する。グギ・ワ・ジンゴ（Ngugi wa Thiong'o）の小説『一粒の麦』（*A Grain of Wheat*, 1967）の舞台にもなっている収容所は、民衆と解放闘争との接触を断つためであったが、彼は解放闘争と植民地政府の抗争の緊張を感じないわけにはいかなかった。彼の最初の小説『死の味』（*Taste of Death*, 1975）は、この解放闘争がテーマとなっている。

ナニユキ中等学校を卒業後、彼はケニヤッタ・カレッジに進学する。その後、ナイロビにあるフランスのテレビ局にサウンドマンとして就職した。彼はまた、英国文化協会のオーディオ・ヴィジュアル助手として勤めたこともある。

彼は、都市のストリート・チルドレンの生活を描いた『早く殺してくれ』（*Kill Me Quick*, 1973）で一躍有名になり、74年、ケニヤッタ文学賞を受賞した。70年代半ばには、小説を書いたり、短編小説を雑誌に発表したりして、作家として生計を立てることができるようになっていた。「マウマウ」の解放闘争をテーマにした、3作目の小説『猟犬のための死体』（*Carcase of Hounds*, 1974）は、『早く殺してくれ』とともに、ケニヤッタ文学賞を受けた。のちに彼は映画会社とのかかわりを深め、『ブッシュトラッカーズ』（*The Bushtrackers*, 1979）に見られるように、脚本を小説に仕上げたこともある。他に『リバーロードを行きて』（*Going Down River Road,* 1976）、『飢えの武器』（*Weapon of Hunger*, 1989）、『シャカの帰還』（*The Return of Shaka*, 1989）などがある。

主要テキスト

Kill Me Quick. London : Heinemann Educational Books Ltd., 1973.
Carcase for Hounds. London : Heinemann Educational Books Ltd., 1974.
Taste of Death. Nairobi : EAPH, 1975.
Going Down River Road. London : Heinemann Educational Books Ltd., 1976.
The Cockroach Dance. Nairobi : Longman Kenya, 1979.
Weapon of Hunger. Nairobi : Longman Kenya, 1989.
The Return of Shaka. Nairobi : Longman Kenya, 1989.
Striring for the Wind. Oxford : Heinemann, 1992.

テーマ／特徴／その他

　東アフリカの作家たちの創作意欲を刺激し、民族主義の成長を助長したのは政治であるといわれている。事実、1960年代に入って作家たちは、ケニヤ独立の闘いを主要テーマに選んだ。ケニヤの最も著名な作家グギ・ワ・ジオンゴの60年代の小説のテーマがそれを証明している。したがって、ケニヤの「第2世代」の作家であるメジャ・ムアンギが70年代に小説を書き始めた時、やはり独立闘争、特に自分が生まれ育った地域で活発に展開された「マウマウ」闘争がテーマとなるのは不思議ではなかった。

　彼の第1作、第3作の『死の味』(出版は1975年)、『猟犬のための死体』は「マウマウ」の独立闘争を扱ったものであるが、彼はグギとは少し異なった描き方をしている。土屋哲氏も指摘しているように、グギは「社会的観点から見た、マウマウ闘争で活動した何人かの人々の個人の悲劇」を描いているのに対して、メジャ・ムアンギは「私の書きたかったのは、非個人的な(マウマウの)メカニズムそのものである」と述べていることからも、明らかであろう。

　メジャ・ムアンギがさらにテーマとしているのは、独立後の新植民地主義支配のもとで都市に暮らす庶民の悲惨さである。それは『早く殺してくれ』、『リバーロードを行きて』のテーマとなっている。女性批評家エリザベス・ナイト(Elizabeth Knight)は次のようにメジャ・ムアンギを評価している。「東アフリカの作家で、彼ほどナイロビの住民の真の生活、渡り労働者、無一文者、きらびやかな近代的な見せかけの背後にある裏の世界を感情豊かに正確に描く作家はいない」と。

　80年代以降は、彼の関心はケニヤの都市スラムから、より普遍的な問題へと移ったといわれている。例えば、『飢えの武器』(1989年)は第3世界における飢えをテーマとしている。

ムアンギ，メジャ

作品紹介
『早く殺してくれ』（*Kill Me Quick,* 1973）

　主人公はメジャ（Meja）とマイナ（Maina）という若者である。彼らは中等学校を卒業し、都会で働こうとしてあちこち訪ね歩くが、職を得ることはできない。マイナの方が先に就職活動をしていたが、まったく絶望的であることがわかり、今や「ストリート・チルドレン」となって乞食同然の生活を送っている。メジャも同じ道を歩んでおり、同じ境遇の２人の友情は強固である。２人は就職をあきらめ、裏通りのごみ箱の中で寝泊まりする生活を送っている。すると、たまたま田舎で農業の手伝いの仕事が見つかった。しかしそこでの仕事は過酷で低賃金であるばかりでなく、人間関係もひどく、ついには泥棒のぬれぎぬを着せられて、２人はまたもや都会へ逆戻りをする。

　彼らは貧しい家庭の期待を一身に背負っているため、無職のまま自分の田舎へ帰ることはできないのだ。都会での暮らしはますますひどくなり、ある時、マイナがスーパーマーケットで林檎を万引きし、店員に追いかけられる。彼は袋に入ったその品物をメジャに渡したので、メジャはそれを持って逃げるが、途中、交通事故に遭い病院に入院する。メジャを見つけることができないマイナは、同級生と名乗るチンピラの仲間に入ってスラム街に暮らし、次第に犯罪に手を染めるようになる。そして、大掛かりかつ計画的な牛乳窃盗事件を引き起こして、ついに逮捕される。

　他方、病院を退院したメジャは、自分の田舎へ帰って行く。家の近くで出会った幼い妹の話を通して、家庭の悲惨な状態と自分に対する期待感の大きさを知り、彼は耐えられなくなって、またもや都会へ逆戻りする。しかし、途中の石切り場で親切な人々に出会い、努力のかいあって、石切り人夫としての仕事にありつく。だが数年後、メジャは強盗の罪で刑務所に入れられることになる。そしてその刑務所で彼は、旧友マイナに再会する。

　メジャが強盗になったのは、石切り場の石をすべて掘り崩し、石切り場が消滅したからであった。新たな石切り場がないわけではなかったが、新しい場所では賃金が２分の１になるというのだ。そのため、メジャと彼を助けてくれた石切り人夫は、都会へ職を探しに来たのであった。しかし職などあるわけはなく、いつしか２人は、押し込み強盗などをするようになったのである。

　一方マイナも刑務所を出たり入ったりしていたが、そのうちに、田舎の家へ帰ることになる。帰ってみると、誰も自分の父親の行方を知らず、昔の自分の家は、他人の手に渡っていた。父親は、旱魃のため生活ができなくなり、家屋敷を売り払って、都会へ行ったというのだ。彼はその話をきいて絶望的になり、その家の夫婦を発作的に殺してしまう。他方またもや刑務所に入ったメジャは、新聞でマイナのこの事件を知り、涙を流す。

前途有望な意欲的な若者に職がないのは、能力の問題ではなく、ケニヤの社会・政治の腐敗、不公平さ、縁故主義、殺伐さ、によるものである。ケニヤの独立は直接的支配者の肌の色が変わっただけであり、新たな植民地主義的支配が本格的に強まっただけであった。新植民地主義的経済支配は、農村では共同体的結束を崩壊させ、農村を脱出して都市へ移動した人々は貧民街に住み着かざるを得なかった。主人公のメジャとマイナが、どれだけ誠実に生きようとしても、またどこへ行こうと貧困からの脱出の道はなかった。メジャは絶望することなく、自分の生活を切り拓こうと努めた。しかし、その石切り場すら消滅し、やむを得ず都会へ出た彼と友人の石切り夫は、職も見つからず結局、強盗となる。場所こそ違っても、マイナも同じ道をたどる。マイナは最後の希望を故郷の田舎に見い出そうとするが、彼の見たものは崩壊した農村共同体であった。2人の若者が犯罪者になる道筋は必然である。しかしながら、作品を通じて見られる2人の友情、貧しき人々の連帯感の描写は感動的である。この作品は、民衆の生活を克明に描くことによって、今なお続いている新植民地主義の現実を見事に明らかにしアフリカ文学の代表的作品の一つであろう。

研究への助言

メジャ・ムアンギの作品を読む場合、まず『早く殺してくれ』から読み始めるのがよいと思われる。その理由は、英文が読みやすく、今日の新植民地主義支配の下にあるアフリカ世界に共通の都市の現実が、きわめてリアルに描写されているからである。さらに、ビルが次々に林立する見せかけの「経済的成長」を遂げる都市に暮らす庶民の生活の苦悩に焦点を当てるには、『リバーロードを行きて』を読むとよい。また、メジャ・ムアンギとグギ・ワ・ジオンゴの描く世界との共通点と違いを探ることと、なぜ80年代以後ムアンギのテーマが変わったのかを探ることも重要であろう。

参考資料

マイナ・ワ・キニャティ編著『マウマウ戦争の真実』(楠瀬佳子・砂野幸稔・峯陽一・宮本正興訳:第三書館、1992年)

トマス・アカレ著『スラム』(永江 敦訳:緑地社、1993年)

Eustace Palmer, *The Growth of the African Novel*. London : Heinemann Educational Books Ltd., 1979.

Dieter Riemenschneider, Frank Schulze-Enger (Eds.), *African Literatures in the Eighties*. Amsterdam : Editions Rodopi B.V. 1993.

J. Roger Kurtz, *Urban Obsessions Urban Fears : The Postcolonial Kenyan Novel*. Oxford : James Currey, 1998.

(北島義信)

チャールズ・ムンゴシ

Charles Mungoshi（1947-　　）

チャールズ・ムンゴシは1947年、旧英領ローデシア（現ジンバブエ）で生まれた。生地は首都ハラレから南へ約100キロのチヴという町の近くであった。オール・セイント小学校から聖オーガスティン校（寄宿制の高校）に学んだ。高校卒業後モザンビークとの国境近くの町で、1年間森林局で働き、その後ソールズベリ（現ハラレ）の書店で3年間教科書販売員を勤めてから、政府の文芸出版局の編集者となった。現在ジンバブエでは数少ない職業作家の一人である。

イギリスの植民地時代、アフリカ人は英語で出版できなかったので、ムンゴシも民族語のショナ語で出版を始めた。70年のショナ語による彼の作品のタイトルが、ヤンハインツ・ヤーン（Janheinz Jahn）が編んだ71年のビブリオグラフィに早くも出ている。ショナ語による作品は他に小説1冊と戯曲1点があり、彼はまたケニヤのグギ・ワ・ジオンゴ（Ngugi wa Thiong'o）の英語による小説『一粒の麦』（A Grain of Wheat）をショナ語に翻訳出版している。

彼は英語による作品を高校時代から書き始めていたが、72年になってやっとイギリスのオックスフォード大学出版局から、短編集『乾季のおとずれ』（Coming of the Dry Season）が刊行された。この作品は声高に反植民地を唱えるわけでもないのに、時のローデシア政府は発売禁止処分にした。75年には英語による小説『雨を待つ』（Waiting for the Rain）をロンドンのハイネマン教育出版社から出版した。独立の年1980年になってやっとムンゴシは新生ジンバブエのマンボー・プレスから英語による短編集『幾つかの種類の傷』（Some Kinds of Wounds and Other Short Stories, 1980）を刊行した。他に児童文学書『ショナの子供時代』（Stories from a Shona Childhood, 1989）、『昔のある日』（One Day Long Ago: More Stories from a Shona Childhood, 1991）や、詩集『牛乳配達人は牛乳を配達するのみならず』（The Milkman Doesn't Only Deliver Milk, 1981）等がある。98年コモンウェルス作家賞を受賞した。

主要テキスト

Coming of the Dry Season. Harare: Zimbabwe Publishing House, 1981.
　チャールズ・ムンゴシ『乾季のおとずれ』（アフリカ文学ネットワーク訳：スリーエーネットワーク、1995年）
Waiting for the Rain. London: Heinemann (HEB 170), 1975.

テーマ／特徴／その他

　私がムンゴシの短編集を初めて読んだのは、1980年のジンバブエ独立以前のことであった。ナイロビの書店で初めて作品を見つけた。さっそく購入して、ホテルで読んだときには、その簡潔な英語の文体と人情の機微の表現に感心し思わずアメリカの黒人作家ラングストン・ヒューズ（Langston Hughes）に重ね合わせていた。ムンゴシは際立って政治的ではないが、歴史性や政治状況を的確に把握して、行間にちりばめている。
　『雨を待つ』の主人公ルシファ（Lucifer）が久しぶりにバスで故郷のマニエネに向かっている。2年ぶりの帰省なのに主人公の内的世界も外的世界も不毛そのものであることを示す描写の一部分を引用してみる。

　This is our country, the people say with a sad familiarity. The way an undertaker would talk of death, Lucifer thinks.
　...And they are all covered with dust. Dust, dust, dust. It rises from the floorboards, swirls and eddies up to hit the roof, then curls and spreads downwards, creating a confusion of currents and counter-currents. Each time someone in front turns his face towards him, Lucifer holds back laughter. Their faces look like a child's drawing of a face on a grey wall-without any other lines, just dark circles for the main features: the two eyes, the nostrils and the mouth.

　『雨を待つ』は植民地支配によって田畑も民衆の心も荒れ果てたという背景のもとで、文化や世代の対立を描くが、固有の文化や価値観をないがしろにする先に未来はないというメッセージを明確に伝えている。
　例えばクワリ（Kwari）という黒人は白人の犬として、多くの同胞を食い物にして巨大な富を得るが、のちに白人によってクワリは戦場に駆り立てられ、負傷して松葉杖の生活を強いられる。白人たちは戦争でますます農地面積を増やし富も増やす。クワリは黒人には相手にされないので、昔の白人の主人のところへ救いを求めるが、つばを吐きかけられる。クワリが執拗に援けを要求すると、白人はクワリをレイプ犯に仕立てて、銃殺してしまう。本書が植民地時代に発禁になったのは、このような描写があるからだったと思われる。
　ムンゴシの世界は挫折感や喪失感に覆われていても、温かい人間性をきらりと光らせるのが特徴でもある。短編「壁に映った影」（Shadows on the Wall）は世代断絶をテーマとしているが、子供が父親を身近に感じられそうな瞬間を描いている。それは子供が、ヒナたちが巣で死んでいたのは、誰かが巣に帰る母鳥だと知らずに母鳥を殺したからだと思い出すときである。

ムンゴシ,チャールズ

作品紹介
『雨を待つ』(*Waiting for the Rain,* 1975)

　本書の背景は首都ソールズベリー（現ハラレ）から南へ約100キロにあるチヴの近くにあるマニェネという寒村であり、時代はラジオでスエズ運河地域の油田をイスラエルが爆破したことを報じているから、1969年から70年の頃である。主人公ルシファーは寄宿制のミッション系高校の生徒である。時代・背景・主人公を列挙するだけで、作家自身のそれらと重なる。つまり自伝的小説の要素が色濃く塗りこめられている。

　ルシファーは寄宿先からマニェネへ約2年ぶりに、イギリス留学の暇乞いをするために帰省した。久しぶりの帰省で嬉しいはずなのに、そのうえ外国留学といういいニュースを持ってはいても、ルシファーの心は重い。一つには最後の半年は勉強が全くできず、期待に応えられなかったからであり、いま一つは家族や友人知人から多くの手紙を受け取っていたのに一度も返事を出していなかったからである。字の書けない母が代書を頼んでまでして手紙を出してくれた。また学資の一部を負担してくれていた近所の老人は、借金の返済を求めていると誤解されたくないと考えて数多く手紙を出すのを止めていたことも帰宅して初めてわかった。そのうえ、頭に障害のある兄や年老いた両親を残して外国に行ってしまうことを考え合わせると、ルシファーの罪の意識は深まるばかりである。

　送別のため色々な人が現れてはプレゼントをしたり、パーティーを開いてくれるが楽しめない。それどころか、ショナ人固有の伝統的な歌や踊りでパーティーが盛り上がっても、ルシファーはそれに加わるどころか反発する有り様である。先祖や守護霊の尊重や雨乞いの大切さを説かれても上の空である。出発に際して、救急用の薬草の入った薬瓶が用意されて、両親が持参するようにと懇願するが、ルシファーは断る。父は激怒するが、ルシファーは最後に、石で薬瓶を粉々に割ってしまう。彼は、母や妹たちが丹精込めて作った弁当も、にべもなく断って、白人宣教師が迎えに来た自動車に乗り込んで出発するのであった。本小説の最後で、宣教師は通りすぎる牛車を曳く黒人を見て、「美しい人々」とつぶやく。ルシファーは無言で見つめているのみである。

『乾季のおとずれ』(*Coming of the Dry Season,* 1981)

　本書に収められている10本の短編小説を列挙して概要を示しておきたい。「壁に映った影」、「からす」(The Crow)、「山」(The Mountain)、「英雄」(The Hero)、「入り日となだらかに起伏する世界」(The Setting Sun and the Rolling World)、「エレベーター」(The Lift)、「10シリング」(The Ten Shillings)、「乾季のおとずれ」(Coming of the Dry Season)、「過去からの遭難信号」(S.

O.S. from the Past)、「事故」(The Accident)

　巻頭作品「壁に映った影」は、短くて動きが少なく、登場人物に名前も付いていない。主人公らしい少年はthe boyと記してあるだけだから、少年は誰なのか分からない。他にお父さんとお母さんともう一人のこの女という人物の3人が登場するだけである。少年の僕は家の壁に映る影に、想像を働かせて遊ぶ。時間の経過とともに影が変化し、イメージも変わる。例えば、第1と第2のパラグラフの比喩表現はこうだ。[(父さんの影は) 黒いかかしのよう、亡霊のよう、疲れた老婆のよう、忍びよってくるあの言い様もない感じのよう] なものだと描かれ、最終的には父と子供の断絶が描かれている。登場人物に名前がないから、テーマへの普遍性が一層強く感じられるから妙だ。

　タイトル・ストーリーの「乾季のおとずれ」は、よりよい生活を求めて都市に出た男の挫折の物語である。主人公モアブ(Moab) は都市に出て4年間も職がなかったが、母の要求に応じて金や物を送る。しかし当然、仕送りは充分にはできない。罪の意識や挫折感が高じる。やがて母の訃報を受け取ると、家に連れて来た売春婦から逆に金を取って追い返して、モアブは男泣きをする。しかしそれは母が死んだからではない。

研究への助言

　アフリカの黒人作家は幅広いジャンルで活躍する場合が多いが、ムンゴシも例外ではない。小説・詩・児童文学・ショナ語による小説、翻訳等々と多岐にわたっている。したがって、まず多面的なアプローチが肝要であろう。

　ムンゴシの作品では時代背景を年代で記すよりも事実で表す場合が多い。例えば、1960年代の終わりから70年代の初めにかけてであれば、イスラエルがアラブ連合を空襲したときというように出てくる。だからアフリカの現代史には一応目を通しておく必要がある。

参考資料

The Milkman Doesn't Only Deliver Milk: Selected Poems. Harare: Poetry Society of Zimbabwe, 1981.
The Setting Sun and ths Rolling World. London: Heinemann, 1982.
The Milkman Doesn't Only Deliver Milk（revised and extended edition). Harare, Zimbabwe: Baobao Books, 1998.

（小林信次郎）

チェンジェライ・ホーヴェ

Chenjerai Hove (1954-   )

　チェンジェライ・ホーヴェは1954年英領ローデシア（現ジンバブエ）の中部の農村で生まれた。64年10歳の頃北部のゴークウェに一家ともども移住しているが、そこは彼の作品『骨たち』(*Bones*, 1988)の背景となっているサニヤティ川の近くである。そこの小学校に入学し、続いて教員養成学校に進学した。77年から中高等学校の教員となり文学を担当するとともに、自らは通信制の大学（南アフリカ大学）に籍を置いて英文学を学んだ。

　ホーヴェが学生生活をしていた頃ローデシアでは、アフリカ人の白人政府に対する抵抗が強まり、ゲリラ戦が展開されていた。80年独立を達成し、国名をジンバブエと改名したが、彼の作品の大半はこの激動の時代を背景としたものである。

　植民地時代、アフリカ人は英語で作品を出版することを禁じられていた。民族語での出版だけが認められていた。だから英語での執筆は一種の抵抗運動でもあった。82年の詩集『武器をもって立ち上がれ』(*Up In Arms*)は英語で書かれたものだけに一層注目に価しよう。さらに85年詩集『故郷の赤い丘』(*Red Hills of Home*)を出版して詩人としても注目され始めた。84年から89年までジンバブエ作家同盟議長に就任。

　88年小説『骨たち』をアフリカの出版社から出し、89年度野間アフリカ賞を受賞し、翌90年邦訳書が刊行された。91年小説『影たち』(*Shadows*)、96年小説『祖先』(*Ancestors*)、97年随筆集『居酒屋物語』(*Shebeen Tales*)、98年詩集『ちりまみれの虹』(*Rainbows in the Dust*)と発表してきている。他に民族語による作品もある。

主要テキスト

Up In Arms. Harare, Zimbabwe: Zimbabwe Publishing House, 1982.
Bones. Harare, Zimbabwe: Baobao Books, 1988.（『骨たち』福島富士男訳：講談社、1990年）
Shadows. Harare, Zimbabwe: Baobao Books, 1991.（『影たち』福島富士男訳：スリーエーネットワーク、1994年）
Rainbows in the Dust. Harare, Zimbabwe: Baobao Books, 1998.

テーマ／特徴／その他

　1960年代の半ばまでにアフリカにある旧イギリス植民地は一か国を除いて全て独立を達成した。ジンバブエのみが例外で、少数の白人が永久支配を目指して抑圧を強化さえしていた。それに対する多数派の黒人の解放のための戦い（ショナ語でチムレンガ chimurenga）が始まり、独立を達成する1980年まで15年間も続いた。この間も多くの"チムレンガソング"や"チムレンガ文学"が生まれた。

　これらの唄や文学の中では守護霊や予言が重要な働きをなすが、特に予言者アンブーヤ・ネハンダ（Ambuya Nehanda）が重要である。彼は1896～97年のチムレンガを指導した。白人側に捕まり処刑されたが、最後まで節を曲げず、絞首台でも徹底的に抵抗をした。キリスト教に改宗しなかったことと、「私の骨たちは立ち上がって、ヨーロッパ人から自由を取り返す」と予言したことが、詩歌や小説のみならず、その他の色々なメディアでも取り上げられている。

　1980年ジンバブエはやっと独立を達成した。チムレンガの成果であった。国のリーダーは白人から黒人に代わり、黒人主導の新生ジンバブエが誕生したが、一般国民の土地は返却されず、生活も改善されない。ホーヴェは、国民の物心両面にわたる解放がないかぎり、真の独立を達成したことにならないと確信し、文学による新しいチムレンガを始めた。だから、自由と平等とが、ホーヴェ文学を貫くテーマである。

　『骨たち』ではチムレンガに加わって白人と戦った兵士たちに代わって、白人とうまく交渉した連中が、兵士たちの土地を奪い、彼らに残りかすを与えようとした。兵士たちがそれを拒否すると、政府はこれらの兵士を山賊と呼び、殺し屋どもだとレッテルをはって弾圧し始めた。若者たちは再び銃を持つと、今度は黒人政府を相手にして戦いを始めた。農民たちもまた新たな試練に立たされることになる。『影たち』の中心人物の農村の若い女性の父は無実の罪で虐殺され、遺体は野獣に食いちぎられても埋葬が許されない。ホーヴェは遺体を食べたハゲワシやジャッカルたちの死のかなたに、この父の埋葬と再生とを暗示する。それによって彼はネハンダの予言の真の実現をほのめかしているとも言えよう。

　1980年ジンバブエ独立の朝、ラジオ・ジンバブエは音楽とともに、次のような詩を朗読したと記録されている。［祖母ネハンダよ／あなたの予言どおりに／ネハンダの骨たちはよみがえり／戦士たちの槍に火がついた／槍は銃に変形して／祖国は解放された］。

　ホーヴェは民衆の苦悩と苦境を直視し続けている。そのうえ、ホーヴェは今日でも、祖国は解放されたとは言えないと確信せざるをえないという考えだから、それを『骨たち』の登場人物たちに代弁させているのであろう。

作品紹介
『武器を持って立ち上がれ』(*Up In Arms*, 1982)

　本書はホーヴェの第1詩集で、構成は序論、第1部出血の止まらぬ傷口、第2部賛辞、第3部産業青年、第4部田舎の涙からなっている。序論はジンバブエ文学の大御所とも言えるチャールズ・ムンゴシ（Charles Mungoshi）によるもので、彼はホーヴェはジンバブエ人が等しく経験してきた独立前後の集団的潜在意識を巧みに形象化していると解説している。

　第1部では、1965年当時ローデシアが英国の経済制裁に反対して一方的に独立宣言をしたときから解放戦争時代までのアフリカ人の心情を美しく、力強く表現している。ホーヴェが1989年10月初訪日したおりに朗読した「風が吹くとき」（*When the Wind Blows*）もここに収められてある。第2部は戦傷死者への手向けの言葉が刻まれており、第3、第4部では都会と田舎の庶民の人生の哀歓を紡ぐ。例えば短詩「ふる里の父に」（To Father at Home）はこうだ。[もしも落ちてこなかったら/雨つぶは空をうろつき/群雲はわれらと同じく膨れる/もしも落ちてこなかったら、そうすれば父よ/落ちなければならないのは／われらです]。干ばつの恐怖がひしひしと伝わってくる。

『影たち』(*Shadows*, 1991)

　本書は一応小説に分類されているが、詩文集とも散文詩とも言いうる。いずれにしても日本では類例のないジンバブエ固有の文章と物語である。

　上述の第1詩集と同じく1965〜85年のチムレンガが直接の背景であるが、遠景には1896〜97年の武装蜂起がある。そのうえ敵・味方が判然とせず、黒人同士でいがみ合ったり、覇権争いで銃火を交えることもある。僻地の農民もその影響をもろに受けて、田畑は荒らされ、戦士に徴用されたり、不服従やスパイや密告者の嫌疑で有無を言わせず拷問に掛けられる。

　このような苛酷な状況の中で、本書の狂言回し役のジョハナという少女の恋人の少年もその父も2人の兄弟も、やがては悲惨な死をとげ、骨が充満する世界となる。ところが固有の讃え歌、踊り、詩歌が散りばめられて妙に明るい。特に少女と少年との川でのラブシーンはリアルな描写でありながら幻想的な美を感じさせるから不思議である。これも、精霊たちの次のような声を聞かされると納得できる。[けれども、私の骨たちは、必ずや/聖なる魂の中で、立ち上がるだろう/戦いの歌を歌いながら、敢然と立ち上がるだろう/戦いの新しい歌によって/戦いはさらに続けられるだろう……]。本書のフィナーレではジョハナの母親は死の家を包みこんだ沈黙の中にいながら、新しい子守唄を聴いている。そして、死の中から再び立ち上がらなければならないと思う。いずれにしてもジョハナという少女を中心とするさまざまな農民の生と死を描きながら、

未来へ語り継がねばならぬ民族の物語が魅力的に語られている。

『骨たち』(***Bones,*** 1988)

　この作品の時代背景もテーマも中心人物も『影たち』とほぼ同じである。ジャニファ（Janifa）という名の少女の恋人は、1通のラブレターを残して解放軍に加わるため白人の農場から姿を消した。残された恋人の母マリタ（Marita）はほとんど毎日ジャニファにその手紙を読んでほしいと懇願しに出向いて来る。その少女はついに文盲のマリタのために恥ずかしさをこらえて読んで聞かせる。ジャニファの読む声を何回か聴いているうちにマリタは心を開き、2人の思いも心も通い始める。マリタには文が読めなくても豊かに語れる人生経験と言葉があり、ついには彼女は文化の継承へと深まる豊かな語りの世界に誘われる。

　この作品はジャニファとマリタという2人の女性を巡って展開されるが、家族を失い、拷問され、レイプされ、あげくの果てにぼろ布のように殺されるマリタの人生はむごい。しかし種子は死なねば新しい生命は生まれ出ない。おびただしい死は、おびただしい生を約束する。ネハンダは「必ずや私の骨たちは立ち上がるだろう」と予言したと伝えられている。『骨たち』がネハンダの予言に応えた作品であることは、タイトルが暗示していよう。

研究への助言

　ジンバブエは独立（1980年）を達成してまだ約20年しか経過していない若い国である。逆に言うと白人の支配がいちばん長く続いた国である。だから抑圧への反対とか、解放や自由を求める声や運動が続き、それが文学作品に色濃く投影している。ホーヴェも例外ではない。ジンバブエの現代史を概観することが肝要である。

　ジンバブエには固有の讃え歌がある。戦い、生・死、恋愛、氏族、英雄等々への讃え歌である。ホーヴェの作品はこの伝統を引き継いでいる面が多い。これについても知っておくと、作品理解が深まる。

参考資料

ホーヴェについての日本語による参考資料は、主要テキストの2冊の邦訳書以外にほとんどない。英語によるものを若干挙げておく。

Aaron C. Hodza and George Fortune, *Shona Praise Poetry*. London: Oxford University Press, 1979.

David Lan, *Guns and Rain Guerrillas and Spirit Mediums in Zimbabwe*. London: James Currey, 1985.

　　　　　　　　　　　　　　　　　　　　　　　　（小林信次郎）

フェスタス・イヤイ

Festus Ikhuoria Ojeaga Iyai (1947-)

フェスタス・イヤイはナイジェリアのエド州エグアレ・ウベグンに生まれた。学力優秀であった彼は国内で高等教育卒業資格を得て、1974年旧ソヴィエトのキエフ経済大学で修士の学位を受けた。さらに80年イギリスのブラッドフォード大学から経営管理学博士の学位を受けた。

69年ベニン市のイマキャリト・コンセプション・カレッジの教師となり、74-75年には、ベニンの『ベンダル新聞』の編集者の一員として活躍。80-87年、ベニン大学経営管理学科の講師を務めた。彼は若く情熱的かつ知的な教員であり、人類の進歩に反する勢力に対しては非常に批判的であった。それゆえ、大学教員組合ベニン支部の議長に選出され、86年までその職にあり、同年さらに大学教員組合全国議長となった。しかしながらラディカルな思想的立場ゆえに、彼は当時権力を握っていた軍事体制に憎まれ、そのため大学当局から好まれず、87年に大学から追放され、以下に述べる88年の「コモンウエルス文学賞」受賞の数日前まで拘禁されていた。いやがらせ、拘禁、屈辱を受けつつも、仲間たちからの支援と共感を受け、88年全国大学教員組合ナイジェリア大学支部から「学術と民衆の繁栄擁護」に尽くしたとして、功労賞を受けた。

同年、コモンウエルス・アフリカ地域文学賞、コモンウエルス文学賞、ナイジェリア作家協会文学賞を受けた。

現在、母、妻、四人の子供と共にナイジェリアのベニン市に在住。

主要テキスト

Violence. London : Longman, 1979.

The Contract. London : Longman, 1982.

Heroes. London: Longman, 1986.

Awaiting Court Martial: A Collection of Short Stories. Lagos: Malthouse, 1993.

B.A.Agbonifo, Ehiametalor, Inegbenebor, and Iyai, *The Business Enterprise in Nigeria.* Lagos : Longman, 1993.

The Rainbow Has Only One Colour : A Collection of Short Stories. (近刊)

テーマ／特徴／その他

　ナイジェリアの独立後の 20 年間における脱植民地化は、現実には何の解決ももたらさなかった。むしろそれは、内戦と軍事支配を強化し、そのことがあらゆる面での社会の非人間化を促進しただけであった。石油の富も、国民の生活を豊かにすることなく、一部のナイジェリア人億万長者を生み出しただけで、今なお水道すらない何百万人ものナイジェリア人にとっては慰めにもならなかった。独立後の 20 年は新植民地主義支配の持つ「獣の本性」を明らかにしただけである。

　フェスタス・イヤイが直面した現実は上記のような、典型的な新植民地主義支配の現実であった。彼はこのような現実を引き起こす根本原因は何か、またそれをどのように克服すべきかを作品で描こうとした。彼の小説の舞台は、都市である。なぜなら、そこにこそ根本矛盾が現れるからである。彼は『暴力』(*Violence*, 1979)において、「人間を奴隷化し、金銭によって測られる商品への愛をもたらす社会体制の不当性」（マジャ＝パース, Maja-Pearce）を追求し、民衆の一人である主人公のイデムディア（Idemudia）に根本原因が社会の階級対立構造にあることを認識させることによって、未来への展望を示唆している。彼の作品の主要テーマは、「階級的不平等」、「搾取」、「腐敗」、「反撃」であるが、女性批評家オコジエ（Augustina Esohe Okojie）は権力の側からの嫌がらせをものともせず、新植民地主義的体制の解剖を行うイヤイの勇気を褒め讃えている。また、「腐敗」がテーマとなっている作品『契約』（*The Contract*, 1982）について、前出の批評家マジャ＝パースはベン・オクリ（Ben Okri）の『花と影』（*Flowers and Shadows*, 1980）を含めて、「男性作家が完全な人間として、女性の存在を認めたのは、この作品が最初である」と評価している。

　フェスタス・イヤイは、80 年代アフリカ文学のテーマの一つである新植民地主義支配との正面からの闘いを描く代表的作家の一人である。批評家ファトゥンデ（Tunde Fatunde）は、「搾取の体制との結びつきを強調しつつ、腐敗の本質を暴露している」という点で、ケニヤ出身の作家グギ・ワ・ジオンゴ（Ngugi wa Thiong'o）と共通していると述べている。イヤイは、腐敗の本質を批判的に描くだけにとどまらず、現実を切り開こうとする人物を登場させる。これは積極的意味があるが、この点の描写には、リアリティーがやや欠けている。それは最初の作品ばかりでなく、コモンウエルス文学賞を受賞した『英雄たち』（*Heroes*, 1986）にも見られる。社会科学者としての彼の思想が全面に出過ぎた結果かもしれないが、しかしそれによって作品の致命的欠陥となるようなものではないと言えよう。

イヤイ，フェスタス

作品紹介
『英雄たち』（*Heroes,* 1986）
　この作品は、ナイジェリアの国民すべてに深い心の傷を残し、彼らが今なおそのショックから完全に立ち直っていない原因を作った内戦「ビアフラ戦争」を描いたものである。イヤイはこの作品によって、1988年に「コモンウエルス文学賞」を受賞した。ストーリーを要約すると、以下の通りである。
　主人公の「ジャーナリスト」の名前は、オシメ・イエレ（Osime Iyere）である。彼は『デイリー・ニューズ』の政治記者で、「ナイジェリア内戦」を取材している。最初彼は「ビアフラ」軍の残虐行為に怒りを感じ、心情的には政府軍の立場に立っていた。しかし、ベニンの街に入って来た政府軍に、理由もなく殴られたり、恋人の父親が政府軍の呼びかけに応じて、兵士登録のため駐屯地へ行くと射殺されたりする現実から、彼は政府軍もビアフラ軍も同じだと思うようになる。しかしながら、死体引き取りの申し入れに行くと、担当の兵士が謝罪する。このことから、彼は人間がすべて必ずしも野獣的ではないことを知る。国民は世論操作によって、戦争に巻き込まれてゆくが、これは支配者階級が情報と教化の手段を独占しているからなのである。権力者は国民に「誤報」を意図的に流し、国民を罠にかけて戦争へと引き入れる。国民は誘導されて戦争を行うが、爆弾や手投弾で自分たちの子供は亡くなり、家は破壊される。他方、将軍や政治家や宗教的指導者やビジネスマンたちは戦争の被害を受けさせないように、子供を国外へ出している。しかし、労働者、農民、貧しき人々は戦場にいるのである。
　オシメは恋人の父親を埋葬するため、オガンザへ行き、恋人と彼女の母親を残して、取材のためまたベニンへ戻って来る。帰りのジープに乗せてくれた軍曹アウドゥ（Audu）は、この戦争について、実際に命をかけて闘っているのは兵士であるのに、成果をみんな自分の手柄にする将校たち、待ちぶせを受けて逃げ出す将校の実態を批判する。さらに彼は次のように言う。「前線では、俺たちは皆ナイジェリア人なんだ。俺たちと闘うビアフラ人も同じだ」。この軍曹と同じ考えの兵士は他にもおり、彼らとの話の中で、オシメ・イエレは戦争における真の敵は誰かについて、次のように述べる。「国の責任者とは将軍であり、……彼らが本当の敵であり、ナイジェリア軍にいようとビアフラ軍にいようと、問題じゃないんだ。……戦争は虐殺があったから起こったのではないのだ。それは、支配者が直接仕組んだのだ。彼らはわれわれを互いに殺させた。そのあげくに、連中はどこにいるというのだ？　命令を発するか、儲けるために、敵に武器や食料を売っているかのどちらかだ。将軍たちや、政治家たち、ビジネスマンどもが真の敵なのだ」。他の箇所では、この戦争にはナイジェリア人とビアフラ人という2つの立場しかないという主張に対して、オシメは次のように

労働者の立場に立つべきことについて言う。「君は間違っている。第3の立場があるんだ。民衆の立場だ。働くイボ人の立場、働くハウサ人の立場、働くヨルバ人の立場、つまり働くナイジェリア人男女の立場だよ」。

将軍を殺しても問題は解決しない。オシメは「第3の軍隊」としての、支配者を打ち倒す労働者（民衆）の連帯の必要性を強く感じる。彼はこの内戦を通じて、真の「英雄」である民衆の目覚めと連帯の可能性を知り、苦難の道ではあるが、新たな闘いによる未来の実現に希望を持つのである。

独立後の新植民地支配のもとにあるナイジェリアの腐敗が最も典型的な形態をとったのが「ビアフラ内戦」であった。したがって、ナイジェリアの多くの作家は、この内戦をその作品において描いた。しかし多くの作家に欠けていたのは、この戦争の根本原因は何か、またどのようにしてこの問題解決に取り組むべきかを提示していないことである。アチェベ（Achebe）は短編「戦場の女たち」("Girls at War", 1972) によって、腐敗の現実を描いた。この作品では、法務省に勤めるワンコ（Nwanko）、「囲われもの」となったグラディス（Gladys）を通じて、個人の力ではどうにもならない政治の腐敗が浮き彫りにされるが、その現実にどう立ち向かうのかの視点はない。腐敗の根絶は、最終的には階級闘争における民衆（労働者・農民）の勝利による以外には不可能であるというイヤイの視点は、「ぎこちなさ」があるものの、他の作家の作品にはない新鮮さを感じさせてくれる。

研究への助言

フェスタス・イヤイの作品を読むには、『契約』(1982) から読み始め、次にコモンウエルス文学賞受賞作品『英雄たち』を読むことを勧める。彼の作品は翻訳されていないので、英文で読まねばならない。ナイジェリア文学がどのように発展してきたのか、また、イヤイの評価はどのようなものかを知るには、「参考資料」に提示したマジャ＝パース著『仮面舞踏：80年代のナイジェリアの作家たち』(1992) が最も優れている。上記の作品はすべて入手可能である。

参考資料

北島義信『アフリカ世界とのコミュニケーション』（文理閣、1996年）
エレチ・アマディ著『ビアフラの落日』（志田　均訳：緑地社、1991年）
Adewale Maja-Pearce, *A Mask Dancing, Nigerian Novelists of the Eighties.* London : Hans Zell Publishers, 1992.
Andre Viola, Jacqueline Bardolph, Denise Coussy, *New Fiction in English from Africa.* Edition Rodopi B.V., Amusterdam, 1998. （北島義信）

ケン・サロ＝ウィワ

Ken Saro-Wiwa（1941-1995）

　ケン・サロ＝ウィワは、1941年ナイジェリアのニジェール河が大西洋に注ぐデルタ地帯オゴニランドに生まれた。その当時のオゴニ人は人口約50万で、約250民族あると言われるナイジェリアの少数民族の一つで、そのほとんどが一次産業従事者であった。彼は57年奨学金を得て、ウムオフィア大学に入学したが、オゴニ人としては唯一の男子学生であった。62年イバダン大学に移り、その後4年間勉強を続けた。

　68-73年の5年間、故郷オゴニランドを含むリバーズ州の行政に携わるが、その間に多くの餓死や戦死者の出た内戦があった。多くの作家は敗者ビアフラ側に組みしたが、サロ＝ウィワは一貫して国のバルカニゼーションに反対して、政府側に立って活躍した。

　72年戯曲『トランジスター・ラジオ』（*The Transistor Radio*）でBBCアフリカ演劇賞を受賞後、さまざまなジャンルで矢継ぎ早に作品を発表した。73年『デュカナでのタムバリ』（*Tambari in Dukana*）と『タムバリ』（*Tambari*）、85年小説『ソザボーイ』（*Sozaboy*）、87年には『バシとその仲間達』（*Mr. B Basi and Company*）などである。『バシとその仲間達』はTVコメディで著者自ら演出をし大ヒットさせたし、『ソザボーイ』は野間アフリカ賞にも輝いた。

　サロ＝ウィワは環境保護や人権擁護にも努力し、「オゴニ人生存運動」の議長としても活躍していた。当時の政府は、反政府活動を封じ込もうとしてか、サロ＝ウィワとそのメンバー8人を逮捕し、世界中の釈放要求にもかかわらず、95年全員死刑にした。

主要テキスト

Sozaboy. Essex, England: Longman (L.A.W.), 1994. (Nigerian edition in 1985 by Saros International Publishers, Port Harcourt, Nigeria).

On a Darkling Plain: An Account of the Nigerian Civil War. Harcourt, Nigeria: Saros International Publishers, 1987.

Mr. B Basi and Company. Port Harcourt, Nigeria: Saros International Publishers, 1987.

A Month and Day A Detention Diary, London: Penguin, 1995.（『ナイジェリアの獄中から、処刑されたオゴニ人、最後の手記』、福島富士男訳：スリーエーネットワーク、1996年）

テーマ／特徴／その他

　アフリカは民話の宝庫で、今も多くの場所で親から子に、子から孫へと上手な語り口で、さまざまな民話が語り継がれ、娯楽や教育の役目を果たしている。ケン・サロ＝ウィワの生まれ育ったオゴニのような僻地では特にその役割は大きい。しかし戦乱、貧困、メディアの進出などで民話の語り部も聞き手も急激に減少しつつある。オゴニも例外ではない。ケン・サロ＝ウィワも民話を文字化して保存しようと努力し、その成果を残した。サロ＝ウィワの『歌う蟻塚』（*The Singing Anthills Ogoni Folk Tales*, 1991)には28の民話が収められている。この本の特徴は、動物物語が多く、その大半の主人公はクル（Kuru）と名付けられた亀で、機知と策略とで強者のライオンや豹を打ち負かし、最後に各ストーリーから教訓を引き出して、それが明記されていることだ。例えば「約束を守ったらこの世はもっと住みよくなる」と記されている。

　サロ＝ウィワが一躍有名になったのは、作・演出・プロデュースをしたテレビドラマ『バシとその仲間達』が大ヒットしてからである1980年代中頃のナイジェリアの超人気シリーズとなり、視聴率は高く、3000万人もの人々がテレビにくぎ付けになり、150回を数える長寿番組ともなった。

　バシは貧しくて失業中のハンサムな中年男性。アラリ（Alali）も失業中の青年でバシの居候。マダム（Madam）は中年の独身女性でバシの家主。ダンディ（Dandy）は怪しげなバーの持ち主だが、酒飲みで怠惰で一攫千金を夢想している。ジョスコ（Josco）はホームレスだがバシの手先をつとめる男性。セギ（Segi）は20代後半の美しくて賢い女性。交際範囲が広く、時には危い遊びに加わるが、人を苦境から救い出す。ドラマはこれら5人が首都ラゴスで金もないのに働きもせず、途方もない儲け話に夢中になったりして、視聴者を笑わせる。バシ達には力も金もないが、いつも機知や策略を使って窮地を脱し、何か教訓を残す。彼はオゴニの民話を現代社会やそこに生きる人々の描写に活用している。

　サロ＝ウィワはアフリカのスイフトと言われるほどの風刺作家でもある。小説3部作の1作目『ジェブズの囚人達』（*Prisoners of Jebs*）と2作目『ピタ・ダンブロクの刑務所』（*Pita Dumbroke's Prison*）とでナイジェリアの政治の非道を風刺的に描く。架空の世界と断ってはあるがショインカ（Soyinka）らの実在の人物名が登場し、迫真性を感じる場面も多い。恐怖政治がテーマの一つである。この3部作の第3作は服役20年になる女性囚人を主人公とする小説の予定であった。サロ＝ウィワが死刑に処せられたので、結果的には未完に終わった。このことは当時のナイジェリアは風刺を利かせる余裕もない切迫状況にあったことを、象徴しているとも言えよう。

　なお、サロ＝ウィワの処刑への抗議やその死を悼む声明や詩は、ショインカやホーヴェ（Hove）にも見られ、文が銃より強いことをも示している。

サロ＝ウィワ，ケン

作品紹介
『ソザボーイ』（*Sozaboy*, 1985)

　Sozaboy とは英語の soldier（兵士）に由来するから、「兵士」や「兵隊さん」の意味である。この小説は1967年7月から1970年1月まで続いたあの悲惨なビアフラ戦争（内戦）を背景とした少年メネ(Mene)の物語である。メネは作者の故郷オゴニを連想させるニジェール河デルタ地帯にある農村の出身である。母子家庭なので小学校6年を終えるとすぐに見習い運転手として働き出した。

　しばらくすると塩が高騰し、庶民の生活は苦しくなる一方であった。内戦が始まっていて、デルタの僻地にもその影響が出ていた。メネは戦争の大義も理由も分からぬまま、恋人に請われたことと、ヒットラーのような独裁者を倒したいとの夢と軍服へのあこがれから入隊した。

　しかしメネが目撃した軍隊は物欲むき出しの強盗集団であり、殺人集団である。軍隊とは本来生命と財産とを外敵から守り、社会の秩序を守るものだが、実際は強盗、強姦、殺人を犯し、ひたすら私利私欲に走る。戦争の犠牲者は当事者の兵士達ではなくして、無実の人、特に女性、子供、老人たちである。この惨状を体験して、メネは心に深く傷を負う。戦争が終わりやっと村に帰ってみると、家は跡形もなくなっていた。母親も愛妻も多くの村人も死に、メネは天涯孤独になり、戦争はもうまっぴらだと痛感するのである。

　物語はメネの言葉で1人称で語られる。メネは小学校の6年間しか教育を受けていないから、使う英語もメネ固有の"ピジン・イングリッシュ"である。例えばメネが戦後帰郷、廃墟を目撃して、その場を離れるシーンの描写は次の通りである。

　And as I was going, I was just thinking how the war have spoiled my town Dukana, uselessed many people, killed many others, killed my mama and my wife, Anges, my beatiful young wife with J.J.C. and now it have made me like porson wey get liprosy because I have no town again. (beatiful=beautiful, porson=person, wey=who)

　サロ＝ウィワはこの小説に、崩れた英語の小説 *A Novel in Rotten English* とわざわざサブタイトルを付けている。しかしメネの人物像と物語の背景は、この崩れた英語で、より効果を上げている。ウィリアム・ボイド（William Boyd）はこの小説と使われている言葉についてこのように評している。「最初の小説『ソザボーイ』は一番の傑作だと私は思う。崩れた英語で書かれた小説、という副題のついたこの作品では、かっての英領西アフリカのリンガ・フランカであるピジン英語が駆使されているかと思えば、そこここに見られる言い回しはびっくりするほど典雅で叙情豊かな英語である。この言語こそが強固な民衆文芸の世界を作り上げている。それは植民地支配者の言語である英語の良質

のハイジャックであり、それゆえ語られる物語にもっともふさわしい言語になっている。……『ソザボーイ』はただ単に優れたアフリカ文学の作品というばかりでなく、反戦小説の傑作である——20世紀屈指の傑作だと断言していい」（福島富士男訳）

『戦時下の歌』（詩集）（*Songs in a Time of War,* 1985）

サロ＝ウィワにとってナイジェリア内戦は歴史的事実であるのみならず、病めるナイジェリアの象徴でもある。あの内戦の苦悩を風化させぬようにと、詩を書いた。20編の詩はほとんどが内戦時の思い出で、ゴースト・タウンになったオガレの町を描く最終スタンザはこのように結ばれる。[オガレは犯された女性のイメージ／なくした娘や息子を思いだし／ひたすら嘆き悲しむ／この暗夜に／その悲痛な泣き声が聞こえる／オガレはもの悲しい雨にたたかれ／その両足を低級な売春婦のように広げ／さらけ出す／完全に露出している／オガレは強姦された女性だ]

暴力や残忍性を描く行間に、恋人への思慕や愛を叙情的に歌い上げる詩や、崩れた英語で書かれた長詩も併載されているのが特徴的でもある。なお本詩集は『ソザボーイ』と同年に出版されたが、英語は普通の英語で書かれており、崩れた英語を使ってあるのは最後の詩のみである。

研究への助言

サロ＝ウィワの作品は政治、社会、文化と深いかかわりがあるから、その背景理解がなければ作品は読めない。特に小説と詩集とはそうである。とりわけ67年〜70年のビアフラ戦争（内戦）はナイジェリアの苦悩の象徴的事例として陰に陽に諸作品の背骨となっている。だから先ず現代ナイジェリア史を少し勉強して頂きたい。サロ＝ウィワの作品は邦訳されていないが、獄中記のみ邦訳されている。この本でサロ＝ウィワ自身がさまざまな人生や作品や創作詩を記述している。作品理解への良い手引書と考えられる。

参考資料

Mr. B Basi and Company: Four Television Plays. Port Harcourt: Saros, 1988.

Basi and Company: A Modern African Folk Tale. Port Harcourt: Saros, 1987.

Adaku and Other Stories. Port Harcourt: Saros, 1989.

The Singing Anthills Ogoni Folk Tales. Port Harcourt: Saros, 1991.

Prisoners of Jebs. Port Harcourt: Saros, 1998. （小林信次郎）

ベン・オクリ

Ben Okli (1959-)

ベン・オクリはナイジェリアのラゴスに生まれ、2歳の時に両親と共にイギリスに渡った。父親は法律学の学位を取るため、さまざまなパートタイムの仕事をしつつ勉学にいそしんだ。1962年ベンはロンドンで正規の初等教育を受けるため小学校に入学。66年母親とナイジェリアに帰国し、メイフラワー小学校等を経て、68年ワリのウルホボ中学へ入学。72年中等教育を終え、ラゴスに移り通信教育で高校卒業資格を得る。70年代には首都ラゴスの月刊誌『アフリスコープ』で作家兼編集の仕事に携わった。

彼はこの仕事の中で、独立以前から作家活動を続けていた「第1世代」作家と独立以後の「第2世代」作家の文学論争を直接学ぶことができた。したがって彼が19歳の若さで、長編小説『花と影』(*Flower and Shadows*, 1980)を出版したのも、不思議ではない。その後、イギリスに渡り、エセックス大学で学んだ。また『ウエスト・アフリカ』誌の詩編集者を務めたり、BBC放送のブロード・キャスターとしても働いた。現在はイギリスに暮らし、作家活動を続けている。

87年コモンウエルス・アフリカ作家賞を受賞。91年『飢えの道』(*The Famished Road*, 1991)でブッカー賞を受賞。その他の受賞多数。

主要テキスト

Flowers and Shadows. London : Longman, 1980.
The Landscapes Within. London : Longman, 1981.
Incidents at the Shrine. London : Heinemann, 1986.
Stars of the New Curfew. London : Penguin Books, 1988.
The Famished Road. London : Jonathat Cape, 1991.
An African Elegy. London : Jonathat Cape, 1992.
Songs of Enchantment. New York : Doubleday / Talese, 1993.
Astonishing the Gods. London : Phoenix House, 1995.
Dangerous Love. London : Phoenix House, 1997.

テーマ／特徴／その他

　70年代後半に始まる「第2世代」のナイジェリア文学は、政治と文学の結合、独立後の社会の「腐敗」的現実の直視という視点から出発している。これは、いずれもアチェベ（Achebe）やショインカ（Soyinka）など第1世代の作家たちの到達点でもあった。「第2世代」の代表的作家の一人であるベン・オクリが19歳の時に書いた処女作『花と影』（1980年）も、このような70年代の成果を踏まえたものである。この作品は、ナイジェリア社会の腐敗がもたらす生活からの決別と、現実に向き合うことによって生まれる新たな人生の出発を、若者の澄み切った眼で描き出している。

　『花と影』の結論部分で、主人公はスラム街アパラの生活からの再出発を決意する。そこでの生活は『飢えの道』（1991年）に描かれているように、悲惨ではあるが、民衆は生命力に満ちている。ところでこの『飢えの道』は従来の社会的リアリズムとは異なるマジカル・リアリズム的手法で描かれている。主人公アザロ（Azaro）は、精霊の世界と現実の世界を行き来できる子どもである。しかし結局彼が精霊の世界へ帰ることを拒否したのは、物質的には極貧であるが彼に対しては限りない愛を注ぐ両親の姿であり、逃避することなく現実と向き合い、民衆と連携する両親の姿であった。

　80年代後半から現れた、マジカル・リアリズムは、従来のように新植民地主義支配の下での民衆の闘いを直接的に描くのではなく、現実と幻想的世界の結合の中に主人公を位置づけて、意識下の世界を描き出し、そのことを通じて、新たな眼で現実を見る力を浮かび上がらせるものである。それゆえ、リアリズムの深化と言える。

　この手法は、軍制下のナイジェリアの弾圧をかわすものであると同時に、アフリカ固有の神話的世界とも結合したものであるため、民衆にとっては近づきやすい。さらに、ベン・オクリは『神々を驚かせて』（*Astonishing the Gods*, 1995）で、この手法を深化させて、アフリカ文化の持つ普遍性が近代文明の袋小路を抜け出す力になり得ることを提起した。むろん、彼はこのような手法に固守することなく、課題に応じて従来の社会的リアリズムの手法を用いて作品を描いてもいることは、『危険な愛』（*Dangerous Love*, 1997）に見ることができる。

作品紹介
『花と影』(*Flowers and Shadows,* 1980)

　主人公ジェフィア(Jeffia)は、大きなペイント会社を経営する父親ジョナン(Jonan)の息子である。貧困の中で、首都ラゴスへ逃げて来た父親のジョナンは弟のソウホ(Sowho)と組んで、イギリス人にペイント会社を設立させ、それを最終的に奪い取った。ジョナンは会社が大きくなると今度は弟を罠にはめ、刑務所へ送り込んだ。復讐を誓った弟は、重役のチーフ・ハンス(Chief Hans)やジェッカロ(Jeccaro)とひそかに手を結ぶ。競争相手の会社に追い上げられ、賃上げを認めないため、組合からはストライキを突きつけられ、また愛人のスキャンダルで脅されてジョナンは苦境に立たされる。長きにわたって、自分のために働いてくれたグベンガ(Gbenga)が会社を辞めたことによって、秘密がばれることを恐れたジョナンは手下を使って、グベンガに重傷を負わせる。たまたまそれを見つけた看護婦シンシア(Cynthia)は、車で通りかかったジェフィアの助けを借りる。このことがきっかけとなって、2人は親しくなる。実は、彼女の父もジョナンにはめられて刑務所に入ったことがあったのだ。ある日、復讐のためやって来たソウホはジョナンと口論になり、身の危険を感じたソウホは車で逃げるが、それを追いかけたジョナンの車と衝突し、2人とも亡くなる。結局、会社はジェッカロとハンスに乗っ取られてしまう。シンシアは父を亡くしたジェフィアを勇気づける。彼女は高級住宅街から彼を連れ出し、ラゴスの民衆の生活をじかに見せる。このことを通じて、ジェフィアは出発すべき現実は何かがわかったのだ。やがて、彼は母親と共にスラム街に移り住む。

　この作品は独立後のナイジェリアの都市の腐敗がテーマとなっている。腐敗の直視と批判は従来の作品にも共通して見られるものである。社会的リアリズムの手法によって、現実を批判的に描いているという点では、正当に従来の「第1世代」の作家たちの成果を受け継いでいる。しかしながら、この作品にはそれまでとは異なる特徴が見られる。その一つは、現実の克服の方向性が庶民の生活にあることが明示されていることであり、さらにその方向性を提示する人物としてシンシアという若い女性が描かれていることである。ナイジェリア文学において女性が主体者として描かれたのはこの作品が最初である。フェスタス・イヤイ(Festus Iyayi)の作品にも見られるこの共通性は、80年代アフリカ文学の特徴点である。

『神々を驚かせて』(*Astonishing the Gods,* 1995)

　主人公は生まれながらの「盲目」の少年である。彼のまわりに暮らす人々は、すべて盲目であり、そのことには何の問題も感じていなかった。ところが、学校へ行くようになって彼は、歴史の本に記載されているのはすべて眼の見える

人々のことばかりであることを知る。そこで彼は、「見える世界」を見てみようと思いたち、それを実行する。いくつかの地域を巡った末、彼は不思議な港に上陸する。そこでは、住人も町も見えないのであった。その島に魅力を感じた彼は、姿の見えない案内人の声に誘われて、奥へと進んで行く。彼は案内人との対話を通じて、しだいに従来の欧米中心主義的価値観を転倒させる力を持つ「見えないものの街」の魅力を感じ、最善のものは見えないものであり、それは常にひそかに成長していること、見えない力を見ることは、変化を見ることでもあること、したがって、勝利に見えるものも敗北であり、逆に敗北に見えるものも勝利であることを知るに至る。そこで彼は、自分が従来の価値観を転倒させた新たな価値観を持つ、歴史の創造者であることを自覚する。

今日世界を支配している「欧米中心主義」は基本的には揺るぎない強固な「可視的」なものとして現存している。この「可視的世界」の虚偽性は、ベン・オクリの基底にある真実を把握する創造主体としてのアフリカ性（生まれつきの「盲目性」）によって浮き彫りにされているといえる。彼が主張する「不可視性」はアフリカ世界のみならず、欧米世界をもよみがえらせる唯一の視点でもある。

研究への助言

ベン・オクリの作品を読むには、アフリカ文学の流れと80年代以後のナイジェリア文学の特徴を把握することから始める方がよい。参考資料の『現代アフリカ文学案内』、『アフリカ世界とのコミュニケーション』は入門的で読みやすい。作品は、『飢えの道』（邦訳名は『満たされぬ道』）のみ翻訳出版されているが、読み始める順序は、『花と影』、『飢えの道』、『神々を驚かせて』、『危険な愛』がよい。この順序で読めば、手法の違いと内容の関連がよく理解できる。原著の入手はたやすい。

参考資料

土屋　哲『現代アフリカ文学案内』（新潮選書、1994年）
北島義信『アフリカ世界とのコミュニケーション』（文理閣、1996年）
『満たされぬ道』（上・下）（金平瑞人訳：平凡社、1997年）
Brenda Cooper, *Magical Realism in West African Fiction*. New York : Routlege, 1998.
Edited by Pushpa Naidu Parekh and Siga Fatima Jagne, *Postcolonial African Writers*. Connecticut : 1998.
Andre Viola, Jacqueline Bardolph, Denise Coussy, *New Fiction in English from Africa*. Amsterdam : 1998.

（北島義信）

カリブ黒人文学概論

はじめに――明るいイメージとは裏腹なカリブの歴史

　透き通るような青い空、どこまでも続く白い砂浜、吹き抜ける乾いた風。私たちの頭に思い浮かぶカリブのイメージは、まさに明るいリゾートそのものである。日本でカリブと言えば、まずジャマイカを真っ先に連想するだろう。ジャマイカには毎年、世界中から100万人もの観光客が訪れる。ほとんどは欧米をはじめとする「先進国」の人間で、もちろんそのなかには数万人の日本人観光客も含まれる。

　日本でジャマイカの知名度が高いのは、ボブ・マーリー(Bob Marley)に代表されるレゲエ音楽のためである。しかし、ジャマイカがどこにあるのかを地理的に説明できる人は少ない。まして、その社会背景や歴史をたとえ断片的にでも語れる人などほとんどいないと言っても言い過ぎではないだろう。しかし、それは別段驚くべきことではない。なぜなら、知る必要がないからだ。近代の貨幣経済の象徴であるリゾート・ツーリズムは、その土地の一切の社会的、歴史的背景とは切り離されて成り立っている。文化的背景は多少加味されているとはいえ、あくまでそれはツーリストの視点にのみ立ったステレオタイプ的エキゾチシズムの産物に過ぎないのだ。

　確かに、ジャマイカがこのツーリズムに国家の財源を頼っているという事実は否めない。しかし、その土地のことを何も知らずにそこを訪れ、自分の好みにアレンジされたステレオタイプな文化を、傍観者の視線で楽しむツーリスト的姿勢にはどうしても抵抗感が残る。それはきっと、かつての植民地時代のヨーロッパとカリブの関係を彷彿させるからだろう。

　1492年に、ヨーロッパによるカリブへの最初のコンタクトは起こった。言うまでもなく、その主人公はかの有名なコロンブスである。「英雄」の彼は、大陸でもない小島に「新大陸発見」だと歓喜の声を上げ、さらにはそこをアジアの一部、つまりインドと勘違いするという恥ずかしいおまけまで付けてしまった。今もこの地域が「西インド諸島」(West Indies)と呼ばれるのはその名残である。こうして開かれた大西洋航路を伝って、ヨーロッパはカリブ、中南米地域へとその触手を伸ばしていった。最初はスペインとポルトガルが、のちにイギリスやフランス、その他のヨーロッパ諸国が、この地を植民地として代わる代わる支配したのだった。

カリブ黒人文学概論

　西インド諸島の自然体系をも変えてしまうほどの開墾によって、ヨーロッパの領主国は大規模農業すなわちプランテーション農業を展開し、生産される砂糖、コーヒー、タバコなどの第一次産品によって巨大な富を得た。その労働力には、最初インディオと呼ばれた先住民たちが利用された。日々の重労働と反抗者への残虐行為は先住民の数を徐々に減らしていった。しかし、何よりも彼らの数を激減させたのは、皮肉にもヨーロッパ人が自ら持ち込んだコレラやチフスなどの疫病の蔓延であった。当然、結果的に深刻な労働力不足が起こったわけであるが、植民地経済の根幹であるプランテーション農業をまかなうには、代替の労働力が不可欠だった。そこで目を着けられたのが、大西洋航路上もっとも都合のよかった西アフリカ地域に住む黒人たちだった。

　そもそもこれが、人類史上最も悲惨な経済活動である「奴隷貿易」の始まりである。最初は「誘拐」という形で始まった奴隷狩りは、やがて「奴隷商人」と呼ばれる専門の仲買人の存在によってその規模を拡大していったが、なかには部族同士の抗争で捕虜となった者を奴隷商人に売り飛ばす族長すら現れ、アフリカ自体もまたヨーロッパの経済機構のなかに組み込まれていった。奴隷の売買が経済的に高い価値を持つようになった時点で、ヨーロッパは本国、アフリカ、カリブの間で「三角貿易」と呼ばれる経済貿易を始め、ヨーロッパからアフリカへ製品と貨幣を、アフリカからカリブへは黒人奴隷を、そしてカリブからヨーロッパへは砂糖などの第一次産品をそれぞれ輸出して、ヨーロッパ本国の富をどんどん膨らませていった。

　このようなヨーロッパ本位の経済活動の犠牲となって、大西洋、通称「中間航路」(Middle Passage)を渡ったアフリカ黒人の数は、6千万とも、1億とも、言われている。そして、運よく奴隷制の時代を生き残ったディアスポラ（離散民）の子孫たちは、カリブはもとより、イギリスやアメリカその他、世界中に根を下ろしているのである。

カリブ黒人文学の意味

　カリブの歴史には、現代世界の本質を暴く鍵が数多く含まれている。そのせいか、この小さな地域は数多くの文学を生み出してきた。ジャンハインツ・ジャーン(Janheinz Jahn)の言葉を借りれば、「これほど狭い地域で、これほど重要な作家や詩人を生み出した地域は、世界中他に例を見ない」。

　現代の社会はいわゆる「近代化」社会だと言われるが、その近代化がヨーロッパ主導で、当然ながらヨーロッパ寄りに行われたことを、ここの歴史は如実に物語っている。今や世界経済の中心である近代資本主義経済の基盤である大量生産、大量消費の始まりは、ここカリブのプランテーション農業に他ならない。

あくまで「略奪」と「搾取」の対象として、カリブはつねにヨーロッパの「近代化」の陰であり、また裏であった。表には出ない、裏に隠された本質があるとすれば、まさにその本質をカリブ社会は裏側から熟視してきたと言える。この視点は、今や様々な問題を露呈し始めたヨーロッパ的「近代化」をこれまでとは違う角度から検証する上で、必要不可欠な視点となっている。まさに「近代化」がもたらした功罪を、「人間らしく生きる」という観点から問い直す視点、それがカリブの視点である。ガイアナ出身の作家ウィルソン・ハリス(Wilson Harris)も述べているように、まさに「カリブの社会を注意深く見れば、人間社会とはそもそも何なのかがわかる」のである。

カリブの黒人文学は、そのような本質をあますところなく含み込んだ総合体である。カリブ文学史上初のノーベル文学賞受賞作家であるデレク・ウォルコット(Derek Walcott)は次のように述べている。

> 何よりまず言えることは、私たちは貧しいということだ。しかし、それは私たちの特権でもある。身ぐるみはがされた素っ裸の人間は、どれほど文化を壊され、伝統を否定されても、自らもどうしようもないほど、いわば本能的に、それを再生しようとするのである。

かつては奴隷として抑圧された者が上げる「声」であり、「叫び」であったカリブの黒人文学は、奴隷制がなくなり、社会が大幅に変化した今でも、ウォルコットの言うように「貧困」を逆手に取って、あくまで社会的、経済的、政治的「弱者」の視点から「人間らしく生きる」とはどういうことかを問い続けているのである。

ヨーロッパの視点からカリブの視点へ（〜1920年代）

『50人のカリブ作家』(*Fifty Caribbean Writers*, 1987)の編著で知られるダリル・カンバー・ダンス(Daryl Cumber Dance)は、同書でカリブの文学の変遷を次のように述べている。

> カリブの文学は、他の植民地文学がそうであるように、完全なる静寂から同化、模倣、自虐への過程を経、さらに刷新、確認、変換の道のりをたどっていった。

「完全なる静寂」の時期、それは黒人の声が一切表に出なかった時期を意味する。当時、カリブにおいて、あるいはカリブを舞台に書かれた文学はすべて白

人の手によるものだった。それらは紀行文や記録文学という形で始まり、その痕跡をたどれば18世紀にまで遡る。特徴は言うまでもなくヨーロッパ中心的で、そこには白人種の優位を前提とした人種意識と、イギリス帝国主義が色濃く現れていた。そのようななか、カリブ黒人の手による文学も徐々に出始めるが、もっとも初期の黒人によるカリブ文学としては、ジャマイカ出身のフランシス・ウィリアムズ（Francis Williams）による詩が挙げられるであろう。ウィリアムズはモンタギュー大公のお抱え黒人で、「環境次第では黒人も白人と同等にやり合える」という、当時の白人としては珍しい大公の考えを実証するためにケンブリッジ大学へ送られ、それをきっかけにラテン語で詩を書き始める。彼の詩は1774年に出版されたエドワード・ロング（Edward Long）による『ジャマイカの歴史』（*History of Jamaica*）に収載されているが、モンタギューとは違って、ロングはウィリアムズの詩を酷評し、彼を称して「白人の身の上に黒い肌をまとっている」と批判した。このことは、黒人でありながらどうしても白人的発想に基づいた創作しかできない当時のカリブ黒人作家のジレンマを如実に物語っている。

　このような状態はその後約100年にわたって続き、題材になることの多かった黒人奴隷も「人間として未発達の大酒飲み」というステレオタイプの域を出ることはほとんどなかった。そんななかで、それまでの自虐意識や劣等意識から一切解放され、カリブ黒人としての尊厳を表に出した最初の作品が、J・J・トーマス（J. J. Thomas）による1889年の『人種偏見』（*Froudacity*）である。そのなかでトーマスは、（黒人として）人種が（白人と）異なることは何らやましいことではない旨を初めて本格的に主張した。しかし、この時代はまだまだヨーロッパのバイアスは強く、ほとんどの作家は「カリブの視点でカリブを見る」ことができないままでいた。

　ジャマイカ文学の父と呼ばれるトム・レドカム（Tom Redcom）の1904年の作品『ベッカの赤ん坊人形』（*Becka's Buckra Baby*）もまた、カリブの現実味を帯びないヨーロッパ理想主義小説という点で、そのことを示す好例である。しかし、まもなくこの流れはカリブを意識する大きなうねりへと変化していくことになる。1913年のH・G・デ・リセール（H. G. de Lisser）の『20世紀のジャマイカ』（*Twenty Century Jamaica*）には、カリブのアイデンティティーが徐々に育ちつつあることが記されている。ここで見逃してはならないのは、この動きが突然始まったものではないという点である。例えば、先のJ・J・トーマスは、『人種偏見』よりも前にカリブのクレオール言語について書いているし、その他にもカリブ一円のフォークロアに取材した著作は数多くあった。

　このような過程を経て、英語圏カリブの黒人文学が「現代カリブ黒人文学」としての様相を呈するようになるのは1920年代後半から30年代にかけてのこ

とであるが、それにはフランス語圏カリブにおける「ネグリチュード(negritude)運動」の強い影響がある。ネグリチュードとは『祖国復帰ノート』(*Cahier d'un retour au pays natal*, 1939) の著者でマルチニック出身のエメ・セゼール(Aimé Césaire)が提唱した概念で、それは「アフリカ起源の黒人としてのアイデンティティー」を指す。同書のなかで、セゼールはパリで見た背の高い黒人を例にとり、彼を「滑稽で醜い存在」として憤り否定することは、すなわち同じ黒人としての自分を否定することに他ならないという自覚に立って、黒人であることを率直に受容することによってこそ、初めて黒人は自己主張の深い欲求と充足感を得ることができると述べた。この運動は同時に、フランス語圏のみならず、スペイン語圏や英語圏カリブでの黒人の宗教や生活様式などの「アフリカ的フォークロア」に対する視点を呼び起こし、その価値を認める動きを導き出していった。ハイチでは、国の大半を占める貧しい農民の視点に立った急進派の知識人たちが、クレオール言語を使った雑誌『現地ジャーナル』(*La revue indigene*)を創刊し、キューバでは、ニコラス・ギジェイン(Nicolas Guillen)による Poesia negra (〝黒人詩〟) 運動が盛んとなった。いずれも、その目的は黒人にとっての「正真正銘のカリブ」の探求と発見だったのである。

　この時期を代表してまず挙げるべき作家は、『ハーレムへの帰還』(*Home To Harlem*, 1928)や『バンジョー』(*Banjo*, 1929)で知られるクロード・マッケイ(Claude McKay)であろう。マッケイについてはアメリカ黒人文学の領域として扱われることが多いが、じつは彼はジャマイカの出身であり、プロの作家になるためにアメリカに渡った最初のカリブ作家だったのである。彼の作品のなかでもとりわけ重要なのは、白人の物差しで運営されるカリブ社会に生きる黒人のアイデンティティーについて、心理的、言語的に深く探求した『バナナ・ボトム』(*Banana Bottom*, 1933)である。この作品は、マッケイ自身の最高傑作であるだけでなく、現代カリブ文学における古典として、カリブ内外の多くの黒人作家や白人作家にさえも多大な影響を与え続けている。参考までに、代表的なカリブの白人女性作家ジーン・リース(Jean Rhys)の『サルガッソーの広い海』(*Wide Sargasso Sea*, 1966)もまた、その影響を大きく受けて生まれた傑作で、マッケイの掘り起こしたテーマにいわゆるマイノリティーとしてのカリブ白人の視点からアプローチしたものである。

　18世紀後半にヨーロッパ人によって始められた英語圏カリブ海地域での文学の主体は、以上のような「イギリスモデルの払拭」、「本物のカリブへの心理的、言語的アプローチ」を試みることで、徐々にカリブ黒人の手へと移っていったのである。

カリブ黒人文学概論

カリビアン・ナショナリズムのなかで（30年代～40年代）

　こうして誕生したカリブ黒人によるカリブの文学は、1930年代から40年代にかけて、さらなる勢いをつけて活性化する。1929年の世界大恐慌の波をまともにかぶったカリブでは、1930年代に入って、結果的にそれまで以上の政治的関心が高まった。例えば、トリニダードでは、さらに悪化した労働条件（低賃金、高危険度、人種差別的扱い等々）に対して、油田労働者たちが座り込みを行い、それが各地に飛び火した。民衆もまた生活苦にあえぎ、C・L・R・ジェイムズ (C. L. R. James) らが中心となった「ビーコン・グループ」(Beacon group) は、雑誌『トリニダード』のなかで、いち早く荷運び屋や売春婦、下僕や洗濯女など、いわゆる「バラックの人々」と呼ばれる大衆の生活（特に着目したのは女たちの生きざまだった）を描写した。1936年にイギリスで発表された『路地裏の生活』(*Minty Alley*) は、この時代の経済状況下でバラックに住むことを余儀なくされた元中産階級を描いたものである。このような経済的社会状況と、カリブ全体に広まった「ネグリチュード運動」は、カリブに生きる黒人自らの置かれた社会現実に対する認識を次第に高め、やがてその政治的関心を呼び起こした。それに拍車をかけたのが、1938年に書かれたジェイムズの代表作の『ブラック・ジャコバン』(*Black Jacobins*, 1938) である。彼は、この著作でハイチ革命を詳しく研究することで、それまで「黒人には国を統制する能力がない」としてきたヨーロッパの偏見を真っ向から否定し、同じくヨーロッパが自ら踏みにじった「すべての人間は生まれながらにして自由である」というルソー (Jean-Jacques Rousseau) の考えを支持することで、カリブ黒人を「黒人としての自我意識」に目覚めさせる役割を果たした。

　そして40年代、歴史学者でのちに初代のトリニダード首相となったエリック・ウィリアムズ (Eric Williams) が、『カリブの黒人』(*The Negro in the Caribbean*, 1940) と『資本主義と奴隷制』(*Capitalism and Slavery*, 1944) を書き、30年代にジェイムズが強調した「本来自由であるはずの黒人がヨーロッパ白人の欲望のなかで奴隷化された史実」にさらに踏み込んで、ヨーロッパとの関係を歴史的な観点からとらえ直すことで「客体化されたカリブを主体化する」ことの重要性を訴えた。このようななかで、植民地支配からの脱出、つまりイギリスからの独立を求めるカリビアン・ナショナリズムの機運は徐々に高まっていったのである。

　文学的にも、そのような世相を反映して多くの文芸雑誌が続々と創刊された。主要なものだけでも、バルバドスの『フォーラム・クォータリー』（のちに『フォーラム・マガジン』と改名）、トリニダードの『ビム』、ジャマイカの『フォーカ

ス』、ガイアナの『キック・オーバー・オール』など、カリブ全域にわたって大小の様々な文芸誌が発刊された。重要なのは、多くの若手作家がそれを登龍門として育っていったという点である。実際、これらの雑誌に短編や詩や戯曲を発表した作家のなかには、ジョン・ハーン（John Hearne）、ジョージ・ラミング（George Lamming）、V・S・リード（V. S. Reid）、ロジャー・メイズ（Roger Mais）など、のちにカリブを代表することになる著名な作家も数多く含まれている。このように、30年代から40年代にかけては、50年代以降の本格的なカリブ黒人文学開花に向けて、その基礎を築く画期的かつきわめて重要な時期だったと言えよう。

カリビアン・ルネサンス期（50年代〜60年代半ば）

このような文学的基盤をもとに、50年代、いよいよ現代カリブ文学が勢いをつけて花開くことになる。文芸批評家のケネス・ラムチャンド（Kenneth Ramchand）によれば、1949年から1959年にかけての10年間に発表された小説の数は55冊、作家の数も20名に達し、その多くは黒人作家で占められていた。例えば、英語圏カリブ初のノーベル文学賞を受賞した詩人デレク・ウォルコットは、この時期立て続けに大きな詩集を3冊出しているし、カリブ文学の代表的古典作品となっているジョージ・ラミングの『皮膚という名の城のなかで』（*In the Castle of My Skin*, 1953）が書かれたのもこの時期である。

このように、カリブの文学が活気づいた背景には、前述の文芸雑誌等による地道な文学活動支援があったことはまちがいない。しかし、同時に、「本国」イギリスの力によるところも否めない。例えば、BBC放送のラジオシリーズ『カリブの声』（*Caribbean Voices*, 1945-58）もその一つである。このシリーズは、カリブという遠く離れた南の島に馳せるイギリス人のエキゾチシズムを駆り立て、大反響を呼んだ。おかげで、徐々にカリブ出身作家による文学も読まれるようになっていった。しかし、当時のカリブにおける出版事情のあまりの悪さも手伝って、皮肉にも、結果的に多くの作家がカリブを後にイギリスへと渡ることにもつながった。先のラミングもまたそうした作家たちの一人で、のちに彼はカリブに戻ってはいるが、いわゆる最初の「離郷作家」の一人としてとらえてよいだろう。当時、評論家のエドワード・ブラスウェイト（Edward Kamau Brathwaite）は、このような離郷作家とカリブ在住作家を分けてとらえるべきだという考えを主張したが、ラミングは「たとえ離郷者として故郷を遠く離れていても、詰まるところ、カリブ出身の作家が依拠するのは、その人口の大半がそうであった農民としての経験である」として、離郷作家の視点はあくまでカリブの視点であるという立場で、植民地カリブの社会構造を根本的に見直す

ことに焦点を当てた文学活動を展開したのである。このことは彼のエッセイ集『亡命者の喜び』(*The Pleasures of Exile*, 1960) のなかに色濃く現れている。

ジョージ・ラミングに代弁されるように、この時代のカリブ黒人文学は総じてカリブの社会状況に主眼を置いたものだったと言える。例えば、V・S・リードの『新しい日』(*New Day*, 1949) は、1944年にジャマイカがイギリスから自治の約束を取り付けたことを、1865年のモラント湾の反乱に引っかけて描いた作品である。リードのこのような対ヨーロッパの歴史の慎重な掘り起こし、テクストにおけるジャマイカ方言の画期的な使用という形式と、アフリカ系黒人とヨーロッパ系白人の混生、さらには貧困下層階級と中産知識階級の連帯というコンセプトは、それまでなかった最初の文学的試みとして特筆すべきである。

また1953年に発表されたロジャー・メイズの『丘は喜びに満ちて』(*The Hills Were Joyful Together*) は、同年に出版されたラミングの『皮膚という名の城のなかで』同様、「コミュニティー」に焦点が当てられた小説である。変化を嫌う村社会と、逆に変化を望む停滞した都市のスラムという舞台の違いこそあれ、そこには「阻害」と「貧困」にあえぐ人々の社会的現実が描き出されている。メイズのコミュニティーへの視点は、その後、個人との関係をも含み込むようになり、メイズから大きな影響を受けて、『窓の下の声』(*Voices Under the Window*, 1955) を書いたジョン・ハーン (John Hearne) は、50年代に発表した一連の作品において、中産支配階級と小作農庶民との関係に焦点を当て続けた。同じくジャマイカ出身で『暴力の本質』(*A Quality of Violence*, 1959) を書いたアンドリュー・サルキー (Andrew Salkey) もまた、小作農庶民のたくましさにあふれた現実生活を、民間信仰（カルト）という独特な視点から描き出した作家である。そのようなジャマイカ出身の黒人作家の陰に隠れてはいたが、ガイアナのジャン・キャリュー (Jan Carew) もまた、多民族社会ガイアナのコミュニティーに注目し、1959年に発表した『ワイルド・コースト』(*The Wild Coast*) では、白人領主と黒人奴隷の混血であるムラートのジレンマを通して、そのジレンマを生み出した歴史的経緯を探り出そうとした。

60年代のカリブ黒人文学の流れを象徴する第1の作品は、質の高さや文学的な深さでそれまでの文学作品をしのぐと評価されているウィルソン・ハリス (Wilson Harris) の第1作目『孔雀の城』(*Palace of the Peacock*, 1960) であろう。この作品の画期的な意義は、カリブの黒人文学がいよいよその独自性を質的、形式的なレベルで模索する域にまで到達したことを示す点にある。同じく60年のネビル・ドーズ (Neville Dawes) の作品『最後の魅惑』(*The Last Enchantment*, 1960) もまた、文学形式に対する新たな試みがなされた作品として特筆に値する。

この時期に頭角を現した作家としては、マイケル・アンソニー (Michael

Anthony)、オースチン・クラーク(Austin Clark)、そしてアール・ラブレイス(Earl Lovelace)らがいる。アンソニーの63年の第1作『試合の季節がやってくる』(*The Games Were Coming*, 1963)が、当時としては例外的に社会性に乏しいという批判はよく耳にするが、62年に独立を迎えたトリニダードがあまりに政治色にまみれていたがゆえに、逆にあえて社会的色彩の薄い内容を描いたのだとすれば、それはアンソニーの作家としての姿勢ととらえるべきだろう。しかし、社会的な主張を色濃く含み込まないまでも、彼の作品の焦点が一貫して田舎の青少年の日常に据えられ、その時代、その地域の現実を深くとらえているという点では、アンソニーにはまったく社会的視点がないという批評は当たらない。この作品をはじめ、クラークの『アザミとイバラのなかで』(*Amongst Thistles and Thorns*, 1965)やラブレイスの『学校長』(*The School Master*, 1968)は、60年代のカリブ黒人文学が、独立後のカリブ社会を担っていく少年少女の若い世代にこれまで以上の視点を向け始めたことを雄弁に物語っている。

すでに述べたように、黒人作家に限らず、カリブの作家たちが本当の意味で力をつけてきた50年代は、皮肉にも、その実力を現実に開花させる手段としてイギリス本国へとカリブを離れる作家が数多く出た時期でもあった。そんななかで、カリブの地にしっかりと腰を据えて、地元の人々へと様々な角度からの視線を投げかけ続けたこれらの黒人作家は、トリニダードの作家エリック・ローチ(Eric Roach)の言葉に表されるように、「過去から現在にいたるコミュニティーに対する芸術家としての公の責任」を十分に理解していたと言えるだろう。そのような文学者の貢献に加えて、演劇や絵画、彫刻、音楽などの芸術活動が盛んになったという点からも、50年代はカリブ社会全体が「自分たちの文化」獲得に対して真剣に取り組み始めた時期、言い換えれば「自己探求」を着実に開始した時期だったと定義できるだろう。

カリブ黒人文学がその視点を「植民地カリブ」の社会的、政治的現実に据え、まもなくやってくる60年代のジャマイカやトリニダード、それにバルバドスなどの主要英語圏諸国の独立達成へと徐々にその社会的テンションを高めていった50年代後半、そして待望の独立達成がなされた60年代前半、本当の意味でのカリブの自主独立とその未来の担い手である子どもたちが文学的題材として登場するようになった60年代後半——独立という劇的な瞬間を挟んで、カリブの黒人文学はますますその充実度を高めていったのである。

カリブ黒人文学概論

「変革期」後の現代カリブ黒人文学の充実（60年代半ば〜70年代）

　60年代後半に入ると、カリブの黒人文学はさらなる質的充実に加えて、新たなテーマ領域を開拓することになる。そのような意味を込めて、先のブラスウェイトはこの時期（正確には68年から72年を中心に）を「変革期」と称した。その名の通り、独立を達成したことで新たな歴史を歩み始めたカリブ社会にあって、その文学もまた新たな展開を見せつつあった。その一つは、既存の作家たちの国内外の評価がますます高まり、国際的にも十分に高いレベルにまで達したということ、加えて新規の作家も含めて数多くの文学の出版がこれまで以上になされるようになったという点、もう一つは、マール・ホッジ（Merle Hodge）などの女性作家の活動が少しずつではあるが表出し始めたことによって、男性作家中心だったカリブの黒人文学に新たな1頁が加わったという点である。この「変革期」を経て、カリブの黒人文学の基盤はいよいよ揺るぎないものとなったと言ってよいだろう。ヨーロッパあるいは白人の裏側の視点を持った文学としてのみならず、彼ら黒人の伝統的視点および価値観が植民地カリブの西洋的文学伝統としっかりと結びつくことによって生まれた「カリブ独自の視点」を有する文学として、その地位を確立したのがこの時期だったのである。

　この時期に顕著に始まった女性作家の活躍は、時を待たずして80年代に入るとすぐにその隆盛を極めるようになるわけであるが、次第に目立ってきた側面としては海外へ移住した作家、すなわち「離郷作家」の活躍が挙げられる。つまり、50年代にイギリスやカナダへ渡った離郷作家が、カリブ外でのカリブ出身者の異文化社会における生活をテーマに描き始めたのである。この点においても、先のクラークの貢献は大きい。彼のトロント3部作と呼ばれる『ミーティング・ポイント』（*The Meeting Point*, 1967）、『幸運の嵐』（*Storm of Fortune*, 1973）、『巨光』（*The Bigger Light*, 1975）は、バルバドス出身の、なかでも特に女性の移民の生活や心情にスポットを当てた作品である。そこには、彼らカリブ移民に対する不当な扱いや差別、それに伴う精神的、文化的孤立感と混乱、そして悲しみや怒りが浮き彫りにされているだけでなく、あくまで白人中心の人種社会への鋭い観察と批判が込められている。

　この作品の大きな意味として次の2つのことが挙げられる。一つは、50年代に本格化した移民という大量民族移動によって結果的に持ち得るようになった「カリブ外」の視点が、本国の独立、第2世代の排出などを経験することによってさらに独自さを増したということ、もう一つは、それまで描かれることの少なかった「女性」の姿に男性作家が焦点を当てたということである。第1点目

を言い換えれば、自民族のプライドと尊厳を強く重視する傾向と、同時に新しい社会での新しい自分を模索しようとする傾向が混ざり合った精神性がより増大化したということである。この傾向は、自文化から時間的、空間的に遠ざかるに連れて起こるアイデンティティー・クライシスの裏返しでもあり、「離郷作家」たちにとってその感覚は逆に創作の原動力となったと言うこともできるだろう。

　これまで積み上げてきた文学的基盤を礎に、さらなる質的、量的充実がはかられ、さらには「離郷作家」の活躍や女性作家の本格的な出現という新たな側面も加わったこの時期は、カリブの黒人文学の80年代以降の方向性を決定づける上で重要な時期であった。ケネス・ラムチャンドの『カリブ文学とその背景』(*The West Indian Literature and Its Background*, 1970) をはじめとする総合的なカリブ文学の研究書が次々に出版されるなど、文芸批評の観点から見ても、カリブの現代黒人文学が大きなまとまりとして完成したのは、この時期であったと言えるだろう。

女性作家の隆盛、ブラック・ブリティッシュ作家の躍進（80年代）

　70年代の流れを受け継ぐ形で、80年代のカリブの黒人文学の特徴は大きく分けて2つあると言える。一つは、70年代に入って質的にも量的にもめきめきと頭角を現し始めた女性作家がさらなる勢いをつけたという点、もう一つは同じく70年代にその活躍が軌道に乗り始めた「離郷作家」の第1世代および第2世代、特に「ブラック・ブリティッシュ」(Black British) と呼ばれるカリブ出身のディアスポラ黒人作家の躍進ぶりである。

　女性作家の隆盛は、ベティ・ウィルソン (Betty Wilson) らによる『彼女の本当の名前』(*Her True-True Name*, 1989) やセルウィン・クジョウ (Selwyn Cudjoe) の『カリブの女性作家たち』(*Caribbean Women Writers*, 1990) に代表されるように、80年代後半から90年代にかけて相次いで編纂されたカリブ女性文学のアンソロジーの量の多さと質の高さによく表されている。前者にはジャマイカやトリニダード、バルバドス、ドミニカ、ベリーズ、ガイアナ、アンティグア、グレナダなどの英語圏を中心に、キューバ、プエルトリコなどのスペイン語圏、さらにはハイチやグアデループなどのフランス語圏で活躍のめざましい女性作家による短編が収められており、後者は第一線で活躍する30余名の女性の作家による優れたエッセイ集である。

　さらに、このような80年代の流れを受けて編纂されたリザベス・パラビシニ・ゲバートら (Lizabeth Paravisini-Gebert, et al.) による『カリブ女性作家辞典』(*Caribbean Women Novelists: An Annotated Bibliography*, 1993) に

は、なんと総勢153名もの女性作家が名を連ねている。これらの事実が物語るのは、彼ら女性作家が70年代あるいは80年代になって突如として現れたのでは決してないということである。それ以前からずっと創作活動を続けながらも、社会の事情から作品が日の目を見ないという状態が長く続いていたに過ぎない。そんななかで、グアデループ出身のマリーズ・コンデ(Maryse Conde)や両親がバルバドス出身のポール・マーシャル(Paule Marshall)らの先達女性作家が70年代に国際的な評価を得たことで、ようやく社会は女性作家の存在を認知するようになった。そして、その流れのなかで、アーナ・ブロッバー(Erna Brodber)、オリーブ・シニア(Olive Senior)、そしてジャメイカ・キンケイド(Jamaica Kincaid)らが、80年代を代表する作家として出現したというわけである。キンケイドについては、マーシャル同様、その居住地域からアメリカ文学として扱われることも多く、地域的ジャンルを問わず、現代英語文学を代表するほどの評価を得ている。また、1988年には第1回英語圏カリブ女性作家会議がマサチューセッツのウエルズリー大学で開かれるなど、女性作家の活動の基盤はますます固められたのである。

　通称「ブラック・ブリティッシュ」のカリブ移民の2世作家たちもまた、80年代に入って高く評価されるようになっていった。そのことはA・グプタラ(A. Guptara)による『ブラック・ブリティッシュ文学』(*Black British Literature*, 1986) やジェイムズ・ベリー(James Berry)の『バビロンへの便り』(*News for Babylon*, 1985)の充実ぶりからもうかがえる。先にも述べたように、50年代に入って本格化したカリブからイギリスへの移民は、第2次大戦後のイギリスが肉体労働者を求めたことに起因する。1948年、当時まだ植民地であったジャマイカから約500名の移民労働者を受け入れたことを皮切りに、数多くのカリブ出身者が大西洋を渡った。ラッドブローク・グローブ、フィンズベリー・パーク、ブリクストンは、順にトリニダード、バルバドス、ジャマイカからの移民の多く住む地区で、このような場所はロンドン中に数多く点在している。ジャマイカの女流詩人ルイーズ・ベネット(Louise Bennete)は、このことを称して「植民地化の逆流」と呼んだが、60年代に入って労働力過剰となっても、カリブからイギリスへの「逆流」は衰えず、先着の移民が世代交代を重ねるなかで、結果的に数多くのブラック・ブリティッシュが生まれることになったのである。ロンドンの代表的な黒人系書店「ニュー・ビーコン」(New Beacon)の書棚はカリブやアメリカ黒人関係の書物で埋め尽くされ、パブではレゲエやカリプソが流れる一方で、彼らはあくまでイギリス人としてのアイデンティティーを模索し続けた。

　マイクロソフト社のCD-ROM『エンカルタ・アフリカーナ』(*Encarta Africana*, 1999)の編者の一人、ヘンリー・ルイス・ゲイツ・ジュニア(Henry

Louis Gates Jr.)は、「3世代を経て、ようやくカリブ黒人はイギリス人のアイデンティティーを持ち得た」と述べているが、「ブラック・ブリティッシュ」の代表的移民2世作家キャリル・フィリップス(Caryl Phillips)は言語、つまりブリティッシュ・アクセントに自らのアイデンティティーを見い出すとして、次のように述べている。「アメリカでは、口を開くまではその場に溶け込んでいられる。イギリスでは、口を開いて初めてその場に溶け込むことができる」。フィリップスは第1作目の小説『最終航路』(*The Final Passage*, 1985)で、彼自身のルーツでもある50年代のカリブ移民をテーマにして高く評価され、マルコムX文学賞を受賞している。

彼のような「ブラック・ブリティッシュ」作家、そしてキンケイドのようなカリブ海地域外に居住し活躍する離郷作家が認知され、現代文学において高く評価されるようになったことは、カリブにおける女性作家が隆盛を極めるようになったことと並んで、80年代カリブ黒人文学の大きな特徴であると言ってよいだろう。

世紀末を迎えて（90年代）

1990年代はカリブ文学にとって記念すべき年代となった。それは、セント・ルシア出身の黒人男性詩人デレク・ウォルコットが、カリブ海地域出身者としては初のノーベル文学賞を92年に受賞したからである。

しかしながら、カリブ文学の主流があくまで女性作家によって作り出されていたことに違いはなかった。長きにわたって「声なき声」であったカリブ女性の代弁者としての女性作家によって生み出された80年代以降の大きなうねりは、まさに堰を切ったような勢いで、90年代に入ってもいっこうに止もうとはしなかった。それどころか、テーマや手法の豊富さ、斬新さには他の男性作家をしのぐものがあった。実際、近年のカリブ文学関係の国際学会での研究発表に占める女性作家およびその作品の割合はきわめて高い。そんななかで、既存の女性作家に加えて新しい作家も次から次へと登場し、質の高い作品を次々と生み出している。

なかでも注目すべきは、ハイチ出身の作家で現在アメリカで活躍中のエドウィージ・ダンティカ(Edwidge Danticat)と、ジャマイカの作家オパル・パーマー・アディッサ(Opal Palmer Adisa)である。『息づかい、視線、そして記憶』(*Breath, Eyes, Memory*, 1994)で衝撃的なデビューを飾ったダンティカはカリブの外で、一方、同じく第1作目の小説『涙から始まる』(*It Begins With Tears*, 1997)で高い評価を受けたアディッサはカリブ内で、しかし、ともにハイチ、ジャマイカというカリブの伝統的な生活文化を正面に見据えた内容の作

品を描くという共通の姿勢を持っている。しかも、その焦点が「女性と女性」、「生者と死者」の関係、あるいは「記憶」に当てられている点もよく似ている。ダンティカのような、国籍はもとより文化的にも、ひいては言語的にも越境的な存在、いわゆるボーダレスの作家の存在は、あくまでカリブの内側の視点から発信し続けるアディッサのような作家の存在同様、カリブの黒人文学にこれまで以上の厚みと普遍性をもたらしたと言える。

　このような女性作家隆盛の影に隠れながらも、もっとも注目すべき男性作家はやはり先述のキャリル・フィリップスであろう。若冠21歳で作家としてデビューして以来、85年の『最終航路』、91年の『ケンブリッジ』(*Cambridge*, 1991)、93年の『川をわたりて』(*Crossing the River*, 1993)で、それぞれマルコムX文学賞、キング牧師文学賞、そしてブッカー賞ノミネートなどを達成したことで、彼の評価は「ブラック・ブリティッシュ」作家という言葉とともに定着した。それにもまして、彼が今後のカリブ黒人文学を担う人物であることは、ファーバー＆ファーバー社が刊行する「カリブ文学シリーズ」の主任編集者に抜擢されたことにも裏づけられている。

おわりに

　21世紀を迎えようとしている今、時代の流れとともに初期型のカリブ黒人文学の主たるテーマであった「植民地主義とその周辺」は、いまだに根強いテーマではあるものの、やや鳴りを潜めるようになった。そして、代わりに「近代の功罪」や「女性の存在意味」などといったより普遍性の高いテーマが目立つようにもなった。しかし、いずれにしても、カリブがたどってきた奴隷制や植民地支配の歴史とアフリカの先祖からの受け継いできた独自の文化遺産が、カリブの黒人文学の底流にあることに変わりはない。

　明治以降、日本は、西洋の近代化様式を取り入れた「発展」を是とし、ただひたすらにその路線を驀進することに徹してきた。しかし、先にも述べた通り、西洋型の「近代化」に「功」と並んで「罪」があることは明らかで、特に近年、「罪」なる部分が様々な形で次々と露呈されてきている。もちろん日本の社会や文化にもまた、近代化の「罪」なる部分は入り込んでいる。私たちはそのことを十二分に理解しなければならない。確かに、「引き返す」ことはもはやできないかもしれない。しかし、「行き先を変える」ことはできるのである。

　世界のどこにいようとも、たとえ一本でも精神的な根をカリブに下ろしている作家、いわゆる「カリブ作家」にとって、カリブが独自に経験した喜怒哀楽を世界に発信し続けることは今後も変わり得ないであろう。カリブの黒人文学の持つ独自性――その独自性を追求することによって見出された普遍性は、新

世紀を迎えようとしている現代社会にとって、重要なメッセージとなるに違いない。

　カリブの黒人文学が発信するこれらのメッセージを受け取ることができるか否かは、すべて私たち次第である。「人間的な豊かさ」のいっぱい詰まったメッセージを受け取り損なわぬよう、そろそろ私たち自身もより人間的な視座に立ち返る時にきているのではないだろうか。

　　　　　　　　　　　　　　　　　　　　　　　　　　　（山本　伸）

ジョージ・ラミング

George Lamming (1927-   )

1927年バルバドス生まれ。コンバーミア高校時代に、同じくカリブ文学を代表する作家で、文芸雑誌『ビム』(*Bim*) の編集者であったフランク・コリモア(Frank Collymore)に影響を受け、詩作を始める。46年トリニダードで教鞭をとるかたわら、『ビム』のエージェントとして若手作家の育成に努め、47年以降、彼の短編小説や詩がたびたびイギリスBBC放送の番組『カリブの声』シリーズに登場するようになったのを機に50年に渡英、その後本格的に作家活動を開始する。しかし、この渡英によって人種差別と植民地主義の現実を目の当たりにすることによって、逆にカリブの黒人としての価値観に立ち返り、あくまでその視点から自らの文化の重要性を再認識することがいかに大切かを考えるようになる。代表作の『皮膚という名の城のなかで』(*In the Castle of My Skin*, 1953) には、カリブの子どもたちの自由はつらつとした姿と、つつましくも脈々と続く村人の生活が描かれている。54年に『移民』(*The Emigrants*) を完成させた後、ふたたびカリブへと帰還し、その後も同じく小説の取材や公演活動、大学での講義など、幅広い評論活動を行っている。

主要テキスト

In the Castle of My Skin. London: Michael Joseph, 1953; New York: McGraw-Hill, 1953, 1954; New York: Collier, African-American Library, 1970; London: Longman Caribbean, 1970.

The Emigrants. London: Michael Joseph, 1954; New York: McGraw-Hill, 1954; London: Allison and Busby, 1980.

Of Age and Innocence. London: Michael Joseph, 1958; London: Allison and Busby, 1981.

The Pleasures of Exile. London: Michael Joseph, 1960.

Season of Adventure. London: Michael Joseph, 1970; London: Allison and Busby, 1979.

Water with Berries. London: Longman Caribbean, 1971; New York: Holt, Reinhart and Winston, 1971.

Natives of My Person. London: Longman Caribbean, 1972; New York: Holt, Reinhart and Winston, 1972; London: Picador Press, 1972.

テーマ／特徴／その他

　カリブの黒人文学史上、ラミングがもっとも偉大で影響力のある作家の一人であることに議論の余地はない。植民地カリブにおいて、「非植民地化」および「再生」はもっとも初期的かつ必然的な文学のテーマであったが、彼はそのような政治的色彩の強いテーマを様々なシンボリズムを多用することによって、より文学性を高めることに成功した優れた作家であった。そのようなシンボルを多く含んだ『皮膚という名の城のなかで』は、彼の代表作であるだけでなくカリブの黒人文学を代表する古典的名著で、各方面から高い評価を受け続けている作品である。1954年に出版されたアメリカ版の前書きを書いたのは、かのアメリカ黒人文学を代表する作家リチャード・ライト(Richard Wright)であった。ライトはラミングの「静かに流れるような文章」を絶賛し、またアフリカ文学の代表作家のグギ・ワ・ジオンゴ(Ngugi wa Thiong'o)は、「現代植民地文学においてもっとも優れた政治小説」と評した。この小説ではカリブの歴史が重要なテーマとなっている。いわば暗いところに放ったらかしにされていたカリブの歴史を、日の当たる場所にまで引きずり出した小説だと言える。奴隷制と植民地支配の歴史が作り上げたカリブの文化的価値観からいかに抜け出すか、それこそがまさに真の自由へのプロセスであるという考えがすべての彼の小説の底流にはある。そして、そのために不可欠な役割を果たした存在として、例えば、土地を単なる「売り買いの対象」にしか扱わない地主一派に対して、それは「値段のつけられない永遠のもので、目に見えない力の象徴」であるとして彼らを追い返してしまうような、そんな「農民の意識」(peasant consciousness)に高い意味を見い出そうとする点も、彼の特徴だと言えよう。

　2作目の『移民』は、よりよい生活を求めてカリブからイギリスへ渡った移民の植民地出身者としての受動性や宿命論を無意識のうちに打ち消そうともがく姿が、続く『老いて潔らかに』(*Of Age and Innocence*, 1958)と『冒険の季節』(*Season of Adventure*, 1960)はカリブにおける新しいコミュニティーの創成が、それぞれテーマとして描かれている。同年の『亡命者の喜び』(*The Pleasures of Exile*, 1960)は、歴史や政治に関するラミング自身の考えをまとめたもので、当時まだ植民地化されていたカリブがその後抱えることになるポストコロニアル社会の本質を見事に予見し、えぐり出した画期的なエッセー集である。また、『果実の水』(*Water with Berries*, 1971)は、カリブ出身の3人の個人（アーティスト）の数奇な過去が実はカリブの植民地の過去と深く結びついているとする興味深い内容で、続く『わが祖国の民たち』(*Natives of My Person*, 1972)では、その植民地の過去の歴史について見事なアプローチがなされている。

ラミング，ジョージ

作品紹介
『皮膚という名の城のなかで』（*In the Catsle of My Skin,* 1953）

　物語は、主人公のG少年が雨のなかで9歳の誕生日を迎えるところから始まる。部屋には母親と少年の2人きり、そこに父親の姿はない。村にはサトウキビ畑が広がり、村人たちの小さな家が点在している。そして、中央の高台には村を見下ろすように白人地主の大きな屋敷がそそり立っている。村人の生活はきわめて質素で、水道設備もないために村の真ん中の広場には公衆浴場と洗い場がある。そこは村人たちの社交場でもある。小学校では領主国イギリスのエリザベス女王の誕生日を祝うパレードのための行進の練習が行われていて、失敗したり怠けたりすると、容赦ないむち打ちが子どもたちを待っている。授業が終わると、子どもたちは徒党を組んで遊ぶ。なかでも白人地区への探検は刺激的で、とうとうある日、地主の屋敷を探検することになる。そこで見たものは、彼らの日常とはあまりにもかけ離れた光景だった。テーブルいっぱいの豪華な食事に、きらびやかな内部の様子。子ども心にも彼らは、植民地の現実を深く胸に刻み込むことになる。そんな彼らをさらに衝撃的な不幸が襲う。町で起きた労働者のストに巻き込まれて、仲間の少年が一人警官に射殺されるのである。一見のどかに見えた村でも、土地をめぐって新たな問題が起きていた。このストに危機感を覚えた地主が、村人たちが大切に守り住んできた土地を突然売り払うと言い出したのだ。土地を単なる「財産」としか見なさない地主や不動産屋の連中は、それを「金には換えがたいかけがえのない場所」として考えてきた村人たちの気持ちを理解しようともしない。そんななか、G少年は高校を卒業し、仕事に就くために近隣の島へと村を後にする。敬虔なクリスチャンである母親、アメリカの黒人運動の話をしてくれた友人、奴隷制の歴史を忘れるなと語りかけてくれた村の長老——これらの人々の言葉を胸に少年はより広い世界へ向けて旅出っていくのである。

　主人公の少年の名前G（Georgeの頭文字）からもわかるように、この作品はラミング自身の自伝的小説である。したがって、ここに描かれる独立前のカリブの植民地社会の様子はきわめて高い現実味を帯びている。このカリブ社会の未来と、それを担う子どもたちの心理的成長がこの小説の焦点である。この主人公の成長の過程に影響を及ぼす存在として、次の4つのグループを挙げることができる。まず第1はG少年と同年代でいつも行動をともにしてきた少年たち、第2は靴屋に代表されるような植民地支配に翻弄される村人たち、第3は主人公を優しく見守る母親（たち）と老人、そして第4は村にいながらも村人とは一線を画す人間たちである。第1の存在は、ともに行う様々な冒険を通して、第4の存在などに象徴される「権力」に対する否定的な意識を主人公に与える役割をする。同じ黒人でありながらも公衆浴場に黙って入った少年たちを

目の敵にする監督官への反発、彼らには貧しい生活を強いておきながら夜毎豪勢なパーティーに明け暮れる白人地主への憎悪、仲間の少年を誤って射殺した警官への怒りなど、彼らとの行動を通して社会階級的、人種的、職業的な「権力」への恐怖と憤りを主人公は強く意識することになるのである。第2の存在は、主人公に植民地での現実をまざまざと実感させる役割を果たしている。少年たちとの行動で抱き始めた権力への反発意識を、靴屋たちが遭遇する土地明け渡し騒動を通して、地主制度ひいては植民地主義への反発意識へと発展させていく。そして、そんな彼を見守る第3の存在、つまり現実を精一杯に生きることの意味を語る愛情豊かな母親と奴隷制の過去を伝える老人の存在によって、主人公は過去と現在、そして未来を一つにつなぐことの意味を知り、虐げられてきた彼ら黒人の尊厳を悟るのである。リチャード・ライトは「カリブの黒人は死にゆきつつある彼ら自身の文化と彼らがこれから入っていこうとしている新たな文化の狭間に存在し、その間にかけられたふらふらする不安定な梯子をのぼって行くことを運命としている」と書いているが、ラミングの視点はむしろこの梯子をふらつかせている土台の不安定さ、つまり死にゆきつつある彼ら本来の文化をいかにして再生するかに据えられているように思えてならない。村はその文化の集合的な象徴であり、その実像は人々の間にある堅い文化的絆によって初めて形成され得るものなのである。

研究への助言

ラミングの作品を読む場合はもちろん、カリブの文学研究を始める上でも、『皮膚という名の城のなかで』は最も適当かつ重要な古典小説である。現在のカリブ文学を見るためには、この小説に代表される50年代というキーになる時代をけっして避けては通れないからである。小説ではないが、植民地カリブの社会や政治、文化などを総合的に知る上では、彼の珠玉エッセイ集『亡命者の喜び』を読まれることをぜひお薦めしたい。

参考資料

平野敬一、他編『コモンウェルスの文学』（研究社選書28, 1983年）
山本　伸「*In the Castle of My Skin* 試論——主人公の成長に果たすコミュニティーの役割を中心に」（暁学園短期大学『紀要』 No.23, 1989年）
Joyce Jonas, *Anancy in the Great House: Ways of Reading West Indian Fiction*. New York: Greenwood Press, 1991.
Bruce King, *West Indian Literature*. London: Macmillan, 1995.
Louis James, *Caribbean Literature in English*. London: Longman, 1999.

（山本　伸）

アール・ラブレイス

Earl Lovelace (1935-)

1935年トリニダード生まれ。出版会社で校正係を務めた後、農業を学び、政府の農林省に勤務したが、66年から1年間アメリカの名門黒人大学であるハワード大学に留学、翌年の夏にはリッチモンドの大学で短期間教鞭をとる。その後、トリニダードに帰ってジャーナリストの仕事をするが、ふたたび71年から73年までフェデラル・シティ・カレッジやジョンズ・ホプキンス大学で教鞭をとり、さらに80年から81年にかけてグッゲンハイム特別研究員としてアイオワ大学の作家プログラムに入る栄誉を得る。しかし、農林省に勤務していた頃からすでに作家活動は始まっており、65年には最初の作品である『神々の降りている間に』(*While Gods Are Falling*)が出版されている。アメリカでの経歴が多いことからもわかるように、彼はイギリス文学よりもアメリカ文学をより好んだ。イギリスの影響の大きい植民地トリニダードで育ちながら、少年の頃からヘミングウェイやフォークナーなどのアメリカの作家を読みあさった。そして、やがて成長するにつれて、特にアメリカの黒人文学に強く魅かれるようになり、なかでもリロイ・ジョーンズ (LeRoi Jones) やドン・リー (Don L. Lee) などの作家には深い共感を覚えたという。79年に発表した『ドラゴンは踊れない』(*The Dragon Can't Dance*)は、カリブ文学を代表する傑作だと言われている。また97年の作品『塩』(*Salt*)では、コモンウェルス文学賞を受賞している。

主要テキスト

While Gods Are Falling. London: Collins, 1965; Chicago: Henry Regnery, 1966; London: Longman, 1984.

The School Master. London: Collins, 1968; Chicago: Henry Regnery, 1968; London: Heinemann, 1979.

The Dragon Can't Dance. London: Andre Deutsch: 1979; London: Longman, 1981.

The Wine of Astonishment. London: Andre Deutsch: 1982; London: Heinemann, 1983; New York: Vintage, 1984.

A Brief Conversion and Other Stories. London: Heinemann, 1988.

Salt. London: Faber and Faber, 1996.

テーマ／特徴／その他

　ラブレイスの主たるテーマは「人間性の模索」である。彼はpersonhoodという言葉を使っているが、それはintegrityという言葉にも置き換えられるという。つまり、「人間の尊厳」とは何かを探ること、それが彼のテーマなのである。カリブの内外を問わず、黒人文学と言えば、まずidentityというキーワードが浮かぶが、むしろ彼はその言葉を好まない。おそらく、安易な反人種主義小説の穴に落ち込むのを避けるためであろう。人種に絡むカリブの社会的事実を扱いながらも、その枠を超越した視点から人間の尊厳を探ることがラブレイスの文学的テーマだからである。

　この探求は、都市のスラムに生きる黒人たちを描いた最初の作品である『神々の降りている間に』からすでに始まっている。庶民の無力感と底力を同時に、あるいは交互に描きながら、それでもなおすべてはやはり彼ら自身によるということをラブレイスは主張する。この考えは次の作品『学校長』(*The School Master,* 1968)や、カリブ黒人文学の最高傑作の一つと言われる代表作『ドラゴンは踊れない』、それに『驚きの酒』(*The Wine of Astonishment,* 1982)などにおいても、徹底して貫かれている。彼の主人公は、ただ黒人というだけではなく、背が低いとか片足が不自由だとかいった外見的なコンプレックスを持ったものが多い。そうすることで、人種という枠組みに押しとどめられることのないより普遍的な「尊厳の探求」へと近づけるからである。しかし、だからといって、彼がカリブ社会の人種問題を無視したり軽視したりしているわけでは決してない。むしろ、『塩』のように、人間としての尊厳をはぎ取られてきた黒人にとって自らの歴史を正しく理解することがいかに重要であるかを彼は主張する。短編「臆病者」("The Coward")の主人公が日雇いの警備員として勤める銀行の重役は通称ムラートと呼ばれる黒人と白人の混血であったり、『ドラゴンは踊れない』のインド系人パリアグが同じ地域のアフリカ系黒人との摩擦関係をなかなか拭えないなど、それまでの白人対黒人の問題に加えて、さらに新たな人種間緊張がカリブの深刻な社会問題となっていることも、ラブレイスは決して見逃してはいないのである。

　彼の「探求」は、裏返せば、近代社会への批判でもある。「人間が人間らしく、尊厳に基いて生きていく」ことを妨げる数々の要素を現代社会のなかから探り出すことがまさに作家の使命であるかのように、ラブレイスは様々な問題を作品のなかに編み込んでいる。短編「あの味の濃いケーキ」("Those Heavy Cakes")に描かれているように、物質的に豊かになることを夢見た父親とその家族のたどり着いた先に充満する虚無感は、まさに近代主義が人間にもたらした最大の罪を十分に暗示、象徴しているのである。

ラブレイス,アール

作品紹介
『ドラゴンは踊れない』(*The Dragon Can't Dance,* 1979)
　物語の舞台は、1959年頃から1971年頃にかけてのトリニダードの首都ポート・オブ・スペインのスラムである。そこには貧しい人々が肩を寄せ合って慎ましやかに暮らしている。そんななかマスカレード（仮装舞踏）の名手アルドリック (Aldrick) は、仕事にも家庭にも恋人にも縛られないことを信条として暮らしている。彼の踊るドラゴンは、自他共に認めるほどの出来映えで、職も家庭も恋人も持たない彼が日々暮らしていけるのも、そんな彼のドラゴンへ抱く地域の人々の尊敬の念と誇りのおかげなのである。昼過ぎにやっと起きてくるアルドリックがまずやることは、その日の昼飯をどこでもらうかを決めることだった。そして、それからやっとドラゴンのコスチュームを縫ったり、踊りの練習をしたりするのである。ところが、ある日、同じスラムのシルビア (Sylvia) という女性に恋心を抱いたことをきっかけに、それまでの彼の堅い信念は揺らぎ始める。自分に好意を寄せているシルビアを目の前にしながら、また、自分も恋心を抱きながらも、2人の関係を押し進められないまま、金持ちの男に横取りされてしまう。ここで彼は初めて、ドラゴンの名手であることの無意味さと自らの無力さを思い切り味わうことになる。さらには、父親の暴力にさいなまれる子どもを助けてやることすらできず、ドラゴンを踊ることで代弁してきたはずのスラムの人々の心もまた物質的な豊かさに奪われるようになり、いよいよドラゴンへの彼の執着は希薄なものになっていく。ついにアルドリックはドラゴンを脱ぐことを決意する。そして、真の自分自身を求めてスラムを後にするのである。まず、この作品において「ドラゴン」が象徴するのは、文化的、精神的ルーツである「アフリカへの回帰」と植民地主義による抑圧に対する「反抗心」、それに尊厳を奪い取られた黒人たちの「自己の主張」である。本来、そのような複数の象徴を含んだ「ドラゴン」は、その踊り手であるアルドリックと地域住民を結ぶ媒体であった。コミュニティーの怒りや反抗心を代弁するために踊るアルドリックと、そんなドラゴンを敬うコミュニティーの人々。ところが、そんな両者の絆が目に見えて希薄になり始めたのは、コミュニティーのまとまりを無意味なものにしてしまう価値観、すなわち物質主義的価値観が人々の心に浸透し始めたからである。しかし、理由はそれだけではない。アルドリック自身の問題として、愛する女性を自分のものにもできず、苦しむ子どもを助けてやることもできない「ドラゴン」への無力感が、スラムの現実を目の前にした彼に大きくのしかかってきたのである。コミュニティーとの一体感を失い、ドラゴンであることの自信をも失ったアルドリックは、必然的にこれまでの自分を省みることになる。「怠ける」ことは、すなわち主人に対する「反抗」を意味した奴隷制時代の美学を継承し、ずっと怠け続けてきた自

分。ドラゴンの象徴的な「力」だけを信じ込んできた自分。そして、何も変わらない、変えないこと（もの）に価値を見続けてきた自分。主人公アルドリックの自省には、ルーツや伝統を大切にしながらも、それに縛られることなく前進していくことの重要性が暗示されている。彼の名字プロスペクト（Prospect）の名の通り、アルドリックは自らの未来を「予測」し、そこに向かって新たな第一歩を踏み出したのだと言える。民族のルーツや文化的伝統を大切にしながら、しかし、同時に、その枠のなかにいつまでもとどまらずに前に進んでいくという姿勢、それが奴隷制からの解放と植民地からの独立を経た後のカリブ黒人の現在と未来にいかに重要かというラブレイスの主張が作品を通して要約されているように思われる。そして、そういった姿勢を通して初めてより普遍的なレベルでの「人間性の探求」が可能となるのである。

研究への助言

作品紹介で取り上げた『ドラゴンは踊れない』への高い評価の声は、カリブ海地域はもとより広く欧米でもよく耳にする。アメリカの黒人女性作家のポール・マーシャル（Paule Marshall）からも、「英語で書かれた文学のなかで好きな小説ベスト3に入る」と直接聞いたことがある。したがって、ラブレイス研究において、また、カリブの黒人文学を研究する上でも、この小説は必須である。また、ラブレイスのルーツや伝統に対する考えや近代の物質主義批判などをよりわかりやすく知るには、短編集の『ちょっとした変化』が最適である。なかでも「あの味の濃いケーキ」、「ジョージと自転車の空気入れ」（"George and the Bicycle Pump"）、「臆病者」は特にお薦めである。

参考資料

山本　伸「英語教師のための読解セミナー(64)『あの味の濃いケーキ』を読む」（『新英語教育』（三友社）、No.258, 1991年）

山本　伸訳「あの味の濃いケーキ」（平凡社『グリオ』Vol.2, 1991年）

山本　伸「なぜ、ドラゴンは踊れないのか——カリブ黒人作家アール・ラブレイスの視点」（『黒人研究』 No.65, 1995年）

山本　伸「ウィリアムズからラブレイスへ——カリブ小説における「カーニバル」の意味を中心に」（『黒人研究』 No.68, 1998年）

山本　伸「抑圧された黒い祈り——カリブの黒人文学に描かれた「叫びの宗教」（Shouter Baptist)」（文理閣『浄土真宗と現代』、2000年）

Shin Yamamoto. "From Williams to Lovelace", *Sunday Guardian*. Sep. 29th., 1996.

（山本　伸）

アーナ・ブロッバー

Erna Brodber (1940-)

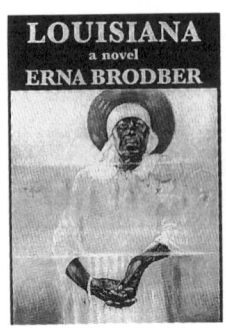

1940年ジャマイカ生まれ。きわめて田舎風の環境で育ったことによって、彼女の周囲には幼い頃から語りや詩、演劇や音楽などの口承文化が日常的にあふれていた。男3人、女2人の次女で、彼女の姉は同じく著名なカリブ作家のベルマ・ポラード(Velma Pollard)である。58年に高校を卒業した頃、ジャマイカはちょうど独立に向けての機運が高まりつつあったが、彼女の関心もまた同じ方向を向いていた。わずかの間、公務員や教員として働いたのち、彼女は西インド大学に入学、ジャマイカ独立の62年には歴史学専攻の3年生だった。しかし、大学がカリブの歴史を扱うコースを持っていないことに失望、しかし逆にそのことによって、彼女は自らの手で自分たちの歴史を探ろうと決意、様々な社会学的アプローチを駆使した調査を行った。西インド大学大学院では社会学を専攻、途中カナダやアメリカの大学で社会心理学や児童心理学を学ぶが、特にアメリカでの留学経験は彼女の創作活動に大きな影響を与えた。一つは「精神医学文化人類学」、つまり「文化が精神を癒してくれる」という新たな精神療法の分野を学んだことと、もう一つは当時のアメリカで最高潮に達していた黒人公民権運動および女性解放運動を経験したことであった。68年にジャマイカに帰国、大学院で修士論文をまとめ、74年には社会学の著書、そして80年には初めての小説を出版、以降カリブを代表する女性作家として数多くの著作を著している。89年には小説『マイアル』(Myal, 1988)でコモンウェルス作家賞を受賞している。最近は、カリブ黒人とアメリカ黒人の社会的、文化的相互関係など、アフリカ系としてのディアスポラ意識についても強い関心を寄せている。

主要テキスト

Abandonment of Children in Jamaica. St. Augustine : University of West Indies, 1974.

Jane and Louise Will Soon Come Home. London : New Beacon Press, 1980.

Perceptions of Caribbean Women : Towards a Documentation of Stereotypes. Cave Hill : University of West Indies, 1982.

Myal. Lonodn : New Beacon Press, 1988.

Louisiana. London : New Beacon Press, 1994.

テーマ／特徴／その他

　ブロッバーは1980年に代表作『ジェーンとルイーズはすぐに帰ってくる』(*Jane and Louise Will Soon Come Home*, 1980)を発表して以来、『マイアル』、『ルイジアナ』(*Louisiana*, 1994)と合計3冊の小説を出版している。しかし、他の著作からもわかるように、もともと彼女は歴史学者および社会学者として知られることのほうが多かった。ただ、すでに小学校の時に書いた短編小説がジャマイカの新聞社主催の賞を取るなど、小説家としての才能にも恵まれていたことはまちがいなかった。この歴史学者、社会学者としての経歴が彼女の文学作品に大きな影響を与え続けていることは言うまでもない。彼女が注目し重視したのは、ジャマイカ黒人の「口承による歴史」と彼らの「伝統が育んできた知恵」であった。つまり、奴隷制の時代はもとより解放後の黒人の文化や伝統の歴史は、文字によって記録された公のカリブの歴史の枠からははじき出されているということ、しかし、その歴史はけっして途切れることなく、ダンスや歌、夢、寓話、そして何よりも人々の記憶のなかで脈々と生き続け、その知恵は世代から世代へと受け継がれているということがブロッバーの作家としての姿勢の底流にある。このような「口承による歴史」の担い手は、アンダークラスつまり下層階級の一般庶民である。したがって、ブロッバーの分析の視点は、おのずと彼らの生活や思考に向けられている。言い換えれば、ブロッバー文学の核となっているのは、やはり彼ら庶民の生活や文化であるということである。このことから波及して、やはり「近代化」の問題もまた彼女の文学において重要な位置を占めている。彼女が1975年に書いた短編「ローザ」("Rosa")の最後で、近代的な都市部の生活ではなく、生まれ育った農村の不便な生活を選択する主人公の姿には、綿密な歴史的、社会的分析を経て到達したブロッバーの姿勢が色濃く反映されている。ここで忘れてならないのは、やはり「女性」への視点である。基本的にカリブの黒人女性作家には、近年まで「声」を出す手段のなかった女性たちの代弁者であるという強い自覚があるが、ブロッバーもまたその例に漏れない。事実、彼女の小説の主人公もしくはきわめて重要な役割を果たす登場人物はすべて女性である。描かれるのは、えてしてたくましくてしっかりした、自主的な黒人女性の姿である。しかし、同時に、ブロッバーの視点が欧米のフェミニズムの視点、つまり女性の「権利」をひたすら求めるような視点とは少し異なっている点も見逃してはならない。さらにもう一つ挙げておくべきポイントは、これらの女性たちが「記憶」によって過去と現在、場合によっては死者と生者をつなぐという重要な役割を果たしてきたという考え方である。「過去によって癒される現在」、「死者によって癒される生者」という概念は、ブロッバーを含めたカリブの黒人女性作家に広く共通するものではないかと思われる。

作品紹介

『ジェーンとルイーズはすぐに帰ってくる』(*Jane and Louise Will Soon Come Home,* 1980)

　主人公のネリー・リッチモンド(Nellie Richmond)は、心を病んでいる36歳の黒人女性である。彼女の精神的成長を阻んでいるもの、それは家庭的、社会的に受けた幼い頃のトラウマだった。奴隷の子孫として、彼女はジャマイカの片田舎の中産階級の家に生まれた。母方は純粋の黒人であったが、父方には白人の血が混ざっていた。親戚の女たち、なかでも特に祖母のタッカー(Tucker)や叔母のベッカ(Becca)は執拗にそのことにこだわり、もっとも重要な家族の歴史として重視し続けていた。作品に暗示的に登場する「ひょうたん」("kumbla")は、女性は自らの手で身を守らねばならないということを教えるために彼女が使ったたとえである。この「身を守る」ということには、若いことによる無分別から誰かの子どもを妊娠したりしないことなどが含まれた。しかし、ベッカの意識のなかにはじつはまったく別の意図が込められていた。つまり、自分より社会階級の低い男、つまり人種的に純粋な黒人の男の子どもを身ごもることは、せっかく白人の血の入った自らの家系を汚すことになるというものだった。「自分の先祖は奴隷ではなくて、読み書きのできる色の薄い黒人だった」という祖母タッカーの言葉は、まさに家系から黒人の血を閉め出したいという願望の現れである。このような偏向した周囲の考えのなかで育てられたネリーは、あらゆる感情を心の「ひょうたん」のなかに押し込んでしまうことで精神的な成長を自ら阻んでしまっただけでなく、ジャマイカの社会を構成する「人種」と「階級」という2つのレベルでのトラウマに悩まされることになる。にもかかわらず、彼女には独立後の「新生ジャマイカ」を建国するという崇高な志と、そのために民衆のリーダーになろうという強い使命感があった。そんな彼女に救いの手をさしのべたのが、幼なじみの恋人で社会変革を夢見たラスタファリアンのババ・ルドック(Baba Ruddock)と、未婚の叔母アリス(Alice)である。アリスは、ベッカがネリーに教えた「ひょうたん」が持っている受動性、消極性、保守性といった否定的な側面を指摘し、ジャマイカの伝統的トリックスターの蜘蛛「アナンシ」のように自主的、積極的な女性になることの重要性を説く。そして、そのことが、ひいては「新生ジャマイカ」の国造りにつながっていくと彼女は言うのである。小説の最後は、魚の子を身ごもるというネリーの夢で終わるが、これは彼女が将来抱えるであろう数々の問題に正面からぶつかっていくために新たな精神性を構築する必要があることを暗示していると言える。祖母のタッカーや叔母のベッカの姿勢には、確かに表面的には、人種によって区分けされた植民地主義的社会構造における人種主義が色濃く現れていることはまちがいないが、ブロッバーの焦点はむしろその人種主義によって消された、

あるいはぼやかされた彼ら黒人の「過去」に当てられている。ネリーがババとアリスから学んだものは、まさにこの「過去」および「祖先」とのコミュニケーションの意味（価値）であった。現在と過去のつながりを切ると、未来はあり得ないというブロッバーの信念が反映されている部分である。そして、なんと言っても重要なのは、ブロッバーの女性の登場人物の使い方である。主人公はもちろんのこと、小説の鍵を握る人物のほとんどは女性であるという点そのものも特徴的であるが、それ以上に、それまでの男性作家が描いてきた女性の主人公や登場人物は、社会変革や自己の成長に関しては「無力」で「悲観的」な象徴性を多分に含むというのが一つのパターンであったのに対し、ブロッバーの女性たちはむしろ「楽観的」な可能性に満ちているといった印象を強く抱かせる。そもそもこの小説が大学でソーシャルワークを専攻する自分の教え子のための「ケーススタディ」として生み出されたことからしても、その内容がいかにジャマイカの社会的、文化的状況を色濃く反映したものであるかがわかるだろう。

研究への助言

　ブロッバーの代表作はなんと言っても『ジェーンとルイーズはすぐに帰ってくる』であるが、アメリカ黒人とカリブ黒人の文化的関係をテーマにした3作目の『ルイジアナ』に見られるように、彼女の意識の根底にはアフリカ系としての「ディアスポラ」的関心がある。このような点を意識して、例えばダリル・カンバー・ダンス（Daryl Cumber Dance）のように、アメリカの作家トニ・ケイド・バンバーラ（Toni Cade Bambara）の『塩を食う女たち』（*The Salt Eaters*, 1980）と比較してみるのもおもしろいだろう。また、男性作家のジョージ・ラミング（George Lamming）の作品と比較されることが多い点も参考になるかと思う。最後に、海外のカリブ文学関連の学会では、2作目の『マイアル』を対象とした研究発表が多いことを一言付記しておく。

参考資料

Wilson Harris, "The Life of Myth and Its Possible Bearing on Erna Brodber's *Jane and Louise Will Soon Come Home*". *Kunapipi*, 12, No. 3, 1990.

Evelyn O'Callaghan, *Woman Version: Theoretical Approaches to West Indian Fiction by Women*. New York: St. Martin's Press, 1993.

Louis James, *Caribbean Literature in English*. London: Longman, 1999.

　　　　　　　　　　　　　　　　　　　　　　　　　　　（山本　伸）

オリーブ・シニア

Olive Senior (1941-)

1941年ジャマイカ生まれ。67年にカナダ、オタワのカールトン大学を卒業後、ジャマイカを拠点にジャーナリストとして活躍、著書には社会性の強いノンフィクションも多いが、同時に『木々の声』(*Talking of Trees*, 1986) や『熱帯の庭』(*Gardening in the Tropics*, 1994) など、ジャマイカの歴史や政治、植民地主義の影響などをテーマにした詩も数多く発表している。しかし、彼女のもっとも注目すべき顔は、短編小説作家としてのそれである。86年発表の短編集『夏の稲妻』(*Summer Lightening and Other Stories*, 1986) は記念すべき第1回コモンウェルス文学賞を受賞、その後も『ヘビ女がやって来た』(*Arrival of the Snake Woman*, 1989) や『心を見抜く人』(*Discerner of Hearts*, 1995) など、すぐれた内容の短編集を発表し続けている。詩においても同じことが言えるが、彼女の短編小説の特徴は「田舎性と都会性」をユーモアを交えながらも鋭い視点から対比する描写である。主人公は子ども、特に少女であることが多く、その視点から宗教や人種などを含めたジャマイカの社会生活全般を見通そうとするのも彼女独自の特徴である。あくまでジャマイカのクレオール言語の持ち味を生かし、民間に伝わる口承伝統などをうまく組み入れた表現方法は、シニア独特の雰囲気を小説全体のなかにかもしだしている。現在は、カナダのトロントとジャマイカのキングストンを往来する生活を送っている。

主要テキスト

A-Z of Jamaican Heritage. Kingston: Heinemann Educational, 1983.
Talking of Trees. Kingston: Calabash, 1986.
Summer Lightning and Other Stories. London: Longman, 1986.
Arrival of the Snake Woman. London: Longman, 1989.
Working Miracles: Women's Lives in the English-Speaking Caribbean. London: James Currey and Bloomington, Indiana University Press, 1991.
Gardening in the Tropics. Toronto: McClelland and Stewart, 1994.
Discerner of Hearts. Toronto: McClelland and Stewart, 1995.

テーマ／特徴／その他

　基本的にシニアは長編小説家ではない。現在出ている3冊のフィクションはすべて短編集であり、70年代から発表しているそれ以外の著作は社会科学的かあるいは教育的なノンフィクションである。『昔々、ジャマイカのあるところで』(*Once Upon a Time in Jamaica*, 1977)や『ジャマイカの遺産　AからZまで』(*A-Z of Jamaican Heritage*, 1983)などの初期のノンフィクションに色濃く反映されているように、シニアの焦点はジャマイカの地域性に当てられている。ジャマイカに暮らすふつうの人々が、代々、どのような文化遺産を祖先から受け継いできたかを整理することで、それらが人々の生活にいかに重要な意味を持っているかということを伝えようとする強い信念がそこには感じられる。同時に、これらの著作がそれぞれジャマイカの教育省出版局の刊行物として、またハイネマンの教育書シリーズとして出されていることからもわかるように、そこには教育的な意図が強く込められていると言える。その一方では『奇跡の労働者：英語圏カリブに住む女たちの暮らし』(*Working Miracles: Women's Lives in the English-Speaking Caribbean*, 1991)が如実に物語る通り、シニアは創作活動の核となるもう一つのテーマを「女性」に置いている。女性の性役割と社会性、「母親」という概念、夫と妻の関係など、地域の女性の存在について社会科学的に考察したこの著作では、ジャマイカの地域社会、家族、それに子どもへの教育においていかに女性が重要な役割を果たしてきたか、そしてこれからも果たしていくであろうことが説得力をもって語られている。ノンフィクションにおけるシニアのこのような着眼点は、彼女のフィクションにも強く反映されている。コモンウェルス文学賞受賞の『夏の稲妻』と次の『へび女がやってきた』に共通するのは、子どもの視点である。ジャマイカの地域性のなかに脈々と息づいている祖先からの文化遺産を引き継ぎ、ジャマイカの未来を担う重要な存在である子どもたち。その純粋な瞳を通して、シニアはジャマイカが抱える様々な問題や困難を浮き彫りにする。むろん、そこに加えられた女性の視点が、作品をより立体的なものにしていることは言うまでもない。言い換えれば、子どもと女性という社会的弱者を作品の中心に据えることで、その作品が描こうとしているテーマの本質をよりシャープに導き出すことに成功しているのである。さらに特徴的なのは、シニアの「現在と未来を生きる上で過去は必要不可欠なもの」という考えである。過去を現在と切り離し、「近代的」な今を生きるだけでは、けっしてよりよいジャマイカの将来は築けないという彼女の強い信念が、例えば、きわめて現代的な生活を送る中産階級の女性が、昔からのフォークロアやジャマイカの自然のおかげで徐々に自我に目覚めていくという形となって作品に現れているのである。

シニア，オリーブ

作品紹介
「鳥の木」（短編）（"The Tenantry of Birds"）

　主人公ノリーン（Nolene）は、幼い頃からずっと母親の言いなりになってジャマイカの都会で育った。母親は彼女にきれいな洋服を着せ、高いアクセサリーをつけさせ、黒人英語ではない「標準」英語をしゃべるように教育した。そんなノリーンにとって、夏休みに田舎のいとこたちのところへ遊びに行くのが何よりも楽しみだった。黒人英語しかしゃべれないいとこたちの愉快さ、母親が「盗人」だと決めつける中国系店主の優しさ、それに都会では目にすることも手にすることもできない大自然の豊かさに触れるにつれ、徐々に母親の作り上げた世界観を彼女は自分自身のものに作り変えてゆく。特に田舎の自然から与えられた影響は大きく、叔父が連れて行ってくれた散歩で見かけた数多くの鳥たちには印象深いものがあった。田舎での数日間はノリーンを外見的にも変えていった。そのことを快く思わなかった母親は、ノリーンが小学校を卒業すると同時にマイアミに別荘を買い、休日はいつもそこで過ごすように仕向けたのだった。それからは、ふたたび母親や周囲（例えば高校の先生とか）の言いなりになる毎日が始まり、彼女は母親の勧めるマイアミの短大を卒業し、同じく勧められた職場に就職した。結婚も全く同じことだった。母親が知人の知り合いのなかから高学歴の適当な男性を見つけ出し、夫に決めた。ノリーンはただひたすら流れに身を任せるに終始していた。夫フィリップ（Philip）との結婚は、初めは順調だった。庭の木に群をなす鳥たちの縄張り争いや子育てを見ては心を和ませる日々を過ごす毎日だった。しかし子どもが産まれ、大学教授のフィリップが政治に深く関わるようになるにつれて、彼は家庭を顧みない夫に変貌していった。揚げ句の果てに、ジャマイカの治安の悪化を口実にマイアミへの移住をノリーンと子どもたちに勧める。この時もやはり彼の言いなりになったノリーンはジャマイカを離れ、夫婦は別居することになる。そのうちフィリップの様子はいよいよおかしくなり、背後に女性の影がちらつき始める。以前ジャマイカの家の庭でよく目にした、縄張りを荒らされた鳥が荒らした鳥を必死に追い払う姿を思い出したノリーンは、まるで生まれ変わったように毅然とした態度でジャマイカの自宅へ乗り込む。そして、フィリップと彼の愛人の秘書ジェニファー（Jeniffer）を家から追い出すのである。

　まずはじめに指摘すべきポイントは、主人公ノリーンの心理的な変化（あるいは成長）が最初は「母との関係」という枠組みのなかで、そして後に「夫との関係」をも巻き込んだ形で描かれているという点である。このことは、裏返せば、幼い頃の主人公の心理（成長）にとって母親の影響は大きいというシニアの考えを反映したものだととらえることができる。そのような重要な時期に、偏見に満ち、階級差別的で物質主義的な価値観を我が子に押しつけようとする

母親の姿は、近代主義がもたらした功罪の罪の部分と二重写しになる。ノリーンを一つの人格としてとらえようとしない夫フィリップの態度もまた、ジャマイカの男女関係における封建的な一面を物語っている。幼くしては母親に、そして結婚したら夫に従うよう言い聞かされてきた主人公、一切「自分」を持たなかった主人公、そんな彼女が理不尽な母親と夫から徐々に自己を解放していく過程こそが、この作品のハイライトである。ジャマイカという一地域の独自性だけでなく、現代社会が広く内包する普遍性までもが浮き彫りにされているために、ジャマイカの社会とは何の関係もない読者までもが深い共感を得るのである。そして、それまでの不条理な現状に対して、むしろ何の疑いも不満も持たずじっと我慢することが「女らしさ」であると育てられた主人公が主体的な女性へと変化していく上で重要な役割を果たしたものが、いかなる革新的な「近代思想」でもなく、素朴で豊かな自然（の摂理）と一見単純で無意味に見えるジャマイカの田舎のじつは知的で複雑なフォークロアであったことにさらなる感動を覚えるのである。

研究への助言

シニアのノンフィクションは、彼女の作品を研究する手がかりとしてはもちろんのこと、カリブの社会や文化を知る上でもきわめて貴重な参考資料となる。短編はいずれも主人公の設定、プロットの展開、そこに託されるテーマ等が比較的明確なため、いずれの短編集から読み始めても困難はないだろう。研究に当たっては、カリブの黒人文学の重要なテーマである「女性」を社会科学的に検証し、それを文学というテクストに巧みに反映させたという彼女の文学的アプローチの特徴を常に念頭に置くことが重要であろう。

参考資料

山本　伸訳「鳥の木」（平凡社『グリオ』Vol. 4, 1992 年）

Daryl Cumber Dance, *Fifty Caribbean Writers*. New York : Greenwood Press, 1986.

Velma Pollard, "Mothertongue Voices in the Writing of Olive Senior and Lorna Goodison," in *Motherlands*, ed. by S. Nasta (London: Women's Press, 1991).

Richard F. Patteson, "The Fiction of Olive Senior : Traditional Society and the Wider World," *Ariel*, 24 (January 1993).

Bruce King, *West Indian Literature*. London : Macmillan, 1995.

Louis James, *Caribbean Literature in English*. London: Longman, 1999.

（山本　伸）

キャリル・フィリップス

Caryl Phillips（1958-　　）

1958年セント・キッツ生まれ。生後まもなくわずか1歳で両親に連れられてイギリスへ移民、リースとバーミンガムの白人労働者階級の多い地区で育った。おのずと学校も白人労働者階級の子弟が多く、級友との関係もよかったことから、あまり人種を意識せずに学校生活を過ごすが、オックスフォード大学のクイーンズ・カレッジ入学と同時にカリブ出身の黒人としてのアイデンティティーを少しずつ意識するようになる。79年の卒業と同時に、それまで舞台やラジオやテレビのための劇を書きたいと願っていた彼は、翌年の80年に『奇妙な果実』(*Strange Fruit*)という最初の戯曲を発表したことをきっかけに次々と作品を発表するようになる。こうして創作によって生計を立てる作家活動が始まるわけであるが、これは第2世代を含めたカリブ作家としては異例の若さである。作家として世に出るのが早かっただけでなく、彼の作家としての実力もまた群を抜いている。84年のBBC・ガイルズ・クーパー賞、翌年出版の小説第1作目『最終航路』(*The Final Passage*, 1985)でのマルコムX文学賞、『ヨーロッパ人種』(*The European Tribe*, 1987)でのマーチン・ルーサー・キング記念文学賞、『ケンブリッジ』(*Cambridge*, 1991)でのサンデー・タイムズ年間最優秀若手作家賞、93年度グランタ・ベスト若手作家賞、『川をわたりて』(*Crossing the River*, 1993)でのブッカー賞ノミネートなど、まさにその評価は揺るぎないものとなっている。最近では、ファーバー&ファーバー社の「カリブ文学シリーズ」の編集総責任者にも抜擢されるなど、今後のカリブ黒人文学を担う重要な作家の一人であることはまちがいない。現在は、イギリス、カリブ、アメリカを往来する生活を送っている。

主要テキスト

The Final Passage. London: Faber & Faber, 1985.
The European Tribe. New York: Farrar, Straus & Giroux, 1987;
　London: Faber & Faber, 1987.
Cambridge. London: Bloomsbury, 1991; New York: Knopf, 1992.
Crossing the River. London: Bloomsbury, 1993; New York: Knopf, 1994.
Nature in Blood. London: Faber & Faber, 1997.
Extravagant Strangers. London: Faber & Faber, 1997.

テーマ／特徴／その他

　まず基本に据えなければならないのは、フィリップスがカリブ出身者の新世代（第2世代）作家であるという点である。プロフィールの通り、彼は物心つく前にカリブ（セント・キッツ）からイギリスへ移住し、あまりカリブ出身者というアイデンティティーを色濃く持たない環境で育ち、教育を受けてきた。つまり、カリブでの実体験を持たない彼にとって、カリブはあくまで客観的なものでしかなかったと言える。ところが、オックスフォードで学ぶうち、カリブ出身者を「二流市民」としてしか扱おうとしないイギリス社会の現実や、大学での級友のほとんどがアメリカやアフリカ出身の黒人ばかりであったことなどから、次第に自らのアイデンティティーに対する危機感を覚えるようになったフィリップスは、あくまで学生として様々な書物を読むことでそれを克服しようとした。しかし、1987年のリントン・クウェシ・ジョンソン（Linton Kwesi Johnson）とのインタビューで当時のことを振り返って述べているように、結局どの本も彼のアイデンティティー・クライシスを解決するための答えを与えてはくれなかった。「これはもう自分で書くしかないと思い、作家になることを強く望むようになった」と彼は述べている。

　そのような彼にとってきわめて重要な意味を持ったのは、70年代末から80年代前半にかけて行われた合計3回にわたる「自己探求」の旅である。なかでも1回目の旅、すなわち大学2年の時に学友のアメリカ黒人にすすめられた全米周遊のバスの旅は、フィリップスにそれまで以上に「人種」というものを意識させる結果をもたらすと同時に、いよいよ彼が作家になるための大きな動機づけともなる旅であった。のちのエッセイ集『ヨーロッパ人種』のなかで彼は、このアメリカへの旅でリチャード・ライト（Richard Wright）の『アメリカの息子』（*Native Son*, 1940）を読んだのをきっかけに作家になろうと決意したと述べている。この1回目の、アメリカへの旅が作家になる決意をさせたのだとしたら、2回目の生れ故郷セント・キッツへの旅、そして3回目は9ヶ月にもおよぶモロッコからロシアにかけてのヨーロッパ諸国の歴訪は、作家としての視野を広げさせる旅だったと言ってよいだろう。このように、フィリップスはイギリス育ちのカリブ第2世代という立場を逆手にとって客観的なカリブを主観的なものにし、そのことによって自己のアイデンティティーを模索しているのである。そこには「アフリカ系」というさらに大きな視点が大きく投げかけられていることは言うまでもない。すなわち、二極分解した現在の人種や伝統といった概念がそもそも過去においてどうやってこしらえられてきたかを探ることが、彼のアプローチの特徴となっているのである。

作品紹介
『最終航路』(*The Final Passage*, 1985)

　この作品は19歳の妻レイラ(Leila)がまだ赤ん坊の息子を連れて、イギリス行きの船の出航を待っているところから始まる。しかし、そこには一緒に行くことになっている夫マイケル(Michael)の姿はまだない。レイラにとって、イギリスへの出航は新しい人生の始まりを意味するものであった。テクストは出港時よりイギリスへわたってからの5ヶ月をそのタイムスパンとしているが、ページのほとんどは出航するまでのカリブの島での回想に割かれている。ここで中心となる話はレイラが母親の猛反対を押し切ってまで、学がなく責任感にも欠けるマイケルに心惹かれる過程である。不運にも母親の予感は当たる。マイケルは妊娠したレイラを捨てて他の女のもとへと走った上に、その女との間にも子どもをもうけてしまうのである。このようなマイケルの「無責任さ」の原因は植民地主義の産物であると、フィリップスは1987年のインタビューのなかで述べている。しかし、同時に、マイケルとは愛する女性に対する態度が対照的な友人ブラデス(Bradeth)を登場させることで、カリブの黒人男性をステレオタイプ化させることを避けようともしている。またブラデスの恋人でレイラの友人であるミリー(Millie)は、イギリスへの移住が時代風潮であった1950年代にあって、あえてカリブにとどまった人々の姿勢や心情の代弁者ともなっている。つまり、どれだけ小さく、貧しくとも、自分にとってこの島こそが心安らぐ唯一の故郷だという考えを述べるのである。結局、マイケルはレイラと一緒にイギリスへと渡り、必死に力を合わせて住む場所と仕事を探そうとするが、彼らの前をカリブ移民への冷たい態度と人種差別という大きな壁が立ちふさがる。そんななかで、ふたたびマイケルは無責任に自分を見失い、酒におぼれては白人の女と次々と関係を持つ暮らしへと身を持ち崩していく。最も華やかな季節のはずのクリスマスに、レイラは暖をとるために洋服を燃やす。そこには、乳飲み子を抱え、究極の貧しさと不安に押しつぶされそうな彼女のやりきれなさが凝縮されている。ついに彼女はマイケルと別れ、カリブに戻る決意をするが、彼女が無事カリブへと戻れたか否かは定かではない。

『川をわたりて』(*Crossing the River*, 1993)

　小説は、収穫に恵まれなかった父親がその愚かな絶望から子どもを奴隷商人に売りとばしてしまったという衝撃的な告解から始まる。父親に象徴される「絶望感」は、この小説全般に黒雲のように覆いかぶさる。作品は4つの物語から構成されている。まず最初の話「異教徒の海岸」("The Pagan Coast")は、1830年代にアメリカからリベリアへと逃亡し、そこでキリスト教の伝道師として働く逃亡奴隷ナッシュ・ウィリアムズ(Nash Williams)の話である。その知らせ

を耳にした元の主人でホモセクシャルの関係にあったエドワード（Edward）が彼を連れ戻そうとするが、ナッシュはアメリカに戻る意味はないとしてアフリカに残ることを固持し、伝道師も辞め、3人の妻とともに農民として生き、そして死ぬ。第2話の「西部」("West")は、アメリカの西部開拓における黒人の貢献と生存競争をテーマとしている。物語の語り手マーサ・ランドルフ（Martha Randolph）は19世紀後半にカリフォルニアへと旅をする。マーサは農園主が亡くなると同時に夫と子どもを他の農園に売られたつらい経験を持ったヴァージニアの元奴隷で、南北戦争後はカンザスで自由な身となり暮らしていたが、他の70人の黒人とともにカリフォルニアを目指したのだった。彼らが西を目指したのは、白人たちのような金を目当てとしたものでは決してなかった。彼らが求めたのは、少しでも人間らしいましな暮らしだけだったのだ。第3話「川をわたりて」("Crossing the River")では、18世紀の奴隷船の船長の手記に記された奴隷制のあまりにも残酷な様子がテーマとなっている。そこには奴隷たちが子どもや親や恋人からいかに悲惨に引き離されたかが生々しくも淡々と描かれている。そのような手記が、自分の家族の幸せと将来の子どもを思いながら書いた妻へのラブレターに添えられていたことは、当時の奴隷制の非人間性をいっそう際だたせている。最後の第4話「イギリスのどこかで」("Somewhere in England")は、第2次大戦中、村の店で働くイギリス人女性がイギリスに駐屯していたアメリカの黒人兵と恋に落ちる話である。彼女自身の孤独と不幸が黒人兵のそれと普遍的に重なることが、保守的で人種差別的な周囲の環境を越えた恋をする勇気を彼女に与えたのである。

研究への助言

とりあえずは、『最終航路』から入ることをお薦めする。フィリップスが作家としてもっとも重視する要素が、この作品を通して明確にわかるからである。素材に違いこそあれ、彼のテーマには明白な共通性がある。その意味では4つの別々の話で構成される『川をわたりて』もまた、それぞれの物語に共通するものが何かを探るという意味で、同じく適当なテクストだと言えるだろう。

参考資料

山本　伸「90年代カリブ文学の諸相」(『黒人研究』No.66, 1996年)
Benedicte Ledent, "Voyages into Otherness: *Cambridge* and *Lucy*". *Kunapipi*, 14, No. 2 (1992).
Bruce King, *West Indian Literature*. London: Macmillan, 1995.
Louis James, *Caribbean Literature in English*. London: Longman, 1999.

（山本　伸）

エドウィージ・ダンティカ

Edwidge Danticat (1969-   )

1969年ハイチ生まれ。幼い頃に両親がニューヨークに移住したため、彼女は叔母のもとで育てられた。12歳の時、両親と暮らすために渡米、高校時代は英語のアクセントを笑われるのを恐れてほとんどしゃべらない生徒だったが、ブルックリンのハイチ系移民コミュニティーに支えられて育ち、名門バーナード女子大学に入学、フランス文学を専攻する。バーナードを卒業後も、さらにブラウン大学大学院でファイン・アートの勉強を続け、そこで修士論文として書いたのが処女作である『息づかい、視線、そして記憶』(*Breath, Eyes, Memory*, 1994)である。これは母親と娘の関係に焦点を当てながら、4世代にわたるハイチの女性たちの非力ながらもたくましく生きるその生きざまを描いた作品である。そこには、歴史という「記録」に残ることの少ない女たちの真のたくましさやすばらしさを個々人の「記憶」によって伝えてゆくことの意味が語られている。2作目の短編集『クリック？クラック！』(*Krik? Krak!*, 1995) は「全米図書賞」の最終選考にノミネートされるほど評価が高く、数多くの文芸雑誌においてアメリカで最もすぐれた若手作家の一人に選ばれている。3作目の『骨を育てる』(*The Farming of Bones*, 1998) を含め、彼女の作品のすべては出身地であるハイチがモチーフとなっている。

現在はニューヨーク近郊に住み、アメリカ国内を中心に講演をしたり大学で講義したりと、多忙な日々を送っている。また、*The Caribbean Writers* などのカリブ文学関連の雑誌に頻繁にエッセイを寄稿したりもしている。

主要テキスト
Breath, Eyes, Memory. New York: Soho Press, 1994.
Krik? Krak! New York: Soho Press, 1995.
The Farming of Bones. New York: Soho Press, 1998.

テーマ／特徴／その他

　ダンティカの作家としての大きな特徴は、アメリカに在住しながらもカリブ（ハイチ）の文化や生活、歴史を題材に創作活動しているという点である。それは彼女がハイチに生まれ、そこで12歳まで過ごしたのちにアメリカに移住したという彼女自身の経歴によるものである。このような「離郷作家」は他にもたくさんいる。しかし、そのようななかでも、ダンティカのハイチの文化や人々の暮らしに対する思い入れの強さは人一倍で、そのことは彼女のすべての作品を通してじゅうぶんに伝わってくる。また、1969年生まれという若さにもかかわらず、彼女は古くからハイチに伝わる言い伝えや迷信のたぐいを非常に重要視している。このように、アメリカ的な若い感性とハイチの伝統的観念を同時に持ち合わせているという点もまた、彼女の特徴の一つと言えるだろう。彼女のテーマを語る上で、いくつかキーワードがある。それは「母娘」、「女性」、「記憶」、「絆」、「死者と生者」、「時間と空間」等である。第1作目の『息づかい、視線、そして記憶』には、主人公を中心に祖母、母、叔母、娘（赤ん坊）と、全部で4世代5名の女性が登場する。そして、最大のモチーフは通称「テスティング」という処女テストである。その背景には「男性優位」の保守的で封建的なハイチの伝統的価値観が大きく横たわっているわけであるが、ダンティカの焦点はむしろ母親と娘の関係に当てられている。「テスティング」をめぐる母親と娘の対立、そして和解と理解を経て築かれる「絆」。女たちは「記憶」の糸を紡ぎ、次世代にそれを託すことで、「記録」される歴史ではない自らのherstoryを伝えようとする。言い換えれば、それは「生者と死者」をつなぐことであり、「時間と空間」を超越することでもある。つまり、過去は現在であり、祖母は「私」なのである。ダンティカのこの「女性」への視点は、第2作目の短編集『クリック？クラック！』でも徹底されている。例えば、たびたび流産を繰り返し、浮気性の夫に嫌気がさして家を出たお手伝いの女が、ある日、町で赤ん坊の死骸を拾って来る話「ローズ」（"Between the Pool and the Gardenias"）。女中部屋に隠した赤ん坊の死骸は鼻を突く腐敗臭に包まれ、もはや奥様の香水をもってしてもごまかせない。にもかかわらず、赤ん坊をあやし、その頬に優しく口づける女の姿に見るのはけっして狂気ではない。それは母親になりたくてもなれなかった女の悲哀と無念さを含み込んだ女としての強い情念である。「海に眠る子どもたち」（"Children of the Sea"）で、独裁政権の秘密警察にレイプされ、その子どもを身ごもったまま難民船に乗り合わせた若い女が、船上で死産した自分の赤ん坊の死骸をいつまでも離そうとせず、挙げ句に一緒に海へと身を投げる姿もまた、悲痛なまでに強固な「母親の愛情」と見ることができるのである。

ダンティカ，エドウィージ

作品紹介
『息づかい、視線、そして記憶』（*Breath, Eyes, Memory,* 1994）
　物語は、少女ソフィー（Sophie）と母マルタン（Martine）、育ての母で叔母のアティー（Atie）、祖母イフェ（Ifé）、そして赤ん坊の娘ブリジット（Brigitte）という4世代にわたる女性たちの存在が核となって展開する。幼い頃をハイチの田舎で叔母とともに暮らしたソフィーは実母マルタンと暮らすためにニューヨークへやって来るが、2人の関係はどうもしっくりいかない。そんなある日、その2人の関係をさらに揺さぶる衝撃の真実、つまり自分がレイプによってできた子であるという事実が母親の口から明かされる。しかし、気丈にも彼女は、心に傷を負い、いまだにその悪夢にうなされる母親を気遣い、なおもよい娘を演じ続ける。ところが、彼女が大学に入り、ジョセフ（Joseph）という恋人ができた頃を境に、2人の関係は悪化していく。その原因は母親が定期的に行う「テスティング」という処女検査であった。寝室に入ったマルタンはおもむろに自分の指を娘のなかに挿入し、処女であることを確認する。あまりにも激しい恐怖と嫌悪感に耐えかねたソフィーは、コショウの容器で自ら処女を喪失する。母親としての重責を果たせなかったとして失意にむせぶ母親から逃げるように、彼女はジョセフの元へ行き、やがて娘のブリジットをもうける。ところが、ジョセフとの性交渉に底知れぬ恐怖を感じるようになったソフィーは、ブリジットを連れてハイチへと旅発つ。心配した叔母アティーがマルタンをハイチへ呼び、4世代は一同に会する。そして、このハイチでの数日間が母と娘の関係を修復する上でとても貴重な時間となるのである。数日後、ソフィーはマルタンとともにニューヨークへと戻ることになるが、その時のソフィーには成長した女性のイメージが加わっている。しばらくして、彼女は母親が恋人の子を妊娠したことを告げられる。産むか産むまいか迷う母親にソフィーは産むことをすすめるが、彼女は迷い続ける。かつてテスティングによって遠のいていた母親と娘の距離がやっと縮まろうとしていたその矢先、母マルタンは自ら腹部をめった刺しにして非業の死を遂げる。最後は、母の葬儀のためにふたたびハイチを訪れたソフィーが、葬儀の途中いたたまれなくなってその場を飛び出し、かつて母親がレイプされたという畑に降りていって、あたりのサトウキビを力一杯こぶしで殴りつけるのである。作品に象徴的に登場するヴードゥー教の女神エルズーリーには、一般的に2つの側面がある。一つは貞操の象徴というマリア的側面、もう一つはそれとは正反対の性欲の象徴という反マリア的側面である。この両義的なイメージは、まさにマルタンとソフィーの貞操をめぐる葛藤と二重写しになっている。マルタンはそのようなエルズーリーのマリア的側面に象徴されるハイチの理想的娘像をソフィーに求め、自らはひたすらハイチの伝統に則った母親であろうとしたに過ぎない。もう一つの重要な象徴性を

持った神が「体は別でも心は一つ」の双子の神マラッサである。娘にとっては「生涯で一番いやだった」テスティングを通して、母は娘との絆を深めることでマラッサになろうとする。しかし、結果的に2人をマラッサにしたのはテスティングではなく、女たちが「記憶」を持ち寄ったハイチでの数日間であった。祖母イフェによって語られたテスティングの裏にある深い母親の愛情と責任感を心から理解できた時、娘と母はマラッサになれたのである。このイフェの存在は作品のなかに真正な重みを醸し出す重要な役割を果たしている。最後のマルタンの自殺の場面は、その理由が何であるかをめぐって様々な意見の出るところであろう。

　この作品の根底を貫いているのはテスティングは善か悪か、あるいは女性は、マリア的か否かといった二項対立的な、言わばデジタルな構図ではなく、感情と理性、伝統と革新、集団と個人といったものの間を常に往来する人間のアナログ的本質ではないかと思われる。ダンティカはハイチを「息づかいと視線と記憶が一つになった場所」と表現しているが、その根底には「人間存在にかかわるさまざまな答えを導き出す限りない可能性」がハイチには満ちあふれているという彼女の確信があるに違いない。

研究への助言

　まず最初は、2作目に当たる短編集の『クリック？クラック！』から入るとよい。文章は巧みではあるが、きわめて平易である。筋の展開もわかりやすいため、ハイチの歴史や社会、宗教をじゅうぶんに知らずとも、何がテーマかがよくわかる。しかし、何と言っても、衝撃のデビュー作で、目下もっとも評価の高い『息づかい、視線、そして記憶』はぜひとも読む必要があるだろう。先にも述べた通り、最後の母親の死の解釈などはまさに議論を呼びそうであるし、フェミニズム的解釈が果たしてどの程度有効か、あるいはそうでないか等、論考の余地は限りなくある。

参考資料

山本　伸「90年代カリブ文学の諸相」(『黒人研究』No.66, 1996年)

山本　伸「ハイチ――融合する時間と空間：Edwidge Danticat の *Breath, Eyes, Memory* (1994) に見るもうひとつのクレオリズム」(『黒人研究』No.67, 1997年)

Shin Yamamoto, "'Nou led, Nou la'—Haitian American Woman Writer: Edwidge Danticat" (*Proceedings of the Kyoto American Studies Seminar*, Center for American Studies, Ritsumeikan University, 1998)

(山本　伸)

アメリカ黒人文学概論

　アフリカ黒人に先祖を持つ人々が、新世界の発見によって貪欲な富の獲得に野心を燃やしたヨーロッパ人によって北アメリカに強制連行され、売買され、働かされた奴隷制度に起源を持つ文学がアメリカ黒人文学である。アメリカで奴隷制度が生まれたのは日本の江戸時代の初期であり、南北戦争によって奴隷制度が崩壊するのが明治維新とほぼ同じ時期である。つまり2世紀半にわたってつづいた日本の江戸封建時代の間、アメリカでは南部を中心に奴隷制度が存続していたのである。だがそもそもアメリカは清教徒の植民によるキリスト教に基づくイギリスの植民地として出発し、イギリスからの独立戦争を経て世界で初めて「万人の自由と平等」を理念とする民主主義国家を成立させ、産業革命を推し進めていた。日本が鎖国をつづけている間にアメリカは前近代から近代への歴史的道程をダイナミックに駆け抜けていたのである。だがそれは先住民族のインディアンを非キリスト教徒の野蛮人だと規定し、その土地を奪い、その後に黒人奴隷労働に基づく綿花王国が拡大、強化されてゆく時代でもあった。

　しかし、どのようにして奴隷制度は、「万人の自由と平等」という高邁なアメリカの理想と共存し得たのであろうか。これに対する答えはある意味で単純である。当時のアメリカ白人は黒人を同等の人とはみなさなかったのである。いやこれは当時のアメリカ白人に限ったことではない。フランス革命の思想的準備をしたヨーロッパの啓蒙主義の思想家たちでさえ、アフリカ人を文化や文明の創造者として認めない人種主義に捉われていたのである。

　このような当時のヨーロッパの人種主義的な知的枠組みが、19世紀末からの植民地主義の前提にあったことは明らかである。そして人種主義が大きく問われるようになるには、第2次世界大戦後の植民地解放と独立の嵐の時代を待たねばならなかったのである。

　以上のような大きな歴史的視野に立った時、資本主義的民主主義国家としてのアメリカが、人種主義によって合理化された黒人奴隷制度を重要な富の源泉の一つとしていたことも理解できるのである。

　しかし黒人の知性や文明創造力の否定を根拠に奴隷制度が合理化され、その上に立って文明の証としてのキリスト教を基礎とした民主主義の国家体制が成立したという事情は、黒人文学成立の根本条件をも規定することになる。すなわち黒人奴隷はまず自らの人間性を主張し、そのためにも自分たちの文明の最大の証としての「書く」という文学的行為に戦略的な位置を与える必要があっ

たのである。

　さらに黒人奴隷たちは自由と平等というアメリカの理念に誰よりも強く一体化し、それが黒人にも広げられることを望んだのである。また黒人はキリスト教をまずは受け入れ、次にキリスト教から奴隷としての境遇を生き抜く力となる部分を受け入れ、それを黒人にとってのキリスト教へと変容させてゆく。書くことによる人間性の主張、民主主義への一体化、キリスト教の受容とその変容がアメリカ黒人文学の基本的枠組みを形成したのである。

　この事情を黒人で初めて詩集を出版した女性、フィリス・ホイートリの例を取り上げながら見てみよう。

フィリス・ホイートリ（Phillis Wheatley, 1753?-1784）

　フィリスは1761年、7、8歳の頃西アフリカからアメリカに連れて来られたが、彼女を買い取ったのがボストンの富裕な商人で敬虔なクリスチャンであったホイートリ氏であったことが幸いした。ホイートリ氏はフィリスを召使いとして使っていたが、尋常ならぬ才能が彼女にあることを発見し、読み書きを教え、聖書、イギリス文学、ラテン文学を身につけさせたのである。やがてフィリスは10代後半の若さで当時の最高の芸術であった詩の形態をマスターし、自ら詩を書いたのである。すでに述べたように黒人には人間としての知性が欠けており、ましてや知性の最大の形態と考えられていた詩など書けるはずがないというのが当時の白人のエリートの間で定説であったから、本当にフィリスがその詩を書いたのかどうかがボストンにおいて大問題となり、ついにはフィリス自身がマサチューセッツ州の知事・副知事、ボストンの政界・宗教界の有力者の面接を受け、確かに彼女が書いたという文書を冒頭につけてイギリスで1773年に出版された。そしてフィリスは自由人の資格を与えられたのである。

　フィリスの詩の内容を見てみると、ギリシャ、ラテン芸術の詩神との一体化、慈悲深く人類の罪のために自身を犠牲にし再び復活したキリストへの共感、アフリカの両親のもとから連れ去られた体験を基礎にした、自由を求めてイギリスの圧政と闘うアメリカへの共感等が重要なモチーフとなっている。

　フィリスのケースは、アメリカが自由と民主主義をかかげて闘っていた独立戦争の時期のリベラルな時代精神の高揚という文脈において捉えることができよう。しかし独立後のアメリカは保守化し、やがて19世紀に入り北部における産業革命の時代を迎える。繊維産業の北部での発展は南部の奴隷制プランテーションで栽培される綿花への需要を急速に高め、南部による奴隷制度の自主的な廃止を夢物語と化してしまう。

　他方、北部の産業資本主義と南部の奴隷制度の間には経済的な利害の対立と政治的対立が生れる。それは根本的には奴隷制度のアメリカなのか、それとも

産業資本主義のアメリカなのかという対立であり、ついには南北戦争に発展したのである。奴隷制廃止運動が北部においてラディカルな白人を中心に組織されてゆくのはそのような文脈においてあった。

　ではそのような時代の変化に対して黒人はどう行動したのか。19世紀初頭には黒人の奴隷反乱が相次ぐがいずれも鎮圧される。奴隷反乱に恐慌をきたした奴隷主たちは、奴隷への管理・統制を強化する。その結果、南部における奴隷制反対運動は事実上不可能となる。そこで黒人の北部への逃亡が奴隷制廃止論者の白人の協力を得て大きな動きとなる。こうした展開のなかで成立したのが「奴隷体験記」(slave narratives)という一つの文学ジャンルであった。「奴隷体験記」は逃亡奴隷や元奴隷による奴隷制度の非道や残酷さの記録であり、アメリカの理念との矛盾を鋭く批判し、自由主義的アメリカ白人の良心に訴えたのである。

「奴隷体験記」やフィクション

　特筆すべきは以下の3人の黒人による作品である。まずウィリアム・ウェルズ・ブラウン（William Wells Brown, 1814?-1884）は『大統領の娘クローテル』(*Clotel; or, The President's Daughter*, 1853) という、アメリカ大統領でもあったジェファソンが黒人に生ませた娘の悲劇的な人生を軸に、自身の奴隷体験のみならずさまざまな黒人の「奴隷体験記」を織り込んだフィクションを書いた。次にフレデリック・ダグラス（Frederick Douglass, 1818-1895）は逃亡奴隷としての自らの体験を『フレデリック・ダグラス自著の奴隷体験記』(*Narrative of the Life of Frederick Douglass, an American Slave. Written by Himself,* 1845) を始めとする何冊かの自伝としてまとめて出版するとともに、奴隷制廃止運動の指導者として歴史に名を残したのである。また黒人女性のハリエット・ジェイコブズ（Harriet Jacobs, 1813-1897）は『ある女奴隷の人生におけるできごと』(*Incidents in the Life of a Slave Girl Written by Herself,* 1861) において、美しい混血の黒人女性であったゆえにこうむらねばならなかった白人奴隷主による性的ハラスメントと奴隷制度のもとからの決死の脱出のドラマチックな体験を描いた。こうした作品に共通するのはアメリカの民主主義的理念、キリスト教、ヴィクトリア朝のモラル等当時の白人文化の支配的傾向を配慮しつつ、黒人を奴隷として扱うことの非道や不合理を訴えた点である。

再建期からジム・クロウの時代

　奴隷制度は南北戦争における南部の敗北によって崩壊し、「再建期」の改革によって黒人は法律上アメリカ市民となり、選挙権も認められた。しかし黒人に

土地を分配する改革は頓挫し、ほとんどが南部の農村にとどまった黒人は小作人として、白人地主の属人的支配関係と貧困のもとに置かれる。そして南部の新旧支配層の反撃がやがて始まり、選挙権の行使や反抗はリンチを始めとするテロリズムによって厳しく押さえつけられる。その結果、「ジム・クロウ制度」という徹底した人種隔離政策が南部において社会制度として定着してゆく。このような動きを象徴するのが19世紀末の「隔離はすれども平等」というプラッシー対ファーガソン最高裁判決であった。

　上述のような厳しい社会状況の展開のなかで南北戦争後に生まれた黒人たちから、新しい時代を代表する黒人指導者が生まれる。

　そのうちの一人がブッカー・T・ワシントン（Booker T. Washington, 1856-1915）である。南北戦争前夜に奴隷の子として生まれたワシントンは解放後、働きつつ必死に学び、黒人とインディアンのための職業教育を施すハンプトン・インスティテュートに入学する。彼は優等で卒業するとハンプトンで引き続き教職に就くが、やがて黒人教師を養成するためのタスキギー・インスティテュートを設立する許可を得る。

　ワシントンが全米の白人から黒人指導者として認められる契機となったのは1895年のアトランタ博覧会での演説であった。彼は当時の厳しい人種関係のなかで黒人が教育を受け、その経済的地位を向上させ、人種的誇りを保持するための方策として、人種隔離政策を認めた上での南部での白人と黒人の共存を打ち出したのである。その考えは北部と南部の有力な白人の支持を得、これ以後ワシントンのもとに黒人の境遇改善のための資金が集中されることになる。

　ワシントンが後世に名を残すことになったのは『奴隷より身を起こして』（*Up From Slavery,* 1901）という自伝によってであった。世界各国に翻訳された本書はワシントンの基本思想を自己の人生に即して世に明らかにするものであった。すなわち貧困や厳しい人種差別のなかを、教育への情熱と努力と実際的な才覚によって切り抜け成功にたどりつくという物語なのである。これが単なる個人的出世物語と異なっていたのは、黒人全体のために奉仕するという視点があったことである。

　ワシントンと対照的な黒人指導者は、W. E. B. デュボイス（W. E. B. Du Bois, 1868-1963）であった。ドイツの大学で学び、ハーバード大学で博士号を得たデュボイスは典型的知識人であり、黒人の聖書と呼ばれる『黒人の魂』（*The Souls of Black Folk,* 1903）によって新たな黒人の指導者として世に知られることになる。デュボイスは、現実主義的なワシントンとは違い、黒人のアメリカ社会での本来の地位の確立や白人との平等な関係を展望した方針を提起し、ワシントンと対立して「ナイアガラ運動」（1905年）を起こし、のちの公民権運動において大きな役割を果たすNAACP（全米黒人地位向上協会）の創設メン

バーとなり、歴史に名を残す雑誌『クライシス』(*Crisis*)の編集者として活動し、その主張をアメリカ黒人に訴えたのである。

このような19世紀末から20世紀の初頭にかけてワシントンやデュボイスが果たした役割を文学の面で担ったのが、チャールズ・W・チェスナット(Charles W. Chesnutt, 1858-1932)である。3冊の短編集と3冊の長編小説を発表したチェスナットは、黒人で初めて文筆のみで生きてゆこうとした作家であった。チェスナットはその短編集で、プランテーションに働く黒人奴隷の、一見素朴でくったくのない外見の裏に隠されたサバイバルのための創意的な知恵を描くことによって、暗に黒人が市民権に価する存在であることを示したのである。

他方、チェスナットは長編小説で再建期以降の南部社会を大きなスケールで写実的に描きつつ、美しい混血の黒人女性の悲劇や有能な黒人医師を黒人であるというだけの理由で医師として認めようとしない白人社会のあり方を書き、差別的偏見の非合理や悲劇を描く。チェスナットは当時の白人社会の著名な批評家からも高い評価を受けるが、出版のみで家族の生活をささえることに絶望し、法廷リポーターの仕事にもどることを決意しなくてはならなかった。

ジェイムズ・ウェルダン・ジョンスン (James Weldon Johnson, 1871-1938)もこの時期の作家だが、教育者、作曲家、雑誌や黒人詩のアンソロジーの編集者、アメリカ政府の外交官、NAACPの代表、大学教授等きわめて多彩な人生を送った人物であり、その人生を貫くことになった基本思想を、アトランタ大学の学生としてジョージアの田舎で黒人の子供たちに教えた経験から得ている。フロリダの黒人中産階級の恵まれた境遇のもとで育ったジョンスンは、南部の田舎で黒人大衆と自分との間にある血よりも濃い絆を見い出し、黒人を前に押しやる究極の力は黒人大衆にあるという確信を持つにいたったのである。

ジョンスンの名を後世に残すことになったのは『元黒人の自伝』(*The Autobiography of an Ex-Colored Man,* 1912)である。あたかも本当の自伝であるかのような体裁で書かれたこの小説は、上記のジョンスン自身の確信とは逆の方向に生きる黒人男性の人生を綴ったものである。つまり黒人大衆とともに歩もうとするのではなく白人社会のなかに紛れこむことによって黒人に降り掛かる悲惨な人生から逃れる道を選んだ黒人の人生である。だがこの小説ほど黒人の音楽、教会、黒人の庶民の生活が豊かに描かれた小説はなく、主人公の歩む方向とは裏腹に黒人大衆への作家の共感を強く感じさせるのである。

ハーレム・ルネサンス (Harlem Renaissance)

20世紀の初頭から20年代にかけての時代は黒人史と文学の歴史にとって大きな飛躍の時期であった。この時期に黒人は北部の大都市に向けて一大民族移動をするのである。農村での不況、黒人へのリンチ事件の多発、第1次大戦に

よる北部の都会での労働力不足を背景に、黒人は南部から北部の大都会へと大量に移住する。そしてそこに新たな黒人社会を作り出すのである。自由や豊かな生活を求めて北部に移住した黒人たちは職業差別、住居上の差別、人種暴動等に直面するが、南部とは比べものにならぬ自由と活気に満ちた都会生活のなかから新たな黒人としての意識と運動、知的・芸術的活動を展開するのである。

黒人の中産階級はNAACP、NUL（全米都市同盟）などの黒人の権利を守り職業上の差別に反対する組織を持ち、新聞、雑誌を発行し、詩や小説を書き、黒人特有の音楽を発展させ、演劇、絵画等の分野にもユニークな貢献をする。他方、黒人の庶民はマーカス・ガーベイ（Marcus Garvey, 1887-1940）のアフリカ帰還運動に共感し、黒人史上初めての大規模な草の根の大衆運動を繰り広げる。「ガーベイ運動」はアメリカの人種差別主義の絶望的なまでの根強さに対する黒人庶民のナショナリズムを反映したものであり、のちの公民権運動の展開を予見させるものである。

このような黒人の新たな意識と行動の覚醒を、1925年に発刊された『ナショナル・ジーオグラフィック』（*National Geographic*）黒人特別号のなかで、黒人の哲学者アラン・ロック（Alain Locke, 1886-1954）は、「新しい黒人」と名付けた。この「新しい黒人」の文学的・芸術的開花が「ハーレム・ルネサンス」である。ハーレムとは「新しい黒人」のメッカと呼ばれたニューヨークのマンハッタンのセントラル・パーク以北の黒人住居地域であった。ここには真新しいアパートが立ち並び、大学教授、医師、法律家、芸術家、音楽家等の知識人、芸術家の集団、富裕な黒人から庶民まで様々な階層の黒人、色々な宗派のキリスト教やその教会が寄り集まっていたのである。もとより黒人の文学・芸術活動がこの地域にのみ限定されていたわけではないが、他を圧倒するダイナミックな展開を見せたのがハーレムだったのである。

このハーレムのなかから生まれたのが、ラングストン・ヒューズ（Langston Hughes, 1902-1967）、ゾラ・ニール・ハーストン（Zola Neale Hurston, 1901?-1960）、ネラ・ラーセン（Nella Larsen, 1891-1964）、ジーン・トゥーマー（Jean Toomer, 1894-1967）、ジョージ・スカイラー（George Samuel Schuyler, 1895-1977）、ウオレス・サーマン（Wallace Thurman, 1902-1934）、ジェシー・レッドモン・フォーセット（Jessie Redmon Fauset, 1882-1961）、ドロシー・ウェスト（Dorothy West, 1907-1998）、クロード・マッケイ（Claude Mckay, 1889-1948）、アーナ・ボンタン（Arna Bontemps, 1902-1973）、カウンティ・カレン（Countee Cullen, 1903-1946）等の文学者である。

個々の作家についての解説は各論にゆずるとして、ここではハーレム・ルネサンス全体を見渡した今日的な視点からの論議について触れておきたい。

黒人芸術家の創作の源泉は、もちろんのこと貧困と人種主義に対する批判で

あったが、黒人大衆とエリートとしての黒人知識人の間のギャップは思いのほか大きかったのである。それを典型的にしめしているのは黒人大衆が熱狂的に参加した「ガーベイ運動」に対するデュボイスを始めとする黒人知識人の批判である。このギャップのゆえに黒人芸術家の庶民の描き方には大きな幅があった。また黒人大衆も読者として黒人芸術家をささえるにはいたらなかったのである。そのため読者として白人中産階級を想定して書くという伝統は依然として主流であった。

　他方、黒人芸術のあり方そのものについても新旧の黒人知識人の間で意見の違いもあった。一方では人種の前進のために黒人芸術は奉仕すべきであるとして政治方針と芸術の関係を狭くとらえる方向があり、他方モダニズム芸術の影響を受け、芸術の自由と手法の実験的追求、ある種のデカダンスやボヘミアン的傾向を示すものもあった。またホモ・セクシュアリティの自由を暗に主張するこの時期としては大胆な動きもあり、それは保守的な黒人知識人の反発をかったのである。

　またこの時期にはすでにハーストンを始めとする黒人女性作家の先駆者ともいうべき作家たちの活躍があったのであり、今その新たな評価が進行している。

　ハーレム・ルネサンスのもう一つの大きな特徴は、黒人や黒人芸術が白人知識人の大きな関心の的となり、財政的にも貧困な黒人芸術家を庇護する白人の富豪も現れたことである。では白人の関心とは何であったのか。それは現実の黒人の姿や芸術への理解に基づくというよりも、白人社会の文化的抑圧性からの解放を黒人的なものに求めたのである。すなわち黒人や黒人芸術のなかに原始性、奔放性、エキゾチックさ、エロチシズム等を求める傾向である。したがって黒人芸術家がその枠組みを越えて独自な道を歩み始めると、それを抑圧しようというパトロンも現れるのである。

　しかしそのような白人の関心や庇護もアメリカのバブルがはじけ大恐慌の時代を抑えると、一気にしぼんでしまう。だが重要なのは 20 年代に作家生活を開始したこの時代の作家たちが 30 年代に入り新たな傾向を模索したこと、世間の忘却にもかかわらず傑作を発表した人々もいたことである。

赤い 30 年代とアメリカ黒人文学

　大不況は 1200 万人の失業者を生み出しアメリカ資本主義の屋台骨を大きく揺るがした。ソビエトでは不況知らずの社会主義計画経済が効果を上げ、人々の助け合いによる新しい社会秩序が建設されているかのように思われたからである。1933 年に出発したニューディール政策は労働組合を認め、政府主導の公共事業や福祉政策を打ち出した。文学の面でも「連邦作家計画」(FWP: Federal Writers' Project)のように貧困にあえぐ作家の救済策をこうじる等、一定の成

果も上げたが、この不況は第2次大戦の勃発によってしか解決できなかったのである。

アメリカ共産党はそうした状況のなかで労働組合運動や知識人の間で影響力をおおいに拡大する。ジョン・リード・クラブ（John Reed Club）や、より幅広い展開としての「全米作家会議」は左翼的作家・知識人の結集点であった。

不況の痛手をもろに受け、社会の最下層に位置づけられ、無視されていた黒人やその知識人にとって、革命戦略で黒人を大きく取り上げ、才能ある黒人作家を発掘しようとしていたアメリカ共産党が魅力的に映ったのも当然である。

こうした時代の流れのなかから現れたのがリチャード・ライト（Richard Wright, 1908-1960）、チェスター・ハイムズ（Chester B. Himes, 1909-1984）、ラルフ・エリスン（Ralph Ellison, 1914-1994）、アン・ピトリ（Ann Petry, 1908-1997）等の黒人作家であった。特にライトは『アメリカの息子』（*Native Son*, 1940）というこの時代の最良の作品を残すことができたが、アメリカ共産党への幻滅によって他の作家と同様に文学傾向を転換してゆくのである。

第2次大戦後のアメリカ黒人文学

第2次世界大戦とその後の新たな世界秩序は黒人にも新たな希望をもたらす。第2次世界大戦は、人種主義のナチズムとの戦いでもあったことからアメリカ国内における人種主義是正への動きをもたらし、また黒人も軍隊内部や軍関係の下請企業における差別に抗議する積極的な行動を提起し、「大統領行政命令」を出させることに成功する。また戦後の、社会主義体制の拡大による冷戦体制の始まりと、それまで植民地であったアジア・アフリカ・ラテンアメリカの諸国の独立と国連加盟、そしてアメリカが資本主義的自由主義の旗頭となるという動向は、南部の人種隔離政策を時代遅れのものと化してゆく。

こうしたなかで1954年に「公立学校における人種隔離政策は憲法違反である」というブラウン最高裁判決が下され、それに励まされた黒人はキング牧師（Reverend Martin Luther King, Jr.）の指導のもと非暴力直接行動の理念に基づきモンゴメリーのバスボイコット運動に勝利する。これがそののち15年間にわたる黒人の公民権運動、黒人解放運動のきっかけとなるのである。

公民権運動は、草の根の黒人大衆と牧師、学生、知識人といった黒人エリート層との結合であったこと、ユダヤ系を始めとする良心的な白人学生との共闘であったこと、女性が参加するフェミニズム運動を育んだということ、そして公民権法の成立という形で南部における人種隔離制度を崩壊させたこと、とりわけ暴力の行使によらずそれが行われたという点で歴史に先例を見ない20世紀の記念碑的闘いであった。

文学史的に見れば、この時期は次の3つの時期に区分することができよう。

第一期

　ライトやエリスンらの 30 年代のプロレタリア文学運動や共産主義運動への幻滅を大きなモチーフにした作品が描かれる。それはまたアメリカにおける人種主義の解決への色濃い絶望に根ざしたものでもある。特にエリスンは黒人の民衆的文化伝統に新たなモチーフを見い出し文学として結実させた。

　またこの時期の作家のジェイムズ・ボールドウィン（James Baldwin, 1924-1957）はライトの抗議小説の伝統への批判から出発するが、アメリカにおける人種主義の根強さへの絶望感をライトと共有し、ライトと同様にパリに逃れたのである。だがボールドウィンの特徴は、公民権運動による新たな時代精神の息吹を受けとめ、公民権運動時代の黒人スポークスマンに転身し得たことである。

　さらにロレイン・ハンズベリー（Lorraine Hansberry, 1930-1965）は、30年代の黒人の左翼的運動の伝統を引き続き公民権運動に結びつけていった作家である。ハンズベリーは政治的意識の高い、シカゴの裕福な黒人中産階級の家庭に生まれた。1938 年、ハンズベリーが 8 歳の時に一家はシカゴの人種差別的住宅政策に抗議して裁判を起こし、1950 年には最高裁で勝訴する。こうした環境のなかでハンズベリーは筋金入りの左翼的知識人として成長し、ポール・ロブスン（Paul Robeson）のラディカルな新聞『フリーダム』（*Freedom*）の記者として働いたこともある。やがて公民権運動の高揚と共にハンズベリーは、「学生非暴力調整委員会」（SNCC）の活動を支援する運動にも関わる。

　ハンズベリーが一躍脚光を浴びることになったのは、黒人家族の白人居住地域への移住の夢を描いた戯曲『日なたの干しぶどう』（*A Raisin in the Sun*, 1959）のブロードウェイでの成功によるものである。

第二期（60 年代「黒人芸術運動」The Black Arts Movement の時代）

　公民権法（1964 年、1968 年）、投票権法（1965 年）の成立にもかかわらず、南部における公民権運動への白人の暴力的抵抗は収まらず、黒人の怒りと焦燥感をつのらせた。また公民権運動は、都市における貧困、失業、劣悪な教育・住宅環境等の問題を解決できず、やがて都市の黒人の絶望と怒りは都市暴動という形で爆発することになる。黒人の運動は白人への怒りと黒人自身の自治を優先する民族主義的傾向を強め、政治的にもよりラディカルな方向へと向かってゆく。

　黒人民族主義には 19 世紀以来の歴史があり、20 世紀には先に述べた「ガーベイ運動」があるが、60 年代の黒人民族主義は「ブラック・モスリム」（黒人回教徒）に強く影響されている。「ブラック・モスリム」は白人からの人種主義的抑圧への深い憎悪に根ざし、白人を悪魔と規定しつつ、黒人であることの誇りと

自助、黒人自身による経済、社会生活におけるブラック・パワーの支配を求めたのである。マルコムX（Malcom X）を最大のスポークスマンとしたこの運動は、公民権運動が南部で展開してゆく時期に北部の都市の黒人労働者を中心に大きな力を得る。そして60年代中盤以後の都市での黒人の不満と結びつき、そのメンタリティはラディカルな黒人の政治運動に反映してゆく。そしてこの民族主義的ラディカリズムと結びついて発展したのが「黒人芸術運動」であった。

「黒人芸術運動」は、黒人の芸術・文化的な活動を、黒人解放運動の文化戦線と位置づける。孤立し、疎外された芸術家というあり方を否定し、黒人全体の自由と解放、白人のアメリカによる300年間にわたり押しつけられた黒人像を否定し、黒人自身による自己定義をめざす、音楽、詩、小説、演劇、絵画等の分野から黒人の美学のような理論的な分野にも広がる広範な運動であった。芸術を政治的運動に結びつける「黒人芸術運動」の理論は芸術を政治や社会から切り離して論じる当時の主流の芸術観、文学観に鋭く対立するものであり、黒人文学を無価値であるとするアメリカ文化の前提への異議申し立てでもあった。しかし現代では、「黒人芸術運動」にあった特定の政治的主張の作家への押しつけや政治的主張による検閲的行為、男尊女卑的な考え方、反ホモセクシュアル、反ユダヤ主義等が批判されている。

　この時代で重要な作家は詩、戯曲、音楽批評の分野で活躍したアミリ・バラカ（Amiri Baraka, 1934-）、詩人のニッキ・ジョヴァンニ（Nikki Giovanni, 1943-）、ソニア・サンチェス（Sonia Sanchez, 1934-）、小説家のジョン・A・ウィリアムズ（John, A. Williams 1925-）、ジェイムズ・A・マクファーソン（James A. McPherson, 1943-）、戯曲家エド・ブリンズ（Ed Bullins, 1935-）、黒人の美学の批評家、理論家としてはアディスン・ゲール・ジュニア（Addison Gayle, Jr., 1932-1991）、ホイト・フラー（Hoyt Fuller, 1923-1981）、ラリー・ニール（Larry Neal, 1937-1981）等がいる。

第三期（女性作家の時代）

　60年代の「黒人芸術運動」を踏まえつつ、それを批判的に乗り越えるところに成立しているのがアリス・ウォーカー（Alice Walker, 1944-）、トニ・モリスン（Toni Morrison, 1931-）、ポール・マーシャル（Paule Marshall, 1929-）、グローリア・ネイラー（Gloria Naylor, 1950-）、オクテイヴィア・バトラー（Octavia Butler, 1947-）、ジャメイカ・キンケイド（Jamaica Kincade, 1949-）、マヤ・アンジェロウ（Maya Angelou, 1928-）、オードリ・ロード（Audre Lorde, 1934-1992）等の黒人女性作家である。

　これらの黒人女性作家は、それぞれの人生のある時期に50年代の黒人の解放

運動の巨大なエネルギーに触れ、それまでの黒人作家には見られなかった、現実は変えられるものだという確信、黒人大衆への信頼、黒人の歴史や文化伝統への関心を共有している。さらに黒人女性作家は、「黒人芸術運動」のなかにあった上述の欠陥への批判、とりわけ反フェミニズムの傾向への批判に立ち、白人中産階級のフェミニズムとは一線を画しつつブラック・フェミニズム、あるいはウーマニズムを主張している。また黒人の解放、あるいは個人の人生の救済に果たす芸術の社会的役割の自覚に立ちつつも、狭い政治主義には立たず、個々の作家のスタイルの自由、創作の自由を認めている。その結果、広い意味での黒人女性作家の文学共同体が成立しているのである。

このような女性作家のかつてない活躍によって、それまで無視されたり、忘却の淵に沈んでいた過去の黒人作家の掘り起こしも進んできている。その最も顕著な例はアリス・ウォーカーによって発掘され再び脚光を浴び、今やアメリカ文学のキャノンに名を残すことになったゾラ・ニール・ハーストンである。

他方、女性作家の活躍で影が薄くなった感のある黒人男性作家であるが、個々に優れた作品を発表しつづけている人々として、イシュメイル・リード（Ishmael Reed, 1938-）、ジョン・ワイドマン（John E. Wideman, 1941-）、オーガスト・ウィルソン（August Wilson, 1945-）、チャールズ・ジョンスン（Charles Johnson, 1948-）、デイビッド・ブラッドレー（David Bradley, 1950-）、ウォルター・モズリー（Walter Mosley, 1952-）等がいる。

現在、差別を是正するための政策としての「アファーマティブ・アクション」の成果として黒人文学を自己定義し、アメリカ文学の歴史を修正する主体としての黒人の学者、批評家がかつてない質と量をもって生まれてきている。それを象徴的に示すのが『ノートン版・アフリカ系アメリカ人文学集』（*The Norton Anthology of African American Literature*, 1997）の完成である。10年近くにわたる全国の黒人学者の総力を結集して編集された本書は、アメリカにおける黒人文学の綿々たる伝統を示すものであり、個々の時代、作家についての現代的な観点からの評価をも下している。

このような文学の面での近年の成果とは裏腹に、現実の黒人の置かれた状況は決して明るくはない。70年代から90年代の末にかけての「アファーマティブ・アクション」の成果として教育の恩恵に浴した黒人の間からは、各界に進出し、成功を収める人々を多数輩出する反面、都会の黒人居住区に取り残された「ブラック・アンダークラス」と呼ばれる若年層の黒人の況状は、現在のアメリカの「繁栄」にもかかわらず依然として深刻である。そのような黒人社会がかかえる課題にこれからの黒人文学がどのように取り組んでゆけるであろうか。ここに今後のアメリカ黒人文学を見る一つの重要な視点があると考える。

（加藤恒彦）

フレデリック・ダグラス

Frederick Douglass（1818-1895）

フレデリック・ダグラスは1818年、メリーランド州東海岸の片田舎の農園で、奴隷女と奴隷主の子という星のもとに生まれた。少年時代になぜ自分は奴隷なのかとの疑問を抱き、「奴隷こそ学ばなければ」と決意して、あらゆる機会を利用してひそかに読み書きを覚える。そうした禁を犯す「危険な」少年の根性を叩き直すため、主人は残忍で知られる「奴隷調教師」'slave-breaker'のもとに貸しに出す。ところが彼は半年後にこの調教師と生死を賭した格闘をし、それを契機に心身ともに解放への具体的手段を模索するようになる。「失くす命だって一つきりしかないのだ」と自分に言いきかせ、38年20歳のとき逃亡に成功する。

逃亡後は英米各地の奴隷制反対集会での講演や『奴隷体験記』の出版（45）により、法的にも自由を買い取り、47年囚われの身にある同胞救出のため週刊の解放運動紙『北極星』を創刊した。同紙は51年に『フレデリック・ダグラス・ペーパー』、59年には『ダグラス月刊紙』と改題され奴隷解放令が出る63年まで続いた。ニューヨーク州ロチェスターにあった彼の印刷所は、逃亡奴隷援護の〈地下鉄道〉の駅となり、ダグラスは逃亡奴隷たちから畏敬の眼差しで「駅長さん」と呼ばれもした。南北戦争に際しては、黒人部隊の結成をリンカン大統領に進言し、2人の息子を入隊させるなど奴隷制廃止運動に大きな貢献をした。

南北戦争後も解放黒人の地位向上や女性の権利運動に尽力し、『新国民時代』紙（1870-73）の編集などに携わった。71年にサント・ドミンゴ大使館の書記官、77年に首都の連邦政府執行官、89年にハイチ共和国駐在アメリカ公使の職にも就いた。95年2月、女性の権利集会で講演して帰宅後、心臓発作で急死した。

主要テキスト

Narrative of the Life of Frederick Douglass, an American Slave. Written by Himself. Boston: The Anti-Slavery Office, 1845.（Mentor 版、Signet 版などで入手可能）。『数奇なる奴隷の半生――フレデリック・ダグラス自伝』（岡田誠一訳：法政大学出版局、1993年）。「ある黒人奴隷の半生」（刈田元司訳：筑摩書房、1963年）は『世界ノンフィクション全集39』に収録。

"The Heroic Slave" in Julia Griffiths (ed.) *Autographs for Freedom.* N.Y., 1853. は現在 *Three Classic African-American Novels.* New American Library 版に収録され入手可能。

テーマ／特徴／その他

　アメリカ文学には、他の国の文学にはない特異なジャンルといえる「奴隷体験記」(slave narratives)という作品群がある。黒人の批評家 J・ソーンダーズ・レディング(J. Saunders Redding)は、1930年代末においても、アメリカ黒人文学の特質を「必要性の文学」と規定している。アメリカ黒人による著作は、ことばの芸術性の観点からだけでなく、民族体験といった面からも検討されるべきだとした。ましてや、その100年前の奴隷制時代に禁を犯して書かれた黒人による著作は、「奇妙な制度」'Peculiar Institution'、つまり奴隷制を告発する、身の危険を冒してのやむにやまれぬ文筆活動であった。現在でも一般のアメリカ文学に解消しえない「黒人文学」というカテゴリーが成り立つのも、まさに彼らの歴史体験の特異性ゆえであろう。

　アフリカの地から根こそぎ「人間貨物」として運ばれてきた黒人たちが、史上もっとも過酷な北米奴隷制下に生きのびえた事実には、それ相当の理由があった。奴隷生活の日常に強いられたアメリカニズムと、その厳しい抑圧の日々に精神の支えとなったアフリカニズム、その両極の葛藤の狭間で彼らが生存のために編み出したのは、独自の処世術と文化の形成であった。その文化は過酷な労働から一時的に解放されたプランテーション内の夜の奴隷居住地区とか、休日の讃神堂での集いなど共同体のなかで胚胎した。彼らは昼間の奴隷体験から支配機構の本質を見抜き、サボタージュ・逃亡・決起など抵抗の術を身につけるとともに、束の間の安らぎをもたらす共同体の行事や信仰などの「教育的な育み」をとおして紐帯的仲間意識の「ソウル」'soul'を継承し発展させた。そのなかで彼ら特有のソウルフルな文化が創造され、それを拠り所に奴隷制とその遺制の時代を生きのびたのであった。したがって彼らの詩のルーツは、母胎をなした共同体で歌い継がれた労働歌や俗謡と、宗教歌ではあるが、そのいくつかが逃亡のコード・サインにも用いられた黒人霊歌に求められよう。散文文学のルーツはトリックスターが活躍する民話や逃亡奴隷の体験談に求めることができる。黒人民話の語り口の特徴は、彼らの手法にも生かされている。「奴隷体験記」は、自身その秀作の編者でもある詩人・作家アーナ・ボンタン(Arna Bontemps)が言うように、すぐれて「アメリカ的なジャンル」で、黒人の伝記文学の源である。ピュリッツア特別賞を受けたヘイリー(Alex Haley)の『ルーツ』(*Roots*, 1976)はじめ、ノーベル文学賞のモリスン(Toni Morrison)の作品などにいたる少なからぬ作品がその伝統上にある。

　ダグラスの作品としては『奴隷体験記』と「英雄的な奴隷」("The Heroic Slave", 1853)を取り上げたい。前者は上述の状況を知るに格好の社会批評的ルポ文学であり、自伝文学としても水際立った作品である。後者はアメリカ黒人の手になる最初の短編小説で、奴隷船上の決起を扱った作品である。

作品紹介

『フレデリック・ダグラス自著の奴隷体験記』(*Narrative of the Life of Frederick Douglass, an American Slave. Written by Himself.*, 1845)

　上記は作者27歳のころに出版された彼の第一書である。本書は孤児にひとしい少年が、主人の都合で、農園やバルチモアの造船所、さらには「奴隷調教師」のもとへなど転々と貸しに出されるが、主人の目を盗んで字を覚え、逃亡に成功するまでの奴隷の身の20年間と、北部で数年後に奴隷制反対の演壇に立つまでの半生を記したものである。

　奴隷制への疑問に発したダグラスの「読み書き」への執念や観察の鋭さは、数ある「奴隷体験記」のなかでも群を抜いている。読みに関しては、「出会った白人少年をみな教師」代わりにしてしまい、書くことでは、主人の息子が捨てた綴り字練習帖をこっそり手に入れ真似るのである。一時期、北部出身の女主人が彼に新聞の読み方を教えてくれたことがあった。ところが夫から禁止されると、彼女の「優しい心は石となり、子羊のごとき性質は虎のように猛々しくなり」ダグラスから新聞をひったくったこととか、悪名高い奴隷調教師との捨て身の対決が、その男に沈黙を強いる結果になったことなど真相も披露される。

　この書が特に注目された理由は、こうした内容と執筆動機にもあった。逃亡の数年後、彼が正確な英語で格調ある演説をしたので、奴隷の身だったことに疑念を抱く聴衆が出てきた。白人の同志から、奴隷の身の悲惨を南部訛で話すよう求められる。しかし彼は、彼らのご都合のための見世物とかステロタイプを演じたくはなかった。そこで彼は、文字習得の苦労から自力解放にいたった過程を、ありのまま一書にして世に問うたのである。数年で3万部も売れて、わが身の自由を買い取る資金にも役立った。

「英雄的な奴隷」("The Heroic Slave", 1853)

　本作品は「主要テキスト」にある通り、英国人女性の社会活動家ジュリア・グリフィス編『自由のための署名著作集』(1853年)と題した詩・文集に収められている。1841年、米国の沿岸奴隷運搬船クリオール号上で発生した奴隷決起事件の指導者マジソン・ワシントン (Madison Washington) に取材した作品である。短編とされているが、実はかなり長い作品で4部からなっている。

　北部オハイオ州出身の白人リストウェル (Listowel) が南部バージニア州内を旅行中に、ある奴隷が自身の苦悩を独白しているところを盗み聞きしたことがあった。数年後、その奴隷が奇しくも同家に避難を求めてくるというプロットになっている。この逃亡奴隷マジソンの話に心を動かされたリストウェルが、彼を船でカナダに送り込むまでの最初の2部を構成している。第3部では、再びバージニア州を旅していたリストウェルが、リッチモンドの近くに宿をとっ

たとき、競売のため市場へ追いたてられてゆく一団のなかにマジソンの姿を発見して驚くところから急転換する。マジソンは妻の救出にもどって、捕えられていたのであった。リストウェルは、マジソンの役に立てよと願って、3本のやすりを積み出される直前の彼のポケットに素早くしのばせてやる。第4部では、マジソンが積み込まれたクリオール号の航海士トム・グラント（Tom Grant）が海員クラブで語るという形式をとり、マジソンが船上でとった勇敢な行動が明らかにされる。ぶち切った「足かせの鎖のほかに武器とするものもなく」決起したマジソンは、19人の奴隷が自由を勝ち取った旨を宣言し、海の上では陸上と事情が違うことを乗組員たちに告げ、ハリケーン荒れ狂う海上を英領バハマの港ナッソーに向かわせたという。

　ダグラスのこの一編は、奴隷船上の決起と実力行使による自力解放という点では、初期に一緒に『北極星』の編集に当ったディレイニー（Martin R. Delany）の雑誌連載小説『ブレイク』（*Blake or The Huts of America*...., 1859-62）に先立つものである。年代的には白人作家メルビル（Herman Melville）が描いた同じ趣向の中編小説「ベニート・セレーノ」（"Benito Cereno", 1855）にも先行している。

研究への助言

　いわゆる「黒人文学」の理解には、その特徴として解説したように、彼らの歴史体験への洞察が欠かせない。その観点からも、2種の邦訳のあるダグラスの『奴隷体験記』は、彼らの文学を手がける人には必読の書であろう。史実を素材にした「英雄的な奴隷」は、黒人による最初の歴史小説であるが、人物像の形象化、状況のリアリティに乏しい点が惜しまれる。逃亡後十数年、講演・解放紙の執筆に忙殺されていた作者に、文芸的手法を期待するのは酷であろう。この作品は、ダグラスの新聞を財政的に支援するため、ロチェスター奴隷制反対女性協会の募金活動の一環として刊行された。詩・エッセイ・書簡などを収録した署名入りの文集にダグラス自身が執筆を求められたものであった。

参考資料

古川博巳『黒人文学入門』（創元社、1973）

本田創造『私は黒人奴隷だった——フレデリック・ダグラスの物語』（岩波書店、1987年）

F・ダグラス『数奇なる奴隷の半生——フレデリック・ダグラス自伝』（岡田誠一訳：法政大学出版局、1993年）

Waldo E. Martin, Jr., *The Mind of Frederick Douglass*. Chapel Hill & London: The University of North Carolina Press, 1984.　　　　（古川博巳）

ハリエット・ジェイコブズ

Harriet Jacobs（1813-1897）

　ハリエット・ジェイコブズは1813年ノースカロライナ州のイーデントンに生まれた。父母ともに奴隷であったが、腕のよい大工の父は、将来の「自由」に備えてその仕事で金をためることを主人から許されていた。そのような例外的境遇で、ハリエットは6歳になるまで父母と2歳下の弟ジョン（John）と共に暮らしたが、母の死後、ハリエットだけが祖母モリー・ホーニブロウ（Molly Horniblow）の所有者である女性のもとへ連れて行かれた。この女性は父の所有者とは別人であり、モリーの子供も孫も書類上この女性の所有物になるのだった。後年大いに役立つ読み書きや裁縫を教えてくれたこの女性はハリエットが12歳のとき亡くなり、遺言によってジェイコブズ姉弟は彼女の親戚ノーコム（Norcom）家へ移された。1年後、自由の希望を挫かれた父が失意のうちに他界。姉弟は奴隷生活の残忍さに日々さらされることになった。

　ハリエットは15歳の頃からノーコム家の当主のセクシュアル・ハラスメントに悩まされ、彼を避けるために独身の白人男性ソーヤー（Sawyer, 弁護士、のちに国会議員）の愛人になり、2児ジョセフ（Joseph）とルイザ（Louisa）の母となる。22歳の頃、すでに自由人となってパン屋を営んでいた祖母の家の倉庫の屋根裏に身を隠し、7年間の潜伏の後、42年ついに北部へ脱出。先に北部へ逃亡していた弟と共に、フレデリック・ダグラス（Frederick Douglass）を中心とするロチェスターの反奴隷制運動グループにかかわっていく。運動のなかで知り合った人々の協力を得て、自らの半生を「奴隷体験記」、『ある女奴隷の人生におけるできごと』（*Incidents in the Life of a Slave Girl Written by Herself*）として綴り、61年に刊行。奴隷制廃止論者の間では好評だったが、南北戦争の勃発と重なり、一般世間の大きな注目を集めることはなかった。以後、娘ルイザと共に基金を集め、ヴァージニア州アレクサンドリアやジョージア州サヴァンナに黒人のための教育・医療施設を作るなど、戦中・戦後を通じて同胞の援護活動に献身した。

主要テキスト

Incidents in the Life of a Slave Girl Written by Herself (1861). Cambridge, MA: Harvard University Press, 1987.

テーマ／特徴／その他

『ある女奴隷の人生におけるできごと』（以後『できごと』と記す）は今やアメリカの大学の文学、歴史、女性学のクラスで必読書になっている。6千余りの存在が確認されている「奴隷体験記」のうちで、なぜ『できごと』にそれほどの関心が集中するのだろうか。第1に、女性の視点によるものであること。女性の「奴隷体験記」は全体の12パーセントに過ぎない。この数字は女性の逃亡が非常に難しかったことを示している。（まず自由を獲得しなければ、体験を語るのは不可能なのだから）。次に、本人が書いたものであること。たいていの「奴隷体験記」は北部の奴隷制廃止運動家による「聞き書き」だったからである。『できごと』の場合、白人女性小説家で奴隷制廃止運動家のリディア・マリア・チャイルド（Lydia Maria Child）が編者となり、前書きで「これは本人が書いたものである」とわざわざ保証している。

ところが、後世の人々はこの書物をチャイルドの創作と思ってしまった。一つには、人名・地名に偽名が使われていたせいもある。しかし1850年制定の「逃亡奴隷法」によれば、たとえ奴隷が自由州に逃げおおせても見つかれば所有者の元へ戻されることになっていたし、奴隷をかくまったりして援助した者も罪に問われることになっていたから、関係者に害の及ぶのを防ぐために偽名を使うのはやむを得なかった。だが、プロの小説家の作品と思われた一番の理由は、驚くほどドラマティックな内容と、それを描く筆力の確かさにあり、それがとりもなおさず現代の読者をひきつける源なのである。

特異な内容のほとんどが事実であることを調べ、これが間違いなく実在の元奴隷ハリエット・ジェイコブズの手記であると証明したのは、ジーン・フェイガン・イェリン（Jean Fagan Yellin）である（"Writing by Herself: Harriet Jacobs's Slave Narrative", *American Literature*,53: 3, Nov. 1981）。1987年、イェリンの編纂で人物や事実を照合する綿密な注釈つきのテキストが出版された。それにはジェイコブズから奴隷制廃止と女性参政権の運動家の白人女性エイミー・ポスト（Amy Post）に宛てた手紙も何通か付いており、その手紙を通してジェイコブズが『できごと』を自ら執筆するに至った経緯が明らかにされている。彼女はポストに手記を書くことをすすめられ、逡巡のあげくハリエット・ビーチャー・ストウ（Harriet Beecher Stowe）に聞き書きしてもらうことを考えた。しかし、ストウの対応ぶりに失望と怒りを覚え、それなら自力でやってみせると決意し、ジャーナリストのナサニエル・パーカー・ウイリス（Nathaniel Parker Willis）家で子守として働きながら暇をみては新聞に投稿を重ねて筆力をみがき、手記を書き上げたのである。皮肉にも、ストウへの反撥がバネとなって、この希有な「奴隷体験記」が生まれたのだ。

ジェイコブズ，ハリエット

作品紹介
『ある女奴隷の人生におけるできごと』(*Incidents in the Life of a Slave Girl Written by Herself,* 1861)

　6歳まで父母や弟と共に暮らし、母の死後家族と離され連れて行かれた白人女性のもとでも優しく扱われて読み書きを習うなど、比較的恵まれた状況にあったリンダ・ブレント（Linda Brent）が、自分を「奴隷」として意識したのは弟ウィリアム（William）と共にフリント（Flint）家へ移されてからである。中年男の医師フリントから執拗に性的接近を受けた15歳の少女リンダは、彼の子をみごもらせられるのを避けるために、自分に関心を寄せてくれた独身の白人男性サンズ（Sands）と肉体関係をもち、ベンジャミン（Benjamin）とエレン（Ellen）を生む。自分と子供2人をサンズに買い取ってもらうつもりだったが、フリントは承諾しない。自分がいなくなればフリント家は手のかかる幼児たちを手放すだろうと考えた彼女は、すでに自由黒人の身分を確立していた祖母マーサ（Martha）の知人の白人女性の家にかくまってもらう。リンダが北部へ逃げたと思い込んだフリントの心のすきをついて、サンズは名を伏せたまま奴隷商人を通じて幼児2人とウィリアムを買い取る。だがサンズは誰も解放はせず、幼児たちをマーサに預け、ウィリアムを自分の従僕とする。

　一方リンダは、フリントの診療所のすぐ近くにあるマーサの家の倉庫の屋根裏に身を落ち着ける。採光や通気の窓もなく、立つこともできないその狭い空間に、彼女はその後の7年間潜伏することになる。脇板に1インチ四方の穴をこじあけ、ここから通りを見下ろして子供たちの姿を見守ったり、フリントの動きを見張ったりするばかりか、フリント一家に手紙を書いて誰かに北部から郵送してもらう画策までして自分が北部にいると信じ込ませる。その間、国会議員となったサンズは北部で結婚、その時随行したウィリアムは行方をくらます。娘エレンもサンズの北部の親戚に預けられる。フリント家の監視の目もゆるんだと判断したリンダは、ようやく隠れ家を出て自分も北部へ脱出する。ジャーナリストのブルース（Bruce）家で子守の職を得た彼女は、ウィリアムやエレンと再会し、息子ベンジャミンも呼び寄せるが、常に追っ手を警戒しなければならない。ブルース夫人は彼女なりの善意から、リンダの自由を買い取ることでこの状況に決着をつける。南部にいた頃はサンズに自由を買い取ってもらえるのを期待したこともあるが、今や弟と共に反奴隷制の運動にかかわっているリンダは、自由の町ニューヨークで人間の売り買いが行われることに釈然としない。手記の最後（1853年頃）には、自分と子供たちの家をもって自立する夢を未だ果たせず、自由の身とはいえ、「愛、義務、感謝の絆」でブルース夫人に仕えるリンダの姿がある。

　話に登場する人物は、リンダ＝ハリエット、ウィリアム＝ジョン、マーサ＝

モリー、ベンジャミン＝ジョセフ、エレン＝ルイザ、フリント＝ノーコム、サンズ＝ソーヤー、ブルース＝ウエストと置き換えて読む必要がある。「フリント」には〝冷酷な心の持ち主〟の意味があるし、「サンズ」は砂（サンド）すなわち〝当てにならぬ不確かな足場〟を表すので、彼女の人生を左右した2人の白人男性に対するジェイコブズの思いが如実に示されている。話の前半は女奴隷を苦しめるセクシュアル・ハラスメントに焦点がある。「奴隷体験記」の読者は北部の主として中産階級の白人であり、ジェイコブズの場合は特に女性を想定したはずである。時折、そうした女性たちの耳を汚すことを詫びるような語りかけを挿入しながら、すなわち性に関する社会通念を意識しながら、それでもジェイコブズは勇気を出して南部農園にはびこる性道徳の退廃を暴露しつつ、自分のとった行動への理解を求めている。後半は子供たちと共に家庭を築く希望を捨てず潜伏や逃亡の日々を生き延びる母親の執念に焦点が当てられている。最初は解放を期待して白人の愛人となった彼女が、苦闘の結果次第に精神的にたくましくなっていく過程が読み取れよう。

研究への助言

　これ一つだけを読んで欧米の他の自伝、あるいは自伝型小説と比較したり、話の細部だけを取り上げて分析して終わるような方向は避けたい。これが「奴隷体験記」であることを意識し、19世紀前半のアメリカ南部における奴隷制がどのようなものであったかを理解し、そのコンテキストに位置づけることが大切と思われる。「奴隷体験記」の代表的作品とされるフレデリック・ダグラスの手記と読みくらべる試みは欠かせないであろう。

参考資料
巽　孝之『ニュー・アメリカニズム』（青土社、1995年）
福田千鶴子「フェミニズムの書としての奴隷体験記」（関口　功教授退任記念論文集『アメリカ黒人文学とその周辺』南雲堂フェニックス、1997年）
風呂本惇子「ハリエット・ジェイコブズ――自画像とその周辺」（須田　稔教授退任記念論文集『立命館産業社会論集』、1997年）
William L. Andrews, *To Tell A Free Story*. Chicago: Univ. of Illinois Press, 1986.
Hazel Carby, *Reconstructing Womanhood: The Emergence of the Afro-American Woman Novelist*. New York: Oxford Univ. Press, 1987.
Deborah M. Garfield & Rafia Zafar, *Harriet Jacobs and INCIDENTS IN THE LIFE OF A SLAVE GIRL*. New York: Cambridge Univ. Press, 1996.

（風呂本惇子）

ウィリアム・ウェルズ・ブラウン
William Wells Brown (1814?-1884)

ウィリアム・ウエルズ・ブラウンは1814年、ケンタッキー州レキシントンで白人を父に生まれたらしいが、幼年時代に攫(さら)われてミズーリ州をふりだしに転々と「賃貸し」に出される。医者で農場経営者の白人のもとでの労働から、宿場での仕事、『セントルイス・タイムズ』紙の印刷所での下働き、ミシシッピ河の蒸気船上での仕事などに就く。34年20歳で逃亡に成功した彼は、奴隷制廃止論者ギャリソン(W. L. Garrison)の影響下にエリー湖の渡船上でカナダへの脱出を支援する〈地下鉄道〉運動に従事、30代前半から文才を発揮して解放運動と結ぶ多面的な活動をはじめる。

彼の最初の著作も先述のダグラス(Frederick Douglass)同様、すぐれた「奴隷体験記」であった。49年パリ平和会議へのアメリカ代表団員に推され渡欧、同地で彼は作家ユーゴ(Victor Hugo)や英国の経済学者で平和主義者のコブデン(Richard Cobden)と面識を得た。逃亡奴隷取締法のため帰国が困難になった彼は、ギャリソンの『解放者』紙の通信員として、54年まで英国に滞在する。その間、滞欧中の交友・見聞記や最初の長編小説がロンドンで出版された。

帰国後は2編の戯曲を手がけたり、ハイチの黒人革命をはじめ、黒人史を執筆するかたわら医師の資格を取得した。ドイツから輸入した医療器具で痛風に悩むギャリソン夫人の治療にもあたった。下の「主要テキスト」以外に解放後は歴史分野などで文筆活動を続け、アメリカ的病巣にペンのメスを入れた。

主要テキスト

Narrative of William W. Brown, A Fugitive Slave. Boston, 1847.
The Anti-Slavery Harp: A Collection of Songs. Boston, 1848.（ブラウン編）
Three Years in Europe: or, Places I Have Seen and People I Have Met. London, 1852.
Clotel; or, The President's Daughter: A Narrative of Slave Life in the United States. London: Partridge & Oakey, 1853.（長編小説）
St. Domingo: Its Revolutions and Its Patriots. Boston, 1855.
The Escape; or, A Leap for Freedom. Boston, 1858.（5幕物戯曲）
The Black Man: His Antecedents, His Genius, and His Achievements. N.Y. Boston, 1863.
The Negro in the American Rebellion. Boston, 1867. ほか数点あり。

テーマ／特徴／その他

　ブラウンはフレデリック・ダグラスと同時代人であり、ともに奴隷制反対運動や改革運動に文筆活動で多大の貢献をした点では共通している。しかし雄弁でも知られたダグラスは本質的には政治家であり、他方、ブラウンは当時のあらゆる文学ジャンルに挑戦した文人だった。植民地時代に源泉をたどることができる詩分野を別にすると、彼は小説、戯曲、歴史物語を手がけた最初のアフリカ系アメリカ人作家であった。

　処女作『奴隷体験記』によれば、少年時代に彼は『セントルイス・タイムズ』紙の印刷所で下働きさせられている。同紙は奴隷制反対の立場を表明してのちに殺害されたラブジョーイ（Elijah P. Lovejoy）が経営していたが、その折に読むことや世情についての知識をいくらか身につけたようである。北部へ逃亡したのち、彼の読解力はギャリソンの『解放者』（*The Liberator*）紙を購読するまでになり、1842年には〈地下鉄道〉組織に従事し、69人の逃亡を手助けしカナダに送り込んだことを記している。『奴隷体験記』の巻頭には「オハイオ州のウエルズ・ブラウンへ」との献辞がある。彼が逃亡途中にかくまってもらった無名の老クエーカー（フレンズ派）教徒のことであり、実はウィリアム以下の彼の姓名はこの命の恩人からさずかったものであった。彼はこの名付け親と同名の「名誉ある氏名を汚さないよう」にと誓っているが、のちにそれを文筆家と医師になって立派に果たしたといえよう。

　奴隷制時代末期の1850年代に、黒人の手になる少なくとも3編の長編小説、2編の中・短編小説と戯曲が1編刊行されている。うち小説と戯曲の各1点がブラウンの作である。次項で述べる小説『大統領の娘クローテル』は彼が逃亡奴隷として英国滞在中に書かれ、1853年ロンドンで刊行された。アメリカでは1864年ボストンとニューヨークの2社から題名を「南部諸州の物語」と変えて出版され、また『美貌の混血娘ミラルダ』と改作された版も出たらしい。それらではヒロインを上院議員の娘に設定している。「大統領の娘」という題名では、北部の出版社でも抵抗があってアメリカでは出せなかったのであろう。

　われわれはこの作品に、時には分極しながらその後1世紀近くアメリカ黒人小説の特質となった「抗議」'protest'と「身元消去」'passing'の原型を見るのである。「パーシング」とは、混交により生まれた外見上は白人と区別し難い「黒人」が、肌色を利して人種境界線を「通過」'pass'するとか、身元を消去して白人社会の生活を享受することをいう。作中、ヒロインの姉妹はじめ主要な登場人物のほとんどが容姿端麗な混血者であるが、人種主義の身勝手な矛盾を白人読者に訴えようとする作者の意図が窺えよう。合衆国のこの人種境界の微妙なあわいに付け込む形で、こうした皮肉で消極的なテーマがプロテストと並行しながら、「パーシング小説」として初期黒人文学を特徴づけることにもなる。

作品紹介

『大統領の娘クローテル』(*Clotel; or, The President's Daughter*, 1853)

　リッチモンドの新聞に、ある資産家の死により38人の奴隷が競売に付される旨の広告が出る。うち血統がとりわけ優秀とされた2人は、第3代大統領トマス・ジェファーソンが黒人女性とのあいだにもうけた美貌の混血姉妹クローテルとアルシーサ (Althesa) であった。競売の結果、姉妹の母親カラー (Currer) とアルシーサは奴隷商に落札され、クローテルとは離ればなれに売り飛ばされる。クローテルは地元の富裕なグリーン家の若主人に買い取られ、愛情の結晶であるメアリー (Mary) に恵まれる。ところが政界への野心を抱く若主人は、恩義から良家の女性との縁談を受け入れ、クローテルのことを秘めたまま結婚するが、まもなく新妻に嗅ぎつけられる。夫人は自分よりも美しい情婦とその娘の売却を夫に迫るが、優柔不断に業をにやした彼女は奴隷商にクローテルを売り、10歳になったメアリーを下女にして夫への見せしめに酷使する。

　クローテルの母親カラーはミシシッピ州ナッチェズの牧師に買い取られていたが、牧師は農園と奴隷を所有する偽善者であった。彼の娘は奴隷制に反対で、父が疫病で急死したあと徐々に自家の奴隷を解放していこうとするが、カラーはその時期が来るまえに病死する。一方、妹のアルシーサはニューオリンズの銀行員の家庭に買い取られるが、同家に下宿していた北部出身の青年医師に請われて結婚する。医業は成功し2人の子どもに恵まれるが、疫病の大流行で医師もアルシーサもともに死んでしまう。残された娘2人は、法律上は奴隷に過ぎなかったことが判明し、競売台に立たされ売り払われていくのである。

　娘をもがれたクローテルはミシシッピ州へ売り飛ばされるが、2度目に買い取られた家で彼女に同情する奴隷男と密かに逃亡を計る。断髪を強いられていたクローテルは男装をして黒人下僕をつれた白人の主人を装い、北上する蒸気船の船室に閉じ込もる。自由州に入ると彼女は、仲間の奴隷男にカナダを目指すように告げ、自分は娘メアリーを探すため単身バージニアに向かう。ところがナット・ターナー (Nat Turner) の大決起 (1831年) 後の警戒網にひっかかり、所持品から身元がバレて首都の奴隷収容所に拘留される身となる。収容所は父が執務した大統領官邸と議事堂のなかほどにあったが、娘との再会もかなえられないままに南部に送還という日が迫ってくる。その前日の夕暮れどき、看守のすきをついて脱走した彼女は河向こうの森林を目指すが、ポトマック河の長橋上で挟みうちにあい、もはやこれまでと入水自殺をとげる。

　すべての身寄りを絶たれたメアリーは、グリーン家の奴隷でナット・ターナーの決起に参加して投獄されたジョージ (George) と密かに同志関係にあり、相愛の仲でもあった。面会の機を利用して着衣を交換した彼女は、身代わりに獄中に入りジョージを脱獄させる。そんな思い詰めた娘の心情に心を痛めた父親は、

州外へ追放という条件でメアリーを出獄させ、奴隷商に引き渡す。ジョージのほうは逃亡に成功したのち英国に渡るが、10年後、ニューオリンズでフランス人に救われて渡仏し、ダンケルクに住むことになったメアリーと、英国から訪れたジョージとの再会で、この両者も小説もともに結ばれる。

　黒人の解放史にも強い関心を抱き、のちにアメリカ独立革命における黒人兵の活躍やハイチの黒人革命も描いたブラウンは、社会と時代の背景として小説に2つの重要な歴史的事実を織り込んでいる。一つはヒロインと妹とが独立宣言の起草者で第3代大統領の落し子という設定である。いま一つは1831年8月、バージニア州サザンプトン郡で実際に起こったナット・ターナーによる奴隷の大決起であった。これらはキー・ワードというべきものである。前述の筋書きは、1853年にロンドンで出版された作品に依拠したが、英国版がアメリカで不評を買った大きな理由は、ヒロインを建国の祖父の娘に設定したことと、民主主義の象徴である国会議事堂と大統領官邸を望む橋の上から投身自殺させた扱いにあったようだ。『アメリカの黒人小説』(北沢図書出版、1972年)で原著者ロバート・ボーン(Robert A. Bone)は「クローテルが実はトマス・ジェファーソンの私生児だったというブラウンの証拠のない申し立て」に意図的な皮肉があると述べているが、現在では史実であることが立証されている。

研究への助言

　ブラウンの執筆意図は、アメリカ建国の理念である民主主義、共和主義、キリスト教精神への問いかけだったことは言うまでもない。彼は独立革命の戦場バンカー・ヒルの記念碑が見える場所で第1著『奴隷体験記』を執筆しながら、アメリカは「自由を誇りとしながら、同時に300万の人間を鎖に繋いでいる」という矛盾を痛烈に実感させられたのであった。

　この作品には、プロテストの精神以外に初期黒人小説のいくつかを特徴づける「パーシング」の視点に通じる要素が認められる。混血者が抱く〈漂白願望〉のみの段階では、肉親との悲痛な絶縁とか、発覚の恐怖といったテーマにとどまる。ところが、白人社会には「見えない人間」であるという黒人存在に気付き、それを有利に生かそうとするとき〈悪戯願望〉が芽生える。その段階になるとテーマも手法も一段と文学性を帯びることになる。この作品では下僕をつれた男装の白人を装ったヒロインの着想に、その萌芽を見ることができよう。

参考資料

古川博巳『黒人文学入門』(創元社、1973年)

Hisao Kishimoto, *Early Afro-American Novelists: 1853-1919*. Tokyo: Eihosya, 1999.

(古川博巳)

フランシス・ワトキンズ・ハーパー

Frances E.Watkins Harper (1825-1911)

　1825年自由黒人としてメリーランド州ボルチモアに生まれた。3歳になる前に孤児となり、母方の叔父ウイリアム・ワトキンズ（William Watkins）一家に育てられた。叔父は英語を、またギリシャ語、ラテン語、医学に関する多くを独学で学んだ人で、靴作りを職業とし、地元の説教師でもあったが、黒人青年のための学校を創立。彼は16年に創設されたアフリカメソジスト監督派教会の熱心なメンバーで、政府による黒人のリベリア送還やチェロキーのオクラホマ移住に反対した。彼の息子のウイリアム・J・ワトキンズは、のちにフレデリック・ダグラス（Frederick Douglass）の週刊新聞『北極星』(47-64)を助けることになる。

　39年アカデミーでの教育を終え、本屋の家事の仕事に就く。46年最初の本『森の葉』(*Forest Leaves*)出版。叔父一家がカナダへの移住を決めたため、50年オハイオ州ウイルバフォースのユニオンセミナリーに裁縫を教えに行く。52年ペンシルヴァニア州リトルヨークの学校へ変わった。翌年メリーランド州の法律で、北部から州入りした黒人は奴隷となることが決まり、故郷へ帰れなくなる。この頃奴隷制廃止活動のためフィラデルフィアへ行き、「地下鉄道」の駅に住む。54年『雑詠詩集』(*Poems on Miscellaneous Subjects*)を出す。同年ニューベッドフォードで初めて講演、以後北部諸州やカナダへ。60年3人子どものいたフェントン・ハーパー（Fenton Harper）と結婚し、62年メアリ（Mary）誕生。オハイオ州コロンバス付近の農場生活の合間に、時折講演した。64年夫が借金を残して亡くなり、オハイオを去る。64年メリーランド州が奴隷制を廃止したため、翌年故郷へ戻り、ワトキンズ一家やダグラスと再会。67年から戦後の南部を講演して回り、69年頃から多くの会議で活躍した。

主要テキスト

Poems on Miscellaneous Subjects. Boston : J. B. Yerrinton and Son, 1854.
Sketches of Southern Life. Philadelphia : Merrihew and Son, 1872.
Iola Leroy; or Shadows Uplifted. Boston : James H. Earle, 1892.
Complete Poems of Frances E. W. Harper. New York: Oxford U. P., 1988.
Minnie's Sacrifice : Sowing and Reaping : Trial and Triumph : Three Rediscovered Novels by Frances E. W. Harper. Ed. Frances Smith Foster. Boston : Beacon P., 1994.

テーマ／特徴／その他

　ハーパーは奴隷制廃止、女性の権利拡張、禁酒、その他若者や病弱者、お年寄りを保護する運動などに生涯を捧げた人である。奴隷制廃止前は、講演や地下鉄道の組織で働いた。戦後は南部を講演して回り、また多くの会議や団体で活動した。ハーパーは「アメリカ女性参政権連合」の創設者であり、「女性クリスチャン禁酒連合」の全国委員、「世界平和連合」の執行委員、「黒人女性全国連合」創設者の一人、「黒人青年教育者アメリカ連合」の理事であり、また「全国黒人女性会議」やアフリカメソジスト監督派教会のために尽力していた。その合間に多くの詩や小説を書いたのであり、それらの作品とハーパーの活動を支えた信念とは、根底から一つのものである。

　ハーパーが1854年に出した『雑詠詩集』は3年間で1万部以上売れ、57年には白人の奴隷制廃止論者ウイリアム・ギャリスン（William Garrison）の序文を付けた拡大版が出版された。この拡大版によって名が広まり、この本は71年に20版目が出された。ハーパーの本がどれほどよく売れていたか想像がつく。本だけでなく、ハーパーの詩やエッセイ、スピーチ、手紙は『フレデリック・ダグラス・ペーパー』や『解放者』等の当時の奴隷制廃止運動の雑誌に絶えず掲載されていた。講演でも自作の詩を朗読し、戦前の北部やカナダでの講演では、自分の本を数千部売り、かなりの売上げを「地下鉄道」に寄付している。

　ハーパーは、「地下鉄道」の活動を通じて、人々のつらい体験を身近に知った。また、ハーパーズフェリーで反乱を起こして処刑されたジョン・ブラウン（John Brown, 1800-59）夫妻とは友人であり、裁判の間夫妻や獄中の仲間の黒人たちにその勇気を讃える、激励の手紙を書き送っている。そしてオハイオからフィラデルフィアに戻り、ブラウンの妻メアリ（Mary）やその娘たち、また逃げ延びた仲間たちの経済的精神的な援助に努めた。解放のための殉教者としてのこのブラウンのイメージは、短編小説「自由の勝利―夢」（"The Triumph of Freedom－A Dream"）に登場する老人の精霊として描かれている。

　解放後ハーパーは南部諸州を回り、南部の人々の置かれた状況を目の当たりにすることができた。そうした体験が『南部生活のスケッチ』（*Shetches of Southern Life*）という作品になり、混血の悲劇的ヒロインを除いては「おそらく最初の黒人女性の主人公」と評される、クロウ小母さん（Aunt Chloe）という無学で平凡な年輩の女性を主人公にした一連の詩が生まれた。これらの詩で初めて方言が取り入れられており、その後隆盛となる方言詩や方言小説の先陣を切るものともなっている。

　このように黒人や女性に対する不正を敏感に感じ取り、告発と抗議の戦いを挑みながら、常に暖かい共感をもって人々のつらい体験や同胞としての互いの絆を描き出したことが、ハーパーの特徴である。

作品紹介
『アイオラ・リロイ』(*Iola Leroy,* 1892)

　ハーパーがアフリカメソジスト監督派教会の機関誌『クリスチャン・リコーダー』に連載した「ミニーの犠牲」("Minnie's Sacrifice", 1869年3月から9月)とほぼ同じテーマ(ミニーは奴隷とはならない)で、裕福な白人農園主の娘として自分を白人と思ってきた肌の白い黒人女性が、奴隷の境遇に落ち、一変して非人間的な苦しみを強いられ、黒人として目覚めていくという、再建時代を背景にした小説である。しかし一方はミニーがリンチで殺されるという悲劇で終わるが、『アイオラ・リロイ』の方は主人公アイオラを始め、幸せな人々の姿が結末を飾っている。後者では、南部の元奴隷であった黒人たちの生活がより生き生きと描かれていることが、こうした作風の違いを生み出したのかもしれない。『南部生活のスケッチ』で描かれたクロウ小母的な人物、リンダ小母(Aunt Linda)がわき役として登場していて、彼女たち南部の教育を受けない黒人たちの会話は方言で書かれていることも特徴である。

　本作品の冒頭も、そうした黒人たちが、気になる南北戦争の最新情報を、周囲の白人主人たちに気づかれぬよう日常会話に裏の意味を込めて、互いに伝えあっている場面から始まる。同胞間の強い絆が印象的な黒人コミュニティが垣間見られる。男たちの多くは主人の下を去り、北軍に合流するが、白い肌で読み書きができるロバート・ジョンスン(Robert Johnson)もその一人である。彼が入隊するとアイオラ・リロイが北軍に救出されてやって来る。看護婦として献身的に働く、優しく上品で美しいアイオラに、白人医師が結婚を申し込むが、自分は黒人であるからとアイオラは断わる。戦後ロバートとアイオラは、それぞれ別れた母と妹、兄と母を探す。彼らは感動的な再会を果たし、ロバートの妹がアイオラの母親であったことがわかる。北部で働きに出たアイオラが、黒人と分かると追い払われるなど、白人クリスチャンの女性も含め、北部の人々の人種差別の現状が厳しく見据えられている。物語はアイオラが同じく白い黒人医師と結婚し、黒人たちの医療のために南部へ行く結末で終わるが、全編に登場人物たちの意見や論争がみられ、作者の思想の一端を知ることもできる。

「詩集」("Poems", 1854〜1902)

　ハーパーの手紙には、南部の講演の強行軍の旅のつらさ、不自由さや、しばしば無報酬であるための経済的な不安、身の危険に対する不安などが書かれていて、実生活の苦労を窺い知ることができる。また、母も兄弟姉妹もいない孤独な境遇を訴える手紙もある。しかし、自分のそうした苦しさや悲しみの経験を直接書くよりも、同胞である黒人や女性たちのつらさに対する思いやりとし

て、またそれらを乗り越える勇気を持つことの大切さとして、詩に描き込んでいるようにみえる。たとえば「奴隷競売」では「若い娘たち」「母たち」を筆頭に、奴隷たちが死別以上に耐えしのばねばならなかった苦しみは、奴隷体験のない自分と引き比べて、次のように表現されている。「愛する者を安らかな眠りにつかせ、／その命なき土くれに涙した人には、／愛する者を乱暴に奪い去られる／あの胸の苦悩がわからない。／乱暴に引き離される胸が／どれほど殺伐としているか、／どんなに鈍い重みが／生命の滴を心臓から圧し出すであろうか、／あなたにはわからないかもしれない。」

　また、黒人であるゆえに不幸を負った人や栄光ある殉教者となった人々に、ハーパーは詩で語りかけている。たとえばトニ・モリスン(Toni Morrison)の『ビラヴィド』(*Beloved*, 1987)のモデルとなったマーガレット・ガーナー(Margaret Garner)の一件を「奴隷の母——オハイオの話」として、一人称でその心情を思いやるように書いている。「私は魂の宝を、四つだけ持っている。／彼（女）たちは心のまわりに鳩のようにうずくまっていた。／誰か残酷な手がわが家の一団を／引き裂いたりしないかと私は身震いする。」なお、ハーパーの詩型は人々の間で口承的に伝えられるバラード形式が多い。

研究への助言

　詩は平易な文体で、言葉使いも易しく、内容が分かりやすい。近年研究書も出てきて、詩だけでなく、手紙やエッセイ、スピーチも読めるようになり、全体像が見やすくなったと思う。フェミニストとして非常に進んだ意識を持っている作家でもあり、そうした分野からの考察もできる。女性を排除して黒人男性のみに投票権を認めた合衆国憲法修正条項第15条をめぐっての、白人女性運動家との意見対立は有名である。批判的視線の鋭さだけでなく、同胞に対する思いやりと暖かさが伝わってくる点が、ハーパーの人間的な魅力であると思う。

参考資料

風呂本惇子「黒人女性像の変遷——再建期から公民権運動まで」(『アメリカ黒人とフォークロア』山口書店、1986年)

三石庸子「ブラック・フェミニストとしてのフランシス・E・ワトキンズ・ハーパー」(*New Perspective*, No. 170, 1999)

Frances Smith Foster ed., *A Brighter Coming Day: Frances Ellen Watkins Harper Reader*. New York: The Feminist Press, 1990.

Melba Joyce Boyd, *Discarded Legacy: Politics and Poetics in the Life of Frances E. W. Harper 1825-1911*. Detroit: Wayne State U. P., 1994.

（三石庸子）

チャールズ・W・チェスナット

Charles W. Chesnutt (1858-1932)

　1858年オハイオ州クリーヴランドで、ともにノースカロライナ州出身の自由黒人であった両親の6人弟妹の長男として生まれた。少なくとも8分の7は白人の血という混血である。66年家族でノースカロライナのファイエットヴィルへ移住。71年母の死、父の再婚で家族が更に増え続け、ハワード初等中学校を辞め、73年家計のためピーボディ校の教師となる。77年州立黒人師範学校ができ、校長助手、80年校長。78年に裕福な理髪師の娘でハワード校教師スーザン・ペリー (Susan Perry) と結婚し、翌年4人妹弟の長女誕生。74年から82年まで書き留められた日記には、周囲の教育を受けていない一般の黒人たちとの断絶感、白人社会からの締め出しによる閉塞感、厳しい自己管理による速記やフランス語、ラテン語、歴史などの独学の様子、黒人小説家としての成功への野心などが窺われる。83年校長を辞め、単身ニューヨークへ。ウォール街で速記記者を半年務めた後、クリーヴランドで法律速記記者となり、翌年家族を呼んだ。

　85年仕事の合間に法律の勉強を始め、短編を書く。87年オハイオ州の司法試験に合格し白人の法律事務所で働く。また初めて『アトランティック・マンスリー』に「まじないのかかった葡萄の木」("The Goophered Grapevine") を掲載。その後同誌に3度掲載、また短編集や長編を5冊出版する。その間何度も出版を断わられ、1905年『大佐の夢』(*The Colonel's Dream*) 以後は、文学作品は出版されない。他方で黒人向上協会(NAACP)の機関誌『クライシス』(*Crisis*)等にエッセイがよく載った。28年NAACPより黒人への貢献を讃えられ、スピンガーン・メダル授与。

主要テキスト

The Conjure Woman. Boston: Houghton Mifflin, 1899.
The Wife of His Youth and Other Stories of the Color Line. Boston: Houghton Mifflin, 1899.
The House Behind the Cedars. Boston: Houghton Mifflin, 1900.（1923年オスカー・ミショーによって映画化）
The Marrow of Tradition. Boston: Houghton Mifflin, 1901.
皆河宗一訳「魔法使いの復讐」、『黒人作家短篇集・黒人文学全集8』（早川書房、1961年）

テーマ／特徴／その他

　チェスナットはほとんど白人といえる黒人である。日記にも「『黒ん坊』でも貧乏白人でも『有力白人』でもない。黒人としては『気どり』過ぎだし、もちろん白人には認められない」(1881年1月3日) という悩みを書いている。生活もお手伝いがいて、子どもたちはハーバード大学など一流の教育を受けているし、作品に方言を使う黒人と温厚な白人紳士が出てくると、チェスナット自身の姿は白人の方と重なって見える場合が多い。作品もカラーラインの近くにいる人々、すなわち「パッシング」の可能な混血の黒人を扱ったものが多く、例えば短編集『若い頃の妻』(*The Wife of His Youth and Other Stories of the Color Line*, 1899)は、「青い血管」と呼ばれる混血で肌の色の白い黒人たちの社交界を扱ったもので、そうした人々の抱える特有の問題が描かれている。しかし、黒人作家として成功したいという夢を抱き続けていたチェスナットは、黒人のために書きたいと考えていた。「私の著作の目的は、黒人の向上より白人の向上である・・・大衆を楽しませながら、気づかれずに、無意識に一歩一歩望まれる感情のあり方に導いていくこと」(日記1880年5月29日)。面白さや非直接性に配慮がされているものの、チェスナットの目的は一時代前の黒人作家W．W．ブラウン(William Wells Brown)の小説に込められた、社会を変えていくというプロパガンダ的な意図と変わらないといえる。

　チェスナットは法律の仕事によって裕福な暮しを営むことができたが、職業作家として生計を立てていく希望を実現することはできなかった。当時職業作家となるためには、白人の、特に北部の読者層に受け入れられねばならなかったのであり、そうした事実はチェスナットの文学を理解する上で、忘れてはならない認識であると思う。売れたのは結局、方言を使った短編小説である。ダンバー(Paul Laurence Dunbar)も方言詩以外では認められなかったが、同じ理由からであろう。見知らぬロマンチックな世界への憧れや好奇心に訴える黒人色の強い作品にしか、興味が持たれなかったのである。また、無教養や無知、良く言えば純粋さ素朴さといった面が露になる方言を使う黒人たちの姿は、白人たちの優越感を誘うことはあっても、脅威を感じさせることはなかったであろうと思われる。ジェイムズ・W・ジョンスン(James W. Johnson)は方言にまつわるそうしたイメージからその使用を控えた。しかし、チェスナットは白人読者に好まれるように配慮するだけでなく、意識的に転覆の戦略を用いてもいるのである。意図が複雑に隠されているため、作品に曖昧さが残り、黒人の物語のはずが、往々にして白人の物語と受け取られてしまうことも多い。しかしカラーライン近くの黒人であったからこそ、法律的な黒人との区分を調べた「白人とは何か」("What is a White Man?", 1889)に見られるように、区別や差別の不合理を痛切に体験し、矛盾を告発できた作家であったといえよう。

チェスナット，チャールズ・W

作品紹介
『女まじない師』(*The Conjure Woman,* 1899)

　チェスナットは「戦後そしてハーレム以前」(Post-Bellum —— Pre-Harlem)、(1931)の中で、これは「厳密に言って小説ではなく、年老いた黒人庭師の口から、その雇主である北部の婦人と紳士という毎回同じ聴き手に語られた、黒人方言による短編集」であると解説している。確かに7つの短編が収められているが、他にも7編同じ設定の作品が、40年ほどにまたがって書かれているので、全体で一つの物語と見ることもできる。物語の始まりは「まじないのかかった葡萄の木」で、妻のアニー（Annie）が病弱なため、オハイオからノースカロライナへ葡萄園経営を考えてやって来た経緯が、白人青年ジョン（John）の一人称の語りで説明される。2人は散策中このプランテーションの元の持ち主の奴隷であったという混血の背の高い老人と出会う。このアンクル・ジュリアス（Uncle Julius）が奴隷時代のフードゥーにまつわる物語を方言で語るという構成になっている。物語は、奴隷の夫婦が主人の命令で引き離されるのが嫌で、女まじない師のもとへ助けを求めに行き、一方を木に変身させてもらうといった、超自然的な物語群から成る。また、その物語の外側にも物語があり、ジュリアスは自分や黒人たちの私的な利益のために、隠れた意図に沿って物語を語っているのである。「どの話の終わりもその老人の口に出さない目的を明らかにする。そしてその目的は大抵達せられるのである」と、チェスナット自身が解説している。

　ジョンは黒人たちの物語に懐疑的であるが、優しいアニーは奴隷たちの苦しみに心を動かされるようで、物語を夫より純粋に受け入れ、いわば仲立ちとなってジョンや読者を、黒人たちの世界に近づける役割を果たしている。ジュリアスも忠実な使用人に見えるが、孫を雇わせたりする抜け目のない黒人である点では、アンクル・リーマス（Uncle Remus）と違うことは明らかであろう。見かけは素朴な黒人たちの牧歌世界だが、背後には一定の意図がある。

『伝統の心髄』(*The Marrow of Tradition,* 1901)

　ハウエルズ（W. D. Howells）は『女まじない師』と『若い頃の妻』という方言短編集は評価したが、この長編小説については懐疑的であった。「彼は彼の民族のために、慈悲以上に正義を含む勇気をもって立ち上がっている。この本は、実際、実に苦々しい」(『ノースアメリカンレビュー』1901年12月)と。手紙ではもっと率直にその衝撃を「本当に、ああいった黒人は我々をどんなに憎まねばならないことか」と述べている（1901年11月10日）。短編集では隠されていたチェスナットの黒人としての鋭い視線が、この作品ではもっと明瞭になり、ハウエルズはその告発を身に染みて感じ取ったのである。

この小説は実際に起きたノースカロライナ(1898)とニューオーリンズ(1899)の暴動を基にしている。「この物語の主な目的は、どの小説もそうであろうが、楽しませることである。だがまた、それは目的小説という分類にも含まれる」(「新作『伝統の心髄』へのチャールズ・W・チェスナットの自評」)と著者は述べている。遊び人の美青年が正体を露し、良心的な青年と娘が無事に結ばれるという白人たちのハッピーエンドのロマンスもあるし、老白人婦人殺しの濡衣を着せられた忠実な黒人老執事が危うくリンチを逃れるというサスペンスも楽しめる。だが、戦後の黒人の政治的社会的進出を憎む町の有力白人が手を組んで起こした暴動は、首謀者の手に負えないほど拡大し、凄まじい殺し合いに発展する。白人一家を愛し続けた善良な黒人乳母や、罪のない少年が巻添えになる悲劇となる。そうした展開に、同じ父親を持つ黒人異母妹に対する白人女性の強い憎しみが絡まって、結末はその白人女性の人間性の卑しさがむき出しになる場面で終わる。冒頭から白人社会がより多く書かれていて、白人が主人公かと思わせる時もあるが、根底にある黒人の視点は明らかである。

研究への助言

今もっとも研究しやすい作家である。手紙、日記、エッセイ集、本に収められていない短編の出版だけでなく、チェスナットが生前出版を断わられていた長編小説が相次いで出版されたからである。1897年に拒否された『マンディ・オクサンディーン』(*Mandy Oxandine*)は戦後のノースカロライナで白人として生きることを選ぶ黒人の娘の物語。1921年に拒否された『自由黒人ポール・マルシャン』(*Paul Marchand F. M. C.*)は1820年代のルイジアナのクリオール社会が舞台で、自分が相続した奴隷をマルシャンが解放する結末。1928年に完成された『獲物』(*The Quarry*)は、主人公ドナルド・グローヴァー(Donald Glover)が白人でありながら黒人として生きる物語で、ハーレム・ルネサンス時代の有名な黒人たちが仮名で登場。リアリズム小説で、筋も工夫され、面白く読める。

参考資料

絹笠清二「チャールズ・チェスナットの『伝統の神髄』をめぐって」(『黒人研究』No. 45, 1973年)

阿部大成「差別の砦を落す——チャールズ・W・チェスナットの『ヒマラヤ杉の陰の家』/『伝統の精髄』/『大佐の夢』」(『岐阜経済大学論集』16(4), 1982; 17(1), 1983; 18(2), 1984)

岸本寿雄「チャールズ・チェスナット『杉林の奥の家』」(『黒人研究』No.54, 1985年)

(三石庸子)

ジェイムズ・ウェルダン・ジョンスン

James Weldon Johnson (1871-1938)

1871年フロリダ州ジャクスンヴィルで、3人姉弟の長男として生まれ、ウイリアム(William)と名付けられた。父はヴァージニア出身の自由黒人。母は英領バハマ諸島の首都ナッソーの豊かな家庭の出で、2人は69年にナッソーから移住。父はリゾートホテルの給仕頭、母は黒人のための初等学校でフロリダ初の公立学校黒人女性教師。母から音楽や文学を、父からは独学で身につけたスペイン語を学び、学校ではピッチャーとして活躍。スタントン校卒業後、87年にアトランタ大学入学。94年卒業。在学中はバスとしてカルテットに加わり、夏はジョージア州の奥地の学校で教える。卒業後は母校の校長を務め(1894-1901)、その間日刊紙を発行(95-96)、また白人弁護士の下で働いて98年にデュヴァル郡で黒人として最初の弁護士の資格を得た。また2歳下の弟ロザモンド(Rosamond)と音楽活動を始め、校長を辞めてニューヨークへ出て、ボブ・コウル(Bob Cole)と三人組で200近いポピュラーソングを作り、3年間で40万部の曲を売る人気音楽家となった。

共和党支援の関係でワシントン(Booker T. Washington)の推薦を受け、ベネズエラ(06-09)、ニカラグァ(09-13)の領事となるが、ウィルソン大統領当選の際、辞職。1909年に不動産業を営む裕福なネイル家のグレイス(Grace Nail)と結婚。13年、解放宣言50周年を記念した詩のニューヨークタイムズ掲載を期に、より文学的という理由でウェルダンと改名。14年には大手黒人新聞の編集者。16年からデュボイス(W.E.B.DuBois)の勧めで全米黒人向上協会(NAACP)の中心として30年まで激務をこなす。29年春に会議で京都へ。30年からはフィスク大学で教鞭。38年自動車事故死。

主要テキスト

The Autobiography of an Ex-Colored Man. New York: Sherman, French, 1912. (Reprinted as *The Autobiography of an Ex-Coloured Man*. New York: Knopf, 1927.)

Fifty Years & Other Poems. Boston: Cornhill, 1917.

God's Trombones: Seven Negro Sermons in Verse. New York: Viking P., 1927.

Along This Way: The Autobiography of James Weldon Johnson. New York: Viking P., 1933.

テーマ／特徴／その他

　詩人、小説家、ポピュラーソングライター、教育者、新聞記者、弁護士、領事、黒人運動活動家として活躍したジョンスンは、黒人文化が注目を集め、ハーレムが黒人の街として繁栄を極めたハーレムルネサンスの時期に、デュボイス(1868-1963)と並んでもっとも高名な人物であった。しかし、文学的運動としてのルネサンスとの関連から見ると、当時すでに名声を確立していたジョンスンとデュボイスの作品は、民族的意識に基づいた画期的に新しい芸術開花をもたらした運動の若い担い手たちの世代と比べて、旧式、中産階級的といった傾向が窺われることも事実である。そうした側面から、ジョンスンとデュボイスをポール・ロレンス・ダンバー(Paul Laurence Dunbar, 1872-1906)やチャールズ・W・チェスナット(Charles W. Chesnutt, 1858-1932)、さらにはブッカー・T・ワシントン(1856-1915)などと同世代として位置づける批評家もいる。実際ジョンスンの生年はダンバーにもっとも近く、2人はダンバーが有名になる以前から知り合いで、生涯友情を結んでいた。ダンバーは方言詩で、チェスナットは方言小説で、ともに19世紀末にすでに黒人作家として活躍していた。他方ジョンスンは方言を使わないという主張を持ち、文学者としての活躍は20世紀に入ってからである。ジョンスンの作品のほとんどはルネサンスの最盛期に出版されており、ルネサンスの先駆的な芸術観に貫かれているので、やはりルネサンス時代に位置づける方が妥当ではないかと思われる。

　ジョンスンがどのような世代に属していたかは、彼が『アメリカ黒人詩集』(The Book of American Negro Poetry)の改訂版(1931)につけた序文の次のような一節からも窺える。「ほんの10年前にこの本が編集された時は、芸術の創造者としての黒人という概念はあまりに新しく、実際形成されてもいなかった。・・・この10年以内のうちに、黒人はアメリカ生活に物質的だけでなく、芸術的、文化的、精神的価値を寄与しており、アメリカ文明を築き、形づくる上で、黒人は積極的な力であって、受け手であるだけでなく与え手であり、生存者というだけでなく創造者であるという一般的な認識が育ってきた」。アメリカは白人だけによって築き上げられた国ではない、黒人の物質的精神的貢献を忘れてはならないし、芸術の分野でも黒人には誇るべき民族遺産がある——そうした認識を、つまり黒人のアメリカ市民としての当然の権利を主張するために、ジョンスンは文学者として、また政治活動家として、闘った世代であったといえよう。

　南北戦争後に生まれたジョンスンは、連邦政府が解放局を置いて黒人の地位と権利の向上を推進した時代に育ち、白人からも協力を得て、領事という政府の要職さえ経験した一方、80年代からのリンチや暴動の急増、分離政策を決定的にする96年の最高裁判決など、反動の時代をも体験した人物であった。

ジョンスン, ジェイムズ・ウェルダン

作品紹介
『元黒人の自伝』(*The Autobiography of an Ex-Colored Man,* 1912)

　これは「パッシング」小説である。書き出しも、「私の生涯の大きな秘密」をもらすことになる、といかにもそれらしいのだが、秘密が露見することへの不安や孤独、同胞を裏切った後ろめたさなどをこの小説に期待すると全く予想外である。打ち明ける行為は「もっとも魅惑的な慰みに伴うスリル」とか、「我が人生の小さな諸々の悲劇を全部集めて、それらを社会に対する悪戯に変えたいという一種の野蛮で悪魔的な願望」というように、危険な楽しみとして、また白人社会に対する一種の報復であるかのように、この主人公には感じられているのである。「かすかな不満、後悔の感情」も、のちに結末で述べられるように、同胞を裏切ったことに対してのものではなく、黒人として生きて歴史と民族を築くという「あれほどにも栄光ある仕事」に加われずに、小市民的で平凡な白人としての人生を選んでしまったことに対する後悔なのである。一見白人中産階級的生き方に同化していくようにみえる主人公を描きながら、黒人であっても自由自在にアメリカ社会を生きることができる主人公を通して、誇るべき黒人文化の存在を認識させていくというのが、この作品である。

　主人公は南北戦争の数年後にジョージア州の小さな町で生まれ、その後コネチカットで学校へ通うようになり、ある日初めて自分が黒人であることを知らされ、激しいショックを受ける。高校卒業間近に母が死に、アトランタ大学入学を決めてアトランタへ向かう辺りから物語の展開は忙しく変化し、主人公は進学を断念し、フロリダのジャクスンヴィルへ、次にニューヨークへ行く。そこでラグタイムの演奏家となるのだが、パトロンに伴われてヨーロッパへ渡る。そして南部でアメリカ黒人の心をクラシック音楽の形式に表現したいという使命に目覚め、南部へ向かう。しかし、偶然リンチを目の当たりにしてから、百八十度転換して白人として北部で生きる決意をする。

　こうした展開の過程で、ラグタイムやスピリチュアル、黒人牧師の説教等、誇るべき黒人の芸術創造が主人公の感嘆を通して紹介されている。また形式も奴隷体験記を継承した一人称の語りで、物語展開も即興的で黒人的といえる。

『神のトロンボーン──黒人説教詩七題』(*God's Trombones,* 1927)

　トロンボーンとは人の声のことで、神のトロンボーンとは牧師の説教の音楽的な言語表現を言い表している。現代ではマーチン・ルーサー・キングやマルコムXの演説、さらにラップなど黒人文化伝統においての語りの音楽性は、広く認識されている。ポピュラーソングライターでもあったジョンスンは、その芸術的価値に気づき、子どもの頃から馴染んでいた黒人牧師の説教が消滅してしまわないうちに、書き留めておこうと決心したのである。アフリカから見知

らぬ土地に、しかも奴隷として連れて来られた黒人たちが、人間の平等と来世の救いを説くキリスト教に出会った時、どのような想いで受け入れたかは、容易に推察できる。スピリチュアルと説教はともにそうした人々の心の叫びであるゆえに、比類ない芸術表現となったのである。この説教詩集だけでなく、黒人霊歌集も編集して黒人文化の紹介に努めたジョンスンの功績は大きい。

　ジョンスンは昔の黒人説教師は「とりわけ雄弁家で、かなりの程度俳優であった」と本作品の序文で語っている。

　　神は空間に一歩踏み出した。／そしてあたりを見回し、言った。／
　　私は淋しい。／私に世界を創ろう。(「天地創造」より)

このように、具体的な行為の描写や直接話法の使用で、説教師が劇を演ずるように言葉と身振りを使って、直接的に身近に人々に語りかけ、聖書の世界へ引き込んでいった様子が窺われる。

研究への助言

　例えばハーレム・ルネサンスの代表的詩人ヒューズ(Langston Hughes)などと比較すると、ジョンスンの詩は古めかしく感じられる。ヒューズは個人的な思いを、気がねなしに、のびのびと黒人特有の表現を使って表現している。それに対しジョンスンは方言は使わないし、また、「黒人著者のジレンマ」(The Dilemma of the Negro Author, 1928)の中で、白人と黒人、あるいは双方がもっと複雑に入り混じった分裂した聴衆を意識せざるを得ないという、黒人作家のみに強いられた困難を語っている。確かに、常に白人を意識しているのである。けれどもジョンスンが白人的であったわけではなく、その芸術を時代特有の課題や背景の中においてみると、ジョンスン固有の功績が見い出せて、面白いと思う。

参考資料

赤松光雄「James Weldon Johnsonの "Along This Way"」(『黒人研究』No. 9, 1959年)

赤松光雄「J・W・ジョンソンの『もと黒人の自伝』における『パーシング』について」(『黒人研究』No. 41, 1971年)

岸本寿雄「The Eve of the Harlem Renaissance: James Weldon Johnson (I) (II)」(『創価大学紀要』12(1)(2), 1987年)

三石庸子「James Weldon Johnson の *The Autobiography of an Ex-Coloured Man* とハーレム・ルネサンス」(『黒人研究』No. 68, 1998年)

Eugene Levy, *James Weldon Johnson: Black Leader, Black Voice*. Chicago: The University of Chicago Press, 1973.　　　　　(三石庸子)

ジーン・トゥーマー

Jean Toomer (1894-1967)

詩人、小説家。ワシントンDCの生まれ。外見はほとんど白人と変わりない白皙の美男子。両親は1896年に離婚し、1909年に母が死亡したため、成人に達するまで祖父母と生活をともにする。祖父ピンチバック（P. B. S. Pinchback）は再建時代ルイジアナ州の副知事を務めたほどの著名な黒人を自称する政治家。トゥーマーは19年作家になる決意をするまでは、北部や中西部の各地を放浪し、いくつかの大学（ウィスコンシン、シカゴ、ニューヨークなど）に短期間だが在籍した。また思想的にも進化論、無神論、唯物論、社会主義に関心を示して試行錯誤をくりかえす一方、学費や生活費を稼ぐために職を転々とし、造船所の労務者、体操教師、自動車のセールスマンなどにもなった。

23年いわゆるハーレム・ルネサンス（Harlem Renaissance, 1920-29）を背景に『砂糖きび』（Cane）を世に問うことによって、黒人作家としての第一歩を踏みだした。これは22年ジョージア州スパータで教師をしていた2、3ヶ月の間に受けた南部の鮮烈な印象を詩や短編に作品化したもので、批評家たちの賞賛を博したが、商業的には不振だった。24年から35年頃まで、精神・肉体・魂の調和的発展をめざすギリシャ系アルメニア人の神秘主義者グルジェフ（G. I. Gurdjieff）の忠実な使徒となって、その教義の宣教活動に積極的に従事し、人間の完璧な理想的生活を追い求めてゆく。その後独自に人間の精神的成長を実現する体系を探求し、それがクエーカーリズムのいわゆる「内なる光」に一致することを知り、以後フレンド教会（クエーカー派）に入信、神への深い信仰を誓い、敬虔なクエーカー教徒として生涯を通した。文学者としてはむしろ不遇で、無名に近い作家として一生を終わった。だが折から人種暴動や公民権運動がピークを迎える60年代になって、黒人文化は再び見なおされる機運に恵まれた。『砂糖きび』もその波に乗って復刊され、未刊の原稿も多数発見されるに及んで、現代のアメリカ文学界のなかで黒人作家として再評価され、ついに黒人文学の伝統を継承する中心的な地位を占めるに至った。

主要テキスト

Cane.（A Norton Critical Edition）（Norton, 1988）、ダーウィン・ターナー（Darwin T. Turner）編。他にウォルド・フランク（Waldo Frank）、アーナ・ボンタン（Arna Bontemps）が編者の版もある。

テーマ／特徴／その他

　トゥーマーはハーレム・ルネサンスの作家であるといわれているが、「新しいニグロ」(The New Negro)に象徴されるこの時代とのかかわりということになれば、むしろ時代に背を向けた異端的な作家とみるべきである。そのような態度を取らざるをえなかった背景には、彼が白人として通るほどの皮膚の色をしていた避けがたい事情がある。幼い頃から自分が黒人だと意識したこともない人間が、皮肉なことだが、黒人の生活をいかに生き生きと描いたからといって、その功績を人種的背景に求めるとはいかにも乱暴な結論であろう。だがすべての誤解の根源は、実は彼が白人として生きようとしていたその一点にかかっていた。2度の結婚相手はいずれも白人女性だった。そうしたジレンマから、自分が白人でも黒人でもない全く新しい人種、アメリカ人種に属する人間だという苦しい説明まで案出しなければならなかった。当時、アメリカ人といえば暗黙のうちに白人を指したことは言うまでもない。

　とはいえ、生前自分の出生にかかわる複雑な心の葛藤に苦しみ、幾度か自伝を書きかけては自分が何者であるか証明しようとし、また作家は作品がすべてだという信念を貫き通そうとした。

　1967年73歳で世を去るまで、その生涯は謎にみちていた。一般的には『砂糖きび』の作者として知られているだけで、他の一切は不明のままだった。『砂糖きび』は黒人としてのアメリカ的経験をコラージュ風に、詩、小説、戯曲に組みこんだユニークな作品で、黒人社会の潜在的な生命力やそれに加えられる人種的圧力の衝撃までも、客観的に、しかもある場合には美の対象として、実験的な手法を用いて描かれ、黒人作家としての才能を高く評価された。だが出版後、黒人としての出自を拒否し、ハーレム・ルネサンスとのかかわりもほとんど否定して、文学界から忽然として姿を消すのである。この失踪は長らく謎とされていたが、60年代後半、死後ようやくその真相が明らかになってきたというのが実情なのである。

　トゥーマーは作家として鋭い洞察力を持っていた。出生に由来するその曖昧な態度もいわば苦渋の選択であって、たとえ黒人社会への背信的な裏切り行為と思われようと、かえってそれだからこそ時代を見通すこともできたのかもしれない。自伝によれば、世界が、白人社会も黒人社会も、等しく物質文明に毒され、危機的状況にあることを示唆して明言する。「現代の世界は破壊されつつある。だがわれわれは後戻りはできない……アメリカがかつてもっていたような農民階級は──『砂糖きび』のなかで、私はその白鳥の歌を歌ったのだ──は急速に姿を消しつつあった……《自然へ帰れ》はたとえ望みえても、もはや不可能だった。産業が自然をそのなかに取りこんでしまったからだ」と。彼はアメリカの象徴である摩天楼(スカイスクレーパー)さえ文明の巨大な墓石とみるのである。

トゥーマー，ジーン

作品紹介
『砂糖きび』（*Cane,* 1988）

　1920年代の黒人の生態を描いた『砂糖きび』は、全体が3部に分かれ、第1部と第3部ではジョージアの田園地帯が、第2部ではワシントンDCとシカゴの都会生活が背景となって、それぞれ独立した形で、物語や詩に完結している。第1部、第2部の構成は、それぞれ合計16編と12編の短編と詩からなっている。自伝によると、ウォルド・フランクの世話で出版社に持ちこまれた原稿は、初めは第1部だけだった。単行本にするには原稿の分量が足りなかった。その不足分を補ったのが第2部だったので、その点を考慮すると、まず第一に作者には第1部の作品群に作家生命を賭けようとする意図があったとみられる。作品全体としては一見雑然としていて統一性に欠けるようにも思われようが、第1部、第2部に共通するキー・ワードは、大地であり土壌である。再び自伝から引くと、「ここジョージアは赤い大地だった。ここには松の木があり、盆地には煙か霞がたなびいていた。ここには砂糖きび畑や綿畑があり、黒人の小屋があった。ここが南部だった、都会ができるまえの。ここには大地の人間ニグロがいたし、彼らの歌があった……ときどき私は自分自身が誰なのかわからなくなるほど強烈に、その全情景と一体感をもった」のである。

　第2部では大地から切り離された黒人たちがいる。彼らの存在の根は都会のセメントやアスファルトに食いこむことができず、ほとんど表面の世界に、土の色が見えない「7番街」の世界に生活している。「7番街」は「禁酒法と大戦との私生児」であり、戦時景気と密造酒で手に入れた金が絹のシャツやキャデラックに姿を変え、南部から移住してきた柔肌の黒人たちを堕落へと導く。彼らの背景にあるのは大地ではない。ワシントンの饐えてじめじめした白塗りの木造家屋に閉じこめられ、都会の喧騒にのみこまれて挫折し傷つき、錆びついたように無気力になる黒人たち。ここには荒廃した文明への批判が読み取れる。

　第1部、第2部を通じてもっとも印象に残るのは、第1部の女性の名をタイトルにした5編の短編と、同じく女性を中心に劇的な進展をみせる物語「血のように赤く燃える月」とに、集約的に描かれた南部の女性群像であろう。

　日が沈むときの黄昏のような肌をした「カリンサ」（Karintha）は男たちが夢中になる美女だが、動物のように私生児を森の松葉の上に生み落とし、やがて娼婦になる。「ベッキー」（Becky）は社会の掟を破って、2人の黒人の息子を生む白人女で、一部屋だけの小屋の煙突が、列車による震動で崩れ落ち、煉瓦の下敷きになったのかその姿は見えない。男まさりの「カーマ」（Carma）は夫の留守中に不貞をはたらいたと夫から疑われ、ピストル自殺を演出し、それが狂言自殺とわかって激怒した夫は動揺し、人を傷つけ、その罪で今は囚人の道路工夫の仲間に入っている。「ファーン」（Fern）はユダヤ人の父親と黒人の母親

から生まれた混血娘。語り手はこのクリーム色の孤独な少女がジョージアの黄昏にフォーク・ソングに耳を傾ける姿こそ似つかわしいと、南部の風景に溶けこんだ彼女の魅力に惹かれてゆく想いを語る。白人のように白い「エスター」(Esther)は、孤独と欲求不満に苦しむ裕福な家庭の女性で、幼いときに抱いた黒人牧師への想いが断ち切れず、27歳のとき深夜家を脱け出し、牧師に想いを打明けるが、冷たく拒否され、幻滅を味わう。「血のように赤く燃える月」は黒人女性ルイーザ(Louisa)をめぐる2人の恋人——彼女が雇われている家の白人の若者ボブ・ストーン(Bob Stone)と砂糖きび畑で働く黒人の農業労働者トム・バーウェル(Tom Burwell)——が対決のすえ、黒人が白人の喉をかき切り、その報復に白人の暴徒たちが黒人を、今は廃屋となった綿花工場に連れこみ、杭に縛りつけて火焙りの刑に処する凄惨な物語である。

第3部の戯曲「カブニス」(Kabnis)は再びジョージアの田舎町が舞台。北部生まれのインテリ黒人青年カブニスは、祖先の土地南部へ戻って教師をしながらジョージアの赤い大地に美を求めようとする芸術家である。だが精神的に弱い彼は、過去の因襲や奴隷制、人種差別から黒人たちが受けた屈辱感に気持の上で対処できず、自己嫌悪に陥る。ついには自立心を喪失して案山子(かかし)同然の酒徒になりさがる。カブニスの心のなかには、清算しようとして清算し切れない重い過去へのこだわりと、現在の自虐的な強迫観念が交錯している。

研究への助言

トゥーマーの生きたハーレム・ルネサンスとは、「黒人性」が強調され、ブラック・ナショナリズムが大いに高揚された時代である。やがて抗議文学の時代を経て、60年代に入ると黒人の過去の特殊な体験が現代の危機を表わす普遍的象徴としてとらえられ、黒人文学はアメリカ文学の一支流として脚光を浴びるのである。黒人文学から「黒人」という限定詞を取りはらった文学こそ、実はトゥーマーが追い求めていた文学だったことを考えると、この作品の警抜な洞察力には驚かざるをえない。

参考資料

ダーウィン・ターナー編『気まぐれと探求』(*The Wayward and the Seeking.* Howard U. P., 1980)。自伝、短編、詩などを含む著作集。

ロバート・B・ジョーンズ (Robert B. Jones) 編『トゥーマーの文学評論集』(*Jean Toomer: Selected Essays and Literary Criticism.* Univ. of Tennessee P., 1996)。

R・B・ジョーンズ編『ジーン・トゥーマーと思想の牢獄』(*Jean Toomer and the Prison House of Thought.* Univ. of Massachusetts P., 1993)。(関口 功)

ウォレス・サーマン

Wallace Thurman (1902-1934)

ハーレム・ルネッサンス華やかなりし頃、未曾有のアメリカ黒人芸術運動をききつけて地方から夢と野心に胸ふくらませ、その運動の求心点、ハーレム目指して旅立った多くの黒人青年のなかに、ウォレス・サーマンがいた。彼がハーレムに降りたったのは、1925年5月1日（労働者の日）、23歳のとき。それから彼はたちまちのうちにハーレム・ルネッサンスにおける前衛的若手芸術家のリーダー的存在となる。彼自身の言葉をそのまま借りれば、「このハーレムの3年間は、私がニューニグロ、詩人、編集者、異風人、役者、夫、小説家、劇作家となるのを目撃してきた」ということになる。

　サーマンは02年にソルトレイクシティーで生まれた。父は不在であったため、母と祖母に育てられた。病気がちで繊細で、作家になることを夢見ている子供であったらしい。のちにユタ大学医学部を中退してカリフォルニアの大学に移り、以後、編集の仕事などにたずさわるようになる。25年にハーレムに移ってからは、『メッセンジャー』誌などの黒人誌やその他、白人誌を含むメジャーな雑誌の編集者を務めるかたわら、ゴーストライターとして活躍。さらに黒人若手芸術家のための画期的な前衛小雑誌の設立を画策する。

　34年、結核で死亡。わずか32年という彼の短い生涯の最期の舞台は、白人作家ファーマン (Abraham Furman) と共著で死の2年前に出版した『インターン』(The Intern, 1932) という病院の腐敗した内幕暴露物を書く際に取材し、「もう二度と脚を踏み入れたくもない」とおそれたルーズベルト島の、まさにその病院であった。サーマンは同期のラングストン・ヒューズ (Langston Hughes) も驚嘆するほどの貪欲な読書家で、ありあまる才能をもちながら、白人社会における流行としてのハーレム・ルネッサンスと、黒人芸術家としてのディレンマに冷笑的な懐疑をいだきつづけ、酒におぼれて青春を消耗した彼の、あまりに皮肉な最期であった。

主要テキスト

Wallace Thurman ed., *Fire!!: Devoted to Younger Negro Artist*. New York: The Fire!! Press, 1926.
Infants of the Spring. Boston: Northeastern University Press, 1992.

テーマ／特徴／その他

　1920年代のハーレム・ルネッサンスの芸術運動において、台頭してきた新しい世代の黒人芸術家の誕生を最も象徴的に物語る出来事は、なんといっても、サーマンが中心となり、ラングストン・ヒューズ、ゾラ・ニール・ハーストン (Zora Neale Hurston)、カウンティー・カレン (Countee Cullen)、アーナ・ボンタン (Arna Bontemps)、ブルース・ニュゼント (Bruce Nugent, or Richard Bruce)、そして画家アーロン・ダグラス (Aaron Douglas) らが参入した前衛的小雑誌 *Fire!!* の創刊である。しかし、創刊号のみで終わったこの不運な小雑誌は、当時の黒人文壇からあまり注目されることなく、ヒューズの自伝によれば、*Fire!!* は残った山積みの在庫もろとも文字どおりアパートの火事（fire）で灰と化し、当時でさえ手に入れることの困難なコレクターズ・アイテムとなったという。これだけそうそうたる若手芸術家が一点に結束した雑誌が、なぜ日の目をみることもなく、これまであまり注目されることもなかったのだろうか、この雑誌創設の裏に隠されたもう一つの事情をかんがみると、その謎も解きあかされるだろう。

　この *Fire!!* 創刊の出発点は、ハーレムの267ハウスという、サーマンらボヘミアン芸術家が根城にした安い下宿屋が舞台となっている。サーマンはこのラディカルな雑誌のマニフェストとして序文の詩にこう記している。「炎、燃え揺らめき焦がし、肉体の表面的な事象を深くつらぬき、もの憂い血を湧かせる……讃美されることのなかった美に対する異教的渇望を充たし……肉体は甘美でいつわりなきもの、炎のほとばしりである魂……。」このマニフェストは、彼らの具体的な美学理論の欠如として一般的に批判されているのだが、もし、こういう抽象的言語でしか彼らの果敢な目論見が表現できないものであったとしたら、どうだろうか。この詩は、実はこの雑誌の影の発起人であるヒューズの「炎」という詩、そしてヒューズの影響を色濃く反映したニュゼントの短編で、近年の黒人ゲイ芸術家から初の黒人ゲイ小説として賞賛されている「煙草の煙と百合と硬玉」("Smoke, Lilies and Jade") (*Fire!!* 掲載) が下敷きとなっており、彼ら3人の結束を暗号的に物語っているのである。今でこそ性表現は自由になってきているものの、アメリカの1920年代、しかも従来の黒人の性的なステレオタイプのイメージを払拭することに躍起になっていた黒人知識人や中産階級のあいだでは、黒人の性の表出、特に同性愛を含む現実の黒人大衆文化を表現することはタブーであった時代である。こうした絶大な検閲勢力の只中で頓挫したとはいえ、サーマンらを中心としたハーレムの若手黒人芸術家が結集し、果敢に黒人文化と性の現実に根ざした芸術をめざし、かつ既成の黒人団体組織とその機関誌から独立した若手の新しい芸術の発表の場として小雑誌創設をもくろんだ意義は大きい。

作品紹介
『春の子供たち』(*Infants of the Spring*, 1932)

　Fire!! 誌の失敗が大きな負債となり彼の身に一手にふりかかってからも、サーマンは若い黒人芸術家の表現の場としての新たな雑誌創設の試みを捨てず、再び 1928 年に *Harlem* 誌を創刊する。ここでは前回の苦い教訓をいかし、芸術至上主義よりも主流黒人誌に一歩譲ったかたち、つまり政治的記事をより多く含んだ雑誌をもくろむが、それも創刊号のみで頓挫する。そしてついに 1929 年の大恐慌とハーレム・ルネッサンスの消滅。1932 年に書かれたサーマンの半自伝的な小説『春の子供たち』には、文字どおり、1920 年代アメリカ好景気の春に降ってわいたハーレム・ルネッサンスの寵児たち、黒人若手芸術家たちの生きざまが風刺的に、なかば自嘲的に描かれている。

　この作品は小説という形態をとりながらも、ヒューズの自伝と相並び評されるハーレム・ルネッサンスを生きた黒人芸術家の内面ドキュメントとして名高く、自己破壊的な苦悩にさいなまれる主人公レイモンド (Raymond) は等身大のサーマン自身の姿であるといえる。またこの小説の舞台は、若い黒人芸術家の進出が真の黒人の自由をもたらすと信じて、ある白人女性が提供したハーレムのスタジオ「ネガラティ屋敷」であるが、このネガラティ (Niggeratti) という言葉は、すなわちニガー (nigger) という黒人を表す蔑称とリテラティ (literati) (文人知識階級) とを皮肉って合成した当時のハーレム黒人スラングであり、ハーストンが揶揄的に「ネガラティ屋敷」と呼び慣わした前述の実伝説的下宿屋、ハーレムの若手芸術家のたまり場となっていた 267 ハウスがモデルとなっている。

　このネガラティ屋敷に集う黒人芸術家のなかには、白人社会の流行現象となっている黒人芸術の真価を懐疑し、黒人芸術家として自己の才能を達成することに自信がもてない主人公レイモンドの他に、オスカー・ワイルド (Oscar Wilde) 信奉者でゲイの画家兼作家であるポール (Paul) (ニュゼントがモデル?) や、有望な作家で第一級の詩人になるだろうといわれているが、謎めいていて、つかみどころのないトニー (Tony) (ヒューズ?) や、南部方言の達人で優れた語り手であるが、それを紙に書いて作品にすることに無頓着なスウィーティー (Sweetie) (ハーストン?)、黒人桂冠詩人で常に親しい男友達を連れているデウイト (Dewitt) (カウンティー・カレン?)、そして、これら若手を子分に新しい黒人の時代の新しい黒人芸術を語りかけるパークス博士 (Dr. Parkes) (ニュー・ニグロ (New Negro) 運動の推進者アラン・ロック (Alain Locke)?) などがいて、屋敷のひとときの盛り上がりをほこる。

　しかしやがてレイモンドが黒人に同情的な白人運動家と喧嘩になってから、徐々にこの屋敷に暗雲がたちこめるようになる。まずステファン (Stephen) が

屋敷を去る。レイプの罪をきせられて投獄されるペラム（Pelham）。レイモンドも精神疲労で入院した。このようにネガラティ屋敷の住人は次々と行方不明になったり、白人社会にパッシング（passing）したり、病院に入ったりする。ポールも酒におぼれて女性を殴り、屋敷を去ったのち自殺する。レイモンドがポールの自殺の知らせを聞いて駆けつけると、床には彼が長いあいだ書き続けてきた小説が敷きつめられ水浸しになっていた。最終的にレイモンドは屋敷に残ったただ一人の住民となってしまう。屋敷のオーナーは、この屋敷が黒人芸術と黒人の向上には不毛であったとして、閉館を宣言する。

　ネガラティ屋敷の閉鎖は、ハーレム・ルネッサンス終焉の一つの象徴、ハーレム・ルネッサンスの若い黒人芸術家たちが経験した苦しみと絶望の象徴ともいえるだろう。レイモンドはこの「歪んだインクのしみだらけの黒い摩天楼」ネガラティ屋敷について、次のように回想する。「この建物の基礎は崩れた瓦礫で建てられていた。一目見ても、その摩天楼はすぐ砕けおちるのは確実に思われた。大空を完全に手中におさめている優勢な白い光だけを残して。」

研究への助言

　近年、ハーレム・ルネッサンスが新たな角度から再び見直されつつある。つまり現代のフェミニズムとジェンダー研究の成果を受けて進展した黒人ゲイ理論家によって明らかにされつつあることは、黒人文化には、これまで性に対する厳しい検閲から抑圧され、見えない存在とされてきた一つの側面、つまり黒人大衆文化に根ざした同性愛的な愛の様式があり、実に多くのルネッサンス芸術家がこの文化的様式をシェアーしていたということなのである。こうした研究成果をふまえると、*Fire!!* のこれまでの過小評価、そしてサーマンを若死に至らせた原因であろう、彼の作品に満ちている自虐的な絶望感のその根源がおぼろげながら浮き上がってくる。作品というクローゼットに暗号のように閉じこめられたサーマンらの禁じられた欲望と夢と絶望、ハーレム・ルネッサンスの光と影、それを読み解く作業は、今後の研究にゆだねるしかない。

参考資料

岸本寿雄「Harlem Renaissance 小説（5）Rudolph Fisher と Wallace Thurman（2）」（『英語英文学研究』創価大学 No.41, 42 合併号、1998 年）

竹間優美子「James Baldwin 研究の動向――1950 年代から 1990 年代まで――」（『Asphodel』同志社女子大学英語英文学会 No.32, 1997 年）

Steven Watson, *The Harlem Renaissance: Hub of African-American Culture, 1920-1930*. New York: Pantheon Books, 1995.　（竹間優美子）

ジェシー・レッドモン・フォーセット

Jessie Redmon Fauset (1882-1961)

1882年レッドモン・フォーセット(Redmon Fauset)牧師の7番目の子としてニュージャージー州に生まれる。1900年にフィラデルフィア女子高校を卒業し、コーネル大学に進学。在学中の03年頃デュボイス(W. E. B. DuBois)を知る。05年に同校を卒業し、ワシントンD.C.のMストリート高校のフランス語専任教師となり、19年まで勤める。その間グリムケ(Angelina Grimke)、ジョンソン(Georgia Douglas Johnson)、スペンサー(Anne Spenser)らと親交を結び、12年頃から『クライシス』誌(Crisis)への投稿を始める。並行してペンシルヴァニア大学大学院に学び、19年修士号取得。

19年いったん教職を辞し、デュボイスの下で『クライシス』誌の編集にあたり、自ら短編小説、詩、エッセィ、旅行記、翻訳、書評などを執筆する。編集者としてヒューズ(Langston Hughes)、トゥーマー(Jean Toomer)、カレン(Countee Cullen)、マッキィ(Claude McKay)、ラーセン(Nella Larsen)などを世に出し、"Midwife of Harlem Renaissance"(Abby Arthur Johnson)と呼ばれる。この間数回フランスに留学する。

26年に編集者の職を辞し、翌27年に教職に戻り、44年までニューヨークのドウイット・クリントン高校に勤務する。29年にビジネスマンのハリス(Herbert Harris)と結婚。夫の死後も教職にとどまり、61年に没している。

24年から33年までの間に4冊の小説を出版し、"the most prolific writer on the New Negro Movement"(Erica L. Griffin)あるいは"one of the most productive black writers of the period"(Cary D. Wintz)と呼ばれている。

主要テキスト

There Is Confusion. Boston Northern University Press, 1989.
Plum Bun. Boston Beacon Press, 1990.
The Chinaberry Tree. New York: G. K. Hall & Co., 1995.
Comedy: American Style. New York: G. K. Hall & Co., 1995.

テーマ/特徴/その他

　1920年代のハーレム・ルネサンス期の文学は主に黒人男性によって担われ、黒人性の強調を特質としていた。そのなかにあってフォーセットの文学は、黒人中産階級女性の自立をテーマとする点で異色とみなされた。また彼女は黒人の異質性ではなくて、黒人と白人との同一性を主張しようとしていた。このため、白人はもとより、最初は彼女の文学を賞賛した黒人男性からもブルジョワ的であるとして批判され、やがては疎んじられていく。しかしそのなかにあっても彼女は4冊の小説を出版し、上記のテーマを深めていく。

　その後も彼女の文学は、"rear-guard"(Robert Bone)であるとか、保守的イデオロギーのメロドラマであるとかという非難が続き、現在においても評価が二分している。批判派の旗頭はウォール(Cheryll Wall)で、"She [Fauset] is now among the least respected."と厳しい評価を示している。カービー(Hazel Carby)やワシントン(Mary Helen Washington)もこの立場である。一方、フォーセット擁護論を主に展開するのは、シルヴァンダー(Carlyn Sylvander)とマクダウェル(Deborah McDowell)である。

　フォーセット文学への批判は主に以下の4点だが、それに対して擁護派はa～dのように反論している。

1、フォーセットの小説は黒人の上流階級を描いたものである。
a 彼女が当時としては例外的な高い学歴を有していることの類推から、彼女自身も上流階級出身のように思われたが、実は生活のために生涯働き続けなければならない中産階級の出身であり、小説に描かれる人々もほとんどが中産階級である。

2、白人の立場を判断基準としている。
b 白人のように見える黒人の「パッシング」をモチーフとしたものが多いためにそう思われるが、これは作者の戦略である。作者は黒人の異質性を強調するのではなくて、黒人も同じ人間であることを主張している。

3、保守的イデオロギーのハッピー・エンドのメロドラマである。
c 結婚によって目出たし目出たしとなるメロドラマのように見えるが、厳密に読めばいずれの作品の結末もそのような安易な解決ではない。

4、描写が平板で、人間が描けていない。
d お伽噺の手法が用いられていたり、基本的にリアリズムの小説なので、描写に多面性がないのは事実だが、それはアイロニーを強調する手法であり、社会批判の意図があるためである。

　黒人の中産階級化が進むなかで、フォーセットの小説のヒロインたちの直面する自立やセクシュアリティの問題は今日的である。

フォーセット，ジェシー・レッドモン

作品紹介
『プラム・バン』（*Plum Bun,* 1929）

　フィラデルフィアのマレー（Murray）家の親子、父ジュニアス（Junius）、母マッティ（Mattie）、長女アンジェラ（Angela）、次女ヴァージニア（Virginia）は黒人中産階級で、比較的幸福に暮らしている。しかし娘たちが成長し、職業を通して自己実現をはかろうとすると、人種の壁が大きく立ちはだかってくる。父母の死後、アンジェラはニューヨークに出て美術を学び始める。彼女は母ゆずりの色の白さから白人になりすまして白人としての生活をエンジョイする。やがて彼女の前に裕福な白人の求婚者が現れ、彼女は彼と同棲する。すると男は彼女を従属物として扱い、結婚しようとはしないので、彼女は男と別れる。彼女にヨーロッパ留学の話がもちあがるが、彼女は同僚の黒人女性が黒人ゆえに留学を拒否されるのをみて、自分も黒人であることを告白する。そしてアンジェラは自力でヨーロッパ留学を果たす。

　アンジェラの自立をめぐるこの話の特徴は、白人の価値観の影響を受けて、白人と結婚することを夢見るようなありふれた一人の中産階級の娘が、試行錯誤を繰り返しながら黒人としての自己の存在に目覚めていく点にある。彼女は、この社会が白人中心のものであり、男性中心のものであることを、初期の段階から認識しているが、実感していない。それを体験することによって彼女の認識が変化するのがこの小説の主なプロット進行である。

　この作品には「道徳なき小説」という副題がついているが、それはヒロインが目的達成のためには手段を選ばず、白人のふりをし男と同棲もする、つまり当時の人種や性の道徳を無視しているという意味に解することができる。しかし作品全体を見れば、ヒロインは純粋に行動するのに彼女には「道徳がない」と見なされる。それは翻って言えば、社会の方に道徳がないということである。

『アメリカ式の喜劇』（*Comedy: American Style,* 1933）

　4人の黒人女性を主人公とする物語。最も中心的な位置を占めるのはオリヴィア・ケィリー（Olivia Cary）であり、さらにはその母ジャネット（Janet）、娘テリーザ（Theresa）の女3代の物語である。これと対照されるのがオリヴィアの息子クリストファー（Christopher）の妻となるフィーブ（Phebe）である。

　母ゆずりの白い黒人であるオリヴィアは下層階級に属することを拒否し、黒人の世界を忌避する。そのために同様に白い黒人である医師のクリス・ケィリー（Chris Cary）と結婚する。自ら白人の世界に入ることができなかったオリヴィアは娘のテリーザを白人と結婚させようとする。娘はヨーロッパに渡りフランス人と結婚するが、人種差別主義者である夫との結婚生活は不幸そのものである。一方オリヴィアの息子と結婚するそしてフィーブは、金持ちの白人の求

愛を拒否し黒人と結婚することを選択する。そしてフィーブは義母オリヴィアと対決し、ケィリー家を立て直す。

　白い黒人オリヴィアが白人至上主義に取り憑かれる様を、徹底的に批判した作品であり、モリスン(Toni Morrison)の『青い目がほしい』(*The Bluest Eye*, 1970)のテーマを先取りしたものである。この作品においてもお伽噺のモチーフの利用は明らかであり、その点でも『青い目がほしい』との共通性が窺える。

　オリヴィアと対立するフィーブのプロットにはアメリカの人種主義に対する批判が顕著だが、作者の批判はアメリカにとどまらずフランスにまで及んでいる。フランス人の夫がセネガル人やアメリカ黒人を悪し様にののしるのを聞いてテリーザが震撼する場面では、自由と平等と友愛の国フランスも実態は必ずしもそうではないことを作者は提示している。

研究への助言

　翻訳がない、邦語論文が少ないということで、自力で作品を読み解かなくてはならないが、幸い英語はやさしい。テキストも4冊すべてが重版されていてamazon. comで入手可能。まずは物語のおもしろさを実感してほしい。次に英語文献については、フォーセットを含むこの時期の女性作家研究書が数冊出ているので大いに参考になる。女性の自立、セクシュアリティなどジェンダー・スタディとしても興味深い。またお伽噺のモチーフや劇的構成など手法面での考察も必要であろう。

参考資料

大内義一『アメリカ黒人の文学』(早稲田大学出版部、1978年)

山下　昇「ハーレム・ルネサンスの女性作家—Jessie Fauset の場合—」(『黒人研究』No. 68、1998年)

Carlyn Wedin Sylvander, *Jessie Redmon Fauset: Black American Writer.* Troy: The Whitston Publishing Company, 1981.

Deborah McDowell, "The Neglected Dimension of Jessie Redmon Fauset", *Conjuring* ed. by Marjorie Pryse and Hortense J. Spillers. Bloomington: Indiana U. P., 1985.

Jacquelyn McLendon, *The Politics of Color in the Fiction of Jessie Fauset and Nella Larsen.* Charlottesville: U. P. of Virginia, 1995.

Hiroko Sato, "Under the Harlem Shadow: A Study of Jessie Fauset and Nella Larsen", *Remembering the Harlem Renaissance* ed. by Cary D. Wintz. New York: Garland Publishing, 1996.

　　　　　　　　　　　　　　　　　　　　　　　　(山下　昇)

ネラ・ラーセン

Nella Larsen (1891-1964)

1891年シカゴに生まれる。母はデンマーク系の白人、父は西インド諸島出身の黒人であった。彼女が2歳のとき父が亡くなり、母は白人と再婚する。母の再婚後は、彼女以外周囲がほとんど白人という環境で生活し、疎外感を感じて育つ。1908年にフィスク大学の高等部に学ぶが、今度はほとんどが黒人という環境に違和感を感じる。卒業後、10年から12年までデンマークのコペンハーゲン大学で聴講生として過ごし、帰国後は15年までニューヨークのリンカーン病院で看護学を学ぶ。その後アラバマ州のタスキギー・インスティテュート（17年まで）やニューヨークで、看護婦として病院などに勤務する。19年にエルマー・アイムズ(Dr. Elmer S. Imes)と結婚する一方、図書館司書資格を得てニューヨーク公立図書館に勤務する(22年-23年)。この図書館勤務の間にデュボイス(W. E. B. DuBois)やジョンスン(James Weldon Johnson)などを知る。

やがて創作に手を染め、短編小説を書き始める。28年に中編『流砂』(*Quicksand*)を出版し、黒人白人双方から高く評価される。続いて29年に出版した『パッシング』(*Passing*)も好評を博する。30年には黒人女性として初めてグッゲンハイム奨学金を得て、ヨーロッパで創作に励むが、短編「サンクチュアリ」("Sanctuary")が盗作であると非難される。盗作の嫌疑はやがて晴れるが、この騒ぎや離婚騒動などの影響もあって次の作品を完成することはできなかった。33年にエルマーと離婚。その後文壇を離れて看護婦の職に戻り、63年に退職するまで病院に勤める。64年死去。

主要テキスト

Quicksand and Passing. New Brunswick: Rutgers University Press, 1986.
An Intimation of Things Distant: *The Collected Fiction of Nella Larsen*. New York: Anchor Books, 1992.

テーマ/特徴/その他

　何しろ2つの中編と数編の短編を残しているだけなので、この作家が描きたかったものが何なのかを知ることは容易ではない。しかしラーセンは、忘れ去られた存在となっていた者が多いハーレム・ルネサンス期の女性作家の中では、比較的コンスタントに長期間にわたって読み継がれてきている。彼女自身が白人と黒人の混血であり、白人、黒人両方の世界で育ってきたという希有な経験を有しているため、彼女の描く作品には伝記的要素が多く散見される。しかしラーセンの文学は、黒人文学の多くに見られるような、人種差別を社会学的に問題としているものとはひと味異なっている。もちろん黒人たちが人種差別の犠牲になっていることは描き出されるのだが、白人として通用する混血の人物をヒロインにすえ、その人物のアイデンティティの不安を中心として、その心理を描出するのがラーセンの特徴である。

　ラーセンは、同じく混血のヒロインのパッシングを扱いながらも、フォーセット (Jessie Redmon Fauset) とは若干アプローチの方向が異なる。フォーセットの場合は、主人公はいかに白人の世界に入り込むかに腐心し、作者はそのことの愚かしさをアイロニカルに描きだすのだが、ラーセンの場合は、主人公たちに白人の世界と黒人の世界を行き来させることによって生じる不安やサスペンス、葛藤などを描くことが主眼となっている。

　加えて近年は、ジェンダー・スタディの一環として、彼女の作品における同性愛的要素が取り沙汰されるようになっている。ラーセンの作品においては、単に人種の問題だけではなく、女同士の微妙な愛情や嫉妬、恨みなどがプロットを形成していることが指摘されている。また、人間の行動の背後にある性的衝動やその抑圧など、セクシュアリティの問題も追究の対象となっている。

　なお、上述した主題を表現するために用いられている彼女の作品構成や技法も大いに検討されるべきである。彼女の作品の注目すべき点の一つはディスコースである。例えば、「流砂」は小説のタイトルとして主題を表しているのみならず、プロットの進行もその比喩のごとく流れていく。小説中に周到に配置された比喩や象徴は、繰り返し用いられて、統合的に主題を浮かび上がらせる。

　一方、構成上の失敗としてよく指摘されるのが彼女の作品のエンディングの問題である。『流砂』、『パッシング』ともに結末が唐突または曖昧であり、説得力に欠けるという批判がある。しかし、この批判の当否については、読者は慎重に判断する必要がある。一見したところ唐突、曖昧と見える結末も、主題と技法の絡みからもたらされる必然的なものとも考えられるからである。

作品紹介
『流砂』(*Quicksand,* 1928)

　白人の母と黒人の父を持つヘルガ (Helga Crane) は、南部の黒人学校の同僚のジェームズ (James Vayle) と婚約しているが、学校を含む田舎の保守的環境に飽き飽きしている。ついに婚約を解消したヘルガは、シカゴの叔父を訪ねるが、叔父の妻はヘルガの肌の色を理由に彼女を拒絶する。そこでヘイズ＝ロア夫人 (Hayes-Rore) の秘書として働き始め、ニューヨークへやって来たヘルガは、夫人の姪アン・グレイ (Ann Grey) と知り合い、都会暮らしをエンジョイする。しかし都会暮らしに疲れてきた彼女に、叔父から5000ドルの小切手とともに、母の故郷デンマークへ行くことを勧める手紙が届く。

　ヘルガはデンマークへ旅立ち、2年間を過ごす。ここで彼女はエキゾチックな容貌のせいでもてはやされ、アクセル (Axel Olsen) という芸術家に求婚されさえする。しかし人々が彼女をもてはやすのは、風変わりなペットとしてであることに気づいて、ヘルガは帰国を決意する。帰国するとアンが、元ナクソスの校長ロバート (Robert Anderson) と結婚しており、彼を愛していたヘルガはショックを受ける。ロバートに対する失望から、彼女は田舎牧師であるグリーン (Mr. Pleasant Green) と衝動的に結婚し、今や4人の子の母となったヘルガは生活に追われ、疲れ果てている。この生活に終止符を打とうとする彼女は5人目をはらんでいることに気づくのである。

　アメリカ南部の田舎、都会、ヨーロッパと3つの場所を対照させながら、混血のヒロインがいずれの場所においても自分の居場所を見いだせない苦悩を描く作品。南部の保守性に嫌気がさしたヒロインは、北部の都会にあこがれるが、都会の生活の現実は厳しい。この作品は、いわゆるグレート・マイグレーション・ノヴェルとして読むことが可能であり、北部の都会暮らしとヨーロッパ生活まで経験した彼女が、再び南部に戻り、田舎の生活に窒息しそうになっている様子をパセティックに描いている。また、彼女が衝動的に牧師との結婚を選択したことが、後の彼女の苦境をもたらした理由であるが、その選択の背後には彼女の抑圧されたセクシュアリティが隠されているという点に、現代的主題を見いだすことができる。

『パッシング』(*Passing,* 1929)

　アイリーン (Irene Redfield)、クレア (Clare Kendry＝Mrs. John Bellew)、ガートルード (Gertrude Martin) という白人として通用する3人の混血女性たちが主人公。3人はそれぞれに結婚しているが、三者三様に立場が異なる。アイリーンは黒人と結婚している。クレアは黒人であることを隠して白人と結婚している。ガートルードは白人と結婚しているが夫は彼女が黒人であることを

知っている。

　クレアの夫ベルーが頑迷な人種差別主義者であることが、あることを機会に明らかになり、クレアの結婚に破局の影がさす。危険を避けるために交際を止めようというアイリーンの忠告を無視してクレアはかえって大胆に行動し、アイリーンの夫婦関係にまで入りこんでくる。その結果クレアが黒人であることが夫の知るところとなり、クレアの結婚は破局を迎える。クレアが窓から落下して死ぬ最後の場面は、事故か自殺か、あるいは夫を取られまいとしてアイリーンが突き落としたのかは判然としない。

　3人の混血女性のパッシングを対照させることによって、パッシングの社会的機能の多様さを比較する。とりわけ結婚および出産によって黒人であることが暴露されるかも知れないという女たちの不安を皮肉な視点から描き出す。なかでも深刻なのはクレアの場合である。夫が人種差別主義者であることが分かり、内部から結婚が崩壊していくなかで、彼女はかえって大胆になる。

　クレアのアイリーンに対する、あるいはアイリーンのクレアに対する気持ちには、愛憎の交叉するアムビヴァレントなものがあり、同性愛的なものを読み取ることも不可能ではない。これをどう解釈するかによって結末の解釈も大きく変わってくるであろう。

研究への助言

　翻訳はないがテキストは比較的入手しやすいし、短くて読みやすいので、テキストをしっかり読むことが大切。日本語文献は少ないが多少あるので、役立ててほしい。従来はパッシング小説のジャンルとして読まれるのが主であったが、最近ではジェンダー・スタディーズの対象としても取り上げられているので、そのような観点から読むことも必要。作品の終わり方が議論の対象になっているので、その点にも注意が肝要である。

参考資料

近田小一「Nella Larsen, *Passing* について」、「Nella Larsen, *Quicksand* について」(『サイコアナリティカル英文学論叢』4、6、1980年、1982年)

安部大成「ネラ・ラーセンの『パシング』(1),(2)」(『岐阜経済大学論集』22(4), 23(1), 1989年)

Brett Beemyn, "A Bibliography of Works by and about Nella Larsen" *African American Review* 26-1, Spring 1992.

Judith Butler, *Bodies that Matter*. New York: Routledge, 1993.

Thadious Davis, *Nella Larsen: Novelist of the Harlem Renaissance*. Baton Rouge: Louisiana State U. P., 1994.

（山下　昇）

ゾラ・ニール・ハーストン

Zora Neale Hurston（1901?-1960）

ハーストンがいつ生まれたかについては、はっきりしない。出生記録が残っていないし、彼女がありのままの私生活を書かなかったからだ。アリス・ウォーカー（Alice Walker）が雑草の中に埋もれていたハーストンのものと考えられる墓を探して、墓標に「南部の天才……1901-1960年」と刻んだことからもわかるように、今までのところ、1901年説が有力である。だが、ハーストンがフロリダ州イートンヴィルで、大工でバプティスト教会の牧師ジョン・ハーストン（John Hurston）と元教師のルーシー・ポッツ・ハーストン（Lucy Potts Hurston）の間に生まれたことは、確かである。幼い頃から母から「太陽に向かって跳べ」という励ましを受けて育った。だがその母親も、彼女が9歳の時に死ぬ。母親からハーストンは孤独に耐えられる強靭な精神力を受け継いだ。また幼い頃からハーストンは、イートンヴィルの人々の笑い話やほら話を聞いたり、学校では聖書やギリシャ神話などに興味を覚えたりして育った。これらの影響は、ハーストンがハーレム・ルネサンスの時期の20年代に執筆活動を始めるようになってからも、彼女の作品や生き方に色濃く反映されることになる。25年にバーナード大学に通い、フランツ・ボアズ（Franz Boas）に師事して人類学を学んだり、黒人の民間伝承を集めにフロリダへ行ったり、黒人の宗教であるヴードゥーの儀礼を調査しにカリブ海の島々へ行ったりしたのが、その端的なあらわれである。

晩年のハーストンは世間から忘れ去られたまま代用教員などをして生活していたが、60年にフロリダの福祉施設で死ぬ。フォート・ピアスの墓地に墓標のないまま埋葬された。

主要テキスト

Jonah's Gourd Vine. Philadelphia: J. B. Lippincott, 1934.
　『ヨナのとうごまの木』（徳末愛子訳：リーベル出版、1996年）
Mules and Men. Philadelphia: J. B. Lippincott, 1935.
　『騾馬と人』（中村輝子訳：平凡社、1997年）
Their Eyes Were Watching God. Philadelphia: J. B. Lippincott, 1937.
　『彼らの目は神を見ていた』（松本　昇訳：新宿書房、1995年）
Tell My Horse. Philadelphia: J. B. Lippincott, 1939.
　『ブードゥーの神々』（常田景子訳：新宿書房、1999年）

テーマ／特徴／その他

　ハーストンは作家にしてすぐれた人類学者である。従って、その活動は大別すると、作家としての活動と人類学者のそれに分かれる。まず、作家としての側面についてだが、彼女は何よりも1930年代に台頭しつつあった「抗議小説」の流れに迎合しなかった作家である。1937年に代表作『彼らの目は神を見ていた』を出版したが、『アメリカの息子』（*Native Son*）を発表して1940年代の黒人文学の世界に君臨することになるリチャード・ライト（Richard Wright）によって、彼女のこの作品には「まともな解釈をするのにふさわしい基本的な理念もテーマもない」と酷評された。しかしハーストンは小説への信念を捨てることはなかった。それどころか彼女は、自分は小説を書きたいのであって「社会学の論文」を書くつもりは全くないと言い切ったのだ。これは、黒人を人種問題に巻き込んでもっと悲惨な状況に追い込むよりも、黒人の文化や伝統を掘り起こし、黒人に民族の誇りを持たせるほうが大切だという信念に基づいた主張であった。人類の歴史という長いスパンで見た場合、主義や運動はせいぜい2、30年続くテンポラリーなものにすぎない、というのが彼女の持論である。たとえば1960年代に全盛を極めた公民権運動は70年代になると廃れ、代わりにアリス・ウォーカーやトニ・モリスン（Toni Morrison）らを中心とした黒人のフェミニズムが勢いを増してきた。ハーストンは一時的な主義や運動の表層を突き抜けて普遍的なもの、何世代もの後の読者にも新鮮味と衝撃を与えるテーマ、それもできることならば黒人に生きる勇気を与えるテーマを追求しようとした。そのためにハーストンの作品には、黒人の精神を形成し太古の昔から形を変えて生き続けてきた神話や宗教の儀礼を題材にしたものが多い。すぐれた黒人の批評家ヘンリー・ルイス・ゲイツ・ジュニア（Henry Louis Gates, Jr.）は、ハーストンの小説を「神話的リアリズム」の小説と呼んだ。

　ハーストンの作品の特徴は、研ぎ澄まされた言葉による比喩の素晴らしさにある。たとえば『彼らの目は神を見ていた』の中に、「男たちは、彼女の尻がまるで尻ポケットにグレープフルーツを入れたかのように、引き締まっているのに気づいた。腰のところまで垂れて、羽毛みたいにほぐれる太いロープのような黒い髪」という主人公ジェイニー（Janie）の身体を表現した一節があるが、この一節は今読んでも新鮮さと野性味が伝わってくる。次に人類学者としてのハーストンの功績は、ジャマイカやハイチを探訪してアフリカの宗教を色濃く残すヴードゥー教を細かく観察した点にある。ハーストンは、ヴードゥー教の根幹を成すアフリカの宗教がキリスト教と同じくらい古いものであることを証明しただけではない。カリブの島々やアメリカの南部には、今でもアフリカの宗教が残っていることを文化人類学者のメルヴィル・J・ハースコヴィッツ（Melville J. Herskovits）に教えたのは、彼女であったのだ。

作品紹介
『彼らの目は神を見ていた』(*Their Eyes Were Watching God,* 1937)

〈あらすじ〉：作品の冒頭は沖合いを漂う船が描かれている。「遠くにいる船は、あらゆる男たちの願いをのせている。ある者にとって、船は潮の流れにのって入港する。またある者にとって船は、永遠に水平線上を進み、その人が諦めて目をそらすまで、見えなくなることも着岸することもない。彼の夢は、時間によってあざ笑われ消えてゆく。これが男たちの人生である」。この船のイメージに暗示されているように、ある意味でこの作品は、主人公ジェイニーが放浪することによって行われる自己探求の物語である。

物語は、ジェイニーが死者を埋葬して2番目の夫ジョディ(Jody)と20年間住んだフロリダのイートンヴィルに戻って来たところから始まる。「彼女は、びしょ濡れになったまま死んでいった人、死んで顔がむくんだ人、最後の審判の時にカッと目を見開いたまま、急死した人のところから戻ってきた」。物語は、わが家のポーチに腰をおろしたジェイニーが、久しぶりに再会したフィービー(Phoeby)に、今まで経験した事柄を話すというかたちで展開する。幼い頃からジェイニーは、母親の存在を知らないまま婆やに育てられた。奴隷制の悲劇を味わったことがある婆やの口癖は、「わたしの見るかぎり、黒人の女はこの世の驟馬だね」であった。「社会的に虐げられた人は、社会的にもっと虐げられた人を虐げる」という言葉があるが、婆やは、黒人の女はどうあがいても社会的により虐げられた人間にすぎないと見なして、黒人の女の積極的な生き方を諦めている。そうした考えを持つ婆やの勧めに従って、ジェイニーは60エーカーの土地を持つ最初の夫ローガン・キリックス(Logan Killicks)と結婚する。だが、働くばかりで構ってくれないキリックスとの結婚生活はジェイニーにとって無味乾燥なものであり、彼女の「宇宙のような淋しさ」が消えることはない。ジェイニーは、人間らしい生き方を求めて遠い地平線のかなたへ行きたいという憧れを抱いていた。そんな時、町の有力者になりたいという野心を抱いたジョディが彼女のところに現れ、彼女は彼と駆け落ちしてイートンヴィルの町へ行く。ジョディはそこの町長になるが、ジェイニーは「女は家に居るべきだ」という彼の考えに次第に反発していく。最初、ジョディは、黒人の女を一人の女性として扱っていたが、徐々に以前の婆やと同様にジェイニーを家から出したくない人間へと落ちつぶれていき、ついに死んでしまう。

ジョディが死んで何カ月も経たないうちに彼女の目の前に現れたのが、3番目の夫となるティーケイク(Tea Cake)である。彼はギターを弾くのが好きで、博打と狩猟が三度の飯より好きな青年である。ジェイニーは彼の後を追って汽車に乗り込む。最後に2人はフロリダの湿地帯で自由奔放な生活を楽しむ。だが、洪水の時に狂犬に嚙まれてティーケイクは発病し、ジェイニーはピストル

を持った彼ともみ合っているうちに、彼を殺してしまう。

〈解説〉：この作品についてはこれまで時代の変化に応じて様々な解釈がなされてきたが、現在最も注目を集めているのが神話の視点からの解釈である。今までのところ、神話的解釈をしているのは、シリーナ・N・ポンドロム (Cyrena N. Pondrom) と荒このみ氏である。ポンドロムは、バビロニア神話のイシュタルとタンムーズ、エジプト神話のイシスとオシリスを下敷きにしているのがこの作品だと指摘する。一方、荒このみ氏は「『彼らの目は神を見ていた』の聖書的力」の中で、この作品をキリスト教の創造神話と関連づけて論じている。だが、ハーストンがこの作品の中で黒人の内奥にある精神構造を解明しようとしていることは、間違いない。とすれば、黒人の精神を形成してきたキリスト教とアフリカの宗教に注目して、これらを神話の視点から掘り下げていくほうがこの作品の本質を照射できる、というのが筆者の持論である。そこで注目したいのが、木と水のイメージである。木と水はアフリカの宗教にとってもキリスト教にとっても大切なイメージであり、両方を区別する境界線があいまいな点がもっとも大事である。

研究への助言

まず、ハーストンの代表作『彼らの目は神を見ていた』を読むことを勧める。この小説は黒人女性作家が書いた最初のフェミニズム小説であり、黒人文学の系譜から言えば、リチャード・ライトの『アメリカの息子』と並んで20世紀前半を代表する作品であるからだ。ハーストンが『彼らの目は神を見ていた』の前に書いたほとんどの短編小説の題材やテーマは、結局この作品のテーマへと収斂する。主要なテーマの一つは死と再生、死の恐怖の克服である。もう一つの代表作『騾馬と人』もぜひとも読んでもらいたい作品である。この作品を読むと、読者は、ハーストンがフォークロアが発生する根源的な場所にいることがわかるであろう。ハーストンの生き方を知る意味で、ロバート・E・ヘメンウェイ (Robert E. Hemenway) の『ゾラ・ニール・ハーストン伝』(*Zora Neale Hurston*) と自伝の『路上の砂塵』(*Dust Tracks on a Road*) は大いに参考になる。

参考資料

今福龍太「位置のエクササイズ」、『クレオール主義』所収（青土社、1991年）
今福龍太「ゾラ・ニール・ハーストンあるいは黒色の政治学」、『遠い挿話』所収（青弓社、1994年）
荒このみ「『彼らの目は神を見ていた』の聖書的力」、『批評理論とアメリカ文学』所収（中央大学出版部、1995年）

（松本 昇）

ヒューズ，ラングストン

ラングストン・ヒューズ

Langston Hughes（1902-1967）

　ラングストン・ヒューズは1902年ミズーリ州に生まれた。名もなき黒人大衆に対する彼の一貫した方向性は、多感な少年時代における祖母の影響が大きいと考えられる。ジョン・ブラウン蜂起の隊員を前夫に、熱心な奴隷廃止運動活動家でもあった商人を次の夫にもち、自身もチェロキーの民の誇り高い血筋を受けつぐ祖母が語ってくれた話の数々は、両親の離婚から経済的にも不安定な生活を余儀なくされ、両親の密接な愛情を受けることなく各地の親近者に転々と預けられてきた、孤独で感受性豊かな文学少年の心に鮮烈に焼きついたことであろう。

　高校卒業後、詩「黒人はおおくの河のことを語る」（"The Negro Speaks of Rivers", 1920）で、クライシス誌（*Crisis*）のジェシー・R・フォーセット（Jessie R. Fauset）に詩人としての才を見い出される。父の援助でニューヨークのコロンビア大学に入学するものの、校風になじめず1年で中退、24年の暮れまで商船水夫としてアフリカなど諸外国をまわるかたわら詩を書きため、ハーレム・ルネサンスの若手芸術家のなかでもひときわ際立った存在となる。

　ヒューズにとってのハーレム・ルネサンスの終焉は、彼の白人後援者として君臨したシャーロッテ・メイソン（Charlotte Osgood Mason）との決別（30年）とともに訪れたといえる。その後彼はハイチを訪れたり、ソ連に招かれたりし、作風もより左派に接近するようになる。名もなき大衆への彼の限りない愛と慈しみは、50年代の赤狩りのターゲットとされたりもするが、戯曲、小説、短編、作詞、自伝など多彩なジャンルに発揮され、時代とともに変遷する黒人大衆の声を、ほぼ半世紀にわたって代弁してきた。晩年には「黒人民族の桂冠詩人」（Poet Laureate of the Negro Race）と称された。67年5月、ニューヨークに没す。

主要テキスト

Selected Poems of Langston Hughes. New York: Vintage Books, 1959.
『ある金曜日の朝・ヒューズ作品集』（木島　始訳：飯塚書店、1959年）
『黒人文学全集5・笑いなきにあらず』（浜本武雄訳：早川書店、1961年）
『ぼくは多くの河を知っている――ラングストン・ヒューズ自伝1』『きみは自由になりたくないか？――ラングストン・ヒューズ自伝2』（木島　始訳：河出書房新社、1972年）
『ラングストン・ヒューズ詩集』（木島　始訳：思潮社、1993年）

テーマ／特徴／その他

　1920年に初めてクライシス誌に掲載された若きヒューズの詩「黒人はおおくの河のことを語る」は、今世紀アメリカ黒人文化の独創性を代表する、この多才で息のながい詩人の一生を象徴するにふさわしい詩であろう。「古代の、薄暗い大河。僕の魂は河のように深くひろがる。」ヒューズは、それまでほとんど明確に詠いあげられることのなかった黒人庶民の文化に深く根ざし、若いハーレム・ルネッサンスの精神を体現し、その後も絶えず新たな黒人芸術の創造にたずさわり続けた。彼の一貫した黒人美学と、アメリカ黒人の固有の音色とリズム、発話法、色彩感覚をベースにした独創的作風は、その後の多くの黒人芸術家に絶大なる影響を与えただけではない。彼の温情溢れる人柄は、若手への支援を惜しまず、このアジア極東の日本でさえ、文人や研究者との暖かな交流の逸話が数々残っているほどである。彼ほど民族の境界を越えて世界中の老若男女の琴線に触れ、ひろく愛された黒人詩人はいない。

　ヒューズの作品をいくつか時代に分けてみてみよう。

(1)　まず、1920年代ハーレム・ルネッサンス時代の寵児として。初めての詩集『物憂いブルース』(The Weary Blues, 1926) は、ジャズやブルースそしてゴスペルの詩形を伝統的文学詩形に初めて取り入れた画期的な作品として高く評価されている。ウォルト・ホイットマン（Walt Whitman）やカール・サンドバーグ（Carl Sandburg）といったコスモポリタンな白人詩人の影響もあるが、なんといってもその時期流行であった原始回帰主義、アフリカ的なものへのロマンティシズムと脈動感といったものにあふれている。が、また一方で白人パトロンの存在を常に念頭において創作しなければいけない時期でもあった。

(2)　1930年のシャーロッテ・メイソンと決別後、以前の過剰なロマンティシズムから、より現実に目を据えた方向に転換。また30年代アメリカ演劇の流れに大きく参入し、『混血児』(Mulatto, 1935) は、1959年にハンズベリー（Lorraine Hansberry）に記録を越されるまで、アフリカ系アメリカ人によるブロードウェイ作品の最長上演を誇った。

(3)　1940年代の詩はブルーススタイルに再び回帰する。が、なんといっても特筆すべきは週刊コラムに掲載された短編シリーズの愛すべき黒人市井の英雄、シンプル（Jesse Semple or Simple）の創作だろう。コミカルななかに時事や社会風刺をピリリときかせて大成功を収めた。

(4)　1950年代から晩年まで、時代とともに変わりゆくハーレムに捧げられた詩集『実現延期の夢のモンタージュ』(Montage of a Dream Deferred, 1951) や『ママにお訊き』(Ask Your Mama, 1961) は、モダン・ジャズのスタイルを融合し、新しい境地を開拓した。多作が質を落としたという批判もあるが、おそらく最も独創的なアメリカ黒人詩人として世界中に知られ、円熟期を迎えた。

ヒューズ，ラングストン

作品紹介
ヒューズの黒人美学と詩：日本でも数多く翻訳され愛されているヒューズの詩であるが、まず言えることは、とにかく多少の英語の心得があれば原書で味わうことができるという魅力である。優しい素朴な言葉でつづられた黒人の普段着の愛の新鮮さ、生活のなかにきらめく原色の色彩やイメージ、一人つぶやくブルースの物憂いリフレイン、苦悩と絶望をにやりと笑うユーモア、黒人霊歌やゴスペルの魂ゆさぶる絶叫と歓喜、ジャズの狂騒とスポットライトの陰影、人々の実現を引き延ばされた夢の哀しみ……。こうした誰の心をも捉えて放さない彼の詩の形態は、時代の変遷とともに変容しているけれども、しかし一貫して彼の黒人美学に深く根ざしたものである。

　ヒューズの黒人美学が最も端的に公言されている論文は、1926年、ネイション誌に掲載された「黒人芸術家と人種の試練」("The Negro Artist and the Racial Mountain") であろう。これは同年ジョージ・スカイラー (George Schuyler) が「黒人芸術といういんちき商品」("The Negro-Art Hokum") という論文において流行としてのハーレム・ルネッサンスを批判したのに対し、若きヒューズが同誌に反論をもくろんだものである。そのなかでヒューズは、豊饒な黒人文化の苗床である黒人大衆、「いまだアメリカ的画一化をのがれ、自分の個人性を維持している人々」の存在を高らかに賛え、自分自身であることを恐れぬ真に偉大な黒人芸術家は、この黒人大衆のなかからこそ生まれ出るのだと宣言した。同年に出版された詩集『物憂いブルース』の書評でアラン・ロック (Alain Locke) が、「黒人一般大衆は声を発見した」と絶賛したように、当時は黒人中産階級や知識人、芸術家の侮蔑の対象でさえあった黒人大衆文化への彼の強い愛着と、「芸術」とはほど遠い文盲無銭の黒人の民への固い信頼に裏づけられた彼の長年にわたる諸作品は、彼を、黒人文化遺産の発掘者、黒人文化表現の開拓者として揺るがぬ領域に押しあげたのである。

ヒューズの生涯と自伝について：ヒューズの『ぼくは多くの河を知っている』(*The Big Sea*, 1940) そして1956年の『きみは自由になりたくないか？』(*I Wonder as I Wander*, 1956) という2つの自伝は、彼の詩集に次いで広く読まれているものである。彼の詩と同様、優しさのあふれる文体と軽妙な逸話でつづられ、特に1作目はヒューズの生い立ちや貴重なハーレム・ルネッサンスの内部体験、2作目ではロシアや日本での滞在も扱っており興味深い。

　しかしこれらの自伝は、日頃から内面露出気味の自伝を読み慣れている現代の読者にとって、写真で見る彼の柔和で親しい笑顔の、そのむこうにたどり着けないという一種のもどかしさを覚えるかもしれない。伝記の表面に記されていないものとは何か、これはヒューズの私生活でありなまなましさであり、魂

の根底の葛藤である。幼少の孤独な生い立ちに由来するのであろうか、彼には、ごく近い知り合いにすら内面をあかさない一種謎めいた雰囲気があったという。

　さしたる浮き名も流さず独身で通し、人生の最期の2週間も偽名で入院し、親しい友人にも知らせることがなかったヒューズ。このアメリカ黒人文学における「聖なる偶像」的人物のセクシャリティーに関しては、近年まであまり言及されてこなかったが、1989年に、イギリスの黒人芸術家アイザック・ジュリエン（Isaac Julien）によって制作されたフィルム『ラングストンを求めて』（*Looking for Langston*, 1989）は、こうした長年にわたる文壇の無性化されたヒューズ崇拝の傾向に衝撃的な一石を投じた。このヒューズをはじめとしたハーレム・ルネッサンスの芸術家のあいだの抑圧され隠された欲望、同性愛的なつながりを掘り起こし再構築した作品は、アメリカで裁判ざたになるほど賛否両論の議論を呼んでいる。

研究への助言

　ブラックフェミニストのベル・フックス（bell hooks）は、ヒューズの叙情詩の狂おしいほど抑制されたエロティシズムについて述べ、彼がしばしば叙情詩において心傷ついた黒人女性にわが身を置き換え、果たせぬ欲望に苦悩しているのはなぜかと問い、黒人ゲイ芸術家の祖をヒューズに求めたジュリエンの洞察に一票を投じている。作品を読むということは、表面に記されていることのみを読み解くことではない。ジャズで音の空白がリズムを刻むように、書かれていない行間が意味や感情を刻むことさえありうるのである。素朴でわかりやすいといわれてきたヒューズの作品ではあるが、このことを考えれば、彼の作品解釈は、もう一度見直されるべき時期にきているのである。

参考資料

ラングストン・ヒューズ『ジャズの本』（木島　始訳：晶文社、1968年）

ラングストン・ヒューズ『黒人芸術家の立場──ラングストン・ヒューズ評論集』（木島　始訳：創樹社、1977年）

大内義一、鈴木三喜男、西尾　厳『アメリカ黒人の文学』（早稲田大学出版部、1978年）

Arnold Rampersad, *The Life of Langston Hughes: Vol.1 & Vol.2*. New York: Oxford University Press, 1986 & 1988.

ビデオ：Isaac Julien, *Looking for Langston*. Sankofa Film & Video, 1989.

bell hooks, *Yearning*, Boston. Ma.: South End Press, 1990.

（竹間優美子）

ウェスト,ドロシー

ドロシー・ウェスト

Dorothy West（1907-1998）

1907年ボストンの比較的豊かな家庭に生まれる。一人っ子だったが、常に母方の家族が多数同居していた。父アイザック・ウェスト（Isaac Christopher West）は青果卸業に従事し、母レイチェル（Rachel）は家庭と社交を牛耳っていた。ボストンの女学校を卒業した後、ボストン大学やコロンビア大学で学んだ。26年に『オポチュニティ』誌（*Opportunity*）のコンテストに応募した短編「タイプライター」（"The Typewriter"）が2位に入賞したのを契機にニューヨークへ出て、カレン（Countee Cullen）らハーレム・ルネサンスの作家たちと交友を始める。

29年には劇『ポーギーとベス』（*Porgy and Bess*）のエキストラとしてロンドン公演に参加したり、32年には映画製作のために招かれてヒューズ（Langston Hughes）らとソ連に旅行したりするが、父が死亡したために帰国し、連邦作家計画（Federal Writers' Project）で働く。

その後ハーレム・ルネサンスの熱気を再び取り戻したいと、34年に雑誌『チャレンジ』（*Challenge*）を創刊し、ハーストン（Zora Neale Hurston）らの投稿を得る。さらに37年にはライト（Richard Wright）らと『ニュー・チャレンジ』（*New Challenge*）を刊行するが雑誌の性格をめぐって意見が対立し、1号で廃刊となる。

48年に小説『生きるはやさし』（*The Living Is Easy*）を出版し、高い評価を受ける。40年代から60年代にかけては『ニューヨーク・デイリー・ニューズ』（*New York Daily News*）に短編を掲載し、58年からはマサチューセッツの避暑地マーサズ・ヴィンヤードに住み、『ヴィンヤード・ガゼット』紙（*Vineyard Gazette*）のコラムを書き続けた。95年に永年予告されていた小説『結婚』（*The Wedding*）を出版し、再評価のきっかけを作った。98年没。

主要テキスト

The Living Is Easy. New York: Feminist Press, 1982.
The Wedding. New York: Doubleday, 1995.
The Richer, The Poorer: Stories, Sketches, and Reminiscences. New York: Doubleday, 1995.

テーマ/特徴/その他

　ウェストは、ハーレム・ルネサンスには遅れて参加したものの、30年代にはその熱気を取り戻そうとして雑誌を発刊するなどして、20世紀黒人文学運動のなかで最も息長く活躍し、独自の文学境地を切り開いた。また、時代の生き証人として書き続け、90年代のハーレム・ルネサンス再評価の象徴的役割を果たした。

　彼女の作品は中産黒人社会の批判を主題としている。とりわけ北部、ボストンの黒人社会の欺瞞と俗物性を皮肉っている。このため、人種差別と貧困の克服を目指した公民権運動時代をはさんで、彼女の作品は永らく等閑視されてきていた。近年、黒人の中産階級化に伴う諸問題が指摘されるなかで、ウェストの作品に新たな関心が寄せられ、再評価が始まっている。

　ウェストの小説のテーマはパッシングではないが、ハーレム・ルネサンス期の作品によく登場する混血の人物が、彼女の小説には主要人物として登場する。これらの人物は、色が薄いものほど優遇され、また自分自身でも優れていると考えがちである。もちろん作家はそのような人物たちに対して批判的であり、皮膚の色の濃淡にとらわれる黒人中産階級の愚かしさを諷刺的に描いている。

　また彼女の小説の時代的な背景は、19世紀末から20世紀初頭の大移動をモチーフとするグレート・マイグレーション・ノヴェルである。南部の田舎から北部の都会へ主人公が移動することに伴って、白人の黒人に対する態度が、あるいは黒人の黒人に対する対応がどのように変化するのかを探るのがこのジャンルの小説の特徴の一つである。南部での厳しい人種主義の実態については、『生きるはやさし』のヒロインの妹の夫がリンチされそうになり、父が殺される事件に象徴的に表現されている。北部における人種差別の実態に関しては、同作品でヒロインの家主の発言や夫の商売・破産をめぐってエピソード風に書き込まれている。また、『結婚』においてもこのテーマは、南部における始祖的人物たちの貧困からの脱出のための苦闘と、その子孫たちの北部における上昇志向として描き出されている。

　フェミニズム批評の進展に伴い、ウェストの作品における母娘関係にも焦点があてられている。『生きるはやさし』の女主人公は一見したところ、権力を思うがままに駆使する女家長(matriarch)のように見えるが、それは娘の視点からの語りであるせいである。ここに隠されている母娘の葛藤を視野に入れれば、母の行動は社会的に規制されたものであることが見えてくるはずである。このように、新しい視点を持ち込むことによって、フェミニスト作家ウェストの別な側面が読みとれよう。

　なお、ウェストの特質は、小説よりむしろ短編にあると指摘する者もある。

作品紹介
『生きるはやさし』(*The Living Is Easy,* 1948)

　1910年代のボストンを舞台とする物語。中心人物はクリオ(Cleo Judson)という黒人女性。彼女は南部の貧しい家庭から富を求めて北部へやって来る。バナナ商人バート(Bart)と結婚して、一人娘ジュディ(Judy)をもうける。クリオの望みはお金と地位のある安楽な生活で、ボストンの黒人社交界に受け入れられるために必死になっている。物語はそのようなクリオが夫を出し抜いてお金を手に入れ、妹たちを呼び寄せ、懐かしい南部の大家族の生活を復元させようとすることに伴って生起するさまざまな出来事から成っている。クリオは全てのことを良かれと思って進めているのだが、実際はクリオの行為は妹たちの家庭を破壊する結果となる。やがて妹たちはそれぞれの生活に戻り、夫バートの商売が失敗して、クリオは現実に目覚めさせられる。夫の金がなければ自分には何の力もないということ、自分が本当は夫を愛していたのに、夫はニューヨークへ行ってしまうという現実を。

　この作品はウェストの自伝的要素を色濃く持ったもので、主人公クリオは彼女の母をモデルとしている。クリオはステレオタイプな女らしい女性ではなく、積極的で独立心に富む人物であり、この小説の魅力の一つはそのような主人公の存在にある。そのようなヒロインを創造し得たのが、作者ウェストのこの作品における特筆すべき達成である。このヒロインの破天荒な行動を諷刺的に描き出すことによって、作者は黒人中産階級の愚かしさを批判している。

　しかし、別な見方からすれば、物語は娘ジュディの立場から語られているため、ワシントン(Mary Helen Washington)が指摘するように、ここには母の物語の抑圧がある。一見したところクリオは強力な権威を振りまわす母のように思えるが、実は体裁に凝り固まった黒人中産社会においては、家庭における妻と母という立場しかないという可哀想な女性である。自己実現を阻まれているそのような女性の立場を作者は冷静に描き出しているということができる。

『結婚』(*The Wedding,* 1995)

　1953年マーサズ・ヴィンヤードでシェルビー(Shelby Coles)とミード(Maed)との結婚式が行われようとしている。この結婚式を控えて、その両親、祖父母などの数組の結婚の意味するものを考えるのが、この小説の主眼である。

　コウルズ家では代々白人のような容貌の混血の人物同士が堅実な結婚をする習わしであったが、姉のリズ(Liz)はそのその習わしを破り、色の黒い外科医リンカン(Lincoln)と結婚した。次に妹のシェルビーが白人のジャズ・ミュージシャンのミードと結婚するというのだ。姉妹の両親たちはこれに反対するが、ただ一人曾祖母のグラム(Gram)はシェルビーの結婚に賛成する。グラムは実

は白人であり、娘が元奴隷だった男と結婚して以来、苦々しい生活を送っていたのだが、この結婚によって彼女の白人家系が蘇ることを期待するのである。また、黒人実業家ルート(Lute McNeil)のシェルビーに対する執拗な求婚がこのプロットにからまってくる。

　100年五代にわたる黒人中産家庭の歴史のなかで、欲望と人種が混じり合う複雑な事情を描き出すことによって、作者は人生の皮肉を描き出している。とりわけ南北戦争後の南部における人種差別に呻吟するメリッス(Melisse)やプリーチャー(Preacher)の姿と、その後北部において成功を収め、体裁を守るために保守化したその子孫たちの現在の姿とを対照して見せる。シェルビーの父クラーク(Clark)の情事と、父と母コリーン(Corinne)の不仲はその象徴的なものである。メロドラマ風の物語であることは否定できないが、やはり黒人中産階級の人々が人種と階級と欲望のしがらみのなかで生きていく姿を描くという点では前作と同様なテーマを有している。登場人物が五代にわたるためやや人物関係が複雑だが、一人一人の人間がよく描かれていることに注意しながら読みたい。

研究への助言

　日本語の文献はほとんどないが、英語文献は最近になっていくつか出てきているので、それらを参考にするとよい。『生きるはやさし』の場合、何しろクリオという人物がユニークで、小説を読み始めると、その個性に圧倒される。しかしその背後に黒人女性が自己実現の手段を持てない時代背景があることを視野に入れれば、この主人公に対する読者の態度にも幾分同情的なものが湧いてくるであろう。

　ウェストの小説は人種差別を告発するという性格のものではないが、そのような社会的背景はきちんと書き込まれている。この作者が置きみやげとして残してくれたもう一つの小説『結婚』は、一見メロドラマ風だが、人生の機微を語るものとして賞味したい。

参考資料

加藤恒彦『アメリカ黒人女性作家論』(御茶の水書房、1991年)

Judith Berzon, *Neither White Nor Black: The Mulatto Character in American Fiction*. New York: The Gotham Library, 1978.

Helen Mary Washington, *Invented Lives: Narratives of Black Women 1860-1960*. New York: Anchor Books, 1987.

Laurence R. Rodgers, *Canaan Bound: The African-American Great Migration Novel*. Urbana: U. of Illinois P., 1997.

（山下　昇）

リチャード・ライト

Richard Wright (1908-1960)

1908年9月4日にミシシッピ州ナッチェズの近くのプランテーションで生まれる。父は小作人のネイサン・ライト(Nathan Wright)、母は教師のエラ・ウィルソン(Ella Wilson)。2年後に弟のアラン(Leon Alan)誕生。14年に父親が家族を捨て、その後母親が重い病気になるという不幸が重なって、極貧の少年時代を過ごす。幼い頃から、南部の白人の黒人に対する差別や暴力を体験したり見聞きしたりするうちに、北部へ行って作家になる夢を抱くようになり、さまざまな障害を乗り越えて27年にシカゴへ行く。郵便局の臨時局員をしている時に共産党の下部組織のジョン・リード・クラブ(John Reed Club)に入り、その機関紙に革命的な詩を載せる。34年共産党に入る。35年連邦作家計画(Federal Writers' Project)に雇われる。37年にニューヨークへ移る。38年短編集『アンクル・トムの子どもたち』(*Uncle Tom's Children: Four Novellas*)を出版。39年ディマ・ローズ・ミードマン(Dhima Rose Meadman)と結婚するも1年ほどで破局。40年代表作『アメリカの息子』(*Native Son*)を出版し、センセーションを巻き起こす。41年エレン・ポプラー(Ellen Poplar)と再婚。42年長女ジュリア(Julia)誕生。この頃転向。45年には自伝的作品『ブラック・ボーイ』(*Black Boy: A Record of Childhood and Youth*)を出版。47年アメリカの人種差別に絶望して家族と共に渡仏。49年次女レイチェル(Rachel)誕生。53年『アウトサイダー』(*The Outsider*)出版。58年『長い夢』(*Long Dream*)出版。60年11月26日、心臓発作のためパリの病院で死去。61年『八人の男』(*Eight Men*)、63年『ひでえ日だ』(*Lawd Today*)が死後出版される。

主要テキスト

Uncle Tom's Children. New York : Harper, 1938. The 1940 edition adds "The Ethics of Living Jim Crow"and "Bright and Morning Star."

Native Son. New York : Harper, 1940.

12 Million Black Voices : A Folk History of the Negro in the United States. New York : Viking, 1941.

Black Boy. New York : Harper, 1945.

The Outsider. New York : Harper, 1953.

Eight Men. Cleveland and New York : World Publishing Company, 1961.

テーマ／特徴／その他

　リチャード・ライトの文学は「抗議文学」であるというのが通説である。
　黒人は肌の色は違うが、白人と同じ人間である。それなのになぜ黒人はアメリカ社会の一員として正当に評価され、扱われないのか。黒人はなぜ差別され、迫害され、搾取されるのか。なぜ社会の底辺で暮さなければならないのか。
　幼い頃からこう感じてきたライトは、その疑問を『アメリカの息子』や『アンクル・トムの子どもたち』などでアメリカ社会に突き付けた。ライトは「内臓（はらわた）から書く」と評されたように、これらの作品は不正なアメリカ社会に対する激しい怒りと告発の書である。それらには、社会変革を求める作家ライトの悲痛な訴えが込められている。『アメリカの息子』でライトは「抗議文学」の領袖となり、以後、同作品を凌ぐ抗議小説は生まれていない。
　だが「地下生活者」("The Man Who Lived Underground")や『ブラック・ボーイ』や『アウトサイダー』を含むライトの文学に共通のテーマを求めるとすれば、「抗議」という定義では到底捉え切れないより大きなテーマがそこに流れていることに気付く。その萌芽とも言うべきものは既に『アメリカの息子』に見られる。主人公ビガーは白人女性メアリーを殺害した後、生まれて初めて自由を感じる。そして、その自由から出た行為として愛人ベシーをも殺してしまう。逮捕された後、ビガーは自分の意思で行動する自由を味わったけれども、それは何の解決にもならなかったことを悟る。社会とのつながりにおいて自分を見ようとした時、自分の存在は一体どういうものであったのかがつかめないのだ。『アメリカの息子』の最大のテーマは、ビガーが白人女性を殺害したことでも、弁護士マックスがビガーの犯罪は社会環境のためだと抗弁することでもなく、ビガーのアイデンティティの追求にあるのだ。
　ライトは『アメリカの息子』を出版した1年後の41年に「地下生活者」を発表しているが、そこでも彼は人間存在の本質を探っている。ライトはこの作品で、自己や世界を知るにはそれらからの離脱が必要であると暗示する。「地下生活者」の主人公は地下へ下りていくが、そうしたことで対象を客観的に見る眼を持つ。すると、地上世界が光に満ちているのではなく、実は暗闇に包まれている虚飾の世界であることに気付く。地上の人びとは「日中でも闇に会い、真昼時でも夜のように手探り」（ヨブ記）しているのだ。
　ライトが描いていたのは、こうした混沌とした世界で暮す現代人の状況なのである。このテーマは『ブラック・ボーイ』や『アウトサイダー』へと受け継がれていくし、またこれはラルフ・エリスン（Ralph Ellison）が『見えない人間』（*Invisible Man,* 1952）で追求しているものでもある。
　このように、ライトの文学は「抗議文学」と一言では片付けられない広がりを持っているのである。

ライト，リチャード

作品紹介
『アメリカの息子』(*Native Son,* 1940)

〈あらすじ〉(第一部・恐怖)：主人公は20歳の黒人青年ビガー・トーマス (Bigger Thomas)。ビガーはシカゴのサウスサイドにあるアパートの一室で、母親と妹と弟と一緒に暮している。彼は定職に就かず、悪い連中と付き合っている。彼は、今のような惨めな暮しをしなければならないのは、黒人を狭いところに閉じ込め、何もさせてくれない白人のせいだと考え、白人を心から憎んでいるが、同時に白人に限りない恐怖を抱いている。

仕事に就かなければ生活保護を打ち切られると母親から聞かされて、彼はしぶしぶ面接に行く。彼の雇い主は大金持ちの白人ドールトン(Dalton)で、彼は運転手として雇われ、その夜、一人娘のメアリー(Mary)を大学まで送って行くように言われる。

だが、メアリーは大学へは行かず、恋人のジャン(Jan)に会いに行く。そして2人は嫌がるビガーを連れて食事に行く。その後、ジャンが途中で帰り、ビガーはメアリーを家まで連れ帰る。メアリーは泥酔しており、ビガーは仕方なく彼女を部屋へ連れて行く。ベッドにメアリーを寝かせた後、盲目のドールトン夫人が部屋へ入って来る。自分が部屋の中にいるのを知られまいとして、ビガーはとっさに枕でメアリーの頭を押さえつける。夫人が酒の臭いをかぎ、呆れて出て行った後、枕を取るとメアリーは死んでいる。彼は証拠隠滅のために、地下室の炉でメアリーの首をはね、燃やしてしまう。

(第二部・逃亡)：翌日、メアリーがいなくなったことが家族に知れ、ビガーは質問されるが、彼は白人の盲目性を利用して、共産党員のジャンが関係していると思わせ、愛人のベシー(Bessie)に手伝わせて身代金を奪おうとする。メアリー失踪が新聞社に漏れ、大勢の記者がドールトン家の地下室に集まる。その時ビガーが恐怖のために掻き出さなかった炉の灰が詰まって、地下室に煙が立ち込める。煙が引いた後、掻き出した灰を調べていた記者が骨片とイアリングを見つける。ビガーは大騒ぎの間に逃げ出す。そしてビガーはベシーと共に身を隠すが、途中で足手まといになると思い、ベシーを殺害する。その後、逮捕される。

(第三部・運命)：裁判で、共産党の弁護士ボリス・マックス(Boris Max)がビガーの弁護を引き受ける。マックスは、アメリカ社会がビガー・トーマスに殺人を犯させたのであり、社会にこそ責任があると社会環境原因説を主張するが、2人の女性の強姦殺人罪で死刑が確定する。

〈解説〉：同時代を映し出している抗議文学の最高傑作とされている。ライト以後の作家にとって、この『アメリカの息子』は乗り越えなければならない高い壁となった。

アラン・ロック（Alain Locke）は『新しい黒人』（*The New Negro*, 1925）の中で、「アンティーズ」や「アンクルズ」や「マミーズ」の時代は過去のものとなったと宣言した。ライトは『アンクル・トムの子どもたち』で、かつてのアンクル・トムのように白人に柔順で追従的な黒人ではもはやなく、死をも恐れずに人間としての権利を主張する黒人たちを描き出した。つまり、黒人は人種差別や迫害に断固抗議、抵抗するという姿勢を明確に打ち出したのだ。

こうした姿勢は『アメリカの息子』にも引き継がれている。ライトはシオドア・ドライサー（Theodore Dreiser）を初めとする自然主義文学の手法を参考にして、主人公ビガーはある意味ではアメリカ社会の犠牲者であることを描き出した。彼はビガーに白人女性を殺害させ、黒人の恐怖、怒り、憎悪、反抗、暴力などが生まれる根源をえぐりだし、歪んだアメリカ社会や白人にこそその責任があると主張した。本書が今なお輝きを放っているのは、これが単なるマルキシズムに基づく抗議作品であるのみならず、現代の混沌とした世界で生きる意味の探究という普遍的な問題に取り組んでいるからにほかならない。

研究への助言

まず代表作の『アメリカの息子』を読むことを勧める。そして『アンクル・トムの子どもたち』や『アウトサイダー』や『八人の男』に進むのもよし、『ブラック・ボーイ』と『アメリカの飢え』（*American Hunger*, 1977）という自伝的な作品を読むのもよし。他にライトが書いた黒人民俗史には『1200万の黒人の声』（*12 Million Black Voices*, 1941）があるし、エッセイ集『白人よ、聞け』（*White Man, Listen!*, 1957）やノンフィクション『ブラック・パワー』（*Black Power*, 1954）などもある。

参考資料

橋本福夫編『黒人文学研究』〈黒人文学全集別巻〉（早川書房、1960年）

Robert Bone, *The Negro Novel in America*. New Haven : Yale University Press, 1965.

Katherine Fishburn, *Richard Wright's Hero: The Faces of a Revel-Victim*. Metuchen, N. J.: The Scarecrow Press, 1977.

Margaret Walker, *Richard Wright, Daemonic Genius: A Portrait of the Man, A Critical Look at His Work*. New York: Warner Books, 1988.

Michel Fabre, *The World of Richard Wright*. Jackson : U. P. of Mississippi, 1993.

Arnold Rampersad ed., *Richard Wright: A Collection of Critical Essays*. Des Moines : Prentice Hall, 1994.

（行方　均）

アン・ピトリ

Ann Petry (1908-1997)

1908年コネチカット州オールド・セイブルックで、代々薬剤師の比較的裕福な家庭に生まれる。父は薬剤師、母は手足治療医であった。周囲はほとんど白人という環境であり、学校においても事情は同様であった。この環境と後のハーレムでの生活の「対照」が彼女の主題となる。オールド・セイブルック高校を卒業後、コネチカット薬科大学に入学。卒業後は薬剤師として一族が経営する薬局に勤務する。

38年にルイジアナ州出身のジョージ・ピトリ(George D. Petry)と結婚し、ニューヨークへ出る。文筆業で身を立てていこうと決心し、38年-41年『アムステルダム・ニュース』紙(*Amsterdam News*)、41年-44年『ピープルズ・ヴォイス』紙(*People's Voice*)に記者として勤務し、投稿を始める。その傍ら42年-44年コロンビア大学創作科において学ぶ。43年『クライシス』誌(*Crisis*)に掲載された「土曜日には正午にサイレンが鳴る」("On Saturday the Siren Sounds at Noon")がホートン・ミフリン社の編集者の目にとまり、小説を書くことを勧められる。さらに45年にホートン・ミフリン奨学金を与えられ、翌46年『街路』(*The Street*)を出版する。これは黒人女性の作品として初めて100万部以上の売上げを記録する。47年に第2作『田舎町』(*Country Place*)を出版し、コネチカットの故郷へ帰る。53年には第3作『狭い一角に住む人々』(*The Narrows*)を出版する。

一方、49年の出産を契機に、タブマン(Harriet Tubman)の伝記や、「魔女狩り」に巻き込まれたチチュバ(Tituba)の物語など、黒人の子ども向けの本を書き始める。その後も講演などの合間に創作を続け、71年には短編集『ミス・ミュリエル他』(*Miss Muriel and Other Stories*)を出版する。80年代後半から再評価の機運が高まり、作品が復刊される。97年没。

主要テキスト

The Street. Boston: Houghton Mifflin, 1946.
Country Place. Boston: Houghton Mifflin, 1947.
The Narrows. Boston: Beacon Press, 1988.
Miss Muriel and Other Stories. Boston: Beacon Press, 1989.
Tituba of Salem Village. New York: Harper Trophy, 1991.

テーマ/特徴/その他

　ピトリの作品はいかに人種差別の歴史が黒人に重くのしかかっているかを描くことが主題となっている。例えば代表作『街路』は都市のスラムに生きる黒人を主人公とする点で、ライト（Richard Wright）の『アメリカの息子』(*Native Son*, 1940)とよく比較される。しかしたしかにテーマの面からいえばライトの小説との類似点はあるが、ピトリの作品は主人公の心理を追究するのみならず、彼女を追い込んでいく社会的環境についてより精緻に描出している。また、主人公は黒人であるとともに女性であることによって、二重に厳しい生を強要されている。この小説はその点からしてもライトの作品に劣らぬ迫力があり、今までなぜわが国においてライトほどの扱いを受けてこなかったのかが不思議である。

　彼女の第2作、第3作においても同様に黒人たちの背負う過去の重荷が主題とされるが、主人公たちを取り巻く共同体を詳しく検証することによって一層問題点への理解を深めている。その際ピトリは、白人の差別意識がいかに激しいものであるかを、容赦なく指摘する。例えば『狭い一角に住む人々』において、主人公である黒人との恋愛は、白人のヒロインにとっては所詮有閑マダムのお遊びに過ぎないし、その情事が破局を迎えると今度は彼女は彼にレイプされたと非難する始末である。そのスキャンダルが新聞に出ると、彼女の母と夫は金と権力を嵩にきて記事をもみ消そうとするし、ついには主人公を襲って亡き者にしてしまう。このように、ひたすら自己保身をはかる白人たちの行為が激しい人種差別主義の根本にあることを、作者は暴露するのである。

　また、広い社会的意識がピトリの文学の特徴である。上述の小説においても、例えば新聞報道がいかに人々の意識を操作するかについて、そのプロセスを巧みに描いている。原告の写真が人相の悪いものであり、被告が端正な容姿であれば、読者はその告訴に対して疑いを抱くであろうし、その反対もまた然りである。この作品中の黒人新聞社の所有者は、広告主の意向に沿うように、顔にナイフの傷がある脱走犯黒人の写真を一面に大きく掲載することによって、黒人の恐ろしさ、凶暴性を煽る。これが白人たちの人種差別意識を更に強固にし、事件を殺人にまで発展させる。このように社会の裏側に働く大きな力の存在をピトリは正確に映し出す。

　これらの長編小説のみならず、短編小説にこそ彼女の技量が発揮されていると指摘する者もある。また、子ども向けに書かれたものにも確かな歴史意識が貫かれている。前出のタブマンの伝記はもとより、チチュバの物語も、ミラー（Arthur Miller）の『るつぼ』（*Crucible*、1953）の映画化によって高まった「魔女狩り」の社会史的研究の視野においてみると、大変興味深い。

作品紹介
『街路』(*The Street,* 1946)

　ルーティ(Lutie Johnson)は離婚して一人息子バブ(Bub)を連れてハーレムにやって来る。やっと見つかったアパートは狭くて汚ない。しかしベンジャミン・フランクリン流のアメリカの夢を信じている彼女は、一生懸命働いて成功し、きれいなアパートに移りたいと思う。彼女の住むアパートとその周辺は、彼女や子どもが住むには最悪の条件であり、彼女には常に性的な誘惑がつきまとう。アパートの管理人のジョーンズ(Jones)は彼女を襲って失敗した恨みからバブを郵便泥棒に誘い、バブは逮捕される。一方ルーティは知り合ったブーツ(Boots Smith)のバンドで歌わせてもらったことをきっかけに歌手になれると思ったものの、この界隈を取りしきっているジュント(Junto)が彼女に目をつけてものにしようとあれこれ策を弄してくるために思い通りにことが運ばない。ルーティはバブを救い出す弁護士を雇うための金を借りようとしてブーツと口論になり、勢い余って彼を殺してしまう。そしてついに彼女はこの街を逃げ出す。

　この小説は1950年に並河亮氏によって翻訳が出されたことがあるが、現在は絶版である。おそらく当時はプロレタリア文学的な感覚で受けとめられたと思われるが、この作品の解釈は今日では若干違ってきているだろう。黒人女性の主人公の人種的、性的葛藤が実にパワフルに描き出されている。

　まじめに働けば誰でも成功できるという「アメリカの夢」を実直に信じた主人公が、黒人女性を取り巻く現実の厳しさに追い込まれていくというストーリーは、自然主義小説のありふれたパターンだが、作者は主人公の悲劇の原因を外的・内的両方の側面から描いていく。ルーティは人種差別と性差別の犠牲者であるが、単なる受け身の犠牲者ではない。彼女の真摯な努力が無駄にされ、彼女の怒りが爆発するプロセスに、この作品の迫力がある。また、彼女を取り巻く個性的な人々が実にうまく描き出されている。

『狭い一角に住む人々』(*The Narrows,* 1953)

　「狭い一角に住む人々」とは、この小説の舞台となるコネチカット州マンマスの町の人々のことである。孤児で、叔母のアビー(Abbie)に育てられたリンク(Link)は、せっかく大学を出たのにビル(Bill Hod)の酒場で働いている。そのことが厳格なピューリタンであるアビーには気に入らない。ある夜リンクは暴漢から逃げる白人女性カミロ(Camilo)を助ける。カミロは実は裕福な家庭の主婦で、退屈から逃れるために好奇心から深夜この町の探索にやってきたのだった。リンクとカミロは親しくなり、カミロは2人の逢瀬のためにアパートまで借りる。しかしやがて2人の恋愛が破局を迎えると、カミロはリンクをレ

イプの罪で訴えてしまう。町の人々はリンクを支援するが、ついにリンクはカミロの母と夫によって殺害されてしまう。

　白人と黒人の混交(ミセジェネーション)をモチーフとする物語はフォークナー(William Faulkner)の小説にしばしば取り上げられるテーマだが、この事件は白人の世界と黒人の世界の境界を越える象徴的な出来事であり、激しい反応をひきおこす。このストーリーの進行と並行して、リンクが過去に思いを馳せ、黒人としての文化的アイデンティティに目覚めていくに従って、彼のこの町に対する見方が変化していくところが重要である。

　この主筋と絡まって展開する黒人パウザー(Powther)夫妻の物語は、カミロ(本名カミラ)たち白人夫妻の物語と、さまざまな面で対照される。パウザーの妻メィミー(Mamie)は派手な格好をして男たちの目をひき、ビルと浮気をし、家の中は散らかり放題で、子どもを放ったらかしにしているだらしのない黒人女の典型として登場し、ピューリタン的潔癖さを信条とするアビーとは相容れない。しかし彼女の存在と不倫はこの黒人社会においては許容されている。それはリンクとカミロの人種混交が悲劇的な結末を与えられるのとはっきり対照をなし、白人がいかに人種の問題に拘束されているかを照らし出している。

研究への助言

　わが国においてはほとんど知られていない作家だが、合衆国においては近年特に評価の高まっている作家の一人である。まず、作品を読んでみること。このような力強い小説がなぜ今まで読まれていなかったのかと、驚くだろう。作品も比較的多く、研究書、研究論文も年々目に見えて多くなっている。ライト、ボールドウィン(Baldwin)、エリスン(Ellison)と比較してもよい。ウォーカー(Alice Walker)、モリスン(Morrison)、ネイラー(Naylor)と比較してもよい。いずれの場合も、あらためてアン・ピトリという作家の偉大さを認識すること請け合いである。

参考資料

風呂本惇子「黒人女性作家の作品における＜マイ・ホーム＞の悪夢」、川上忠雄編『文学とアメリカの夢』(英宝社、1997年)

Marjorie Pryse, "Patterns against the Sky", *Conjuring*. Bloomington: Indiana U. P., 1985.

Hazel Arnett Ervin, *Ann Petry: A Bio-Bibliography*. New York: G. K. Hall & Co., 1993.

Hilary Holladay, *Ann Petry*. New York: Twayne Publishers, 1996.

(山下　昇)

エリスン,ラルフ

ラルフ・エリスン

Ralph Ellison (1914-1994)

1914年3月1日、オクラホマ・シティでルイス・アルフレッド・エリスン(Lewis Alfred Ellison)とアイダ・ミルサップ(Ida Milsap)の間に生まれる。17年父親が死亡。20年フレデリック・ダグラス校に入学。33年音楽を学ぶためにタスキーギー・インスティテュートに入学。36年彫刻を学ぶと共に学費を稼ぐためにニューヨークへ行く。37年母親が死亡。この年にリチャード・ライト(Richard Wright)に出会い、彼に勧められて『ニュー・チャレンジ』(*New Challenge*)誌に初めて書評を書く。38年-42年連邦作家計画(Federal Writers' Project)で働く。39年短編「スリックは今にわかる」("Slick Gonna Learn")を発表した後、41年に「ミスター・トゥーサン」("Mister Toussan")、43年に「不思議な国にて」("In a Strange Country")、44年に「ビンゴゲームの王様」("King of the Bingo Game")と「黒い鳥人」("Flying Home")と立て続けに発表。45年ローゼンウォルト奨学金をもらい、『見えない人間』(*Invisible Man*)の執筆開始。46年ファニー・マコネル(Fanny McConnell)と結婚。52年4月に『見えない人間』を出版。53年にナショナル・ブック・アウォードを受賞。55年から57年までローマに滞在。58年「ヒックマン」シリーズを書き始める。58年から80年までバード・カレッジ、ニューヨーク大学などで教える。64年エッセイ集『影と行為』(*Shadow and Act*)出版。65年短編「ジューンティーンス」("Juneteenth")発表。67年マサチューセッツの別荘が火事になり、368ページの「ヒックマン」シリーズの草稿が焼失。75年アメリカ学士院会員。86年エッセイ集『領土へ行く』(*Going to the Territory*)出版。94年4月16日、ニューヨークで死去。99年長編『ジューンティーンス』(*Juneteenth*)が死後出版される。

主要テキスト

Invisible Man. New York: Random House, 1952.
Shadow and Act. New York: Random House, 1964.
Going to the Territory. New York: Random House, 1986.
The Collected Essays of Ralph Ellison. New York: Modern Library, 1995.
Flying Home. New York: Vintage, 1996.
Juneteenth. New York: Random House, 1999.

エリスン，ラルフ

テーマ／特徴／その他
　エリスンはタスキーギー・インスティテュート時代はトランペット専攻で、将来は交響曲の作曲家を目指していた。
　1986年に出版された第2エッセイ集『領土へ行く』の巻頭エッセイ「チェホー駅の小さな男」("The Little Man at Chehaw Station")によれば、彼は師のヘイゼル・ハリスン(Hazel Harrison)から「たとえ、チェホー駅の待合室であっても、常にベストの演奏をしなければいけません。この国にはいつもストーブの背後に小さな男が隠れているからです」と教わった。チェホー駅はタスキーギーの近くにある小さな駅で、その狭い待合室では、どんな退屈なミュージシャンもギターでブルースを爪弾きそうになく、また演奏しても聞いてくれる人は誰もいそうになかった。だが、ハリスンはたとえそうした場所で演奏するにしてもいつもベストを尽くさなければならないと、エリスンに忠告した。彼女は、音楽、伝統、演奏技術に通じた人がいつどこで彼の演奏を聴くかわからないから決して手を抜いてはいけない、と言わんとしたのだ。エリスンは彼女の教えを忠実に守ることになった。
　彼が音楽を諦めて、作家になったのはリチャード・ライトに勧められたからであるが、作家になっても彼はいっさい妥協することはなかったように思える。エリスンは初めの頃はライトにならって抗議的な作品を書いていた。1996年に死後出版された短編集『黒い鳥人』(*Flying Home*)には、未発表の短編6本が収録されているが、巻頭を飾っている「広場でのパーティ」("A Party Down at the Square"［エリスンによって題は付けられていない］)に流れているのはまさしく抗議である。「パーティ」とは黒人のリンチのことなのだ。
　だが、エリスンの視線は次第に抗議よりもアメリカ社会の複雑な様相へと移っていく。彼は人種問題を素材にしながらも、見えない存在という黒人の存在状況を通して人間存在の共通項を見い出そうとした。
　エリスンはアメリカ社会が決して一様な固定した社会ではなくて、多様で流動的な社会であるがために混沌とした様相を呈していると捉える。前述したようにライトも『アメリカの息子』や「地下生活者」や『アウトサイダー』で混沌たる世界を描いているが、このテーマをさらに押し進めたのがエリスンであった。
　アメリカの多様性は単に人種や地域や宗教といった問題ではなく、これら全てが複雑に絡まりあって出来上がった総体である。『見えない人間』と同様、エリスンのエッセイにも個と全体の関係や、多様性の統一といった言葉が盛んに出てくる。それは交響曲で各楽章がうまく調和して全体となっているように、個人は主体性を失うことなく、「全体」との調和、統合を目指し、多様性に意味を与えることが彼のテーマであったからであろう。

エリスン,ラルフ

作品紹介
『見えない人間』(*Invisible Man,* 1952)
〈あらすじ〉(プロローグ):主人公は一人称の黒人青年。彼は今ニューヨークのハーレムに隣接した白人だけが居住するビルの地下室の「地下の穴ぐら」に住んでいる。その「穴ぐら」には、1369個の電燈がこうこうとついている。彼は自分を「見えない人間」と呼び、どうして見えない状態になったのかを説明しはじめる。

(1-6章):高校の卒業式で演説をした主人公は、町の主だった白人たちの前で同じ演説をすることになる。その頃、彼はブッカー・T・ワシントン(Booker T. Washington)の後継者を目指していた。演説の褒美に彼は書類鞄に入った州立黒人大学の給費生資格書をもらう。その夜夢に死んだ祖父が出てきて、鞄の中に入っているものを読めと言う。彼が読むと、そこには「この黒人少年を走り続けさせよ」と書いてある。

彼は大学3年の時、白人の大学後援者のノートン氏(Mr. Norton)を車に乗せて大学の近くを走っていて、うっかりスラム街へ連れて行く。そこで近親相姦の罪を犯したジム・トゥルーブラッド(Jim Trueblood)の話を聞いて気分が悪くなったノートン氏を売春宿『黄金の日』にかつぎ込むが、精神病患者の騒動に巻き込まれ、ノートン氏は怪我をする。それを知って怒った学長のブレッドソー(Bledsoe)は彼を放校処分にする。

(7-11章):ニューヨークへ行った彼はリバティ・ペンキ会社に雇われる。地下のボイラー室でルシアス・ブロックウェイ(Lucius Brockway)の下で働いている時にボイラーが破裂し、入院する。

(12-25章):彼は退院したばかりの衰弱した身体でハーレムを歩いていて倒れ、メアリー・ランボー(Mary Rambo)という親切な女性に介抱され、彼女の下宿屋に世話になる。

その後、アパートから追い出されそうになっている黒人の老夫婦を見て思わず演説をすると、騒ぎが起きる。彼の演説を聞いたブラザー・ジャック(Brother Jack)に誘われて「兄弟愛団」に入り、懸命に働き、ハーレムの指導者になるが、上層部は黒人大衆に対する方針を変え、彼を無視するようになる。そうした折、仲間であったトッド・クリフトン(Tod Clifton)が警官に射殺される。主人公は上層部の方針を無視して、クリフトンの追悼集会を開き、ハーレム暴動が起きる。暴動のさなか、彼は過激派集団の指導者ラス(Ras)をやっつける。逃げる途中で野球のバットを持った白人たちに追われ、開いていたマンホールの中へ落ちる。

(エピローグ):プロローグの「穴ぐら」で主人公は、世界の混沌に秩序を与えるために、地上に出て行く決心をする。

〈解説〉：生前のエリスンの唯一の長編小説。20世紀で最も重要な作品の一つ。

　黒人は250年に及ぶ奴隷制度の下でアメリカ経済発展の犠牲にされ、解放後も差別や迫害の対象にされてきた。そうした中で、黒人は「全体」に組み込まれてしまい、「個」としての黒人はその存在自体があやふやなものとなり、名前すらも失った見えない存在になってしまった。『見えない人間』はこうした状況に置かれている黒人のアイデンティティの回復の歴史を、一人の黒人青年の半生を通してたどり直したものである。

　主人公は最初から最後まで走り続けさせられる。初めは南部の町の白人の有力者たちの娯楽の対象にされ、次にはブッカー・T・ワシントンさながらの大学の学長ブレッドソーに放校にされ、北部へ来てからは、ブラザー・ジャックに誘われて共産党に似た「兄弟愛団」に入ったものの、権力を指向する白人たちの手足としていいように使われ、それに気付いた時には穴ぐらへ転落しているのだ。

　『見えない人間』の主人公は地下の穴ぐらでこれまでの人生を顧みて、この世の中が混沌とした世界であり、人間はその世界でアイデンティティを捜し求めているのだということを悟る。彼はいわばアウトサイダーの眼を持ったわけであるが、まだインサイダーにはなっていない。本当の意味でインサイダー＝世界内存在になるのは、混沌を秩序立てる確かな方法論を持って彼が地下から地上へ出て行く時なのであり、その意味では、彼は今はまだ実存の入口にいるということになろう。

研究への助言

　まず『見えない人間』を読み、次に『影と行為』、『領土へ行く』のエッセイを読めばエリスンの世界観がおおむねつかめるであろう。短編は全てを入手するのは難しいかもしれない。

参考資料

橋本福夫編『黒人文学研究』〈黒人文学全集別巻〉（早川書房、1960年）

Robert G. O'Meally, *The Craft of Ralph Ellison*. MA: Harvard U. P., 1980.

Kimberly W. Benston ed., *Speaking for You: The Vision of Ralph Ellison*, Washington, D. C.: Howard U. P., 1987.

Maryemma Graham, Amritjit Singh ed., *Conversations with Ralph Ellison*: University Press of Mississippi, 1995.

Eric J. Sundquist ed., *Cultural Contexts for Ralph Ellison's INVISIBLE MAN*. Boston: Bedford, 1995.

（行方　均）

ロレイン・ハンズベリー

Lorraine Hansberry (1930-1965)

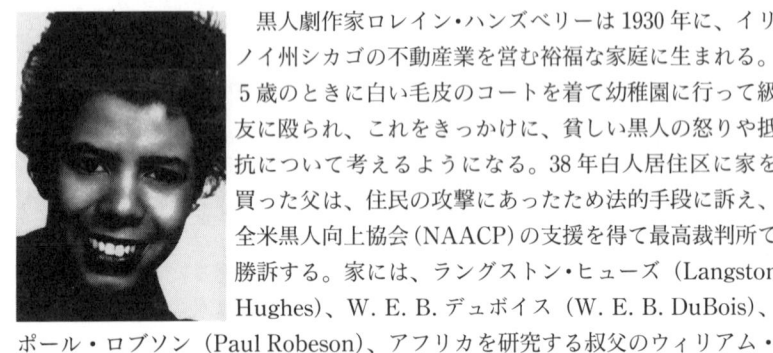

黒人劇作家ロレイン・ハンズベリーは1930年に、イリノイ州シカゴの不動産業を営む裕福な家庭に生まれる。5歳のときに白い毛皮のコートを着て幼稚園に行って級友に殴られ、これをきっかけに、貧しい黒人の怒りや抵抗について考えるようになる。38年白人居住区に家を買った父は、住民の攻撃にあったため法的手段に訴え、全米黒人向上協会（NAACP）の支援を得て最高裁判所で勝訴する。家には、ラングストン・ヒューズ（Langston Hughes）、W. E. B. デュボイス（W. E. B. DuBois）、ポール・ロブソン（Paul Robeson）、アフリカを研究する叔父のウィリアム・ハンズベリー（William Hansberry）など多くの黒人運動家や学者が訪れる。

48年ウィスコンシン大学に入学するが、2年後大学を去り、ニューヨークへ行く。51年ポール・ロブソンの『フリーダム』紙（Freedom）の編集に携わる。同年人種差別反対運動でユダヤ系白人ロバート・ネミロフ（Robert Nemiroff）に出会い、53年に結婚する（64年に離婚するが、彼は彼女の良き理解者であり続ける）。59年ブロードウェイで上演された『日なたの干しぶどう』（A Raisin in the Sun）の成功によって、ニューヨーク劇評家協会賞の最年少受賞者、初めての黒人受賞者となる。64年『シドニー・ブラスタインの窓のしるし』（The Sign in Sidney Brustein's Window）が開演され、65年1月、閉演の日に癌のため34年の短い生涯を閉じる。69年『若く、才能があり、黒人であること』（To Be Young, Gifted and Black）がネミロフの演出で上演される。70年、未完の『白人』（Les Blancs）がネミロフにより完成され、上演される。

主要テキスト

A Raisin in the Sun. 1959. New York: The Modern Library, 1995.
The Movement: Documentary of a Struggle for Equality. New York: Simon & Schuster, 1964.
The Sign in Sidney Brustein's Window. New York: Random House, 1965.
To Be Young, Gifted and Black: Lorraine Hansberry in Her Own Words. 1969. Adapted by Robert Nemiroff. New York: Signet, 1970.
Les Blancs: The Collected Last Plays. 1972. Edited by Robert Nemiroff. New York: Vintage Books, 1994.

テーマ／特徴／その他

　ロレイン・ハンズベリーは、ごく限られた人にしか理解できない偏狭な作品ではなく、あらゆる人の心に訴える普遍的な作品を描こうと努力する。彼女の考えによれば、普遍的な世界はある特定の世界を細心の注意を払って描いて初めて作り上げることができる。物事を正確に描くことによって普遍性が生まれると信じるハンズベリーは、『日なたの干しぶどう』で、黒人家庭を写実的に描き、黒人、白人両者の心を広くとらえた。黒人と白人が分離している時代に、普遍性を重んじる彼女の考えは時代より一歩進んでいた。さらに、芸術と社会は切り離すべきであるという当時の考えに反して、彼女はあらゆる芸術は究極的に社会的であると考えた。

　黒人の現実の姿が描かれた『日なたの干しぶどう』は、白人が黒人の真の生活を理解する助けになり、人種差別主義的な態度を白人が改めるきっかけとなった。主人公ウォルター・ヤンガー（Walter Younger）の人物像に描かれている、夢が実現されないことによる怒りや不満、またその結果生じる人間性の堕落、物質主義的な社会でアイデンティティを確立しようと奮闘する姿は、当時の黒人の現実とも重なり合う。1955年に交通機関における人種差別に抵抗を示したローザ・パークス（Rosa Parks）の反骨精神は、白人居住区に家を購入する決心をしたレナ（Rena）に受け継がれている。アフリカの独立運動の気運はアフリカの学生アサガイ（Asagai）に反映されている。ビニーサ（Beneatha）のアフリカ的なものの崇拝は、こののちアメリカ黒人がアフリカの髪型や服装を好むようになることと一致する。ハンズベリーはさらに、70年代のフェミニズム運動の先駆けとなるかのように、フェミニズムの思想を登場人物に投影させている。医師を目指すビニーサは自分の意見をはっきりと言い、結婚よりも仕事を優先させる。ルース（Ruth）は結婚生活を維持するために中絶を選択しようとするというようにである。

　50年代、60年代は、アメリカと旧ソ連の冷戦、公民権運動の隆盛、アフリカの独立運動の高まりの時代であった。ハンズベリーは、黒人作家としてあらゆる国の社会問題に関心を持つべきだと考えるが、特にアフリカの自由への運動に大きな関心を払った。彼女にアフリカ意識を目覚めさせるきっかけとなったのは、アフリカの古代を研究する叔父のウィリアム・ハンズベリーであった。さらに彼女は50年代に『フリーダム』紙のジャーナリストとして、のちに独立闘争の指導者となるアフリカからの亡命者や留学生と親交があった。彼女のアフリカ意識は『日なたの干しぶどう』のアフリカの学生アサガイに反映されているが、アフリカの独立運動そのものをテーマにしているのが『白人』である。『白人』は、アフリカに、またアフリカ人の自由への戦いに焦点を当てた、アメリカ黒人劇作家による最初の主要な劇である。

作品紹介

『日なたの干しぶどう』(*A Raisin in the Sun,* 1959)

　この作品は、第2次世界大戦後のシカゴのサウス・サイドを舞台に、ある黒人一家を描いている。ウォルター・ヤンガーは35歳で、妻ルース、10歳の息子トラヴィス(Travis)、母レナと医学生の妹ビニーサと、隣家と共用のバスルームしかない狭いアパートに暮らしている。ルースは妊娠していることに気づくが、このアパートではこれ以上の家族が暮らすことはできないと考え、中絶を考える。ある日、父の生命保険の1万ドルの小切手が母の元に届く。白人にこき使われるだけの運転手という職業に嫌気がさしたウォルターは、自分の手で人生を切り開きたいと思い、酒屋を始める資金を母に頼む。しかし、母は聞き入れず、一部を家を買う頭金に当ててしまう。傷ついたウォルターは仕事へも行かなくなり、夫婦仲も悪くなる。立ち直ることを望んで母は小切手の残りを息子に手渡す。ウォルターは事業を起こすという夢がかなえられることに喜び、ルースはゴキブリがたくさんいるうす汚いアパートを出られることに感激し、夫婦は互いに思いやる余裕も出てくる。けれどもその家は白人居住区にあり、黒人に来てもらいたくないと考えた住民たちは代表者を送り、家を売るように説得する。ウォルターはその申し入れを一度は断るが、事業の資金をすべて仲間に持ち逃げされたことがわかってから、受け入れようと決心する。白人の差別的な要求に屈し、自尊心を捨ててまでお金を手に入れようとする息子に、先祖代々受け継がれている黒人としての誇りを思い出させようとして、母は孫を白人との取り引きの場に連れて行く。ウォルターは息子を見て、誇りを取り戻し、白人に向かってお金はいらない、自分たちの家に引越すと堂々と宣言する。

　一家の中心的な存在の母レナは窓辺で植物の鉢植えを大切に育てている。植物は十分な日光を浴びることはできないが、レナが水をやり、慈しむので育っている。植物はレナの2人の子供たちを、またレナが「それは私自身を表現している」と述べているように彼女自身をも象徴している。また、この劇の重要なテーマはウォルターのアイデンティティ探求であるが、劇の最後で、「彼は今日ついに一人前の人間になったわね。雨のあとの虹のように」と言うレナの言葉は、彼の人間としての成長を物語っている。

『白人』(*Les Blancs,* 1972)

　この劇は、1950年頃のアフリカの民族独立闘争を描いている。アメリカから来た白人ジャーナリスト、チャーリー(Charlie)は、伝導所で活動している白人ニールソン師(Reverend Nielsen)について書くために伝導所を訪れる。クウイ人(ケニヤのギクユ人がモデル)の指導者が亡くなり、その葬儀のために3人の息子が集まる。イギリスから帰国したツエムベ(Tshembe)は、ヨーロッ

パ文化の意義を認めつつも、アフリカ的なものを捨てることもできず、戦士になるべきかどうか迷う。カトリック教の僧侶になったアビオセー（Abioseh）は、アフリカ文化を認めず、白人との戦いをやめて政府に歩み寄るべきであると考える。白人との混血児エリック（Eric）は、クウイ人として戦いに参加しようとする。アビオセーが白人の少佐に密告をしたことを知ったツエムベは、兄アビオセーを射殺するという苦渋の選択をし、このとき初めて戦士になる。

　この劇は50年代のケニヤの独立闘争、「マウ・マウ」の戦い（"Mau-Mau" terror）を題材にしている。チャーリーとツエムベは戦いのあり方について議論を重ねるが、彼らの意見は対立する。しかし、政府や人種を越えて「橋」を作りたいとチャーリーが言うように、ハンズベリーは対話こそが黒人と白人の連帯のための「橋」であると考えている。連帯の可能性は、アフリカ人の白人への反乱を正しく理解しているニールソン夫人やデコーフェン医師（Dr. De-Koven）に見い出せる。

研究への助言

　ハンズベリーの代表作『日なたの干しぶどう』のタイトルはラングストン・ヒューズの詩「ハーレム」（"Harlem"）の一行に由来する。「延期された夢はどうなるのか？／干涸らびてしまうのか／日なたの干しぶどうのように／あるいは傷のように化膿し／そしてうみが出るのか？／腐った肉のように悪臭を放つのか／それとも砂糖の衣が固まりつくのか／甘い菓子のように？／おそらく垂れ下がるだけかもしれない／重い荷物のように／それとも爆発するのだろうか？」詩の最後の行では暴動の可能性が示されるが、劇では、一家が厳しい現実を受け入れ、白人に立ち向かう勇気を持ちつつ、希望を抱きながらたくましく生きようとする肯定的な姿勢が描かれている。この詩の「延期された夢」や「腐った」という言葉は作品のテーマと関わっているのである。

参考資料

小林志郎訳「陽なたの乾ぶどう」『現代演劇』11（南雲堂、1971）

北島義信「ロレイン・ハンズベリー著『白人』（"Les Blancs"）」（黒人研究No. 52, 1982）

Anne Cheney, *Lorraine Hansberry.* New York: Twayne Publishers, 1994.

Susan Sinnott, *Lorraine Hansberry*: *Award-Winning Playwright and Civil Rights Activist.* Berkeley, California: Conari Press, 1999.

Margaret B. Wilkerson, "Lorraine Hansberry." *African American Writers.* Ed. Valerie Smith. New York: Simon & Schuster Macmillan, 1991. 147-58.

（阪口瑞穂）

ジェイムズ・ボールドウィン

James Baldwin（1924-1987）

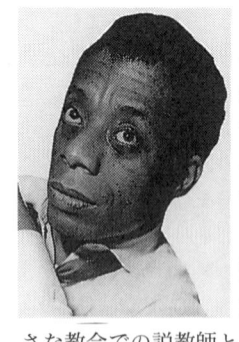

　公民権運動時代を代表するアメリカの怒れる声、ジェイムズ・ボールドウィンは、1924年ハーレムに生まれる。母は彼が生まれて3年後に説教師ディビッド・ボールドウィン（David Baldwin）と結婚し、8人の子をもうけるが、ゲットーでの生活はむろん苦しく、そのうえ庶子であった彼に義父は容赦のない憎悪を向けた。次々と生まれる義弟妹を献身的に世話しながら、この少年は図書館にひろがる虚構の世界にやすらぎの場を見い出すようになる。彼の早熟な才能は、学校の文学雑誌や、町の小さな教会での説教師として発揮される。

　44年にライト（Richard Wright）に紹介され、本格的な作家活動の一歩を踏み出すが、小説は難航し、一方、自己の経験をもとに書いた随筆が一流誌に載るようになる。48年にパリに移り、そこでもライトを介在してサルトル（Jean-Paul Sartre）らパリの実存主義作家や、アメリカからの亡命作家カポーティ（Truman Capote）らと交流するが、ライトの『アメリカの息子』（*Native Son*, 1940）を批判したエッセイ「万人のための抗議小説」（"Everybody's Protest Novel"）で、第2の父たるライトとの仲に破綻をきたす。その後、スイスの山中にとどまり、義父との関係を昇華した小説『山に登りて告げよ』（*Go Tell It On The Mountain*, 1953）を完成させる。

　57年に再びアメリカに帰国、公民権運動の激震地、南部へと向かう。随筆集『誰も私の名を知らない』（*Nobody Knows My Name*, 1961）や『次は火だ』（*The Fire Next Time*, 1963）は、公民権運動の怒りの声、アメリカの傷口をあぶりだす証言として揺るがぬ古典となる。87年、南フランスの別宅にて没す。

主要テキスト
『アメリカの息子のノート』（佐藤秀樹訳：せりか書房、1975年）
『次は火だ：ボールドウィン評論集』（黒川欣映訳：弘文堂、1968年）
『黒人文学集3：山に登りて告げよ』（斎藤数衛訳：早川書房、1961年）
『ジョヴァンニの部屋』（大橋吉之輔訳：白水社、1984年）
『もう一つの国』（野崎孝訳：集英社、1980年）
『黒人文学全集8・黒人作家短篇集』（橋本福夫、浜本武雄編：早川書房、1961年）
『白人へのブルース』（橋本福夫訳：新潮社、1971年）

テーマ／特徴／その他

ボールドウィンの全ての作品は、彼の文学論「全ての芸術は一つの告白である」という言葉に凝縮されるだろう。すなわち自分自身の経験、「この経験から甘かろうが苦かろうが、いかにしてその最後の一滴を搾り取るか」、いかにして「日常の態度の表層を穿ち検討し、その根源に触れること」ができるか。彼の全作品は、この作家としての過酷な試練を自己に課せた者にしか書きえないものである。

幸か不幸か、アメリカの50～60年代は、ボールドウィンを「人種問題」の代弁者に仕立てあげ、彼の作家としての力量の焦点を見誤った感がある。この時期、随筆に対する高い評価に比べ、小説のほうは常に議論をよび、公民権運動の代弁者としての公人と、個としての感情に引き裂かれた「分裂したボールドウィン」像が批評家のあいだで語られてきた。しかしボールドウィンが「人種問題」を語るとき、「アメリカ」を語るとき、「父と子」の関係を語るとき、「性」を語るとき、これらは全て、彼が個としての自己とその過去に徹底して向き合い搾りだした一人の人間としての過酷な作業の凝縮であることを忘れてはいけない。

作家よりも随筆家として高く評価されてきたボールドウィンだが、70年代にはいると、ラディカルなブラック・アート・ムーヴメントの陣営から、保守的な人種統合論者（integrationist）として批評をあびるようになる。例えばクリーヴァー（Eldridge Cleaver）はボールドウィンの作品のなかのアメリカ白人社会を救済する黒人の愛の役割といった思想が、彼自身の同性愛という「奇癖」、白人によって去勢され病んだ彼の男性性に起因していると揶揄した。しかし70年代の黒人男性優越主義が過ぎ去ってみると、これはまことに的外れな攻撃であるのだが、つまりこの、自己のセクシャリティーに直面することを畏れ隠蔽するこの時代風潮こそが、ボールドウィンの小説の真のダイナミズムを全的に理解することのできなかった時代性の正体なのである。

またボールドウィンは、芸術こそが、人々が直面することを拒んできた現実へと目を差しむけ、人々の意識へ関与し変革を促すのであって、ゆえに「芸術家はある意味で常に平和の攪乱者である」と言う。人間は、異質なものを畏怖し追放し、おぞましい他者として抑圧してきた。例えば白人は自らのうちの受け入れがたくおぞましい部分を、「黒人」という異質な他者へと転嫁して悪魔払いし、自らを浄化する。しかし真の意味で全的人間性を回復するためには、これまで直面することを避けてきた、自らのうちのこの「他者」にこそ向き合わなければならないとボールドウィンは主張する。人種や民族、セクシャリティーという他者性を考えるとき、ボールドウィンの諸作品は、新しい世紀を生きる私たちに大きな洞察を与えつづけてくれるだろう。

ボールドウィン，ジェイムズ

作品紹介
ボールドウィンの随筆：ボールドウィンの随筆には独特の力強さと魅力がある。それはなによりも彼の随筆が、アメリカの人種問題の内部告発にとどまらない、真に人間存在をつきつめるなかで人種問題を難題として捉えた一人の思想家の書き物であるからなのだ。例えば最も感動的な随筆『アメリカの息子のノート』(Notes of a Native Son, 1955) では、人間の生死と愛憎のドラマが、父の葬儀とガラスの飛び散るゲットーの暴動へと怒濤のようになだれ込み、読む者の脳天を根底から揺るがす。「こんな苦々しさは愚かしい。何が問題なのか、それをがっちりとつかまえていることが必要だった。死んだ人間が問題だった。新しい生命が問題だった。白も黒も問題じゃなかった。それが問題だと信じることは、自分自身の破裂を黙認することだ。あれほど多くのものを破裂できる憎しみは、それを抱く者までを破壊せずにはおかないのだ、それは不変の法則なのだ。」

ボールドウィンはアメリカの人種問題を決してデータとしては捉えない。彼の思索は、複雑な人間存在の探求から始まり、そしてそこに帰っていく。その過程のなかで彼は、いかにアメリカ人がアメリカの現実と過去から目を背けているか、いかにアメリカの人種の問題と性の問題が断ちがたく結びついているか、いかに父なるヨーロッパの歴史と伝統から切り放されたアメリカという国が浮遊しているか、アメリカが自らのうちの受け入れがたい影の部分を浄化しようとするあまり、いかに人種や性の差異を神話として利用してきたのか、こうした現代の諸問題をあぶりだしていく。彼の随筆は、アメリカ公民権運動時代の嵐のなかの証言だというにとどまらない。ポスト・モダンのこの現代にあって、人種や性の問題を考えていくうえで、このうえなく貴重な書である。

ボールドウィンの小説：常に自己存在に向き合い「過去こそが現在を一貫したものとする」と言いつづけたボールドウィンは、小説『山に登りて告げよ』で、執念深く彼を悩ましつづけた「父」の存在と家族の問題に決着をつける。最初にこの小説の構想をたてて以来、家族を去り、ハーレムを去り、アメリカを去り、第2の父ライトから去り、永年の歳月をかけてこの難問に取り組んだだけあって、彼の小説のなかで最も重厚な迫力のある作品となっている。この半自伝的な小説の主人公はハーレムのゲットーに住む14才の誕生日を迎えた庶子。彼がどのように「父」の重圧から逃れ精神的に救済をかちとるかということがテーマになっている。

2作目の『ジョバンニの部屋』(Giovanni's Room, 1956) では、黒人が一人も登場しないことと、アメリカ亡国者である主人公の同性愛の恋人との出会いと別れとを描いていることで、一般の評価は大きく下がった。主人公のディビッ

ド (David) はどうしても自己のセクシャリティーを受け入れることができず、恋人ジョバンニは失意のうちに処刑台に向かう。こうした自己の現実を受け入れることのできないアメリカ人の苦悩というものは、次の小説『もう一つの国』(*Another Country*, 1962) でもテーマになっている。この小説のなかでエリック (Eric) は自己の性を受け入れる強い意志をもって、同性愛を法的にも認めないアメリカに帰ってくる。公民権運動の公人としてみなされる作者の、このようなセクシャリティーの問題を真正面から扱った小説が、当時の文壇からどのように困惑の眼差しで見られたことかは想像にたやすい。しかし、黒人でありゲイであったためにアメリカを去ったボールドウィンにとって、同性愛を含めた性の問題も、人種問題と同様、彼が作家としてものを書くにあたって解きあかさなければならなかった難問の一つだったのである。

　ボールドウィンの小説に特徴的な形態は、フラッシュバックの技法が、物語展開において内容的にも構造的にも常に重要な機能を果たしているということである。自己の過去を振り返ることによって、登場人物たちは少しずつ受け入れることの困難な自らの現実に向かわされていくのだ。

研究への助言

　彼はアメリカの人種問題が決してセクシャリティーの問題と切り離して考えられないことを見抜いていた最初の一人であり、この問題の本質を、異なる「他者」に対する畏れとみていた深い洞察の持ち主であった。しかし時代は彼を公民権運動の代弁者としてのみ英雄化し、セクシャリティーの問題に敢然と取り組む彼を黙殺し、あるいは「分裂している」と理解してきた。トーマス (Kendall Thomas) は、黒人文学批評者のうちにある同性愛嫌いと男性至上主義によって注意深く排除され無性化されてきた「もう一人のボールドウィン」を、今こそ語らなければ、と主張している。ブラックフェミニズムの衝撃がさらに広範囲なジェンダー批評として定着し、黒人文学批評が再構築されつつある現在、作家ボールドウィンを全的に統合評価していくのは、まさにこれからの課題である。

参考資料

ファーン・マージャ・エックマン「ジェームズ・ボールドウィンの怒りの遍歴」
　(関口　功訳：富士書房、1970 年)

ジェイムズ・ボールドウィン、M・ミード「怒りと良心――人種問題を語る」
　(大庭みな子訳：平凡社、1973 年)

竹間優美子「James Baldwin 研究の動向――1950年代から1990年代まで――」
　(『Asphodel』同志社女子大学英語英文学会　No.32, 1997 年)　　(竹間優美子)

ジョヴァンニ, ニッキ

ニッキ・ジョヴァンニ

Nikki Giovanni（1943-　　）

1943年6月7日、テネシー州ノクスヴィル生まれ。誕生名ヨランデ・コーネリア・ジョヴァンニ（Yolande Cornelia Giovanni）。母親のヨランデ・コーネリア・ジョヴァンニから名前をもらう。生後すぐに一家はオハイオへ移る。57年母方の祖母一家と暮らすためにノクスヴィルへもどる。61年フィスク大学入学、態度が悪いという理由で翌年放学処分。64年フィスク大学へ再入学。さらに65年非暴力調整委員会(SNCC)フィスク大学支部を再結成。66年フィスク大学のジョン・O・キレンズ（John O. Killens）指導の創作研究会に参加。67年フィスク大学卒業。ペンシルヴァニア大学大学院で社会事業を学ぶ。68年暗殺されたキング牧師の葬儀に参列。さらにニューヨークへ移りコロンビア大学大学院の芸術学部で学ぶ。同年第1詩集『黒人の感情、黒人の語り』（*Black Feeling, Black Talk*）を出版。69年第2詩集『黒人の審判』（*Black Judgement*）を出版。新しい声の詩人として名が高まる。息子トーマス・ワトソン（Thomas Watson）を出産、未婚の母となる。ラトガーズ大学で助教授。70年『再生』（*Re: Creation*）出版。71年ゴスペル・ミュージックをバックに自作を朗読したレコード *Truth Is On Its Way* を発表。自伝的エッセイ『ジェミニ』（*Gemini*）も出版。詩人としての名が確立、全米各地で詩の朗読会をおこなう。以降、次々と作品を出版し70年代を代表する詩人となる。84年アメリカの南アフリカ制裁に反対の意を表明したため非難を浴びる。87年以降、ヴァージニア州立大学教授。95年肺ガンのため手術。96年ラングストン・ヒューズ賞受賞。『ニッキ・ジョヴァンニ選詩集』（*The Selected Poems of Nikki Giovanni*）出版。

主要テキスト

Black Feeling, Black Talk / Black Judgement. Morrow, 1970.
Ego-Tripping. Lawrence Hill, 1973.
A Dialogue: James Baldwin and Nikki Giovanni. J. B. Lippincott, 1973.
Truth Is On Its Way. Black Collectible, 1974.
The Women and the Men. Morrow, 1975.
Vacation Time. Morrow, 1980.
The Selected Poems of Nikki Giovanni. Morrow, 1996.

ジョヴァンニ, ニッキ

テーマ／特徴／その他

　ニッキ・ジョヴァンニは、「黒人芸術運動」（Black Arts Movement）から出た作家のなかで最も若い世代の詩人で、黒人詩のプリンセスともいわれた。しかしまた、最も戦闘的であり、論争を呼ぶだけの詩人とかたづけられることもあった。なるほど、「ニガー／あんたに殺れるか／あんたに殺れるか／ニガーに殺れるか／ニガーにシロンボを殺れるか／シロ公を殺れるか」（"The True Import of Present Dialogue, Black vs. Negro"「今問題になっていることのほんとうの意味、ブラック対ニグロ」）という詩行や、さらに、FBIやブラック・パンサーに言及した作品を収めている詩集『黒人の感情、黒人の語り』でデビューしたニッキ・ジョヴァンニを、好戦的詩人と呼びたくなるのも無理もないことである。この詩集に続く『黒人の審判』にも、死のイメージや社会変革を求める言葉がこめられている。こうしてニッキ・ジョヴァンニは「革命詩人」のレッテルを貼られ、全米に名を広めることになった。しかし、「投票権か弾丸か」というアメリカ黒人にとって死と隣り合わせに生きていた時代に、おびただしい数の黒人たちは、ジョヴァンニが表現した「感情と語り」を胸に秘めていたのである。彼女はそれを汲み取り、ストレートに書いた。「書くことによって、これまでアメリカにいても誰も殺さなかったのだと思う」という、ソニア・サンチェス（Sonia Sanchez）らの詩人と同じスタンスを取っていたのである。「わたしは25歳／黒人女性詩人／ニガーあんたに殺れるか／を問いかけた詩を書いた／もしやつらがわたしを殺しても／革命を／とめることはできない……革命は街頭にまできている……もしわたしに何もできなくても／革命はすすんでいく」（"My Poem"「わたく詩」部分）のように。

　ジョヴァンニを評価する上でさらに重要なのは、彼女の作品は好戦的なものだけではない、ということだ。「黒人の感情」は、四六時中「革命へ」向いているわけではないのだ。女と男とのあいだには愛があり、世代間には家族愛があって幸せな時間を共有しているのである。さらに従属的な地位に甘んじざるをえない黒人の女たちが存在する。彼女はこれらのテーマを、それぞれ、「誘惑」"Seduction"、「ニッキ-ローザ」"Nikki-Rosa"、「女の詩」"Woman Poem"などで描いている。これらの作品であたりまえの黒人の内面の感情を探った彼女は、『再生』(1970)、『わたしの家』(*My House*, 1972)、『女と男』(*The Women and the Men*, 1975)、『雨の日の綿菓子』(*Cotton Candy on a Rainy Day*, 1978) などで、上述のテーマをさらに深めていく。また、『エゴ-トリッピング』(*Ego-Tripping*, 1971)、『バケーション』(*Vacation Time*, 1980) といった子ども向けの詩集を出し、白人優位の社会で傷つきやすい子どもたちに、黒人であることのプライドと家族愛を教えている。

作品紹介

『ダイアローグ』（*A Dialogue : James Baldwin and Nikki Giovanni,* 1973）

　これは、1950年代の重要な作家であるジェイムズ・ボールドウィンとニッキ・ジョヴァンニとの対談のテープを起こして本にしたものである。対談はイギリスのテレビ番組『ソウル』のために、1971年11月4日にロンドンでおこなわれた。話はボールドウィンがなぜヨーロッパへ移ったかということから始まる。「アメリカでは黒人が作家になることなど考えられもしなかった」というボールドウィンは、ストレートにものが言えるジョヴァンニの世代をうらやむ。この点で、2人は1960年代までの黒人解放運動を評価している。さらに、互いの世代・性・思考の違いを意識しながらも、アメリカやその他の国で「黒人であることの意味」、「性差」、「黒人と白人の神とイエスに対する考え方の相違・黒人教会の役割」、「アメリカ黒人作家の状況」、「アメリカの政治」、「黒人コミュニティに蔓延する麻薬問題」、「黒人の音楽」といったテーマが語られていく。なかでも興味がひかれるのは、2人の「愛」についての、「黒人男性の役割」についての考えの違いだ。ボールドウィンは、「黒人の男は、黒人であるために、男としての役割、重荷、義務、そして、喜びまで根本的に拒絶されている」と言う。「貧しさから、自分の幼い子どもまで殺しかねない」と。だが、ジョヴァンニにはそれは理解しがたい。「貧しくて何もあたえられなくても、愛がほしい」からだ。「それでは男としての」とボールドウィンはここで言葉につまるのである。1970年代の黒人女性は変わった、というジョヴァンニの言葉は、1970年代に新しい時代の声を上げた黒人女性作家たちに共通のものでもある。

『ニッキ・ジョヴァンニ選詩集』（*The Selected Poems of Nikki Giovanni,* 1996）

　1996年に出版されたこの選詩集には、初期の『黒人の感情、黒人の語り／黒人の審判』、『再生』、『アンジェラ・デイヴィスに捧げる詩』（*Poem of Angela Yvonne Davis*）、『わたしの家』、『女と男』、『雨の日の綿菓子』などの詩集から選ばれた作品と、新作2編が収められている。革命への詩集から出発したジョヴァンニが、徐々にごくふつうの人間への洞察を深めていく過程がわかる。ジョヴァンニといえば、すぐに戦闘的な詩を思い浮かべる人が多いが、この選ばれた作品群から彼女のもう一つの顔が見える。黒人の女であることの意味、家族愛、子どもたちへ誇りと喜びをあたえ続けること、時代に翻弄される黒人コミュニティの修復などが探られている。特に「黒人の愛は黒人の宝だ、それを白人は理解できない」と歌う「ニッキ-ローザ」や、「コンゴで生まれ／肥沃

な三日月地帯まで歩いていって／スフィンクスを建てた……わたしの産みの苦しみの涙が／ナイルになった／わたしは美しい女」(「エゴ-トリッピング」)と、男性優位の黒人コミュニティのなかで誇りを持てない黒人少女に、過去に偉業をなした黒人女性であることの喜びをあたえる歌、南部の老人たちとの会話によって、黒人の歴史を浮かび上がらせる「アラバマの詩」("Alabama Poem")など、この選詩集に収められた作品から、ニッキ・ジョヴァンニが、かのラングストン・ヒューズ(Langston Hughes)のような民衆詩人に到達したことがわかる。

研究への助言

　まず、ニッキ・ジョヴァンニの朗読を聴くことをおすすめする。自分で声を出し読んでもいいが、作者自身の声を聴くことによって、その詩の全体の構成が理解できるはずである。どこにポーズが置かれているのか、詩行が朗読されるにつれ、作者の強調したい言葉やフレーズが自然に浮かび上がってくるのである。それには、主要テキストで挙げた *Truth Is On Its Way* が最適だ。それから、ジョヴァンニとともに新しい時代の声を上げた黒人女性作家たちの作品と読み比べてみるのもいいだろう。

参考資料

Claudia Tate, ed., *Black Women Writers at Work*. Continuum, 1983.
Mari Evans, ed., *Black Women Writers*. Anchor Books, 1984.
Virginia C. Fowler, *Nikki Giovanni*. Twayne, 1992.
Black Writers. Gale, 1994.

（山田裕康）

ソニア・サンチェス

Sonia Sanchez（1934-　　）

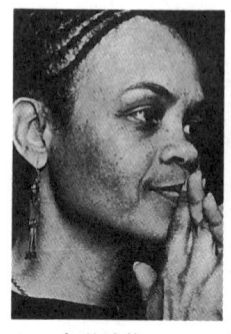

1934年9月9日、アラバマ州バーミングハム生まれ。誕生名ウィルソニア・ベニータ・ドライヴァ（Wilsonia Benita Driver）。1歳のとき母が亡くなり、さまざまな親類の家に預けられて育つ。この幼年時代に、満員のバスで白人に席を譲るために運転手から降りろといわれた叔母が拒否したため逮捕されるという事件に遭遇。人種差別を初めて体験する。この時期に受けた傷と自らの吃音をいやすために詩を書きはじめる。9歳のとき父が3度目の結婚をし、一家はニューヨークのハーレムへ移った。中学時代にラングストン・ヒューズ（Langston Hughes）、グウェンドリン・ブルックス（Gwendolyn Brooks）らの作品に夢中になる。ニューヨーク市立ハンター・カレッジで政治学を専攻し、55年卒業後ニューヨーク大学大学院で詩を研究する。この時期CORE（人種平等会議）に加わり公民権運動にかかわる。またグリニッジ・ヴィレッジで創作研究会を起こし、アミリ・バラカ（Amiri Baraka）やラリー・ニール（Larry Neal）らと交流、詩を書き続ける。アルバート・サンチェス（Albert Sanchez）と結婚、やがて離婚。マルコムXを知り、公民権運動家から黒人民族主義思想に共鳴する。67-69年サンフランシスコ州立大学で講師を務め黒人研究のカリキュラム創設にたずさわるが、過激派として追い出される。60年代末、詩人イサリッジ・ナイト（Etheridge Knight）と結婚、やがて離婚。69-70年ニュージャージー州のラトガーズ大学で、70-71年ニューヨーク市立マンハッタン・コミュニティ・カレッジで、それぞれ助教授。72-75年マサチューセッツ州アマースト・カレッジで助教授。同期間、ネイション・オブ・イスラムのメンバー。77年以降、テンプル大学で黒人文学と創作コースを担当、現在は同大学教授。85年『女ともだちと手榴弾』（*homegirls & handgrenades*）でアメリカン・ブック・アウォード受賞。89年ポール・ロブソン・ソウシャル・ジャスティス・アウォード受賞。

主要テキスト

Home Coming. Broadside Press, 1969.
We a BaddDDD People. Broadside Press, 1970.
A Blues Book for Blue Black Magical Women. Broadside Press, 1974.
homegirls & handgrenades. Thunder's Mouth Press, 1984.
Under a Soprano Sky. Third World Press, 1987.

テーマ／特徴／その他

　詩人、劇作家、大学教授のソニア・サンチェスは、これまでの著作をとおして、アメリカ黒人女性であることの意味、さらに、それがアメリカ以外の世界とどういった関係があるのかを模索してきた。誰のために書くかとの問いに、「わたしをつねに前進させてくれるから書きます。書いているからこそ、これまでアメリカにいても誰も殺さなかったのだろうと思います。書くことによって、自分自身をコントロールできたのです」と答えている。この発言は、1960年代半ばに起こった「黒人芸術運動」(Black Arts Movement)にかかわった黒人作家たちの共通認識である。しかし、この黒人による黒人のための芸術運動の基準に沿った大半の作家たちに欠けていた視点、黒人であり女であることの意味を初めから意識しながら、ソニア・サンチェスは詩人として歩き出した。「わたしが見たとおりのままに、黒人の状況の真相を伝えるために書いている。その結果として、一人の黒人女性としての世界観を表現するようになった」のである。

　黒人差別の最も厳しい深南部、アラバマ州バーミングハム出身のサンチェスは、幼いころの人種差別体験、ニューヨークに移ってからの少女期に、性的嫌がらせを体験したこと、さらにマルコムXの演説を聴いたことの影響によって、上述のスタンスで詩を書き始めた。第1詩集の『帰郷』(*Home Coming*, 1969)、それに続く『わたしたちわるーいい人種』(*We a BaddDDD People*, 1970)においては、物質文明の害悪、黒人のための肯定的なロール・モデルの追求、黒人間および異人種間の男女の関係などを探究している。1972年には彼女はネイション・オブ・イスラムのメンバーとなる（75年に事実上追放される）。イスラム教団の同胞愛の共有、黒人の歴史と自己にプライドを持つことの思想に魅せられたサンチェスは、この時期に『ブルーな黒人魔女たちのためのブルーな黙示録』(*A Blues Book for Blue Black Magical Women*)を発表するが、黒人至上主義に染まらず、黒人女性の過去と現在を探求するという彼女のスタンスは変わっていない。1980年代以降のサンチェスは、詩作において俳句や短歌の形式を多用していく。『女ともだちと手榴弾』は、個人的体験をもとにドラッグ中毒と孤独感をテーマにししている。また87年に出版した『澄んだ空のもとで』(*Under a Soprano Sky*)は、ますます内省的になっていく女性の視点から、家族愛や友情、コミュニティの希望、さらに彼女にとっての新たな領域である環境問題などをテーマにした詩が収められている。1990年代に入っても創作意欲に衰えをみせず詩を書き続けるソニア・サンチェスは、アメリカ黒人の過去と未来を繋ぐ伝説的な詩人となった。

作品紹介
『わたしたちわっるーいい人種』（*We a BaddDDD People,* 1970）

  わたしはくろい／おおおーんな
    わたしの顔。
      わたしの褐色の
     竹／色した
 クロ／イチゴ／顔
     （略）
 わたしの黒さに
    ゆらいだ
 世界は
  変えええええていーく
 その色を。そして
   再生する。
     黒色に。もういちど。

 ソニア・サンチェスの第1詩集『帰郷』は、白人文化への離反と社会変革をめざす意思表示であった（タイトル「帰郷」は、「黒人のルーツにもどる」ことを暗示している）。第2詩集の『わたしたちわっるーいい人種』も前作同様、実験的な詩形式と黒人街のストリートの言葉を多用して、黒人に変革への意志を促している。しかし、この『わたしたちわっるーいい人種』には、アメリカ黒人のアイデンティティ追求と社会変革をめざす黒人芸術運動の目的に沿って書かれた、アミリ・バラカやハキ・マドゥブチ（Haki Madhubuti）（当時の名はドン・リー（Don Lee））らの作品とは異なる視点があった。後年のソニア・サンチェスの主要テーマになる、黒人女性としてアメリカ社会で「生きのび」、そして「再生」するという視点である。この詩集に付された多くの黒人女性（マルコムXの妻ベティ・シャバズ（Betty Shabazz）、マヤ・アンジェロウ（Maya Angelou）ら）への献辞「くろい／おおーんなにささげる：この世界で唯一のクイーンたちへ」と、冒頭に引用した巻頭詩「わたしはくろい／おおーんな」*i am a blk/ wooOOOOMAN* は、黒人女性としてのソニア・サンチェスの再生の旅への宣言である。

 黒人用語で「すばらしい」という意味の "bad" を使ったタイトルがつけられている『わたしたちわっるーいい人種』は、「生きのびるための詩」、「ラヴ／ソング／詠唱」、「務めをはたすための詩」という3部で構成されている。第1部は、「そのとおり：白いアメリカ」 "right on: white america"、「黒い

ピューリタン」"there are blk puritans"など、アメリカ社会への抗議と、白人の価値観を持つ黒人の意識を探ろうとする作品からなっており、アメリカから受けた黒人の傷をいやす意図が見える。第3部では、サンチェスの怒りに満ちた言葉で、黒人の意識変革と黒人の伝統を修復することを表明している。サンチェスにとって最も重要な第2部では、黒人の女と男の関係が検討されている。例えば、「黒い／おおーんなの／聖歌」"blk/wooooomen/chant"では、「黒い／おとこたーち／／わたしたちが見えええる？　声がきこえええる？　りかいできいいいる？」と歌う、黒人の男には「見えない存在」の黒人女が浮かび上がってくる。この他、第2部では、個人的および社会的な視点から黒人の女と男の関係が描かれ、黒人の女としての意味が探られているのである。一人の男からの抑圧から自分を解放できないなら、どうして国の抑圧から解放されるというのか、と問うサンチェスの『わたしたちわっるーいい人種』は、マヤ・アンジェロウの「翔べない鳥」＝「傷ついた黒人女性」への歌と同じく、アメリカ黒人の新しい時代を告げるものである。

研究への助言

　ソニア・サンチェスの初期の詩集は、実験的な表現形式となっていて、きわめて読みづらい。そこで、まず彼女の生の声から聞いてみるのがいいだろう。「参考資料」にあるクローディア・テイト編の黒人女性作家とのインタビューが最も適切な入門書だろう。

参考資料

Claudia Tate, ed., *Black Women Writers at Work*. Continuum, 1983.
Mari Evans, ed., *Black Women Writers*. Anchor Books, 1984.
Joyce Ann Joyce, *IJALA*. Third World Press, 1996.　　　　（山田裕康）

アミリ・バラカ

Amiri Baraka (1934-   )

1934年10月7日、ニュージャージー州ニューアーク生まれ。誕生名エヴァリット・リロイ・ジョーンズ (Everett LeRoi Jones)。51-52年ラトガーズ大学、転校後54年まではハワード大学で学ぶ。54-57年空軍に服務しプエルト・リコへ。除隊後ニューヨークのイースト・ヴィレッジへ移り、アレン・ギンズバーグ (Allen Ginsberg) らのビート詩人たちと交流。58年ユダヤ系白人のヘティ・コーエン (Hettie Cohen) と結婚、2人で雑誌 *Yugen* 発刊。詩のほか、音楽評などを多くの雑誌に発表。59年出版社 Totem Press 創設。60年キューバへ招待される。61年詩人ダイアン・ディプリマ (Diane di Prima) と文芸ジャーナル *Floating Bear* 創刊。64年戯曲『ダッチマン』(*Dutchman*) でオービー賞受賞。ハーレムでブラック・アーツ・レパートリー・シアター／スクールを創立 (64-66)。65年マルコムXが暗殺されてから白人文化を拒絶することを決意、黒人民族主義者に。ヘティと離婚、ヴィレッジからハーレムへ移る。66年黒人のシルヴィア・ロビンソン (Sylvia Robinson) と結婚、生地ニューアークへもどり芸術機関スピリット・ハウス創立。地元での政治活動にもかかわる。66-67年、コロンビア大学客員教授。68年リロイ・ジョーンズからイマム・アミール・バラカ (Imamu Ameer Baraka) に改名、のちアミリ・バラカへ。72-75年アフリカ人民会議議長。77-78年イェール大学、78-79年ジョージ・ワシントン大学、ラトガーズ大学でそれぞれ客員教授。80年ニューヨーク州立大学ストーニー・ブルック校で助教授、85年以降、アフリカ研究教授。

主要テキスト

戯曲
Dutchman and the Slave. Grove Press, 1964.

詩集
Preface to a Twenty Volume Suicide Note. Totem Press, 1961.
The Dead Lecurer. Grove Press, 1964.
Selected Poems of Amiri Baraka/LeRoi Jones. Marsilio Publishers, 1995.

音楽評論・他
Blues People. William Morrow & Co., 1963.

テーマ／特徴／その他

　40年以上にわたり創作活動を続けるアミリ・バラカは、20世紀のアメリカ作家のなかで最も重要な作家の一人である。詩、戯曲、社会評論、音楽評論などをとおして書かれたバラカの作品全体をふりかえって見ると、彼のイデオロギー上の変化——1950年代の「豊かなアメリカ」への反逆、黒人民族主義への接近、マルクス-レーニン主義、毛沢東主義の表明などが反映されていて、いくつかの矛盾した点が浮かび上がってくる。しかし、バラカの著作に一貫しているのは、アメリカで黒人として生きることはどういう意味を持つのかという探求、つまり黒人のアイデンティティ追求を芸術形式でいかに表現するかというスタンスである。

　黒人として比較的恵まれた家庭で育ったバラカは、大学に通うころには周囲の黒人のブルジョア的価値観に反撥した。そのため「豊かなアメリカ」に対して「吠える」アレン・ギンズバーグらのビート詩に影響を受けた詩人として出発する。彼の1957年から60年までの詩を収めた詩集『20巻の自殺ノートの序文』(*Preface to a Twenty Volume Suicide Note*) は、アメリカ詩の生気のないアカデミックな伝統を打ち破ろうとしたものである。64年に公演されたバラカの戯曲『ダッチマン』は、ブルジョア的価値観を持つ黒人青年が地下鉄で白人女と出会い、彼女に殺されるという寓話的なものだが、これはオービー賞を受賞し作家としてのバラカの名を確立させた。またこの頃、ハーレムでブラック・アーツ・レパートリー・シアター／スクールを創立し、全米の黒人作家に多大な影響をあたえる存在になった。ここまでは、まだビート的なスタンスをとっていたバラカであるが、1965年にマルコムXが暗殺され、彼は民族主義者の立場をとる。1968年には誕生名のリロイ・ジョーンズからブラック・モスリム風のアミリ・バラカ（祝福された王子の意）に変えた。詩集『黒魔術』(*Black Magic*, 1969) や、ラリー・ニール (Larry Neal) との共編の『黒い炎』(*Black Fire*, 1968) における作品をとおして、バラカは白人文化への決別と黒人革命をめざした芸術創作を唱えるようになっていくのであった。だがしかし、バラカはさらに思想上の変容を続け、1974年に黒人民族主義は偏狭な人種差別主義であると表明し、第3世界の社会主義実現をめざしたマルクス-レーニン主義の立場をとるようになった。このスタンスを表現したのが、『動かしがたい事実』(*Hard Facts*, 1975) や『進歩派へ捧げる詩』(*Poetry for the Advanced*, 1979) などの詩集である。このようにイデオロギー上の変容をいくどか体験するバラカであるが、唯一、真のアメリカ文化は、アメリカ黒人の芸術に見られるものであるという、初期からの主張は変わってはいない。

作品紹介
『ダッチマン』戯曲（*Dutchman and the Slave,* 1964）

　全2場。主な登場人物は20歳の黒人青年クレイ（Clay）と、30歳の白人女性ルーラ（Lula）。時は1960年代の初め。場所はニューヨークとニュージャージー間の地下鉄の中。地下鉄の轟音とともに第1場の幕が上がる。アイビー・リーグ風のスーツを着たクレイが座席で雑誌を読んでいる。観客から見えるのは彼の座席あたりだけである。やがて、夏のドレスとサンダル、サングラスというラフな姿で、リンゴを食べている美しいルーラに気づき、隣に座るようにすすめる。ルーラはリンゴをすすめながら、性的な言葉を投げかけクレイを挑発していく。さらに、奴隷の孫なのに名士気どりで、黒人大学を出た白人のような身なりをしていると、クレイの着ているスーツとネクタイを皮肉る。それに対してクレイは、黒きボードレールだったと応える。ルーラはさらにクレイを挑発し続け、「あんたは人殺しでなきゃ」と決めつけ、それでこそ2人はそれぞれの歴史から解放されると言うのである。

　第2場が開くと、車内の他の座席も見えている。乗客が数名乗り込んで来る。ルーラは性的関係をほのめかしながら、前よりもさらに攻撃的な口調でクレイをからかい続ける。「あんたは白人だ、もじゃもじゃ頭のアンクル・トムだ」などの言葉を投げられたクレイは、ついに怒りを爆発させルーラに何度も平手打ちをくわせる。それからクレイは、自らの怒りを静めるように自己弁明を展開していく。ブルース歌手のベシー・スミスやサックス奏者のチャーリー・パーカーらは、白人に対する怒りと憎しみを芸術表現で装っていること。それと同じように、クレイ自身も中産階級的な装いで自らを制していること。ブルースやジャズへの、また中産階級的な身なりの黒人への、白人たちの勝手な解釈はやめろと言う。ひとしきりしゃべり続けたクレイが列車から降りようとしたとき、ルーラはナイフを取り出し、クレイの胸を2度突き刺す。他の乗客にクレイの死体を次の駅で降ろすように命じたルーラは、ノートにメモを始める。車内は彼女一人だけになっている。しばらくすると、クレイと同じような黒人青年が乗って来る。彼がルーラから少し離れた座席にすわり本を読み始める。車掌がやって来て、青年にあいさつし、ルーラに軽く会釈して遠ざかっていくところで幕となる。

　黒人中産階級の象徴である青年クレイと、アメリカを象徴する魅力的な白人女性ルーラが、地下鉄の車内という現実の場での会話をとおして、黒人がアメリカ社会に同化することの意味を問いかけたこの『ダッチマン』は、リロイ・ジョーンズを名のっていたころのバラカの作品である。1964年にニューヨークのオフ・ブロードウェイで上演され、賛否両論ひき起こしたが、その年のオービー賞を獲得した。タイトルの『ダッチマン』は、嵐の日に喜望峰沖に現われ、

この船を見た者は不運を招くと信じられていた伝説のオランダ幽霊船（「フライイング・ダッチマン」）を思い起こさせる。また、初めて黒人奴隷をアメリカ大陸に連れて来たオランダ人をも連想できる。じっさい、ルーラを地下鉄で見たクレイが、自らの死を招くという寓話的なプロットになっているのである。さらに、ルーラが車内でしきりにクレイにリンゴをすすめることから、アダムとイヴの現代版とも解釈される。リンゴをかじったクレイは、死というかたちの「楽園追放」を招いてしまうのである。いずれにせよ、この『ダッチマン』は、1960年代のエドワード・オールビー（Edward Albee）の作品と肩を並べることになるアメリカ演劇史上での重要作品である。1990年代になっても、ニューヨークでたびたび公演されている。

研究への助言

抽象的な言葉がジャズの演奏のように変幻自在に飛び交うアミリ・バラカの作品は、読者には難解なものとなろう。そこで、バラカを理解する手がかりとして、彼の音楽評論から読み始めるのがいいだろう。また彼の思想上の変容に戸惑う読者もいるだろうが、1960年代から70年代半ばまでの黒人思想の流れ（マルコムXからブラック・パンサーまで）を汲みとれば、バラカの著作群の理解の手助けとなるだろう。

参考資料

Addison Gayle, Jr., ed., *The Black Aesthetic*. Doubleday, 1971.
Donald B. Gibson, ed., *Modern Black Poets*. Prentice-Hall, 1978.
Werner Sollors, *Amiri Braka/LeRoi Jones*. Columbia University Press, 1978.
Kimberly W. Benson, ed., *Imamu Amiri Baraka (LeRoi Jones)*. Prentice-Hall, 1978.
Dictionary of Literary Biography Volume 38. Gale Research, 1985.
William J. Harris, *The Poetry and Poetics of Amiri Baraka*. University of Missouri Press, 1985.

（山田裕康）

マヤ・アンジェロウ

Maya Angelou（1928- 　　）

1928年4月4日、ミズーリ州セントルイス生まれ。誕生名マグリート・ジョンソン（Marguerite Johnson）。3歳のとき両親が離婚、兄とともにアーカンソー州スタンプスへ送られ、祖母に育てられる。7歳半のときにセントルイスにいる母親を訪ね、母親の愛人にレイプされる。以後5年間、兄以外とはひと言も口をきかなくなる。40年再婚した母親と暮らすためサンフランシスコへ。45年高校卒業前に息子ガイ・ジョンソン（Guy Johnson）を出産、未婚の母となる。50年元船員トッシュ・アンジェロウ（Tosh Angelou）と結婚するがやがて離婚。その後フォーク・オペラ『ポーギーとベス』（*Porgy and Bess*）の主演ダンサーとして世界22ヵ国で公演の他、オフ・ブロードウェイでの舞台に立ち俳優としての名声を得る。またキング牧師との出会いによって公民権運動に。60年に公民権運動のため『自由のためのキャバレー』の台本を書きオフ・ブロードウェイで公演、作家としての第一歩となる。61年南アフリカの解放運動家ブスムシ・マケ（Vusumzi Make）と結婚、エジプトへ。結婚生活はすぐに破局、息子とガーナへ移住、66年アメリカに帰国。70年自伝『歌え、翔べない鳥たちよ』（*I Know Why the Caged Bird Sings*）がベストセラーとなる。73年イギリス出身の建築家ポール・ドゥ・フ（Paul Du Feu）と結婚するがやがて破綻。その後、自伝や詩の執筆、映画の脚本・演出に精力的な活動を続ける一方、各地の大学で教鞭をとる。93年クリントン大統領の就任式で自作の詩「朝の鼓動に」（"On the Pulse of Morning"）を朗読。現在は、ノース・カロライナ州のウェイク・フォレスト大学教授。

主要テキスト
自伝5部作
I Know Why the Caged Bird Sings. 1970.
Gather Together in My Name. 1974.
Singin' and Swingin' and Gettin' Merry Like Christmas. 1976.
The Heart of a Woman. 1981.
All God's Children Need Traveling Shoes. 1986.
詩集
The Complete Collected Poems of Maya Angelou. 1994.
以上は、すべてRandom Houseより出版。

アンジェロウ, マヤ

テーマ／特徴／その他

　歌手、俳優、脚本家、自伝作家、詩人、映画監督、大学教授など数多くの肩書を持ち、波瀾に富む人生を送ってきたマヤ・アンジェロウ。黒人として女として、創作家としてのマヤ・アンジェロウの人生に対する、また芸術に対する姿勢は、彼女自身の詩行に集約できるだろう。「わたしを歴史に刻み込めばいい／辛辣な、ねじ曲げた嘘で／わたしを埃のなかに踏みつければいい／それでも、埃のように、わたしは起ちあがる……言葉でわたしを撃てばいい／まなざしでわたしを傷つければいい／憎しみでわたしを抑えつければいい／それでも、風のように、わたしは起ちあがる」("Still I Rise" 部分)。この詩行から、黒人として女としての壁に囲まれた困難な状況のなかで生き抜いてきたマヤ・アンジェロウの不屈の魂が浮かび上がってくるのだが、それが声高に語られるのでなく、徐々に心に浸透していき、深さを増してゆくように描かれている。アンジェロウが示すこの不屈の魂は、かつての奴隷時代から今にいたるアメリカ黒人の魂に重ねることもできる。また、黒人にかぎらず、困難な状況を生き抜いている世界各地の人びととも重ね合わせることもできるのである。このような作家としてのアンジェロウの姿勢が、世代や国を問わず数多くの人を惹きつけているといえよう。アンジェロウ自身は、「わたしの作品、わたしの人生、すべてが生きのびることにかかわっています。わたしの作品すべてが、こう語りかけるのです。＜あなたは数多くの敗北と出会うかもしれない。それでもあなたは負けてはいけない＞。ほんとうに、敗北との出会いが生命力と忍耐力をつくるいい経験になることがあるのです」と語っている。

　人種差別と女性差別が支配するアメリカ社会で、黒人女性として生き抜き、敗北することを恐れない人間を描こうとするマヤ・アンジェロウの視点は、詩作品よりも具体的に読み手に訴える自伝でよりいっそう明確になっている。祖母に育てられたアーカンソー州での幼年時代から、母と暮らしたサンフランシスコで17歳で未婚の母となるまでを描いた *I Know Why the Caged Bird Sings*；一人息子を抱えた未婚の母のマヤの苦闘の日々を綴った『わが名によりて集まれ』*Gather Together in My Name*；舞台デビューから『ポーギーとベス』の海外公演を終えるまでを語る『クリスマスのように歌い踊り楽しく』*Singin' and Swingin' and Gettin' Merry Like Christmas*；作家活動および政治活動の日々を描いた『ある女の心』*The Heart of a Woman*；60年代初期のアフリカでの経験、アフリカとアメリカ黒人の文化の関係などが語られる第5部の『神の子すべてに旅の靴を』*All God's Children Need Traveling Shoes*、これら5部作はマヤ自身を中心に描かれているが、自分に距離をおき、特定の時代をマヤとともに生き抜いた人びと、また時代そのものも検証している。彼女の自伝が自伝小説といわれるのも、このためである。

アンジェロウ，マヤ

作品紹介
『歌え、翔べない鳥たちよ』（*I Know Why the Caged Bird Sings,* 1970）

　マヤ・アンジェロウの自伝5部作の第1部である本書は、1930年代から40年代半ばまでの時代を背景に、南部で成長するアメリカ黒人の少女の体験が語られている。3歳のマグリート・ジョンソン（マヤ・アンジェロウの本名）は、両親（母ヴィヴィアン・バクスター Vivian Baxter と父ベイリー・ジョンソン Bailey Johnson）が離婚したために、一つ上の兄ベイリー・ジョンソン・ジュニア（Bailey Johnson, Jr.）と列車でカリフォルニア州のロングビーチから、アーカンソー州のスタンプスへやって来る。2人の手首には行き先が記された荷札がつけられていた。2人は祖母アニー・ヘンダーソン（Annie Henderson）が営む雑貨屋の裏手で、祖母と伯父ウィリー（Willie）とともに暮らすことになったのである。ジョージア州のチトリン・スウィッチ（よくうなるムチ）、ミシシッピ州のドント・レット・ザ・サンセット・オン・ユー・ヒア、ニガー（夕陽がおがめんぞ、クロンボ）などの描写的な地名に似たスタンプス（踏みつける）では、黒人社会と白人社会とは完全に分離されていた。黒人は独立記念日のほかは、ヴァニラ・アイスクリームも買えないほどの人種偏見の強いところだった。幼いマグリートは、綿摘み労働者たちが奴隷のような生活を送っていることを知ったり、白人秘密結社KKK（クー・クラックス・クラン）の脅威にさらされながら成長していく。8歳になったマグリートは兄とともに今度は母親の住むセントルイスへ送られる。そこで母親の愛人にレイプされたマグリートは、この事件の裁判の証言台に立つ。このために母親の愛人は伯父たちに殺されることになった。スタンプスに戻ったマグリートは以降5年間、兄以外の誰とも口をきかなくなるのである。このマグリートを救済したのは、黒人の貴婦人ともいえるミセス・フラワーズ（Mrs. Flowers）だ。彼女は文学の、とりわけ作品朗読の喜びをマグリートに教えるのだった。言葉を取りもどしたマグリートであるが、スタンプスで黒人リンチ事件が起こり、祖母は兄妹を再びサンフランシスコの母親のもとに送り返す。そこでダンスなどのパフォーマンスに興味を抱きながら16歳になったマグリートが、未婚のまま子どもを生むところで物語が終わる。

　この作品のタイトル名は、黒人詩人ポール・ロレンス・ダンバー（Paul Lawrence Dunbar, 1872-1906）の詩「共感」"Sympathy"の後半部、「わたしには篭の鳥が歌うわけがわかる、わかるのだ／その羽根が傷つきその胸が痛むとき／鳥篭を破り自由になるとき／それは喜びの歓喜の歌ではない／胸の奥からとびだした祈り／空に投げかけた熱い願い／わたしには篭の鳥が歌うわけがわかる！」からとられている。これからわかるように、この作品は、幼年期から少女期という篭を突き抜け、自由に羽ばたこうとするマヤ・アンジェロウ自

身の歌である。導入部で、「南部の黒人少女にとって、成長することは痛みを伴うものであるとしたら、その子がまた、自分は追放の身であることを知るのは、のどに突きつけられたカミソリのさびとおなじだ／それは恥の上塗りなのである」と記されているように、3歳にして流浪の民のような身分になり、南部へやって来たマヤ・アンジェロウの行く末は暗いことが暗示される。じっさい、この作品の章が進むにつれ、アンジェロウがさまざまな恥辱を体験することが明らかになっていく。白人と同じ髪や瞳でないことを知ったこと、白人の古着を作り直した晴れ着を身につけねばならないこと、奴隷時代と同じように苛酷な綿摘みに従事する黒人たちの存在、KKKの脅威、そして強姦されたこと。ストーリーが展開されるにしたがい、南部で黒人の少女として生きることの意味が、読み手に伝わってくるのである。しかし、こうした恥辱にも屈せず、ときには無鉄砲とも思える前向きの姿勢で生き抜いてきたマヤ・アンジェロウの語りに、読み手はさらなる感動を覚えるだろう。この作品はマヤ・アンジェロウの自伝とはいえ、マヤを取り巻く人びと——人種差別社会にあっても黒人の伝統的な愛と勇気を失わず生き抜いてきた祖母アニー・ヘンダーソン、たくましく生きる母親ヴィヴィアン・バクスターらと、大恐慌、第2次大戦、来るべき公民権運動の時代などが浮かび上がってくる。またマヤの駆使する暗喩や直喩などが語り口を豊かなものにしている。1970年に出版されたこの作品はたちまちベストセラーとなったが、それは、トニ・モリスン（Toni Morrison）やアリス・ウォーカー（Alice Walker）らとともに、黒人女性再生期の到来を告げる声であるといえよう。

研究への助言

マヤ・アンジェロウの自伝5部作を読むのがベストだろうが、その前に、比較的わかりやすいエッセイから読みはじめてはどうだろうか。*Wouldn't Take Nothing for My Journey Now* (1993) や *Even the Stars Look Lonesome* (1997) を読むことによって、作家としてだけでなくマヤ・アンジェロウという人物そのものがわかるだろう。

参考資料

Claudia Tate, ed., *Black Women Writers at Work*. Continuum, 1983.
Mari Evans, ed., *Black Women Writers*. Anchor Books, 1984.
Dictionary of Literary Biography, Volume 38. Cale Research, 1985.

（山田裕康）

ゲインズ，アーネスト

アーネスト・ゲインズ

Ernest J. Gaines（1933-　　）

　アーネスト・J・ゲインズは1933年にルイジアナ州ポイント・クペー郡に生まれた。両親は彼が幼い頃に離婚し、先祖5代にわたって住み続けたプランテーションにおいて、伯母の手で育てられた。農村での黒人の暮らしは厳しく、ゲインズ自身も8歳から野良仕事に出た。しかし、過酷ながらも生活には民話など豊かな黒人民衆文化や美しい自然が溢れていて、それらは少年ゲインズの心に深く刻まれた。再婚してカリフォルニアに移っていた母親と暮らすために、15歳の時ルイジアナを後にする。ポイント・クペー郡には、黒人が就学可能な高校が当時なかったからでもあった。ゲインズは一時ホームシックになるが、図書館で本の世界に慰めを見いだし、手当たり次第に読み始めた。しかし、当時の図書館には、ゲインズが探し求めた懐かしいルイジアナの黒人農民を描いた本などなかった。そこで、自分自身の手で彼らの物語を書こうと、作家を志すようになる。その後、サンフランシスコ州立大学及びスタンフォード大学へ進み、クリエイティブ・ライティング（創作）と英米文学を学んだ。大学在学中から短編小説を発表し始めたが、『ミス・ジェーン・ピットマン』(*The Autobiography of Miss Jane Pittman,* 1971)によって数々の賞を受賞し、作家として不動の地位を得た。80年代は黒人女性作家が注目を浴びる中、やや影を潜める感もあったが、90年代に入り「天才助成金」とも言われるマッカーサー賞(MacArthur Fellowship)を受賞するなど(93年)、彼の作品は再評価され、作品研究も盛んになりつつある。なお、ゲインズは執筆活動に加え、81年以来、サウスウェスタン・ルイジアナ大学でクリエイティブ・ライティングを秋学期に教えている。

主要テキスト

Catherine Carmier. New York: Alfred A. Knopf, 1964.
The Autobiography of Miss Jane Pittman. New York: Alfred A. Knopf, 1971.
In My Father's House. New York: Alfred A. Knopf, 1978.
A Gathering of Old Men. New York: Alfred A. Knopf, 1983.
A Lesson before Dying. New York: Alfred A. Knopf, 1993.
『ジェファーソンの死』（中野康司訳：集英社、1996年）

テーマ／特徴／その他

　ゲインズによると、作家は書きたいことを書けばよいが、自分自身に真に忠実であろうとすれば、最も身近な題材をおのずと選ぶことになるという。ゲインズの場合、最も身近であったのは、南ルイジアナのプランテーション地帯とその地に生きた黒人民衆であった。それは、出版作品全ての舞台が南ルイジアナの架空の町「バヨン(Bayonne)」周辺の地と設定され、黒人民衆の生き様が描かれていることからも窺える。ゲインズが取り上げる時代は、主に1930年代から40年代である。この時代は、奴隷制時代と大して変わらない扱いを黒人小作人が受けていた反面、現代の黒人の状況にも通ずる側面が数多く見られ、過去と現在を結ぶ接点となり得る時代でもあると言えよう。

　ゲインズのテーマは、主要人物の多くが黒人男性であるために彼自身は「男らしさ(manhood)」としているが、いわゆる「マッチョ(macho)」ではなく、人間性の追求である。この追求から、主人公のアイデンティティの問題や家族との関係、黒人を取りまく社会環境などが、リアリズムに基づいた淡々としたスタイルでもって語られる。どの作品においても、奴隷制という過去に加え、人種差別や貧困の中で自暴自棄になる青年や、父と息子の断絶など、黒人民衆の生活が生々しく描かれている。しかし、ゲインズの関心はこのような状況を否定したり、糾弾することにあるのではない。むしろ、過酷な状況に置かれつつも人間としての尊厳を失わない人物や、少しでも状況を改善しようと努力する人物を描くことにある。多くの場合、主人公たちは、重苦しい過去や現在から逃避できないことを認識するに至る。そして、マイナスと思われる状況にも肯定的な側面を見出すことを契機に、彼らは主体性を持った人間へと成長し、コミュニティー全体の変革の基礎となっていく。ただし、変化は飽くまでも緩やかで、「兆し」として描かれ、決して劇的で非現実的なものではない。

　作品には民話やヴードゥーなどの描写もあるが、語りのスタイルが黒人民衆文化を最も反映しているであろう。例えば、複数の人物がそれぞれの視点から一つの事件を順に語るスタイルをゲインズはしばしば用いるが、黒人の口承の伝統を文字が基調である文学に巧みに組み込んでいると言える。また、繰り返しやアンダーステイトメントというジャズの技法など、黒人音楽の影響も作品の多くに見られる。黒人作家の作品に関しては、彼自身が作家を志した時期に読む機会が少なかったので、余り影響を受けなかったと語っている。むしろ、語りのスタイルはウィリアム・フォークナー(William Faulkner)やマーク・トウェイン(Mark Twain)、文体と威厳を持つ人間の描写はアーネスト・ヘミングウェイ(Ernest Hemingway)、農村の貧しい民衆の描写は19世紀のロシア作家に大いに感化されたという。

作品紹介
『ミス・ジェーン・ピットマン』(*The Autobiography of Miss Jane Pittman*, 1971)

　物語は、1960年代に100歳を過ぎた元奴隷のジェーン・ピットマンが、自分の生涯とルイジアナの農村で起こった出来事を、ある歴史の教師に語るという設定で始まる。構成は、南北戦争と奴隷解放を描いた「戦争期」、解放奴隷が勝ち得たかに思われた権利を次第に失い、人種分離の秩序が築かれる「再建期」、その秩序に変化が起き始めた20世紀前半を描く「プランテーション」、黒人コミュニティーが公民権運動に参加し始める「クォーターズ」の4部から成っている。物語には、自由を求めるヒーローたちが登場する。しかし、黒人コミュニティーを最終的に動かしたのは彼らではなく、彼らが命がけで闘ったことの意味を徐々に理解していったジェーンであった。物語は、ジェーンが公民権を求める行進の先頭に立つ場面で幕を閉じる。

　この作品は、人間の尊厳や社会変革というゲインズの重要なテーマと、草の根の黒人民衆が持つ潜在的能力に対する彼の高い評価が示されている典型的な作品である。英雄伝ではなく「民衆の自伝」が書きたかったという彼の言葉通り、物語には従来語られることが少なかった黒人民衆の暮らしも描かれている。特に、架空の編者（歴史の教師）の設定は、民衆的な世界の再現に一役買っているであろう。作品の冒頭で編者は、ジェーンのような人物が教科書には登場しないので自分の生徒にぜひ教えたいと述べる一方で、エピソードは必ずしもジェーンのものではなくコミュニティーの人々の話を「編集」したと明記している。このような設定によって、埋もれていた民衆の歴史を彼らの視点から明らかにしながらも、読者に分かりやすく組み直した物語をゲインズは見事に作り上げたのであった。

『ジェファーソンの死』(*A Lesson before Dying*, 1993)

　この作品では、ある強盗殺人事件がバヨンで起きた1948年の秋から、逮捕された黒人青年ジェファーソン(Jefferson)が死刑に処される翌年の春までの出来事が、黒人教師グラント・ウィギンズ(Grant Wiggins)の回想を中心に語られる。当時の南部は人種分離社会であり、黒人は「二級市民」の扱いを受けていた。ジェファーソンは、大した教育を受けられず、幼い頃から重労働に従事してきた貧しい若者の一人であった。彼は事件現場に居合わせただけで強盗犯ではなかったが、白人被害者と黒人強盗犯の双方が亡くなり、目撃者もいなかったために、共犯者と見なされてしまう。裁判では、白人弁護人が、ジェファーソンは人間ではなく「ブタ」のように判断力に欠けるとして無罪を主張したが、全員白人の陪審員によって死刑を宣告される。ジェファーソンの育ての親ミ

ス・エマ(Miss Emma)は、ブタ呼ばわりされた上に、自暴自棄から本当にブタのように振る舞う彼の姿を見て心を痛める。そこで、ジェファーソンがせめて一人前の男として堂々と電気椅子に向かえるように、彼の独房を訪ねてやって欲しい、とウィギンズに頼む。ウィギンズは渋々承知するが、自身も無力感に苛まれていた彼とジェファーソンには当初何も通じ合うものはなかった。しかし、彼らは徐々に人生の「レッスン」を学び、友情を深めていく。物語の最後では、ジェファーソンは人間として勇敢に死に臨み、ウィギンズもより責任ある教師としてコミュニティーに生きることを決意するのであった。

　この作品の主要テーマは、「黒人男性とは何か」という問いである。ゲインズによると、奴隷制の時代以来、黒人の父と息子の間に真の対話はない。また、長年人間性を否定されてきたために、黒人男性は自暴自棄で自分を見失ったままであるという。ジェファーソンとウィギンズの場合、黒人コミュニティーの中で自己を捉え直すことが、アイデンティティ確立のための鍵となった。ただし、ジェファーソンの死に象徴されるように、彼らの行く手は前途多難で、作品全体は非常に重苦しいトーンを帯びている。

研究への助言

　作品理解には、歴史的な背景と共に、多人種・多民族の社会構造の理解が不可欠であろう。ルイジアナでは、白人対黒人ではなく、それぞれに異なった文化的背景を持つ白人（アングロ・サクソン系）、白人クレオール（主にフランス系白人）、ケイジャン(18世紀中頃にカナダのアルカディア地方から移住したフランス系白人)、黒人クレオール（自由黒人の伝統を持つ混血）、黒人の5つのグループから成る構成が見られる。ゲインズの作品では、ケイジャン或いは黒人クレオールと黒人の対立がしばしば提示される。

　作品研究は、黒人文化の影響や歴史背景の分析、黒人男性像に関するものが多いが、黒人女性像をフェミニズムの視点から批評する研究も発表されつつある。また、インタビュー（集）も作品理解に非常に参考になる。

参考資料

落合明子「黒人民衆の伝統とその発展性――『ジェーン・ピットマンの自伝』に見られるトリックスター的要素を中心に――」（神戸商科大学『人文論集』30巻1-2号、1994年）；落合明子「対立と不調和の中で――アーネスト・ゲインズの『死を前に』――」（神戸商科大学『人文論集』31巻2号 1995年）；David C. Estes, ed., *Critical Reflections on the Fiction of Ernest J. Gaines.* Athens, GA: U. of Georgia P., 1994; Karen Carmean, *Ernest J. Gaines: A Critical Companion.* Westport: Greenwood P., 1998.　　　　　　（落合明子）

イシュメイル・リード

Ishmael Reed（1938-　　）

　イシュメイル・リードはテネシー州チャタヌーガに生まれ、4歳のときにニューヨーク州バッファローへ移住。ニューヨーク州立大学バッファロー校を1960年に中退、*Empire Star Weekly*で文筆活動を始め、マルコムXと対話する機会を得て刺激を受け、ニューヨーク市へ出る。様々な職に就きながらUmbra Workshopという作家グループに交わったり、アングラ新聞*East Village Other*の創刊に参加したりしたのち、最初の小説*Free-Lance Pallbearers*（1967）を発表。"ハリー・サム"と呼ばれる権力志向の白人優位社会において、自己意識を求め葛藤のあげく磔刑にされる若者の話であるが、あえて一人称で書き、一人称の語りに含まれる独善性を突いた。以後カリフォルニアに移り、実験的な詩、小説、評論を発表し続けている。西部劇のパロディー *Yellow Back Radio Broke-Down*（1969）でくり出し、*Mumbo Jumbo*（1972）で発展させた彼独特の"ネオ・フードゥーイズム"（次項で述べる）は、難解過ぎるという批判も多いが、独創的な風刺に対する評価は高い。「奴隷体験記」のパロディー *Fright to Canada*（1976）、レーガン時代の2歳児のように自己中心的な傾向を予見した *The Terrible Twos*（1982）などがその代表だ。一方、黒人女性が白人男性と共謀して黒人男性を押さえつけているという観点をあからさまにした*The Last Days of Louisiana Red*（1974）や*Reckless Eyeballing*（1986）でフェミニストを怒らせ、黒人登場人物を嘲り過ぎて黒人批評家の不興を買いながら、臆することなくアメリカ社会の風刺を続け、Before Columbus Foundationという組織に加わって様々なエスニック・グループの若手作家の出版を応援している。多くの大学で教え、カリフォルニア大学バークレー校では20年を越す教歴がある。

主要テキスト

Yellow Back Radio Broke-Down (1969). （飯田隆昭訳『ループ・ガルー・キッドの逆襲』ファラオ企画、1994年）
Mumbo Jumbo. New York: Doubleday, 1972.
Flight to Canada (1976). New York: Atheneum, 1989.
The Terrible Twos. New York: St. Martin's / Marek, 1982.
Reckless Eyeballing. New York: St. Martin's Press, 1986.
Japanese by Spring. New York: Atheneum, 1993.

テーマ／特徴／その他

　リードの特色の第1は〝ネオ・フードゥー〟と彼が呼ぶコンセプトである。フードゥーは、カリブ海に連れて来られた黒人たちが西アフリカの様々な地域の宗教習慣にカトリックの宗教習慣を採り込んで育てた民間信仰である。そのフレクシブルな融合性が発展のエネルギーであった。白人に生殺与奪の権を握られて社会的にはまったく無力な彼らにとって、超自然力と個々人との結び付きを可能なものと見なすフードゥーは、個々人に潜在する力を認めてくれる唯一の領域であった。フードゥー信仰が黒人の支えとなってきた歴史を考えたとき、リードは世界の大部分を支配しているヨーロッパ中心的な、合理的なものの考え方や表現方法の枠にとらわれない、自由な発想を可能にする足場のようなものをここに求める気持ちになったのであろう。

　リードはフードゥーを形成している多様文化のコンセプトを文学手法に採り込もうとし、漫画やテレビを連想させる書き方を試みたり、巷で耳にする標準的でない英語はもちろんのこと、ヨルバ語を（時には日本語も）混ぜたりする。また、ミステリー・パロディー小説（*Mumbo Jumbo, The Last Days of Louisiana Red*）にはパパ・ラバス（PaPa LaBas）なる探偵が登場して予言を述べるが、これはフードゥーの神レグバ（Legba）（過去と未来、あの世とこの世を結ぶ十字路の神）を表している。けれどもリードのねらいはアフリカ系文化が優勢になることではない。わきに押しやられてきた少数派の文化や価値観が表に出てくることには賛成だが、一つの支配的な文化体系が別のものに取って代わられるだけなら進歩とは言えないからである。あらゆる文化や価値観が平等に生きのび、互いに影響を与え合うのが彼の理想とする多元文化主義である。そうした彼の思想は、日本を題材にした『春までに日本語を』（*Japanese by Spring*, 1993）においても明確に打ち出されている。これについては次項で述べる。

　リードの特色の第2は、現代社会の政治、宗教、テクノロジーの在り方に対する卓越した風刺である。しかしパロディー、ギャグ、誇張の数々を重ねて現実のベールをはぎ、現実をあらわにしていくやり方は、すべての読者にアピールするものではないだろう。読者がパロディーのもとの話を知らなければ、パロディーは効力をもたない。彼の風刺を楽しむには、それなりの"cultural literacy"が必要になってくる。作品紹介の項で『春までに日本語を』を選んだ理由もそこにある。彼の作品群が時の経過にどれほど耐えるかという疑問が残る一方、それらはその時その時を鋭く映し取った現代社会の貴重な記録であるのも確かである。

作品紹介
『春までに日本語を』(*Japanese by Spring,* 1993)

　ベンジャミン・プットバット（Benjamin Puttbutt）、通称チャッピー（Chappie）は父母ともに軍人の家庭に育ち、「生存のテクニック」に敏感な男である。カリフォルニア州オークランドのジャック・ロンドン・カレッジで、英文科、アフリカン・アメリカン・スタディーズ科、ウイメンズ・スタディーズ科を行き来しながら、人文学部のテニュアを取るために同僚たちへのごますりに余念がない。1960年代に始めたのだが、わけあって中断していた日本語の勉強を90年に再開したのも、繁栄する日本経済を意識してのことらしい。彼の教師のドクター・ヤマト（Dr. Yamato）が使うテキストの題が'Japanese by Spring'（次の春までに日本語をマスターしよう、の意）。

　チャッピーはごますりのかいなくテニュアを否決されるが、否決する側の人物たちも辛辣に描かれている。中国人と日本人を識別せず憎悪し、学内のトラブルメーカー・リストを密かに作らせる学長ブライト・ストゥール（Bright Stool）。リベラル派から一転して右翼学生と手を組み、ユダヤ人と日本人を誹謗する人文学部長ハート（Hurt）。時流に乗ってブラック・フェミニズムの専門家になった白人男性の英文科主任ミルチ（Milch）。ゴリゴリのヨーロッパ中心主義者で、新しい学派との勢力争いに懸命なミルトン学者クラブトゥリー（Crabtree）。かつては急進派だったが今や「火消し」役として雇われたアフリカン・アメリカン・スタディーズ科の主任オビ（Obi）。アフリカ系アメリカ人に優越感を抱き、スワヒリ語グループを率いるアフリカ人マタタ（Matata）。決まり文句の女性学理論で武装したレズビアンのウイメンズ・スタディーズ科主任マークス（Marx）。この連中がチャッピーをさしおいて招こうとしているのは、エコロジーで売れっ子になった黒人フェミニスト、エイプリル・ジョクジョク（April Jokujoku）。彼女のテーマは「ゲットー底辺の女たちの抑圧」だそうだが、秘書だのボディガードだの高級住宅だのを契約条件に入れてくる。

　ところがキャンパスに大異変が起こる。大学は日本資本に買収され、ヤマトが学長となり、チャッピーは彼の右腕として改革に取りかかる。人文学部はエスニック・スタディーズ学部と名を変え、チャッピーに苦汁をなめさせた連中は大学を去るか、屈辱的な条件を呑んで残るか、選択を迫られる。しかし大学が「トージョーヒデキノダイガク」と改名され、エスニック・スタディーズは「蛮学」と呼ばれ、学生は日本人にしかわからぬようなＩＱテストを課され、日本語学習を強制され……という具合に状況が進むと、さすがのチャッピーもヤマトと対決の覚悟を決める。ところが、ヤマトは突如逮捕され、チャッピーは父親からヤマトが「黒龍」なる超右翼グループに属し、日本の天皇と首相の暗殺計画に加わっていたこと、チャッピーの祖父もこれに加担していたことを知

らされる。ついでに、テニュア否決も実は父親のさしがねであったこと、両親そろって特別な任務をおびて日本へ赴任するので日本語のできる息子は同行を期待されていることも知らされる。

　キャンパス内の PC、多元文化主義、テニュア問題、イデオロギーや派閥の争いなどを戯画化し、真理の探究を装いながら結局は自己の立場の維持に汲々としている大学人の一面を暴いて見せるリードの冷静な視座は、自らいくつかの大学の教壇に立ってきた経験に裏づけられたものである。しかし読み取るべき最も大切な点は、彼の多元文化社会への願いであろう。小説中で披露される日本に関する広範な知識、白人の大国ロシアを破った歴史をもつ国に敬意を寄せる黒人（チャッピーの祖父）の登場などから、作者の日本に対する親近感は確かに伝わってくる。だが経済的繁栄によって白人と同一の意識をもったり、国粋的になったりする日本の傾向に、彼は警告を発するのだ。どれか一つの文化体系が優勢になるなら、それがアフリカ文化であれアジア文化であれ、現在のヨーロッパ文化偏重社会と変わらない。こうした彼の思想は小説の終末部で、「イシュメイル・リード」なる登場人物を通して余すところなく語られている。

研究への助言

　リードは先輩のエリソン（Ralph Ellison）やボールドウィン（James Baldwin)に反発し、黒人女性作家、特にフェミニスト作家に敵対的態度を隠さないが、物議をかもした彼の発言の真意をまず考えてみよう。「ネオ・フードゥーイズム」はリードの中心的要素であるから、フードゥーの一般的歴史や神々の特性などにまったく無関心のまま読むわけにはいかないが、それにとらわれ過ぎて全体像を見失わないようにしたい。

参考資料

竹本憲昭「イシュメール・リードとシンクレティズム」（岡山大学文学部『文学部紀要』第 24 号、1995 年）

竹本憲昭「イシュメール・リードの脱中心性」（渡辺利雄編『読み直すアメリカ文学』研究社、1990 年）

大塚清恵「イシュマエル・リード『春までに日本語を』考」（『黒人研究』No. 67, 1997 年)

Reginald Martin, *Ishmael Reed and the New Black Aethetic Critics*. New York: St. Martin's Press, 1988.

Bruce Allen Dick, *The Critical Response to Ishmael Reed*. New York: Greenwood, 1999.

（風呂本惇子）

オードリ・ロード

Audre Lorde (1934-1992)

オードリ・ロードはニューヨーク市ハーレムの生まれ。両親が出身地であるカリブ海のグレナダのことをいつか帰る場所として語り続けたので、子供時代のオードリはアメリカが自分にとって仮の滞在地という意識をもって育ったという。しかも「話す」ことがなかなかできない子供だったので、「アウトサイダー」の感覚は幼い頃から知っていた。1951年にハンター・カレッジに入学したが、自活のために働かねばならなかったので、卒業したのは59年であった。54年から1年間メキシコの大学に通う機会があり、その間にようやく充分に「話す」ことができるようになった。61年にはコロンビア大学で図書館学の修士号を得、68年まで司書の勤務を続けながら詩を書いていた。68年第1詩集『最初の都市』(*The First Cities*) 出版。ほぼ同時期にミシシッピー州トゥガルー・カレッジの「ポエット・イン・レジデンス」として招かれ、その6週間の体験が転機となり、大学で創作のコースを教えながら詩や評論を書く生活に入った。アフリカの神話や宗教習慣を織り込んだ『黒い一角獣』(*Black Unicorn*, 1978) が出た頃から、「黒人で、レズビアンで、フェミニストの詩人」と自称するロードの名声は確立した。数ある作品の中でも、自分の半生をフィクション化した『ザミ――わたしの名前の新しい綴り』(*Zami: A New Spelling of My Name*, 1982) や評論集『反逆する女』(*Sister Outsider*, 1984) は、ロードの思想や生き方を如実に表現するものとして、しばしば女性学分野の必読書に挙げられる。晩年の彼女は病い(乳癌)を抱えながらカリブ海の小島セント・クロイ（アメリカの領土）に住み、植民地体制を実地に見聞きしながら、最強の国アメリカの市民であり、かつアフリカン・ディアスポラである自己の意味を問い続けた。

主要テキスト

The Black Unicorn (Poems). New York: Norton, 1978.
The Cancer Journal (Essays). San Francisco: Spinsters, 1980.
Zami: A New Spelling of My Name (A Biomythography). Freedom, CA: The Crossing Press, 1982.
Sister Outsider (Essays and Speeches). The Crossing Press, 1984.
Our Dead Behind Us (Poems). New York: Norton, 1986.
A Burst of Light (Essays). New York: Firebrand Books,)1988.

テーマ／特徴／その他

　親の世代がカリブ海からの移民であるロードにはディアスポラ意識が強い。『黒い一角獣』(1978)で、西アフリカ、特にダホメの神話や伝説、古代の土地の名をしばしば詩のなかに織り込んだのは、その顕著な例である。(この詩集の巻末には使われている神や土地の名の用語解説がついている)。無論、単にエキゾティシズムをねらったのではない。アフリカとのつながりを意識することは、ロードにとって視野をグローバルに広げ、自己を強化することになるのだ。それは、その後の彼女の姿勢が証明している。

　83年10月に起きた米軍のグレナダ進攻は、ディアスポラであると同時にアメリカ市民である自己の意味を問うさらなるきっかけになった。彼女はその3か月後に母の故郷であるこの国を訪れ、進攻の実態を知った。おそらくはこの体験に触発されて、85年からセント・クロイに居を定めた。カリブ海でありながらアメリカの領土であるこの小島で、島民たちがどのような暮らしを強いられているかをつぶさに見た彼女は、似たようなことが地球上のあちらこちらで進行しているのだと実感し、南ア、ニュージーランド、太平洋の島々の住民や本土のネイティヴ・アメリカンたちの状況に目を向けていく。

　彼女はこうした状況に歯止めをかける力をディアスポラに求める。たとえば、アフリカ系ドイツ女性たちのアンソロジーの序文で、ヨーロッパでは少数派であることが歴然としているハイフォンつきアフリカ人に、大きな力が潜在していることを述べている。すなわち、いかに少数派といえ、全世界のアフリカン・ディアスポラとアフリカ大陸の人々を合わせれば、人口のバランスも変わるし、各々が異なる地域の歴史から学んできた様々な知恵を融合すれば、思いがけない力が生まれるのではないか、と言うのである。また、きわめて政治的な詩集『我らが背後の死者たち』(*Our Dead Behind Us*, 1986) をしめくくる詩「召集」("Call") では、アフリカやアメリカの実在の闘う女たちの名を呼びあげ、さらに時の経過ですでに名前も顔も忘れられたあらゆる神々の戻ってくることを期待する。

　ロードの詩も評論も日記も、人種差別、性差別、同性愛差別、階級差別に対する怒りに満ちている。彼女はその怒りを自己破滅の方向に向けず、建設的な力に変えることを願って闘った。70年代末には闘いの対象に「癌」も加わったが、これすらも彼女は自分の内で「力」に変えた。エッセイ「沈黙を言葉と行為に変えること」("The Transformation of Silence into Language and Action") で述べているように、彼女は自分の命に限りあることを認識したとき、過去の沈黙を悔いた。言えば侮蔑、非難、あるいは抑圧を受けると恐れて沈黙を守ったこともあったが「沈黙がわたしを保護してくれたことはなかった」と認め、言っておかねばならぬことは口に出す勇気を得たのである。

ロード,オードリ

作品紹介
『ザミ——わたしの名前の新しい綴り』(*Zami: A New Spelling of My Name,* 1982)

　語り手「わたし」が自己を確立するまでの半生を綴ったもの。ロード自身の体験を「自伝」としてそのまま描いたのではなく、半ばフィクション化してある。「わたし」の母親は、カリブ海の小島キャリアク（グレナダに所属）をいつの日か帰るところとして娘たちに語り続け、故郷での生活習慣をかたくなに守っていた。キャリアクは普通の地図には載っていないので、「わたし」はそれが母の空想上の「プライベート・パラダイス」ではないのかと疑いさえした。立ち居振る舞いから料理の手順まで、島渡来の厳しい規律にしばられ、このまま母の家にいたのでは自己を確立できないと感じた「わたし」は、10代のうちに家を出る。様々な女友達との出会いを経て、しだいに精神的な自立を達成してゆくうち、昔キャリアクの女たちの間にあったある習慣のことを知るに至った。船乗り稼業の男たちが留守の間、女同士で助け合って生活するのである。そのような女たちが「ザミ」と呼ばれたという。「ザミ」はフランス語の「レザミ（les amies）」が訛ったクレオール語で、「友人そして恋人として共に働く女たち」を指す。「わたし」はかつて強く反発した母の故郷の生活習慣のなかに、アフロ・カリビアンでありレズビアンである自己の源を見出したのだ。

『反逆する女』(*Sister Outsider,* 1984)

　1976年から83年までに発表した評論や講演原稿を集めたもの。このうちの多くはすでに他の書物に収められており、「詩は贅沢品ではない」("Poetry Is Not a Luxury")、「沈黙を言葉と行為に変えること」、「性愛の用法：力としての性愛」("Uses of the Erotic: The Erotic as Power")といったタイトルの評論や講演は、しばしば引用される。したがって、言わば代表的なものを一堂に集めたと考えてよいだろう。このなかからきわめて個人的で特異なテーマと見なされがちであるが、じつは普遍的な大きなテーマにつながる「男の子：黒人でレズビアンでフェミニストである者からの応答」("Man Child: A Black Lesbian Feminist's Response")を紹介しよう。ロードは2人の子供、娘エリザベス（Elizabeth）と息子ジョナサン（Jonathan）と、愛人であり友人である女性フランセス（Frances）とで家庭を築いていた。レズビアンの家庭では、女の子には反発するにしろ見習うにしろ女の先輩がそばにいるが、男の子は自身でどのような男になるかを定義していかなくてはならない。ジョナサンが思春期にさしかかったその頃（70年代末）、将来女性たちがこの世で共に生きる仲間としてのぞましい男性に育ってほしいという母親ロードの願いと、ジョナサンを囲む社会の現状との葛藤が切実なものになっていた。ジョナサンは荒っ

ぽいことの嫌いな、犬に石を投げるのもできない子供だった。黒人であり、レズビアンの家庭の子であり、けんかをしたがらない男の子は当然いじめの標的になった。彼が傷つき泣きながら帰宅したとき、ロードは思わず「やられたらやり返しておいで」と叱りそうになり、はっとした。力の強いことが正しいこととする思想、暴力で恐怖を押さえ込む思想。これは彼が、恐怖を感じないことや勝つことだけが強いことだと信じ込むようになる第一歩ではないか。フェミニストである母親自らが、世間の期待する男性像を息子に課すことになるのではないか。彼女は息子に自分も彼と同じ年頃いじめに遭ってこわかったこと、辛かったことを語って聞かせるのであった。ジョナサンの目に、今はこんなに毅然として強い母親にそんな体験があったと知った驚きと安堵が浮かんだ。恐怖や憐憫を感じてよいのだし、したくないけんかはしなくてよいのだ。やがてジョナサンに別の種類の勇気がそなわっていく。この家ではロードとフランセスの間に上下関係もなく、2人の友愛を子供たちに隠すこともなかったので、ジョナサンはフランセスを家政婦だと思った遊び仲間たちに「違う、母さんの恋人だよ」と堂々と宣言したのである。ジョナサンは人間の関係が単一でないことをすでに認識し、どんな関係もあるがままに受けいれる心をすでに示している。ここに至るまでの母と息子が体験してきた葛藤や軋轢は相当なものだったであろうが、ロードはユーモアを交えて語り、同じ境遇の母と息子たちにそれとなく励ましを送っている。そしてこの子育て体験談は、レズビアンに限らずすべての母親に希望と勇気を与えるたぐいのものではないだろうか。

研究への助言

「黒人で、レズビアンで、フェミニストの詩人」と自称するロードがもっともいやがったのは、どれか一つのカテゴリーに自分を限定されることだ。人間のありようは単一でなく、異なるものが融合するからこそ力が生まれるという彼女の思想を記憶に留めておきたい。

参考資料

風呂本惇子「ディアスポラ意識を連帯の源に」(平凡社『グリオ』Vol.4, (欧文), 1992年)

Mari Evans. ed., *Black Women Writers, 1950-1980*. New York: Doubleday, 1984.

Claudia Tate, *Black Women Writers at Work*. New York: The Crossroad Publishing Company, 1983.

(風呂本惇子)

アリス・ウォーカー

Alice Walker (1944-   )

アリス・ウォーカーはジョージア州イートントンの小作人の家庭に生まれた。8歳のとき兄の撃った空気銃の弾が当たり、右目失明。少女時代はとじこもって過ごすことが多かった。高校3年の1960年、テレビに写るマーティン・ルーサー・キング牧師の姿が彼女を目覚めさせた。翌年奨学金を得てスペルマン・カレッジに進学、公民権運動にかかわり始める。63年北部ニューヨークのサラ・ローレンス大学に編入。卒業後、南部でも特に差別の激しいミシシッピー州で選挙権登録運動その他の地道な活動を続け、67年活動仲間のユダヤ系弁護士と結婚、異人種間結婚に対する様々な脅しに耐えた(76年に離婚)。最初の詩集『かつて』(*Once*, 1969)と長編小説『グレンジ・コープランドの第三の人生』(*The Third Life of Grange Copeland*, 1970)出版後南部を離れ、79年からはカリフォルニアに定住。次々と作品を発表しながら女性運動、核兵器廃止運動などに積極的にかかわっている。女性の連帯の力を認識したのは、サラ・ローレンス時代、望まぬ妊娠で自殺まで考え、白人の級友に助けられたときだ。公民権運動のなかですら存在する性差別に気づいていたウォーカーは、以後女性解放思想を作品に織り込んでゆく。当時の「フェミニズム」が白人中産階級の女性を中心とし、黒人女性たちが加わりにくいことを感じた彼女は、女性解放運動が地球上のすべての女のためのものであることを強調し「ウーマニズム」という言葉を使った。ウーマニスト・ウォーカーの名を世界的に高めたのは、ピューリッツァ賞を受賞し、映画化もされた『カラー・パープル』(*The Color Purple*, 1982)である。

主要テキスト

The Third Life of Grange Copeland. New York : HBJ, 1970.
In Love and Trouble. New York : HBJ, 1973.(風呂本惇子・楠瀬佳子訳『アリス・ウォーカー短編集――愛と苦悩のとき』山口書店、1985年)
Meridian.(1976)New York : Kangaroo Book, 1977.(高橋茅香子訳『メリディアン』朝日新聞社、1982年／筑摩書房、1989年)
The Color Purple. New York : Washington Square Press, 1983.(柳沢由美子訳『紫のふるえ』集英社、1985年／『カラー・パープル』、1986年)
Possessing the Secret of Joy. New York : HBJ, 1992.(柳沢由美子訳『喜びの秘密』集英社、1995年)

テーマ／特徴／その他

　1970年代前半までのウォーカーの作品は、詩集『かつて』、長編『グレンジ・コープランドの第三の人生』、短編小説集『愛と苦悩のとき』、詩集『革命的ペチュニアとその他の詩』(*Revolutionary Petunias and Other Poems*, 1973)のいずれも、南部農村の黒人の生活を描くことが基調となっている。人種差別は不可避のテーマだが、性差別もそれに劣らぬ比重で扱われ、たとえば『グレンジ・コープランドの第三の人生』では黒人小作人一家の2代にわたる悲劇が、人種差別と性差別の相乗的な結果として示される。白人農園主の搾取により貧困を強いられ希望を奪われた夫たちは、うっせきした不満を農園主が代表する強大な経済組織そのものには向け得ず、身近な弱者である妻子に暴力という形でぶつける。妻たちは自殺に追い込まれたり、殺されたりする。ウォーカーはそうした悲劇の原因を貧困にだけあとづけるのではない。妻子を養うのが男の証しと思いこまされてきた夫たちは、それができない負い目が蓄積すると、負い目を感じさせる存在が憎くなり、初めの優しさをしだいに失っていく。一方、夫に従うのが妻の本分と思いこまされてきた女たちは、従順に耐えることで精力を使い果たしてしまう。男女が既製の性役割意識にとらわれているところにも一因があるとウォーカーは見なしている。

　南部農村の黒人の生活に刻まれた陰惨な記憶を見つめることから作家活動を始めたウォーカーではあるが、その根底に「人間は変わり得る、だから社会も変わり得る」という信念がうかがえる。『グレンジ・コープランドの第三の人生』でも、妻子を見捨てたグレンジのその後の精神的成長に焦点が当てられており、グレンジに後押しされて孫娘が祖母や母とは違う人生に踏み出すことが暗示される。それは70年代後半からのウォーカーの作品が向かう方向の予告でもある。『メリディアン』は公民権運動を体験するうちに自分自身と社会の両方の変革の必要に目覚めていく女の物語であり、『いい女をおさえつけることはできない』(*You Can't Keep a Good Woman Down*, 1981)の短編に登場する女たちは、抑圧の根を鋭くかぎとり忍従や諦めを断固拒否する。そしてこのような変革のすべてを一身に凝縮した形で描かれたのが、『カラー・パープル』のセリー(Celie)である。セリーの成長は、彼女を虐待した夫「ミスター」(Mr. —)をも変化させる。ウォーカーの「変革の可能性」に対する信頼は、おそらく公民権運動に従事して南部が変わっていく様子を実感した日々に培われたのであろう。

　『カラー・パープル』以後のウォーカーの視野は、南部だけでなく地球上のすべての女たちへと広がっていく。ウーマニズムの運動は、人種や国籍にかかわりなくすべての女性を対象とし、すべての女性が参加するべきものなのだ。その姿勢をはっきり打ち出したのが次項で述べる『喜びの秘密』である。

作品紹介
『喜びの秘密』(*Possessing the Secret of Joy*, 1992)

　主人公は『カラー・パープル』にも登場したアフリカの架空の国オリンカの娘タシ(Tashi)。タシは、仲良しのアメリカ黒人宣教師の娘オリヴィア(Olivia)の制止をふりきって民族主義武装ゲリラのキャンプへ割礼を受けに行く。性器の切除と縫合封鎖から成る女子割礼は、出血死や細菌感染の恐れのある非常に危険なものだが、タシは「伝統」に忠実であろうとした。ゲリラに加わって帝国主義者と闘うつもりだったのだが、割礼後は排泄の困難さと不衛生による腹痛に苦しみ、足をひきずって歩かねばならず、闘うどころではない。身体的拘束感は精神の活発な動きを押さえ、タシは別人のように受動的になる。オリヴィアの弟アダム(Adam)と結婚して渡米したタシは、難産で嬰児ベニー(Benny)の脳に傷を負わせてしまう。同じ結果になるのを恐れて次の子を中絶した彼女は、宣教師の夫に教会で女たちの受難について語ってほしいと訴えるが、アダムはタシの苦悩を個人的なものとしか認識せず、とりあわない。タシはしだいに心を閉ざし、時には精神の均衡を崩して凶暴にすらなる。

　そのような妻から離れて年に一、二度アダムはパリに行き、そこに住む白人女性リセット（Lisette）にしばしの安らぎを求める。２人の間にはピエール(Pierre)という子供もいる。リセットはかつてアルジェリアに住んでいたので、割礼に傷つけられたタシにアダム以上の理解をもつ。やがてリセットは病死するが、彼女が紹介したスイスに住む伯父の精神科医カール（Carl）の導きで記憶をたどったタシは、割礼で出血死した姉のことを口に出し、ようやく心を開く。カールの死後はその弟子でアメリカ黒人女性の精神科医レイエ（Raye）に支えられ、タシは独立闘争時代のオリンカの指導者が割礼を「民族の伝統」として奨励したことも口に出せた。一方、リセットの息子ピエールは文化人類学者となり、母から聞かされていたタシの悪夢の解明につとめる。

　タシは50代も半ばを過ぎた頃、自分に割礼を施した老女が独立国家となったオリンカで無形文化財のように処遇されている事実を知り、帰郷する。観光名所と化した老女マ・リッサ（M'Lissa）の屋敷で、若い女性ムバチ（Mbati）に代わって老女の世話をすることになったタシは、世襲の割礼師の家に生まれたマ・リッサ自身の悲しみを聞くが、やはり彼女を殺し、死刑の宣告を受ける。だが、刑場へ向かうタシに、路上に並ぶ若い母親たちが、抱えている女の赤ん坊のおしめを次々にはずしてみせる。わが子は因習の犠牲にしない、という意思表示だ。それを代弁するかのように、オリヴィア、アダム、ベニー、ピエール、レイエ、そしてムバチが「抵抗こそは喜びの秘訣」と大書した横断幕を掲げて彼女を見送る。

　ウォーカーは1979年に発表したエッセイのなかで、世界各地の女にかかわ

る課題を列挙し、性器切除もそこに含めている。小説完成後、この問題を扱った記録映画『戦士の刻印』(*Warrior Marks*)も製作した。製作過程の資料を収めた同名の書物のなかには、「小説自体は1年で書けたが、この問題が世界中の人にどういう意味をもっているか理解するまでに25年かかった」という言葉がある。ウォーカーの視座は、性器切除を異文化圏の奇習としてでなく、地球上の各地で形を変えて現れている女の性の管理・抑圧との関連で見ることにある。また、「伝統」が民族意識の高揚に使われる恐ろしさを鋭く指摘している。オリンカの終身大統領がタシの死刑に熱心で、減刑嘆願に行った女たちを官憲が追い返すのは、タシの行為が反体制と見られているからに他ならない。

なお、タシの痛ましい人生はクロノロジカルにたどられるのではなく、登場人物がそれぞれの視点から、意識の流れにそって少しずつ語る形をとり、語り手たちの精神的変化がおのずと伝わってくる。特に、初めはタシの苦悩を個人的なものとしか考えなかったアダムが、タシに限らず傷ついた者たちの痛みを我がこととして分かちあえるまでになっていく。ここにも「人間は変わり得るし、個人が変われば社会も変えられる」というウォーカーの姿勢が感じられる。

研究への助言

「生を救うための芸術」を意図するウォーカーである。まず何よりも小説や詩のメッセージをきちんと受け止めたい。『母の庭を探して』(*In Search of Our Mothers' Gardens*, 1983) その他の評論集は、大いにその助けになる。他方、クロノロジカルな語り、クレイジー・キルトふうのアレンジ、書簡体など、長編の一作ごとに工夫の見える表現方法とメッセージの相関関係に対する考察を抜きにしては、ウォーカーの「芸術」を評価することにならないであろう。

参考資料

加藤恒彦『アメリカ黒人女性作家の世界』(創元社、1986年)
加藤恒彦『アメリカ黒人女性作家論』(御茶の水書房、1991年)
風呂本惇子『アメリカ黒人文学とフォークロア』(山口書店、1986年)
風呂本・楠瀬・池内編『女たちの世界文学』(松香堂、1991年)
風呂本惇子「"伝統"への挑戦―Womanist Warrior Walker」(神戸女学院大学『女性学評論』No. 10, 1996年)
河地和子編『わたしたちのアリス・ウォーカー』(御茶の水書房、1990年)
Henry Louis Gates, Jr. ed., *Alice Walker: Critical Perspectives Past and Present*. New York: Amistad, 1993.
Lillie P. Howard ed., *Alice Walker and Zora Neale Hurston: The Common Bond*. Westport, Ct.: Greenwood Press, 1993.　　(風呂本惇子)

トニ・モリスン

Toni Morrison (1931-)

トニ・モリスンは1931年オハイオ州ロレーンに生まれた。本名はクロエ・アンソニー・ワフォード（Chloe Anthony Wofford）。モリスンは、奴隷であった時代から再建期を経てジム・クロウの時代、そして北部への黒人の大移動の時代までをたくましく生き抜いてきた4代にわたる家族の歴史や様々な出来事が語りつがれる家庭環境で育つ。そこでは教会、民間伝承が生活に息づいていたのである。49年にハワード大学で学ぶために故郷を離れるが、大学で南部の黒人の現実を描いた戯曲を観て大きな衝撃を受ける。

コーネル大学で修士号を取得したのち南部の黒人大学で教える間に、自分の家族の歴史を黒人の歴史のなかに位置づけることができるようになる。57年ハワード大学講師となり、翌年ジャマイカ人の建築家と結婚。62年にある作家グループに入り小説を書き始めるが、その時すでに、青い眼をほしがる少女の物語を書いている。64年離婚。2人の息子を連れてニューヨークのシラキュースに移りランダム・ハウス社の支店の教科書会社で働き始める。その一つの理由は、黒人の公民権運動の高揚のなかでカリキュラム内容に黒人を位置づける動きに協力することであった。68年ランダム・ハウス社マンハッタン事務所に移り主任編集員となる。70年には初めての小説『青い眼がほしい』（*The Bluest Eye*）を発表、作家としての道を歩みはじめる。88年『ビラヴィド』（*Beloved*）でピュリッツアー賞受賞。89年プリンストン大学教授。93年度ノーベル文学賞を受賞。98年最新作『パラダイス』（*Paradise*）を発表。

主要テキスト

The Bluest Eye. New York: Holt, Rinehart and Winston, 1970.（『青い眼がほしい』、朝日新聞社）
Sula. New York: Knopf, 1973.（『鳥をつれてきた女』、早川書房）
Song of Solomon. New York: Knopf, 1977.（『ソロモンの歌』、早川書房）
Tar Baby. New York: Knopf, 1981.（『誘惑者たちの島』、朝日新聞社）
Beloved. New York: Knopf, 1987.（『ビラヴィド』上・下、集英社）
Jazz. New York: Knopf, 1992.
Playing in the Dark. Harvard University Press, 1992.
Paradise. New York: Knopf, 1998.

テーマ／特徴／その他

　作家としてのモリスンの根本的な立場は、自身の家族の歴史を体験的基礎に、黒人や黒人の歴史など値打ちがないと考えられてきたアメリカ社会の伝統的黒人観や黒人史への見方に修正を加えることである。しかしそれは「奴隷体験記」の時代とはおおいに異なるスタンスによって行われている。黒人作家の読者が白人のみであった時代はもはや過ぎてしまった。さらに公民権運動の前進によって黒人には新たな自信や誇りが芽生えてきていた。そしてそれは自分たちの過去の歴史に対しても異なった視点を持つことを可能にしていた。モリスンの描く黒人とその歴史に対してはこのような歴史的到達点が前提になっているのである。モリスンが黒人を描く時念頭にあるのは「自分と登場人物のみである」という言葉はそのようなコンテキストのもとで理解すべきであろう。

　モリスンが黒人観をめぐって取り上げている大きなテーマは、肌の色や眼の色の問題である。『青い眼がほしい』はこの問題を正面から取り上げる。この作品の特徴は人種主義が強力に支配している社会においては黒人自身が人種主義を内面化し、自己否定にいたるという問題を探求している点にある。『ジャズ』(Jazz, 1922) もこの問題に大きな比重が置かれている。黒人夫婦の間に入ってしまったひびには無意識のうちに受け継がれてきた奴隷制以来の金髪への憧れと自己否定が潜んでいたのである。最新作『パラダイス』の大きなテーマも黒人による肌の色の黒い黒人への差別への反発としての黒人民族主義である。

　モリスンのテーマを考える上で欠かせないのが先祖の役割である。モリスンは、黒人文学の本質規定の一つとして、登場人物を守り、教育し、知恵を与える存在としての先祖を挙げ、そのような存在がいるかどうかが現代の黒人小説の成功と失敗を規定していると述べている。モリスンのいわんとすることを最もよく表しているのが『ソロモンの歌』である。

　超自然的なものもまたモリスンの文学のなかで大きな役割を果たしている。超自然的なものをモリスンが描いているのは黒人たちが神話、民話、霊魂との対話、迷信等さまざまな形でマジカルなものを信じていたからである。本当の黒人庶民の姿を描こうとした時それは避けて通れぬものであったのだ。しかしそれをモリスン文学の世界観とすることには問題がある。

　ファンキネスという概念も重要である。これは『青い眼』の黒人中産階級の主婦ジェラルディン (Geraldine) を描いた部分にファンキネスの喪失という形で表れるのであるが、私見によれば『青い眼』の多くの登場人物の人生をも規定している。それは根本的には自由で自信に満ちた自我とその表れを意味している。つまりファンキネスは人種主義や抑圧的禁欲主義、自己欺瞞に犯された自我の対極にある概念であり、人間のあり方なのだ。モリスンは黒人を描く時にファンキーな生き方とそうでない生き方を対置させる傾向を持っている。

作品紹介
『ビラヴィド』(*Beloved,* 1987)

『ビラヴィド』は、ケンタッキー州からの逃亡奴隷マーガレット・ガーナー (Margaret Garner)が、逃亡に成功したが追っ手に追い詰められ、自分の子供を殺害したという事件の新聞記事をもとに、モリスンが歴史的想像力を駆使して描いた小説である。

　主人公のセテ (Sethe) は、スイート・ホームと呼ばれる小さな農園で働いていた。主人のガーナーは奴隷主としては例外的に人道的な人物で奴隷制という枠内ではあれ、奴隷を人間として扱い、その意見を取り入れながら農場運営を行っていた。したがって農園で働く黒人たちはみな高い人間的誇りを持っていた。しかしガーナー氏の死後、事態は一変する。甥の「教師」と呼ばれる男が農園を管理することとなり、それまでの扱い方が一変し、黒人たちの知性や人間性は無視される。我慢できなくなった黒人たちは逃亡を企てる。しかしそれは察知され、皆、殺されるか、逮捕される。セテだけは鞭打ちで裂かれた背中と身重の身体のままに逃亡を続ける。その途中、疲労と空腹で動けなくなっていたセテは白人の年季奉公人の娘に助けられオハイオ河の畔で出産し、黒人のスタンプペイド (Stamp Paid) の助けで河を渡り自由の地にたどりつく。そして先に着いていた義母のサッグ (Sug) や子供たちと合流する。こうして束の間の自由を得たセテではあったが、その幸せは長くは続かなかった。追っ手が突然やって来たのであった。不意を襲われたセテは、子供を再び奴隷とするぐらいなら殺した方がましだと判断し、幼い娘を殺害するのである。

　しかし自分の子供を殺し、逮捕されて連行される時にも涙ひとつながさなかったセテは黒人社会からも孤立する。子殺しは神への罪であり、彼女の態度は高慢だとみなされたのである。こうしてセテは義母のサッグと2人の息子、逃亡の途中で生まれた娘デンバー (Denver) とともに町はずれの一軒家に孤立して暮らすことになる。しかしそのうちサッグも失意のうちに亡くなり、2人の息子も自分たちを殺そうとした母親におびえ、やがて家を出てしまう。そして124番地にあるその家には殺された娘の怨念が取り憑き家を震わせる。

　そんなある日、スイート・ホーム時代の仲間の黒人の一人ポール D (Paul D) がセテを訪れる。ポール D は娘の霊を追い払い、セテとデンバーを再び黒人社会の輪のなかに誘おうとする。しかし、セテが殺した娘がもし生きていたら同じ年頃だろうと思われる娘が突然現れ、一家の一員となる。その娘はビラヴィドと名乗り、セテの愛情を求め、ポール D を遠ざけ、かつポール D を肉体的に誘うのである。意に反して肉体交渉を持ってしまったポール D はそのことをセテに告白しようとしてうまく言えず、逆にプロポーズしてしまう。しかしそれを知ったスタンプペイドはポール D にセテの子供殺しの過去を告げる。ポール

Dは本当のセテと自分が思い描いているセテとの違いに驚き、セテから去ってゆく。

　こうして束の間の幸せののちの苦い失望を経て、セテは再び孤独な生活に閉じこもる。以前と違うのはビラヴィドがいることである。セテはビラヴィドを自分が殺した娘の生まれかわりだと思い込み、ひたすら彼女に自分の行為の弁明を試み、かつ彼女を甘やかし、その要求にはなんでも応えてゆく。しかし、そうすればするほどこの娘はセテを罪悪観の泥沼に追い込み精神的に破綻させてゆく。そうしたセテの状況を救ったのは娘のデンバーと黒人社会であった。彼らは124番地の家が亡き娘の亡霊に取り憑かれ、今もセテを悩ませていることに怒りを持ち、セテを救いに行くのである。セテは家の前をデンバーを乗せて通りかかった白人の姿をかつての追っ手の白人だと思い込み、その白人に襲いかかるが、助けにやって来た黒人たちにとめられる。こうして自分の子供を殺すのではなく、追っ手と戦うことができたセテはやっと罪悪感からのがれられたのである。するとビラヴィドもまた消えてしまう。やっと124番地の家に平和が訪れるが、セテは長い間の心労に疲れ果て、ベッドに横たわっている。そこを訪れるのがポールDである。ポールDはセテから去ったのち、自らを罰するがごとくに寒い教会の地下に一人で住み、セテの行為の意味を黒人の共通の苦難の体験に重ねながら熟考し、再びセテのもとへ戻って来たのである。

　『ビラヴィド』は物語の現在を横糸に、登場人物によって想起される過去を縦系に描かれ、そこにきわめて豊かで重厚な時空を切り開く。奴隷制度とその後の時代にいたるまで黒人が生きねばならなかった苛酷な現実が、それを生き抜く人間としての視点から重く、豊かに描かれている黒人文学の傑作である。

研究への助言

　モリスンの世界はきわめて豊かで複雑である。したがってその作品へのアプローチも当然多様である。研究書も英米のものも含めればたくさんある。そこで論じられている問題やテーマもたくさんあり、しかもまだ定説はないといってよかろう。それゆえ作品のさまざまな細部に拘泥せず、モリスンの全体像に迫る大きな立場からの研究が生まれることを期待する。

参考資料

加藤恒彦『黒人女性作家の世界』（創元社、1987年）
藤平育子『カーニバル色のパッチワーク・キルト──トニ・モリスンの文学』（學藝書林、1996年）
大社淑子『トニ・モリスン──創造と解放の文学』（平凡社、1996年）
加藤恒彦『トニ・モリスンの世界』（世界思想社、1997年）　　　　　（加藤恒彦）

ポール・マーシャル

Paule Marshall (1929-   )

ポール・マーシャル、本名ヴァレンザ・ポーリーン・バーク(Valenza Pauline Burke)の両親は、第1次大戦の終わり頃カリブ海のバルバドス(当時は英領植民地)から、アメリカへ移民してきた。カリブ海からの移民はたいがい出身地ごとに集まり、故郷の生活習慣を守ってアメリカ社会のなかに「島」を再現した。バルバドス出身者はニューヨークのブルックリンに寄り集い、「バジャン」と呼ばれるコミュニティを形成していた。このコミュニティで生まれ育った彼女は、子供時代を回想し、「学校へ行けばアメリカ、家に帰ればバルバドスだった」とその雰囲気の違いを強調している。当然のことながら、2つの文化体系を自分の中で一つに結ぶ必要が生じた。また、常に心理的にカリブ海にいるため、その向こうにあるアフリカ大陸を必然的に意識するようになった。

54年ブルックリン・カレッジ卒業後、カリブ系読者向けの *Our World* 誌に所属。ジャーナリストとしてカリブ海や南米を訪れる機会が、彼女の文筆活動の刺激となった。第1作『褐色の少女、褐色砂岩の家』(*Brown Girl, Brownstones*, 1959)は、物質優先のアメリカ社会に根を下ろす第一歩として、「家」を買うという強迫観念に近い願望を共有するバジャン・コミュニティを舞台にした自伝的要素の濃い作品。書評はよかったが、60年代は戦闘的な黒人男性作家に脚光が集まっていた。黒人文化を女性の視点で細やかに描くマーシャルの作品が再認識されるようになったのは、70年代に入ってからである。イエールやコロンビアを含むいくつかの大学で「創作」を教え、ヴァージニア・コモンウェルス大学教授を経て、現在ニューヨーク大学教授。

主要テキスト

Brown Girl, Brownstones. (1959) London: Virago Press, 1985.
Soul Clap Hands and Sing. (1961) Washington, D.C.: Howard Univ.Press. 1988.
The Chosen Place, The Timeless People. (1969) New York: Vintage, 1984.
Reena and Other Stories. New York: The Feminist Press, 1983.
Praisesong for the Widow. New York: G.P.Putnam's Sons, 1983.
(風呂本惇子訳『ある讃歌』山口書店、1990年)
Daughters. New York: Atheneum, 1991.

テーマ／特徴／その他

　一、二の短編を例外として、マーシャルの作品はすべてカリブ海とかかわっている。『褐色の少女、褐色砂岩の家』(1959) の若い主人公セリーナ (Selina) は、白人の級友の母親から「西インド諸島出身の黒人」として侮蔑的に扱われ、初めてバジャンの結束力や富に対する執着の理由を理解するが、それでもバジャンのコミュニティに同化できず、別の生き方を模索して父母の故郷バルバドスへ旅立つ決意をする。『選ばれし場所、永遠の人々』(*The Chosen Place, The Timeless People*, 1969) の中年の主人公マール (Merle) は、彼女の過去のできごとを知ったアフリカ人の夫に去られ、辛さを忘れるためにロンドンからカリブ海の故郷ボーンヒルズに戻る。だが、そこでの体験の後、現実を回避せず直面して自己を再確立するため、夫と子供のいるアフリカへ向かう。『ある讃歌』(1983) の初老の主人公エイヴィー (Avey) は、カリブ海クルーズの豪華船で原因不明の精神不安定に陥る。下船した彼女は小島キャリアクで先祖崇拝の祭りに出会い、新たな目標を得てニューヨークへ帰っていく。彼女はカリブ海で精神的にアフリカへの帰還を体験し、本来の価値観を取り戻したのである。三角貿易におけるアフリカとアメリカの中継地カリブ海は、それぞれの世代の主人公たちの自己探求の場として描かれ、作者の「ディアスポラ」意識がはっきり読み取れる。

　マーシャルの作品は人物の言葉づかいが生き生きしている。彼女は「語りのわざ」を"台所の詩人たち"から学んだと言う。付近のバジャンの女たちは（多くは家政婦としての）一日の労働を終えると、彼女の母の台所に集まり、機知に富む独自の表現を駆使してその日の体験を語り合い、政治批判さえ行った。それによってセラピーを受けたかのように、女たちは心身の疲労を回復して各家庭に戻って行くのだ。マーシャルはこのような女たちの才を、アフリカ起源の口承伝統の一部とすら感じている。そのような受け止め方にも彼女の「ディアスポラ」意識がうかがえる。

　人間関係の綿密な描写もマーシャル文学の魅力である。上記の３長編でも、夫と妻、親と子、黒人と白人など、登場人物の間の人間関係が詳細に考察されているが、そうした人間関係がより大きな次元を反映することもしばしばである。たとえば『魂は手をたたき歌う』(*Soul Clap Hands and Sing*, 1961) のなかの短編は、いずれも老人と若者の葛藤を描くが、その個々の関係が、古い秩序の崩壊と新しい時代の息吹、さらに言えば長い間の植民地体制から脱して次々に自治や独立をかちとりつつあったその当時のカリブやアフリカの状況をさえ表している。そのような描き方は、次項で紹介する『娘たち』(*Daughters*, 1991) においても指摘できる。また、男女の愛憎のテーマを通して女性自身の「自覚」の大切さを強調するところに彼女に特有のフェミニズム思想が感じられる。

作品紹介
『娘たち』(*Daughters,* 1991)

アメリカ黒人女性エステル (Estelle) は、長い英領植民地体制から独立しつつあるカリブ海の島トリユニオンの、理想に燃えた若い革新政治家プライマス・マッケンジー (Primus Mackenzie) と結婚した。島の北部には、奴隷反乱の歴史を示す4人の指揮者の巨大な像がある。コンゴ・ジェーン、ウイル・クジョー、ペール・ボッソー、アレハンドロ (Congo Jane, Will Cudjoe, Pere Bossou, Alejandro)。英・仏・西の3つの語圏(島の名の由来でもある)が一致協力した反乱であったことが推測される。なかでもコンゴ・ジェーンとウイル・クジョーは今も名前が必ずペアで言及され、その一心同体ぶりがしのばれる。エステルはこの2人に憧れ、自分たち夫婦もそのようになりたいという夢を抱いた。ところが、夫は公私ともに当初の理想から次第に逸脱し、エステルは怒りと失望を禁じ得ない。それでも人々から将来を嘱望され、PM(彼の頭文字だが「首相」の意味もある)の愛称をもつ男の魅力に逆らえず、そばを離れることができない。PMの堕落の一因は、彼が「首相」になる可能性のある選挙が近づいたときに起きた、(グレナダ侵攻を連想させる)米軍の介入にある。革新派は大敗し、独立したはずの島は結局欧米資本の支配下に置かれる。革新派のなかで"大物"のPMだけは政界に残れたが、以後どの選挙も状況は変わらず、彼はかつての意気込みを失い、豪壮な屋敷や高級車をもち、ホテル経営にまで手をのばすようになった。

その彼が地域の住民を海岸から締め出すリゾート開発計画に加担しているのを知ったエステルは、アメリカに暮らす一人娘アーサ (Ursa) を島に呼び戻す。アメリカとカリブの両黒人文化を吸収して育ったアーサは、コンゴ・ジェーンに対する母の敬意を受け継いでいた。アメリカでの学生時代、奴隷制下における男女の対等な共闘の歴史を証明する論文を書こうと計画して、指導教官に拒絶されて以来、いつかは目標を達成しようとこころがけてきた。34歳になった彼女は、単なる出世主義に陥るのを危惧し、大企業の職場や快適な暮らしと縁を切り、小さなアパートに移って同胞のためになりそうなフリーランスの仕事を始めたところだ。母から送られた開発計画の極秘コピーを読んだアーサは母の無言の願いを悟り、島へ帰って、極秘書類がかつてのPMのように改革の理想に燃える新人の候補者ボウフィス (Beaufils) (「すばらしい息子」の意味)とその妻の手に渡るよう画策する。その結果、住民の反撃を受けてPMは初めて落選する。母と娘は愛する夫・父を敢えて権力の座から遠ざけ、トリユニオンの将来をいわば新たなコンゴ・ジェーンとウイル・クジョーに託したのだ。

若い頃のPMの理想や情熱は、長い植民地時代の夜が明けつつあった1950年代の、希望に満ちたカリブ地域の状況を反映したものだ。そして彼の精神的

堕落は、カリブ地域のその後のありようを映している。同じようにマッケンジー家の女たちの闘いには、カリブ地域が真の独立のために立ち向かうべき欧米の富の誘惑や支配が暗示されているようだ。大きな庇護力をもつ夫・父の、「家族愛」に潜む誘惑や支配を克服することは、女たちにとってじつは自己との闘いなのである。作者はこのきわめて個人的な闘いを通して、一番身近なところで主体的に改革にかかわれる力が女たちに潜在していることを言いたかったのではあるまいか。それに、PM を失脚させた妻と娘は、彼が軌道を修正して再出発することを信じている。極秘コピーを妻に預けたことは、PM の心のどこかに、自分の暴走に妻がブレーキをかけることへの無意識の期待があったかもしれないのだから。

　アーサがこの行動を決意する前にアメリカでも類似の状況を見てきたことを忘れてはならないであろう。地域住民の期待を担って市長に選出された黒人男性が、彼を応援してきた黒人女性活動家を遠ざけ、白人企業家たちに取り囲まれて、住民の望まぬ高速道路の建設にのり出したのだ。作者はカリブの小島と巨大なアメリカの類似状況を並列することで、地球上の各地でその種の現象が起こっていることを暗示する。こうしたグローバルな問題意識も、カリブ海とアメリカの両方を常に視野に収めるマーシャルの特徴と言えよう。

研究への助言

　寡作の作家であるから、なるべくなら最初の作品『褐色の少女、褐色砂岩の家』から読んでほしい。バルバドスに旅立つ決意をしたセリーナは、カリブの女の子がつけるお守りの腕輪の一つをはずして背後に投げ、あとの一つをはめたまま歩きだす。そのジェスチュアは、マーシャル自身の 2 つの文化体系を結ぶ作家活動の予告とも受け取れる。順に作品を読めば作者の努力の軌跡、視野の広がりを確認する喜びを味わえよう。

参考資料

加藤恒彦『アメリカ黒人女性作家の世界』（創元社、1986 年）
風呂本惇子『アメリカ黒人文学とフォークロア』（山口書店、1986 年）
風呂本惇子「Paule Marshall, *Daughters* と「並列」の手法」（『黒人研究』No. 67, 1997年）
Joyce Pettis, *Toward Wholeness in Paule Marshall's Fiction.* Charlottesville: University Press of Virginia, 1995.
Eugenia C. DeLamotte, *Places of Silence, Journeys of Freedom—The Fiction of Paule Marshall.* Philadelphia: University of Pennsylvania Press, 1998.
　　　　　　　　　　　　　　　　　　　　　　　　　（風呂本惇子）

グローリア・ネイラー

Gloria Naylor (1950-)

　グローリア・ネイラーは1983年に『ブリュスター・プレイスの女たち』(*The Women of Brewster Place*) によって全米図書賞を処女作部門で受賞する。これはアリス・ウォーカー (Alice Walker) が『カラー・パープル』(*The Color Purple,* 1982) でピューリッツァー賞を受賞し、そのブラック・フェミニズムの主張によって黒人社会に大きな波紋を呼び起こした年でもあった。ネイラーの作品も、ブラック・フェミニズムの現代的な形態を描くことによって黒人文学に新たな息吹を吹き込むものであった。

　ネイラーは50年ニューヨークに生まれる。両親はミシシッピーの小さな町から移り住んだばかりで、父は地下鉄の運転手、母は電話の交換手をしていた。彼女の母親は教育を重んじ、黒人が公立図書館を利用できなかったミシシッピーでは子供を生みたくないと主張し、一家はニューヨークに移住したのである。

　高校を卒業後、ネイラーは大学にはいかず、エホバの証人の一員としてニューヨーク、ノースカロライナ、フロリダ等で7年間過ごす。しかしこの団体に幻滅し、しばらくメドガー・エバーズ・カレッジで看護学を学んだのち、ブルックリン・カレッジに入学し、81年に英文学の学位を取得する。その後イエール大学でアフロ・アメリカン・スタディーズを学び、83年に修士号を取得した。

　77年ネイラーは27才でブルックリン・カレッジの2回生であった時、トニ・モリスン (Toni Morrison) の『青い眼がほしい』(*The Bluest Eye,* 1970) に出会う。これまで「愛するよう教えられてきた作家はみな白人か男性であったにもかかわらず」、モリスンのこの作品は、「この禁じられた領域に足を踏み入れてもよいという許可を与えた」のである、とネイラーはあるインタビューで述べている。

主要テキスト
The Women of Brewster Place. New York : Viking, 1982.
Linden Hills. New York : Ticknor & Fields, 1985.
Mama Day. New York : Ticknor & Fields, 1988.
Bailey's Cafe. Harcount Brace Jovanovich, 1992.
The Men of Brewster Place. New York : Hyperion, 1998

テーマ／特徴／その他

〈貧富の差に引き裂かれる黒人社会〉：ネイラーの何よりの新鮮さ、重要さは70年代以降のアメリカの都会の黒人社会に焦点を当てているところにある。つまり現代の黒人社会の最大の問題が、黒人社会内部における貧富の差の拡大にあると見ているといえよう。ネイラーは、『ブリュスター・プレイスの女たち』で、ある架空の都市のスラムに住む黒人女性たちに焦点を当て、彼女たちの困難、心の痛み、絶望に満ちた人生に暖かい光を当てる。そして『リンデン・ヒルズ』(*Linden Hills,* 1985) においては同じ都市の富裕で成功した黒人が住む高級住宅街の内面に入り込み、そこに進行する精神的危機を鋭く追求する。

〈ブラック・フェミニズムの視点〉：ネイラーの2つ目の特徴はブラック・フェミニズムである。普通フェミニズムといえば女性の華々しい職業的進出を思い浮かべるが、都市のスラム街に住む黒人女性にとっては現実性はない。ネイラーが『ブリュスター・プレイスの女たち』で描いているのはスラムの黒人女性たちの過去と現実の痛みや苦しみであり、その共有感を通じた女どうしの連帯である。女たちのなかで要の役割を果たしているのが、女手ひとつで息子を育てあげてきた挙げ句、その息子に裏切られて一文無しになりこの街にたどりついたマティ（Mattie）である。マティが要であるのは彼女が、自分自身の苦労と苦しみを他者への理解、愛、そして寛容へと昇華し、若い世代の女性の失意や絶望を癒す力を持っているからである。

ネイラーはマティのような伝統的な黒人女性を描くかと思えば、キスワナ（Kiswana）のように若きインテリで草の根の地域活動に基づく社会変革をめざすブラック・フェミニストも描いている。またネイラーはフェミニズムの視点を拡大し、黒人社会にもあるレズビアンへの偏見を批判し、レイプの本質を論じている。

しかしネイラーのブラック・フェミニズムは、黒人男性と女性の間の対立を助長するものではない。逆に両者の間の深い愛情の成立の条件を模索するものである。ネイラーはそのような観点から、『ママデイ』(*Mama Day,* 1988) において、この条件を強い黒人男性の伝統を探る形で描いている。

〈黒人ブルジョワ民族主義批判〉：だがネイラーは黒人の伝統のすべてに共感を抱いているわけではない。『リンデン・ヒルズ』のなかでネイラーは、白人への復讐を白人のやり方で、すなわち資本主義的成功を追求し、成功を収めたかにみえるネディード（Nedeed）家の没落を描く手法でこのテーマを追求している。さらにネイラーは、この傾向にひそむ女性蔑視の思想の伝統をネディード一家の妻たちの歴史を掘り起こすことによってきわめて印象的に描いている。

作品紹介
『リンデン・ヒルズ』(*Linden Hills,* 1985)

〈ネディード一族の夢〉：『リンデン・ヒルズ』は架空の都市の黒人高級住宅街（リンデン・ヒルズ）を舞台にした物語である。この作品のバックボーンにあるのがネディード一族の4代にわたる歴史であり、彼らはこのリンデン・ヒルズを黒人だけが住むことのできる高級住宅街にするという明確な目的をもって築きあげたのである。それは、黒人を軽蔑し何もできない連中だと考える白人を見返すためであり、そのために白人が最も重んじる価値としての物質的成功を収めることであった。ネディード一家の目論みは地域の白人の妨害にもかかわらず成功し、リンデン・ヒルズは今では白人も羨望する見事な高級住宅街となっている。

〈ウイリーとレスター〉：物語はある年のクリスマスにリンデンヒルズに起こる様々な悲劇を中心に展開する。そしてそれを目撃するのは物質主義的成功に反発し、貧しい詩人として生きようというウイリー（Willie）とレスター（Lester）である。2人はリンデン・ヒルズでクリスマスのアルバイトをすることになるのだ。

〈ノーマン夫婦〉：2人の友人にノーマン（Norman）夫婦がいる。妻ルース（Ruth）はかつて夫のノーマン氏のもとから逃げようとしたことがあった。夫には奇病があり、春になると家のすべてのものを破壊してしまうのである。ルースはそのような生活に疲れ果てたのであった。しかし家を出ようとした時、ルースは激しい痛みに襲われる。そこへ奇病の再発を予感したノーマンが帰宅し、自分の身体の異常と闘いつつ、苦しむ妻を必死に看病しようとする。そんなノーマンを見てルースは、奇病と窮乏につきまとわれる一生をあえて選択する決意を固めるのであった。

ウイリーとレスターが目撃するリンデン・ヒルズに起きる悲劇はノーマン夫婦の貧しいながらの幸せとは対照的である。ここではそのいくつかを紹介しておこう。

〈ウインストン・オールコットの悲劇〉：2人はある豪華な結婚式に立ち合う。有望な弁護士オールコット氏（Alcott）の結婚式であり媒酌人はネディードである。だがやがて2人は奇妙な光景を眼にする。新郎の介添人の男性がある詩を朗読するのだが、それはホイットマンの詩、しかもホモセクシュアルの恋人にあてた別れの詩であり、そのあと新郎が毒杯を飲みほすがごとく祝杯を飲み干すのを彼らは目撃するのである。

〈ザビエルの恋〉：ザビエル（Zabiel）は黒人のビジネス界のエリートである。しかし彼には「スーパー・ニガー」としての自分のイメージを壊し、自分の人間的弱味をさらけだすことは許されない。黒人としてのザビエルが拠って立つ

基盤はもろいものであったからだ。そんな彼をパニックに落としいれたのが黒人のエリート娘ロクサーヌ（Roxane）との恋である。ザビエルは弱さも含めてのありのままの自分をさらけださねばならぬ恋愛という関係、とりわけ強い黒人女性との関係において「スーパー・ニガー」としての自分を維持できる自信がなかったのだ。こうしてザビエルの恋は失われてゆく。

〈ローレルの自殺〉：ローレル（Laurel）は名門大学を卒業し、IBM で若くして女性で課長となり、黒人で初めて地方検事となった男と「理想」の結婚をする。しかし突然、ローレルの人生は崩壊の危機を迎える。離婚に直面し、仕事へのやる気を喪失し、一人家に閉じこもり、マーラーの音楽の世界に埋もれる日々のあとで、自殺してしまうのである。ローレルの成功ずくめの人生には、何のために生きるのかという目的意識や挫折の苦しみや屈辱の体験が欠けていたために、初めて味わった心の痛みと折り合えず、そこから立ち上がることができなかったのだ。

〈ネディードの妻たちの物語〉：数々のエピソードの間を縫って通奏低音のごとくにつきまとう物語がある。それはネディード家の代々の妻たちの悲惨な過去の物語である。それを発見するのは肌の色の白い子供を生んでしまったために不倫の嫌疑をかけられ、ネディードによって地下室に閉じ込められ、生まれたばかりの子供を亡くした妻である。彼女は地下室に葬られた様々な資料のなかから代々のネディードの妻たちが、ネディードの子種を残すためだけに利用され、あとはうち捨てられていった悲惨な過去を発見するのである。物語は、それを知った妻の怒りと恨みが爆発し、炎上する屋敷のなかで彼女が夫のネディードを道連れにする光景によって終わっている。

研究への助言

ネイラーは人間の生きざまを深く問い詰める作家であり、通俗的な幸せの概念を超越し、焦点を社会の底辺に生きる女たちに当てている。研究の上で最も重要なことはそのようなネイラーの視点に共感できるかどうかである。

参考資料

「黒い霊鳥——グロリア・ネイラーの『ブリュスター通りの女たち』——」（津田塾大学「紀要」19 号、1987 年）

風呂本惇子「グロリア・ネイラーの世界——黒人社会の肖像」（「黒人研究」No.60, 1990 年）

「タブーにいどむ女たち」、『女たちの世界文学』（ウイメンズブックストア松香堂、1991 年）

加藤恒彦『アメリカ黒人作家論』（御茶の水書房、1991 年）　　　　　（加藤恒彦）

オクテイヴィア・バトラー

Octavia Butler (1947-)

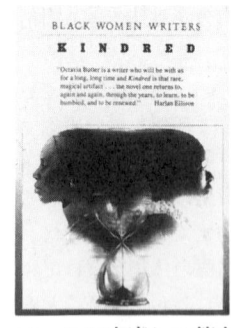

オクテイヴィア・バトラーは1947年カリフォルニア州パサディナの生まれ。靴みがきをしていた父は、彼女の生後まもなく亡くなり、母と祖母がメイドをしながら彼女を育てた。子供の頃から本の世界にのめり込んだのは、母たちの苦労から目をそらすためだったと、本人は回顧している。やがてSFに出会い、書き手の想像力以外に何の制限もない自由に魅せられ、13歳で早くもSFを書き始めた。パサディナ・シティ・カレジ卒業後、ロサンジェルスのカリフォルニア州立大学で脚本のコースやSFのコースに出席して筆力をつけ、71年、短編の一つが活字になった。長編では『パターンマスター』(*Patternmaster*, 1976)が最初の作品で、以来、「パターンマスター・サガ」(Patternmaster Saga)と呼ばれる5部作、「ゼノジェネシス・トリロジー」(Xenogenesis Trilogy)と呼ばれる3部作を含む多数の作品を発表している。84年にヒューゴ賞、85年にはヒューゴ賞とネビューラ賞の両方を獲得(ヒューゴ賞は読者の投票で、ネビューラ賞は批評家の投票で決まる)、この分野における最初の黒人女性作家として、その地位を確立した。

70年代以前のSF分野は白人専用の趣があり、サミュエル・R・ディレイニー(Samuel R. Delaney)の他に名を知られた黒人作家はいなかった。ファンタジーと見なされていたSFに真剣なメッセージは織り込めないという黒人作家側の意識もあったのだろうが、作品に「黒人」がほとんど登場せず、登場してもステレオタイプの端役でしかないことが黒人読者側の関心をそいできた面もある。これは「女性」についても同様だった。バトラーは黒人や東洋人、ことに女性を重要な役で多数登場させ、読者層をひろげただけでなく、独特のメッセージも織り込み、評価を得ている。

主要テキスト

Mind of My Mind. London: Sidgwick & Jackson, 1977.
Kindred (1979) Boston: Beacon Press, 1988. (風呂本惇子・岡地尚弘訳『キンドレッド――きずなの招喚』山口書店、1992年)
Wild Seed. New York: Warner Books, 1980.
Xenogenesis Trilogy: *Dawn* (1987), *Adulthood Rites* (1988), *Imago* (1989) はすべて New York : Warner Books.

テーマ／特徴／その他

バトラーは、「自分があまりに無力なので〝力の関係〟に興味があった」と言い、「パターンマスター・サガ」で超能力をもつ人々の力関係を描いた。サガは年代順に書かれてはおらず、4つ目の『ワイルド・シード』（*Wild Seed*）がその原点に当たる。作者の自由奔放な想像力が創造したドロ（Doro）なる人物は、次々と人を殺してその身体に入りこみ、4千年生き続けてきたヌビア人である。入りこむ身体の人種や性は問わないが、黒人男性であることが多く、子孫を増殖して支配下に置いていく。強烈な殺害力をもつこの族長に対して、彼の愛人でありながら闘いを挑むのが、変身力と治癒力をそなえた女性アニャンウ（Anyanwu）である。彼女は『マインド・オブ・マイ・マインド』（*Mind of My Mind*）の主人公メアリ（Mary）の祖母エマ（Emma）としても登場する。メアリはドロの娘で、様々な超能力を一身に兼ねそなえているが、特に人々の心を自分の心と一つに結ぶ力をもつ。使い方によっては破壊力ともなる比類なく強い我が力を、メアリが建設的な方向に向けドロと対決していくあたりに、現実世界で「無力さ」をかみしめていた作者の願望充足を見ることもできよう。

だが、バトラーはユートピアを描かない。超能力をもつ人々ともたぬ人々との間に生じる強者と弱者の関係に光を当て、未来社会でも、人種や性ではないにせよ別の何かが支配・被支配を生む可能性を暗示する。同じ視座は「ゼノジェネシス・トリロジー」にもうかがえる。汚れた地球をバイオテクノロジーで復活させた異星生物オアンカリ（Oankali）は、生き残った人間がそこに住む代償として、人間同士で子孫を残す力を奪い、細胞交換による新しい生物の構成に協力を求める。そこには『ドーン』（*Dawn*）の主人公リリス（Lilith）が言うように、オアンカリに囚われた地球人という図が見える。けれども3部作が進むにつれ、もう一つの視座が現れる。生き残った人間たちが異星生物の価値観を受け入れようとせず、構成生物を自分たちの規範に合わせようとするのだ。『アダルトフッド・ライツ』（*Adulthood Rites*）では、リリスがオアンカリとの細胞交換で構成されたわが子エイキン（Akin）に、自分のなかで葛藤が生じたときは人間よりもオアンカリのやり方を採るように助言している。リリスは異質なものに不寛容な人間より、異質なものを採り入れて共生しようとするオアンカリにむしろ親近感を抱くようになっている。そのような柔軟性は、バトラーの作品に登場する女性主人公の多くに共通している。

黒人対白人の関係を生の形でSF作品にもち込むことはしないバトラーだが、一度だけ人種と性を真正面から主題に取り上げたことがある。その作品『キンドレッド』はSF的なタイムトラベルやテレパシーを用いているが、本人の望みで「一般小説」の扱いで出版されており、バトラーの黒人女性としての意識を表明したものとして必読であろう。

作品紹介
『キンドレッド──きずなの招喚』(*Kindred,* 1979)

　1976年の6月9日、26歳の誕生日を迎えた作家志望の黒人女性デイナ(Dana)は、ロサンジェルスの自宅の居間で突然めまいに襲われ、気がつくと目の前の川で白人の男の子が溺れている。救いあげて人工呼吸をしていると、父親らしき男に銃を突きつけられ、死の恐怖を覚える。とたんにまためまいがして自宅の居間に戻っている。夫のケヴィン(Kevin)(白人で、やはり作家志望)は、彼女の姿が数秒消えていたと言う。同じ日にまためまいがして、気がつくと、今度は少し大きくなった先程の男の子がどこかの部屋のカーテンに放火している。デイナはその時に1815年で、その場所がメリーランド州のプランテーション、男の子は自分の先祖で、この少年ルーファス・ウェイリン(Rufus Weylin)が溺死や焼死の危機に瀕するたびに過去に呼び戻され、彼が成人して幼なじみの黒人少女アリス(Alice)との間にヘイガー(Hagar)という子供(デイナの高祖母)が誕生するまで助けてやるのが、彼らと血の絆をもつ自分の任務らしいと悟る。今回は森のなかのアリスの家の前でパトローラーの男に襲われ、棒切れで彼をなぐりつけたとたんにめまいがして現代へ戻る。死の恐怖がデイナを現代へ帰らせる必要条件であるようだ。こうして7月4日の独立記念日までにデイナは6回、過去と現代を往復し、身をもって奴隷制度を体験する。ルーファスが成人し、ヘイガーが生まれたのも見届けたデイナは、次第に自分に対して所有欲を示し始めたルーファスの束縛を断ち切るべく、一度は自ら手首を切り、最後にはルーファスを刺して彼に左腕をつかまれ、激しい痛みとともにケヴィンの待つ現代へ戻ってくるが、左腕のひじから下を失っていた。

　ケヴィンとデイナの関係には微妙なものが読み取れる。6月10日に3回目のめまいが襲ったとき、ケヴィンは彼女の身体にしがみついていっしょに来てしまうのだが、19世紀の南部で、2人は夫婦ではなく主人と奴隷のふりを余儀なくされる。「主人」の立場にある白人男性と「奴隷」の立場にある黒人女性とでは見聞きするものも、またそれに対する感じ方も同じではないのだ。とは言え、台所へ本を持ち込んだ咎で鞭打ちの罰を受け、死の恐怖を覚えたデイナが背中に傷を負って一人だけで現代へ戻ったあと、取り残されたケヴィンは、過去の世界では5年にわたる月日を「地下鉄道」(逃亡奴隷援護組織)に加わりながら耐えた。それは現代の世界の8日間に相当し、4回目のめまいでプランテーションに戻った彼女がケヴィンに再会したとき、彼の額には傷痕があった。白人と言えども、奴隷制に抵抗するのは命がけの時代なのであった。デイナの背中の傷、手首の傷、左腕の傷が歴史の風化に対する拒否を表すとすれば、額に傷を残したケヴィンにデイナが血の絆ではない精神の絆(キンドレッド・スピリット)を見出し、これを育てていこうとするのもうなずける。ひかれあいながらも、

所有欲と自己嫌悪というゆがんだ形をとって破滅を運命づけられたルーファスとアリスの愛とは対照的に、ケヴィンとデイナの関係は、楽観的ではないにしても柔軟に建設的にとらえられていると言えるだろう。
　バトラーがこの小説に取り組んだ理由は、青春時代の体験にある。公民権運動は、1960年代後半、分裂と変質の時期を迎えていた。公民権法の成立以後も引き続く差別状況に対する不満が「非暴力主義」への反撥を招き、戦闘的なグループが声を高めていた。バトラーもそのようなグループとかかわっていたが、ある男子学生が「抵抗しなかった昔の連中」を批判し、裏切り者呼ばわりをしたとき、祖母も母もルイジアナの砂糖きび農園で生まれ育ち奴隷制時代のなごりのような生活に耐えてきたことを知る彼女は、あまりに先鋭化した彼の意識に疑問を抱いたのだ。この男を奴隷制の時代へ送り込んで、どれだけ耐えられるか見てやりたくなった。しかし南部を訪れ、歴史協会や図書館で資料を集め、「奴隷体験記」を読み、いざ書き始めてみると、例の男を主人公にしては話が続かないのがわかった。奴隷制下ではあのような表情の男はたちまち殺されてしまうからだ。そこで主人公を自分にかぎりなく近い人物、公民権運動も女性運動も経験してきた作家志望の女性にし、この人物が奴隷制にいきなり送り込まれたときにどう反応するかを想像してみた。そして現代の黒人の意識には卑屈と見える先祖たちの行為の一つ一つに、同胞や子孫が生き延びるための配慮があることを確信し、小説のなかでデイナにその柔軟さを学ばせたのだ。

研究への助言

　バトラーの未来社会を描くSFの多くに底流している「共生」のコンセプトとはどのようなものかを把握し、またそのコンセプトがなぜ出てきたのかを考えたい。未来を描くには「過去」を知ることが必要である。歴史に対するバトラーの姿勢を考察することは、作品世界の理解を深めることにつながるであろう。

参考資料

風呂本惇子「オクテイヴィア・バトラーの場合」(日本アメリカ文学会東京支部会報『アメリカ文学』No. 52, 1991年)

Larry McCaffery ed., *Across the Wounded Galaxies: Interviews with Contemporary American Science Fiction Writers.* Chicago: Univ. of Illinois Press, 1990.

Marleen S. Barr, *Lost in Space: Probing Feminist Science Fiction and Beyond,* Chapel Hill: The Univ. of North Carolina Press, 1993.

(風呂本惇子)

写真出典一覧

(p. 20) *Chinua Achebe: Biography* (James Currey)
(p. 24) *The Old Man and the Medal* (Heinemann)
(p. 28) 小林信次郎蔵
(p. 32) 小林信次郎蔵
(p. 36) *The Stone Country* (Heinemann)
(p. 40) 『宝を集める人』(創樹社)
(p. 44) *Soweto Stories* (Pandora Press)
(p. 48) *The Afersata* (Heinemann)
(p. 52) *Kill Me Quick* (Heinemann)
(p. 56) *The milkman doesn't only deliver MILK* (Zimbabwe Publishing House)
(p. 60) 『影たち』(スリーエーネットワーク)
(p. 64) *Dictionary of Literary Biography*, Vol. 157 (Gale Research)
(p. 68) 『ナイジェリアの獄中から』(スリーエーネットワーク)
(p. 72) *Astonishing the Gods* (Phoenix House)
(p. 92) 山本　伸蔵
(p. 96) *Salt* (Faber & Faber)
(p. 100) *Louisiana* (New Beacon)
(p. 104) *Summer Lightning* (Longman)
(p. 108) *Crossing the River* (Picador)
(p. 112) *Krik? Krak!* (Vintage)
(p. 128) *U. S. Postage*
(p. 132) *Harriet Jacobs* (Harvard University Press)
(p. 136) *Fugitive Slaves* (Johnson Reprint Corporation)
(p. 140) *Iola Leroy* (Harvard University Press)
(p. 144) *Charles Chesnutt: Essays and Speeches* (Stanford University Press)
(p. 148) *James Weldon Johnson Memorial Collection* (Yale University Press)
(p. 152) By Courtesy of Fisk University
(p. 156) *The Harlem Renaissance: Hub of African-American Culture, 1920-1930* (Pantheon Books)
(p. 160) *Jessie Redmon Fauset: Black American Writer* (The Whitston

Publishing Company)
(p. 164) *Nella Larsen: Novelist of the Harlem Renaissance* (Louisiana State University Press)
(p. 168) Winifred Hurston Clark and Library of Congress
(p. 172)『黒人史の栄光』(南雲堂)
(p. 176) *The Living Is Easy* (Feminist Press)
(p. 180) *The World of Richard Wright* (University Press of Mississippi)
(p. 184) *Ann Petry* (Twayne Publishers)
(p. 188) *Going to the Territory* (Random House)
(p. 192) *A Raisin in the Sun* (The Modern Library)
(p. 196) *Talking at the Gates* (Viking)
(p. 200) *Racism 101* (William Morrow & Company, Inc.)
(p. 204) *homegirls & handgrenades* (Thunder's Mouth Press)
(p. 208) *Selected Poetry of Amiri Baraka/LeRoi Jones* (William Morrow & Company, Inc.)
(p. 212) *Wouldn't Take Nothing for My Journey Now* (Random House)
(p. 216) *Emerge,* May 1994
(p. 220) 山本　伸蔵
(p. 224) *The Cancer Journals* (Spinsters/auntlute)
(p. 228) 風呂本惇子蔵
(p. 232) *Beloved* (Knopf)
(p. 236) 風呂本惇子蔵
(p. 240) *The Men of Brewster Place* (Hyperion)
(p. 244) *Kindred* (Beacon Press)

作家名索引

作家名（50音順）

アチェベ、チヌア　20
アンジェロウ、マヤ　212
イヤイ、フェスタス　64
ウェスト、ドロシー　176
ウォーカー、アリス　228
エリスン、ラルフ　188
オクリ、ベン　72
オヨノ、フェルディナン　24

グギ、ワ・ジオンゴ　32
ゲインズ、アーネスト　216

サーマン、ウォレス　156
サロ＝ウィワ、ケン　68
サンチェス、ソニア　204
ジェイコブズ、ハリエット　132
シニア、オリーブ　104
ショインカ、ウォーレ　28
ジョヴァンニ、ニッキ　200
ジョンスン、ジェイムズ・ウェルダン　148
セラシェ、サーハレ　48

ダグラス、フレデリック　128
ダンティカ、エドウィージ　112
チェスナット、チャールズ・W　144
トゥーマー、ジーン　152
トラーディ、ミリアム　44

ネイラー、グローリア　240

ハーストン、ゾラ・ニール　168
ハーパー、フランシス・ワトキンズ　140
バトラー、オクテイヴィア　244
バラカ、アミリ　208
ハンズベリー、ロレイン　192
ピトリ、アン　184
ヒューズ、ラングストン　172
フィリップス、キャリル　108
フォーセット、ジェシー・レッドモン　160
ブラウン、ウィリアム・ウェルズ　136
ブロッバー、アーナ　100
ヘッド、ベッシー　40
ホーヴェ、チェンジェライ　60
ボールドウィン、ジェイムズ　196

マーシャル、ポール　236
ムアンギ、メジャ　52
ムンゴシ、チャールズ　56
モリスン、トニ　232

ライト、リチャード　180
ラ・グーマ、アレックス　36
ラーセン、ネラ　164
ラブレイス、アール　96
ラミング、ジョージ　92
リード、イシュメイル　220
ロード、オードリ　224

索引

作家名（ABC順）

Achebe, Chinua　20
Angelou, Maya　212

Baldwin, James　196
Baraka, Amiri　208
Brodber, Erna　100
Brown, William Wells　136
Butler, Octavia　244

Chesnutt, Charles W.　144

Danticat, Edwidge　112
Douglass, Frederick　128

Ellison, Ralph　188

Fauset, Jessie Redmon　160

Gaines, Ernest J.　216
Giovanni, Nikki　200

Hansberry, Lorraine　192
Harper, Frances E. Watkins　140
Head, Bessie　40
Hove, Chenjerai　60
Hughes, Langston　172
Hurston, Zora Neale　168

Iyai, Festus Ikhuoria Ojeaga　64

Jacobs, Harriet　132
Johnson, James Weldon　148

La Guma, Alex　36

Lamming, George　92
Larsen, Nella　164
Lorde, Audre　224
Lovelace, Earl　96

Marshall, Paule　236
Morrison, Toni　232
Mungoshi, Charles　56
Mwangi, Meja　52

Naylor, Gloria　240
Ngugi, wa Thiong'o　32

Okli, Ben　72
Oyono, Ferdinand　24

Petry, Ann　184
Phillips, Caryl　108

Reed, Ishmael　220

Sanchez, Sonia　204
Saro-Wiwa, Ken　68
Sellassie, Sahle　48
Senior, Olive　104
Soyinka, Wole　28

Thurman, Wallace　156
Tlali, Miriam　44
Toomer, Jean　152

Walker, Alice　228
West, Dorothy　176
Wright, Richard　180

251

作品名索引

作品名（50音順）

『アイオラ・リロイ』 142
『アマンドラ』46
『アメリカ式の喜劇』 162
『アメリカの息子』 182
『雨を待つ』 58
『ある女奴隷の人生におけるできごと』 134
『息づかい、視線、そして記憶』 114
『生きるはやさし』 178
『歌え、翔べない鳥たちよ』 214
『英雄たち』 66
「英雄的な奴隷」 130
『女まじない師』 146

『街路』 186
『影たち』 62
『神々を驚かせて』 74
『神のトロンボーン──黒人説教詩七題』 150
『川をわたりて』 110
『彼らの目は神を見ていた』 170
『乾季のおとずれ』 58
『騎馬隊長の殉死』 31
『きみは自由になりたくないか？』 174
『キンドレッド──きずなの招喚』 246
『結婚』 178
『結婚？私の勝手よ！』 35

『最終航路』 110

『砂糖きび』 154
『サバンナの蟻塚』 23
『ザミ──わたしの名前の新しい綴り』 226
「詩集」 142
『ジェファーソンの死』 218
『ジェーンとルイーズはすぐに帰ってくる』 102
『ジョバンニの部屋』 198
『狭い一角に住む人々』 186
『戦時下の歌』（詩集） 71
『煽動者たち』 50
『ソザボーイ』 70

『ダイアローグ』 202
『大統領の娘クローテル』 138
『宝を集める人』 42
『ダッチマン』（戯曲） 210
『伝統の心髄』 146
『ドラゴンは踊れない』 98
「鳥の木」（短編） 106

『ニッキ・ジョヴァンニ選詩集』 202

『ハウスボーイ』 26
『白人』 194
『パッシング』 166
『花と影』 74
『早く殺してくれ』 54
『春の子供たち』 158
『春までに日本語を』 222
『反逆する女』 226
『一粒の麦』 34

索　引

『日なたの干しぶどう』194
『皮膚という名の城のなかで』94
『ビラヴィド』234
『武器を持って立ち上がれ』62
『プラム・バン』162
『フレデリック・ダグラス自著の
　　奴隷体験記』130
『ぼくは多くの河を知っている』
　174
『骨たち』63

『マル』42
『見えない人間』190
『ミス・ジェーン・ピットマン』218
『娘たち』238
『メトロポリタン商会の
　　ミュリエル』46
『もう一つの国』199
『元黒人の自伝』150
『もはや安逸は』22
『森の踊り』30

『山に登りて告げよ』198
『夜の彷徨』38
『喜びの秘密』230

『リンデン・ヒルズ』242
『流砂』166
『わたしたちわっるーいい
　　人種』206

作品名（ABC順）

A Dance of the Forests　30
A Dialogue: James Baldwin and
　Nikki Giovanni　202

A Grain of Wheat　34
A Lesson before Dying　218
Amandla　46
Another Country　199
Anthills of the Savannah　23
A Raisin in the Sun　194
Astonishing the Gods　74
A Walk in the Night　38

Beloved　234
Bones　63
Breath, Eyes, Memory　114

Cane　154
Clotel; or, The President's
　Daughter　138
Comedy: American Style　162
Coming of the Dry Season　58
Crossing the River　110

Daughters　238
Death and the King's Horseman
　31
Dutchman and the Slave　210

Firebrands　50
Flowers and Shadows　74

Giovanni's Room　198
God's Trombones　150
Go Tell It On The Mountain
　198

Heroes　66
Houseboy (Une Vie de Boy)　26

253

I Know Why the Caged Bird Sings 214
Incidents in the Life of a Slave Girl Written by Herself 134
Infants of the Spring 158
In the Castle of My Skin 94
Invisible Man 190
Iola Leroy 142
I Wonder as I Wander 174
I Will Marry When I Want 35

Jane and Louise Will Soon Come Home 102
Japanese by Spring 222

Kill Me Quick 54
Kindred 246

Les Blancs 194
Linden Hills 242

Maru 42
Muriel at Metropolitan 46

Narrative of the Life of Frederick Douglass, an American Slave. Written by Himself 130
Native Son 182
No Longer at Ease 22

Passing 166
Plum Bun 162
"*Poems*" 142
Possessing the Secret of Joy 230

Quicksand 166

Shadows 62
Sister Outsider 226
Songs in a Time of War 71
Sozaboy 70

The Autobiography of an Ex-Colored Man 150
The Autobiography of Miss Jane Pittman 218
The Big Sea 174
The Collector of Treasures 42
The Conjure Woman 146
The Dragon Can't Dance 98
The Final Passage 110
"*The Heroic Slave*" 130
Their Eyes Were Watching God 170
The Living Is Easy 178
The Marrow of Tradition 146
The Narrows 186
The Selected Poems of Nikki Giovanni 202
The Street 186
"*The Tenantry of Birds*" 106
The Wedding 178

Up In Arms 62

Waiting for the Rain 58
We a BaddDDD People 206

Zami: A New Spelling of My Name 226

＊編著者について

加藤恒彦（かとう・つねひこ）
現在、立命館大学教授

北島義信（きたじま・ぎしん）
現在、四日市大学教授

山本　伸（やまもと・しん）
現在、四日市大学短期大学部助教授

世界の黒人文学──アフリカ・カリブ・アメリカ

2000年4月20日　初版発行

編著者　　加藤恒彦
　　　　　北島義信
　　　　　山本　伸

発行者　　寺内由美子

発行所　　鷹書房弓プレス
〒162-0811 東京都新宿区水道町2-14
　　電話　東京(03)5261-8470
　　FAX　東京(03)5261-8474
　　振替　00100-8-22523

ISBN4-8034-0447-X　C0098

印刷：堀内印刷　　製本：誠製本

黒人文学書誌

木内 徹編

日本で発表されたアメリカ黒人文学に関する文献情報を網羅し、全データに要約を付した。全文献検索用としては勿論、黒人文学研究者の文献検索や作家の批評史・受容史の概観、翻訳書目の作成にも便利。

本体6602円

黒人作家事典

木内 徹編

18世紀から20世紀にいたるアメリカ合衆国の黒人文学作家約400名の、伝記的事実、作品リストをあげ、解説を施した労作。社会的事件と対称した黒人文学年表、作家名の原綴索引、作品名索引など付録も充実。

本体7573円

現代の英米作家100人 [1945—]

大平 章・木内 徹・鈴木順子・堀 邦維 編著

大好評

評価の定まった大作家たちはあえて除いて、いわば現在進行形の作家たち100人の現実の声を読者に伝えることに重点をおいた新機軸の英米作家事典。見開き左ページに作家経歴と主要作品、右ページで重要な2作品を解説。全作家の顔写真入り。

本体3800円

データも充実！
重要用語解説
英米文学年表
参考文献目録
映像化作品一覧

［内容見本呈］

現代アフリカ文学短編集——全3巻

土屋 哲編訳　本体①950円 ②850円 ③950円

アチュベ、ゴーディマ、ラ・グーマ、グキなど現代アフリカ文学を代表する作家たちの名作短編、約30編を翻訳。（在庫僅少）